林希自选集

# 买办之家

林希 著

天津出版传媒集团

天津人民出版社

图书在版编目(CIP)数据

买办之家 / 林希著. -- 天津：天津人民出版社，
2019.1(2020.12 重印)
　(林希自选集)
　ISBN 978-7-201-14276-0

Ⅰ. ①买… Ⅱ. ①林… Ⅲ. ①长篇小说–中国–当代
Ⅳ. ①I247.5

中国版本图书馆 CIP 数据核字(2018)第 266611 号

# 买办之家
**MAIBANZHIJIA**

出　　版　天津人民出版社
出 版 人　刘　庆
地　　址　天津市和平区西康路 35 号康岳大厦
邮政编码　300051
邮购电话　(022)23332469
电子信箱　reader@tjrmcbs.com

责任编辑　范　园
装帧设计　汤　磊

印　　刷　山东德州新华印务有限责任公司
经　　销　新华书店
开　　本　880 毫米×1230 毫米　1/32
印　　张　12.75
插　　页　6
字　　数　230 千字
版次印次　2019 年 1 月第 1 版　2020 年 12 月第 2 次印刷
定　　价　62.00 元

目　录
CONTENTS

# 第一章　余姓人家

九河下梢天津卫——九条大河给天津带来了一片好风水。

九条大河成全过一位皇帝。六百年前,明燕王朱棣率兵从直沽南下,要从他侄子的手里将皇位夺过来。马到成功,燕王的兵马还没到南京,他侄儿朱允炆就吓得乖乖地交出了皇权,立马,封疆大臣燕王朱棣就坐上了皇位,梦想成真,也就当上了万岁爷。何以燕王出师得胜,一撅屁股就将他侄子挤出了龙椅,再一抬屁股自己就变成皇帝了呢?天助人也!哪方的天助了朱棣使他做上皇帝了呢?天津。

何以一个本来不应该做皇帝的朱棣竟然披上了龙袍、坐上了龙椅?借了直沽的好风水!倘若他另选一个渡口南下,说不定就"成者王侯败者寇"了。不仅是打不倒他侄子朱允炆,自己还落下个篡位谋反的罪名。即使朱允炆看在他是叔叔的面上,不开杀戒,最轻也要给他定个罪名贬为庶民,发配到什么地方了结终生去了。

朱棣深知此中道理,于是才下诏于天津设卫,感谢这一方宝地对他的恩泽。

九条大河能够助燕王登上皇位,可见只要稍稍有点造化的人,到了天津,还会有什么实现不了的梦想?天津这个地方,地上不长五谷,地下没有金银,就是九条大河、一块青天,愣让多少人在这里发了财:多少穷光蛋于走投无路之时流落到了天津,几年时间,不知怎么一个变故,飞黄腾达了,人五人六地逛开了。什么道理?非常简单,九条大河的脉气好。

风水学的讲究,山为静、水为动,山恒定不变,水则变化无常。天津地处九河下梢,九条大河激发着天津城时进的变化,你想,于这变化之中不是就有了人间的成败兴衰,有了人间世界的冷暖风云了吗?

古圣遗训:众水所汇则气聚,气聚则财生。天津卫九条大河绕抱成胎,城中七气内生,城南城北城东城西大小之气收揽无余,"茫茫大地水为龙,水缠便是龙身泊",天下不走运的哥们儿到天津来吧,碰碰运气,不必三年五载,说不定怎么一个关节,一夜之间就飞黄腾达,从此开始独享荣华富贵了。

天津人爱说,"人靠时运马靠膘"。马长膘容易,只要草料好、饲养得法、劳动适度、不受虐待,不必多少时间,屁股就长圆了。但人靠时运,却没那么容易,有的人一辈子时运不济,赶到哪条河,哪条河里没鱼。人家时运好的人就不一样,还没想去河边打鱼,只是打从河边过,或者是清晨去河边遛弯儿,"腾"的一下,从河里就蹦上来了一条大鲤鱼。你说说,这若是让时运不济的人看见,还不得气死?

所以,人别和命争。

老天津卫余姓人家的日月发旺、吉星高照,是从余隆泰大人在他家门外的子牙河上修筑了一座五槐桥开始的。

那时节,余隆泰刚刚五十岁,和他的亲兄弟几个开的皮货、绸缎庄生意做得好不兴隆。父辈留下的老宅院住不下了,余隆泰便在子牙河岸边买了八亩地,四角奠基,掘地三尺,又请了和尚、道人设经堂、道场,驱散了地面上原来的妖气、穷气、野气,又恭祈土地老爷护佑平安,这才破土动工。一年的时间盖起了一座大宅院,青砖对缝、飞檐交错,果然好一派风光。

　　由此,余隆泰举家迁入新居。彼时,他已经有了五子一女,一家人尊老爱幼,父父子子,兄兄弟弟,真是享不尽的天伦之乐。

　　而且,余家新府邸对面,流水潺潺地横着一条大河,子牙河河面上船来船去,帆影重重,倒也堪称是美景怡人。谁料,有一天忽然来了一位道人,他在余家府邸门前左顾右盼,足足观察了大半天的时间,最后将一纸黄符贴在门上,然后便扬长而去了。

　　余隆泰得知道人在自家门上贴了一纸符文,心中好生奇怪,但他又不懂符文,便揭下这张符纸,带在身边,找到观里向道士请教。那道士如此这般地一番开导,最后余隆泰先生明白了,如今余隆泰一家虽吉星高照,但门前一条大河挡住了家运;而余氏人家要想万世富贵平安,就必须在河面上筑一座大桥。

　　筑桥,算不得是什么难事,余隆泰有钱,莫说是飞跨子牙河西东,就是飞跨半个天津卫,余隆泰都掏得起。马上找包工头。余隆泰力主维新,你还别给我搭什么木桥、石桥的对付,造福一方,功及子孙,洋人在海河上架起了万国大铁桥,成了天津一景，你也给我在余家府邸前筑一座西式的洋桥——桥当中可走大马车，能过"四轮电"，什么大轿子马车，还有洋人的新式小汽车，都能从桥上过；车道的两侧再筑上行人便道、铁栏杆、铁扶手，桥上挂着电灯泡，要的是新式、洋派。

请来日本桥梁工程师，画了几十张图纸，什么结构图、平面图、展开图，余隆泰一概看不懂，只有一张立体图，和西洋油画一样：一座大钢桥，桥上车水马龙、行人不绝，桥下大河流水，水上有渔船往返穿梭。"好！"余隆泰大人挥手在书案上一拍，立即破土动工。开工的第一天，余隆泰大人带着自己的五个儿子，每人在大桥的奠基石上培了几铲土，随之，鞭炮齐鸣，锣鼓喧天，子牙河两岸的民众向余姓人家致礼感谢，浩浩荡荡，兴师动众，一项大工程便由此开始了。

整整用了一年时间，大桥筑好了，择吉通桥。

余隆泰请来了风水先生，又请来了道士、高僧，还请来了相士大师，众位"神仙"一起推算，英雄所见略同，全选定了十月初八这个吉日。余隆泰大人一听，当即又挥手在书案上一拍："好呀，十月初八恰是我的生日，选在这一天开桥通路，真是大吉大喜呀！"于是，就在余隆泰先生五十大寿的这一天，大桥落成通行，那一番热闹，真成了天津卫百年来的一大盛事了。

早在半个月之前，大桥两端便搭起了彩楼。青松翠柏，把桥头的彩楼装点得好不气派；彩楼中央，意国电灯房作为贺礼送来的五彩灯泡赤橙黄绿青蓝紫，七种颜色轮着番儿地一阵明一阵暗，把天津老少爷们儿看得眼花缭乱。由大桥下坡，直到余家府邸大门，新筑了一条大道，清水洒街，黄土铺路，把八面的来风和四方的福禧、红运一起引向余家大院。好风水,好排场,余姓人家就因筑了这座大桥,这百年的荣华富贵,就要受用不尽了。

因为余隆泰在子牙河上筑了一座大桥,天津卫的宿儒士绅联名在天津的《庸报》登了一整版的贺刊,贺刊中央四个大字:"一人有庆"。表面上是说余隆泰为民筑桥,虽然造福四方,但却是一人的庆事,典籍上有据:"一人有庆,兆民赖之,其宁惟久。"所以这"一人有庆"四个大字,才更是对余隆泰造福乡里的歌功颂德。

光在报上登了贺刊,还不足以表示民众对余隆泰的感激之情,子牙河两岸上万户人家还给余家挂了善人匾。挂匾,对于中国人来说,是一件大事。中国人,凡是大户、名门望族,大门上若是不挂上几块匾,那就像一个人不穿衣服一样,压根儿就见不得人。所以,中国人只要一有了光彩的事,立即便要挂匾。考中了状元,朝廷给挂匾:"状元府第",那是至高无上的荣誉;做了官,百姓给挂匾:"佑我黎民",一是颂扬父母官的功德,二也是暗示大老爷对百姓要手下留情。有过一个笑话,说是一个官员离职而去的时候,百姓给他送了一块匾,上面写着四个大字"天高三尺",中国式的幽默。可见中国人把匾看作是对功过的评价。

子牙河两岸百姓给余府挂的匾,上面的四个字很俗:"积善人家",也是求其通俗易懂。典出自《易经》:"积善人家,必有余庆",是说余隆泰做了善事,他的子孙后辈就必有好日子过。

余隆泰家挂了善人匾,百姓们心里还觉着欠他的情,于是又八方筹措，在余隆泰家府邸门外筑了一座善人牌坊。

立牌坊，更不得了了。中国的牌坊有许多种，而主要的却只有三类：一是圣人牌坊，那是只给圣人们立的，一般的状元，都够不上"份儿"；第二类是贞节牌坊，是给贞女烈妇们立的（当然其中个别的也立错了，但中国人尊重既成事实，也就算了）；第三类牌坊，就是善人牌坊（数额有限，不可滥立）。一个天津卫，门外立下善人牌坊的，余隆泰家是第四户。

一切准备就绪。十月初八，余隆泰过寿，大桥通行，子牙河两岸一派节日景象。

只是，这座大桥叫什么名呢？论这座大桥的势派、结构，仅次于横跨海河的万国大铁桥，而天津卫任何一条河上的每一座铁桥、木桥以至于浮桥，一律按"金"字排名，金钢桥、金汤桥、金钟桥……偏偏，余隆泰的命相属木，金克木，余隆泰腻歪这个"金"字。为此，余隆泰家资万贯，自己却不戴一件金器，一家人上上下下也一律不许有金饰品，女子可以佩玉、戴翠，无论什么猫眼儿、祖母绿都不为珍贵，只是这个"金"字，万不可让余隆泰听见，更不许让他看见金货。

那，余隆泰大人修筑的这座桥叫什么桥呢？有人提议叫"善人桥"。余隆泰修路筑桥造福一方、功及子孙，子牙河两岸万千黎民又于通桥之前给余家挂了善人匾，称这座新桥为善人桥，当之无愧。但余隆泰大人不同意，他说，修路筑桥本来就是兼善天下的事，做了善事却又要人们每日感恩戴德地颂扬善举，其用心虽好，却又变成了伪善，行善而不言善方为真善，所以这"善人桥"的名字是万万不可取的。还有人说，索性就叫

"隆泰桥",流芳百世,扬名天下,天下人尽知有隆泰桥,隆泰二字被万民口诵心传,岂不也是为人一世的大幸?但余隆泰仍不以为然,他说桥上人多车多,免不了日久天长会有点儿什么灾祸,倘一位什么人在桥上跌倒了、弄了一身泥巴,别人问及他何以如此狼狈,他必会顺口便答:"还不就是那座倒霉的隆泰桥!"那时,这隆泰二字岂不又任人唾骂了吗?再说,桥总有漏有塌,多少年后人们说及隆泰塌了、隆泰漏了、隆泰歪了、隆泰邪了,算了吧,别如此由人笑骂了!

真是愁煞人了,桥,总要有个名字吧?余隆泰冥思苦想,甚至不惜重金要奖赏能为这座大桥起出桥名的各位贤达。重赏之下必有勇夫,于是人们从四面八方给余隆泰寄来了自己想出的桥名:留芳桥、济世桥、恩泽桥、正阳桥、鸥桥(余隆泰的长子叫余子鸥)、鹏桥(二儿子余子鹏)、甲木桥,等等。

诸位贤达想出来的桥名余隆泰都不中意,最后余隆泰只得将他的大儿子唤来,让他给子牙河上自家门外的这座大桥起个名字。

余隆泰的长子余子鸥,此时将近三十岁,苦读圣贤书,也算得上是学富五车的儒生了,而且年少时还颇有一番救国救民的抱负,只是经不起沧桑风雨,气馁了,也就消沉了,再不问人间烟火,只关上房门在经史子集里消磨时光。好在余姓人家用不着儿子出去挣钱,老爹老娘只要每天看见几个儿子在院中走动,就是最大的幸福。如是,余隆泰的五个儿子——余家大院里的五员虎将,就每天在家里住着。老大,余子鸥一心读书,虽然不能兴邦治国,但到底也不给皇帝添麻烦,更不惹老爹老娘生气;他下面的四个弟弟,各有各的毛病,那也就不关余子鸥的事了。

给一座桥起名字,对于余子鸥来说不是难事,当即从书橱上取下《庄子》,信手一翻,就起出了好几个名字:逍遥桥、秋水桥、达生桥、至乐桥、山木桥,等等。

"不好!"余隆泰听过儿子想出的这些桥名,一连地摇了好一阵头,一个也不中意,"回去,重想,而且明天就是通桥的日子,再想不出桥名来,儿子,你的书就算是白读了。"

从老爹房里回来,余子鸥耷拉着脑袋,一句话不说只坐在椅子上发呆。余子鸥的妻子娄素云看丈夫一副无精打采的样子,早猜中一定是公公没有采纳丈夫给大桥起的名字,便在一旁给丈夫出主意说:"给大桥起名吗,也不可太雅,只要吉祥、好记、明白,也就是了。"

"此时只有天意,除非子牙河上有了什么异相,此外无论什么名字老爹也不会认可的。"余子鸥似是自言自语地说着。

"你也别再费苦心了,明日通桥,到了时辰还定不下个桥名,也许无论什么名儿,老爹也就认可了。"

"那可真应了老爹说的话,我这些年的书算是白读了。"叹息一声,余子鸥气馁得再也不说话了。

安抚过丈夫,娄素云再没有说话,走出房来,她找到了余家大院的老管家吴三代。吴三代是余家大院的老用人,据说从他祖父那代就在余府里当差,到了他这代,三代仆用侍候了三代主子,吴三代也算得上是半个当家人了。虽然不敢说能主什么事,但余家大院上上下下的事,他都能操持出个眉目来;全府上下,他也说得上话。

来到前院,还没容娄素云说话,正在院里操持什么事情的吴三代就迎上前来,向娄素云询问说:"大桥起名的事,老太爷认可了吗?"

"大先生倒是想出了好几个名,只是都不中老太爷的心意,大先生正犯愁呢。"娄素云回答着吴三代。

"若说呢,也是,这大桥的名字也真难想,老奴才倒也想过,随便就叫积善桥、救世桥好了,余姓人家做了这么多善事,百姓从心里感激,叨念余姓人家的恩泽,也是应该的事。"吴三代向娄素云说着。

"大先生说了,如今桥名的事,只有等待天意了。"

"怎么就是天意呢?"吴三代不解地问着。

"我倒有个主意,还得吴三叔帮忙。"娄素云四周看看,见院里没有人影,这才对吴三代说着。

"大奶奶有什么事情只管吩咐,老奴一定尽力去做。"

"吴三叔,你看这样去做好不好?"说着,娄素云向吴三代讲出了自己的打算。

"好!好!"吴三代一面听娄素云说她的想法,一面连连地称赞,表示娄素云想出的主意好。

"只是,又要辛苦吴三叔了。"说罢自己的想法,娄素云歉意地对吴三代说着。

"大奶奶怎么说这样的话,这是老奴应尽的本分,大奶奶只管放心就是了,不是什么难办的事。"说着,吴三代匆匆地走出院子,办娄素云交代他的事情去了。

……

"余大人,你快出去瞧瞧吧,天神显灵啦!"第二天早晨,天才放亮,吴三代匆匆跑来向余隆泰禀报说门外出了一桩奇事,余隆泰未及详问,立即披衣出来,推开院门,立在高高的石阶上,举目向不远处的子牙河望去。果然,天现异相,余隆泰筑桥的善举把上苍感动了。

余氏府邸门外、子牙河上,五株高大的槐树挺拔英武地树立在新桥的右侧,一字排开,好不壮观:枝叶繁茂,树干粗壮,斑驳的树皮,看上去少说也有百年的树龄;高大的树身,树根处盘根交错,看上去至少也在这里生长了几十年,明明是从天而降的五株古槐呀!昨天黄昏河岸还是一片秃秃光光,莫说是参天古树,就是连根树苗都没有,谁想到,一夜之间子牙河岸边竟然长出五株古槐,而且树根处不见新土,这明明就是天意了。

"苍天明鉴,赐福余姓人家!"看着一夜之间突然长出来的五株古槐,余隆泰被感动得热泪盈眶,设坛、上供、焚香、礼拜,余隆泰率五个儿子和男性用人一齐向五株古槐叩拜,当即,余隆泰大人便发下话来:"这座桥就叫五槐桥吧!"

顺应天意,这座大桥就叫"五槐桥"了。

由此,天津卫多了一座五槐桥,而五槐桥又是余姓人家出资修筑,于是,天津人才将五槐桥称为是余家的五槐桥,又将修筑了五槐桥的余姓人家,称之为五槐桥余家。

余隆泰筑五槐桥造福津门故里七十二沽黎民,子牙河上的一座五槐桥,也给余隆泰一家人带来了兴旺的好日月。一座五槐桥,使余隆泰从一个富商变成了贤达名士,不消几多时间,余隆泰在天津卫的名声,可是比五槐桥的名声要大多了。

这样,就看出余隆泰的心计来了。在子牙河上筑一座桥,才几个钱?几十万两银子罢了。这些银子放在家里,老银子不会生小银子,旧银子不会生新银子,最多不过放进票号去生些利息,余隆泰又不稀罕多那几个钱。

但是,这几十万两银子用在子牙河上,明着看是余家给百姓们筑了一座桥,其实,是桥上过往的行人车马给余隆泰扬了名。扬了名,有什么用处?扬了名,余隆泰就不再只是一个被读书人看不起的商贾了;扬了名,余隆泰就成了天津名流,他就有资格结识宿儒名士,他就会被官府请去奉为上宾了。筑了这座桥,余隆泰就从一个"买卖人"变成有头有脸的人物了。所以,这五槐桥,其实是余隆泰为自己筑的一个跳板,一个要跻身于显赫人物的跳板。

果不其然,自从筑了五槐桥,余隆泰的身价真就一天天地升上来了。直到最后,他做上了三井洋行中国掌柜,既是一位民间人士,又有官商的身份,他已能出入直隶总督府、天津府衙门,与总督大人和道台阁僚们称兄道弟,平起平坐,余隆泰明明是一位举足轻重的人物了。

追溯余隆泰何以平步青云一跃而成为天津的首席买办,这还要从李鸿章大人在天津办洋务的事说起。

李鸿章原籍安徽合肥,入仕之后,人们称他为李合肥。有一首诗中的一句名言:"宰相合肥天下瘦",指的就是李鸿章为朝廷效忠多年，做了宰相，肥了自己，苦了百姓。

公元1870年，同治九年，李鸿章奉旨到津，出任直隶总督兼北洋大臣。从此，他做了封疆大臣，且兼与盘踞北方的列国势力斡旋。李鸿章到天津后，大刀阔斧操办洋务，不到几年时间，便把天津城折腾成了一个热火朝天的集工商、金融、铁路、邮政于一地的重埠。

李鸿章在天津办洋务，有人说是受了洋人的撺掇，这固然也是对李鸿章的一种贬斥，不过，凭李鸿章一个老官，而且是一个到外国晋见人家皇帝，在皇宫里随地吐痰的昏聩官僚，说他会突发奇想，要推动中国建立西方工业生产体制，未免也是对他过于颂扬了。李鸿章办洋务，是他亲自吃过洋人的亏，几次出使西洋，虽说身为大清朝的重臣，但人家却只将他视为是求和的败将，连宴席上的座位，都将他排在下位，明明是当众不给他面子。这时，李鸿章也许会想，以大清国的幅员，倘每人手中也有一把洋枪，凭你们这些弹丸小国，几百万人口，哪里是大清朝的对手？

大清朝的洋务运动，始于扬言创立海军之时。那时，停泊在中国海域的英军99团，有一个名叫马格布的军医，他将船上的几个工匠带下来，找个地方利用些旧车床造出来了一些火药、子弹，算是开办了一个工厂。李鸿章听说洋人要帮助朝廷造军火，自然十分高兴，立即就批了一块地皮，让这位马格布在中国推行洋务。马格布受宠若惊，马上到船上把"水上修理厂"的机器拆下来，在他的工厂里布置好，并请李鸿章大人来厂参观。事后，一位当事人回忆彼时彼际的情形，写了一本书,书中写道:"这位统帅(指李鸿章)到那时为止,除了看过乡下脚蹬的浇田用的挂链水车以外,恐怕还没有见过任何更复杂的机器。如果告诉他这是属于他所感到头痛的泰国舰队的,劝他购下,那是毫无希望的。现在,这个对机器本来就很陌生的人,看到它忽然灵活地动了起来,发生的惊奇是戏剧性的,一切疑虑和踌躇都消失了……"

中国的事,就是这样有趣,发动了一场洋务运动的人,竟然是一个对"洋务"一无所知的人。这个人在天津大办机器局,拨出白银八万两,向英国购买来制造"火药铜帽"(子弹)的成套机器,而被他从英国请来建立机器厂的,却并不是什么工程师,而是一个当年曾经在曾国藩的阁僚中充任"剃头"队长的英国武夫戈登。反正一个是要花钱办洋务,另一个是要以协理办洋务发财,情投意合,这天津机器局就建立起来,而且不到几年时间,就有了大发展。

公元 1886 年,光绪十二年五月,朝廷派海军大臣醇亲王奕谨来天津巡视北洋海防,李鸿章便带着这位亲王到天津机器局参观。据后来的一部《醇亲王巡阅北洋海防日记》记载:天津机器局"局有八厂,共屋百余间,环于海光寺外,匠徒七百余名,每日可造哈乞开司枪子万粒,呋嗜士得枪子五千粒,其余炮车、开花子弹、电线、电箱及军中所用洋鼓吹,皆能仿制。……时伏水雷九具,于寺外积潦中一一试放。雷中装火药四十八磅者,水飞十余丈;装火药八磅者,水飞五六丈。盛杏孙观察复觅电光灯,织布机器两事设于局中,并请王试观。"当然令老王爷大开眼界。于是,"王与爵相、善都统坐铁轮车浏览各厂,工人照常执业不掇。"

一部巡阅日记没有记载下醇亲王于巡阅天津机器局之后,留下了什么"垂训",他大概也就是"大悦"罢了。操办洋务的人对于办洋务是外行,巡阅洋务的人,对洋务那更是闻所未闻了。好在,能让他们知道西洋机器就是比中国的打铁作坊强,也就足矣了,此外,于他们还有什么苛求呢?

李鸿章在天津办了机器局,随之又操办了开平矿务局,李鸿章雇用英国人巴赖为矿师,又从英国买来开矿机器,于是便在距天津二百余里的开平,开了一座煤矿,这就是后来的开滦煤矿。开平煤矿于公元1881年、光绪七年出煤,"所出之煤,极为精美,可与洋煤并驾齐驱,价值既廉,销路又广"。一下子,北方成了一个产煤的富地。

开了机器局,办了煤矿,又相继办了邮政、电报等"洋务"实业,随之,顺理成章,李鸿章便要修筑铁路了。只是,修铁路,谈何容易?就在开平煤矿出煤的1881年,英国人出钱修了一条从唐山到胥各庄全长十一公里的运煤铁路。但是,修路的英国人万万没有想到,运行在这条铁路上的蒸汽机车,夜深人静,一声汽笛长鸣,竟把毗邻于唐山、胥各庄的皇家东陵守陵官员从睡梦中惊醒了。立即,一声令下,全体守护皇帝陵墓的官兵全副披挂四处查访,一定要把那个发出怪声的刁民捉来问罪,因为制造怪声事小,惊动了地下的皇帝陵寝事大,你是存心不让老主子在地下安息怎么的?查访了一夜,终于有了结果,原来惊陵的怪响非刁民所致,原是邻近的煤矿上新通了一种火车,而那吓人的怪声就是这种火车的汽笛声。

飞马进京,立即向朝廷报告,十万火急。"近有西人于皇陵左近修筑铁路,其路上行驶之机器火车啸声震岳,致使列祖列宗地下陵寝不得安宁。"这还了得?中国这么大,老皇上死了都没个安静地方长眠,洋人也太放肆了。刻不容缓,朝廷立即派下官员,星夜赶到开平煤矿。"圣旨"——开平铁路不得行驶机器火车。

只是,不让矿上的火车运行,那煤矿不就停产了吗?英国人没有办法,只得在火车前面套上几百匹骏马,几十个人同时挥鞭策赶,这便给天下人留下了一个马拉火车的大笑柄。

办洋务,没有铁路不行,而李鸿章要想筑路,也实在不是一件容易的事。而洋人撺掇李鸿章修铁路,又重演了英国人马格布的办法,用实地表演打动李鸿章的心。

那一年是公元 1885 年,光绪十一年,李鸿章已经是六十二岁的老人了,而刚刚跻身为天津名流的余隆泰只有五十岁。一天下午,余隆泰接到一张帖子,请余隆泰大人赴紫竹林巡阅机器火车表演,邀请人是天津怡和洋行的英国董事长。

紫竹林,地处天津城区的东北方向,好大一片空地!怡和洋行为了让李鸿章和中国商人们看看火车的神威,从英国运来了各种器材,在紫竹林空地上铺了一条五公里长的小铁路。铁路铺成之后,怡和洋行又从英国运来了一辆火车,当场操作,他们选定了一个日子,要请李鸿章、中国官员和天津、北京一带的名流、富绅、宿儒、巨贾们亲自乘坐一次他们的机器火车,以激起中国人对修路的渴求。

坐着怡和洋行的机器火车,在紫竹林旷野上转了一圈儿。

一个钟头之后，李鸿章率领总督府和天津的地方官员以及一起来参观、乘坐火车的天津富绅巨贾，回到了直隶总督府，说是用茶小憩，其实是鼓动天津商界向朝廷里的老朽们施加压力，提出修筑铁路的奏折。

天津商人们自然知道，近几年来，朝廷向欧美派出的使臣们回国之后，大多向皇帝呈报过欧美列国因经营铁路而促成国家兴旺的情形。李鸿章是于修筑铁路最为热心的一个，他曾提出了修筑铁路"大利九端"的说法。但是，李鸿章修筑铁路的主张，不仅遭到了王爷老臣们的极力反对，就连许多读书人也认为修筑铁路实为有百害而无一利的行径。反对修筑铁路的人说铁路有四害，其一便是资敌。他们说，如今列强野心勃勃，觊觎天朝，而我大清所以还能巍然如泰山，就是因为内陆没有铁路。因此，列强虽有坚炮利舰，但他等若想发兵进京，千里迢迢，那还是够他们走一阵子的。利用这一阵子时间，京城贵胄，或迁家，或转运细软，也都还来得及；倘有了铁路，敌兵朝发而夕至，我等还来得及逃跑吗？此外，那些老朽官员们还提出，修筑铁路扰民、失业、夺民生计，等等，那是万万不可为的！

何况，朝廷里极力反对修路的，不是别人，正是光绪皇帝的生父——醇亲王奕譞。

李鸿章孤掌难鸣，在朝廷里不能说服守旧派官员们修筑铁路，于是，他就想在天津汇集商界力量，先把铁路修通了，再迫使旧派的官员们承认事实。

李鸿章当然知道，天津商贾虽然不问朝政，但自开埠通商以来，天津百业兴旺，一场洋务运动，又把天津变成了一个大商埠,如今的天津商人们早就对内陆的交通状况不满了。天津地处九河下梢、渤海之滨,万国的商船可以直接沿海河驶进天津,可是洋货到了天津,要靠马车运往西北内地,而外商要买的货物,也全是靠大车运来。这一出一进,停滞缓慢,眼望着白花花的银子,就是装不进自己的腰包。前不久听说唐山至胥各庄修了铁路,如今又有英商把铁路铺在天津城郊,请富绅巨贾亲身体验一下近代交通的便利,天津商人自然就开始躁动了。

李鸿章当然鬼得很,他决不会在修路问题上和皇上的老爹作对。直隶总督府的大花厅里,众目睽睽之下,他更不会公开鼓动天津商人与朝廷作对。东拉西扯地一面和天津商人们说些闲话,一面顾左右而言他地只说些铁路的好处。

"我们中国人么,穷则独善其身,达则兼济天下,在座的诸位贤达之中,我就听阁僚们对我说过,其中很是不乏铺路筑桥的善人呀!"李鸿章说得有点儿漫不经心,语调也极平和,明明是在和老朋友们说家常话。

"托总督大人的洪福。"几个自以为在天津有过善举的商人们忙着站起来,向李鸿章拱手敬礼,然后又自谦地说道,"总督大人治理天津有方,才使我辈于经商中得以发展,生意上有了一些盈利,先天下之忧而忧,后天下之乐而乐的圣训,我们总还是不敢忘记的。"

"可敬,可佩。"李鸿章颇为赞赏地说着。停了一会儿,他又向商人们询问,"据阁僚们对我说,天津富贾之中,有一位因行善举而感动上苍,一夜之间竟在他为民修筑的桥头,突然生出了五株古槐,真有这样的事吗?"

"这就是余隆泰大人亲历的奇事。"商人们一齐向李鸿章介绍着,随之,余隆泰也就从商人堆中走了出来。

"隆泰一介商贾,实在不敢自诩是行了什么善举。筑桥的事是有的,一夜之间,桥头岸上立起五株古槐的事也是有的。不过,感动上苍,隆泰自知无此功德。承蒙民众感激,一夜之间有人将五株古槐移来植于岸边的事,也许会是有的。恩泽在天么,也就只说是天赐了。"余隆泰自然不会相信苍天赐他五株古槐的神话,他心中早就估摸,这说不定正是自己身边的一个要讨好自己的人,悄悄做下的一件奇事。据他推测,很可能是他家的仆用班头、他最贴身的家用——吴三代。

"余大人筑桥济世,感动上苍,赐福五株古槐;倘若余大人铺上一条铁路,那天下人就更要感激余大人的恩德了。"李鸿章说着说着,就把话题拉到修铁路的事上来了。

"总督大人过誉了。"余隆泰忙向李鸿章施了一个大礼,然后才又说着,"隆泰不过小有积蓄罢了,筑桥的几十万两银子,尚还可以;用于修筑铁路,那实在是杯水车薪。不过呢,请总督大人恕隆泰放肆,依隆泰之见,这修路一事已是大势所趋,早修路早富国,迟修路迟富国,这来日的国运,已是和修路休戚相关了。"

"高见,高见!"李鸿章听到天津商界之中居然有人对修路持如此积极的态度,自然十分高兴,一反他直隶总督大人的矜持常态,他竟对自己治下的一个子民,表示钦佩了。

"那,余先生就说说修路的利端吧。"李鸿章本来给皇上陈奏过修路的《妥议铁路事宜折》,在这个奏折中他力陈筑路的好处。只是皇帝面前的一场争辩,把李鸿章的奏折给打入冷宫去了。反对筑路的人说修筑铁路是"祸国殃民,莫大乎是",更有人对皇帝说"睹电杆而伤心,闻铁路则掩耳",修筑铁路已被视为是大逆不道了。如今,听见余隆泰把筑路和国运连在了一起,李鸿章倒想借天津商人的嘴,再替自己说几句话。

"修筑铁路一事,事关重大,隆泰也知,朝中有人力主反对……"

"隆泰兄,反对修铁路的,可是醇亲王呀!"不知是谁,从后面抻了一下余隆泰的衣角,提示他说话要当心。但余隆泰此时正气盛,何况他又是无官一身轻,无所顾忌,他回手推开背后拉他衣襟的那个人,口若悬河地说起来了。

"修筑铁路,实为富国之本,中国幅员辽阔,铁路一通,其利于漕务、赈务、商务、矿务之处,已不可殚述,且于列强觊觎天朝的今日,也是抵御敌军的当务之急。隆泰虽孤陋寡闻,但对朝中反对修筑铁路之说略有所闻,其铁路足以资敌之论,实为多虑。强敌入侵,固可以铁路而长驱直入,而我王朝,又何以不可以铁路而调兵遣将?铁路告成,声势联络,血脉贯通,防边防海,转运枪炮,朝发而夕至,十八省兵力合而为一。此时洋人再多,也敌不过我百万之众,资敌乎?御敌乎?有目共识,真是何虑之有呢……"

"好,好,你说下去,说下去!"李鸿章越听越爱听,越听越高兴,他已是连连击掌,在给余隆泰鼓劲了。

……

余隆泰一马当先,鼓动得天津商人做了李鸿章修筑铁路的经济后台。第二年,李鸿章就组成了天津铁路公司,从天津商界筹到筑路用款 150 万两,再加上向英国又借了一笔路款,这修路的工程就开始了。到了公元 1892 年,光绪十八年,天津建成了老龙头火车站,从此,天津就成了全国第一个铁路中心。

因力陈筑路,余隆泰结识了李鸿章,李鸿章在天津筹措路款,余隆泰又几乎到了砸锅卖铁的程度。由此,余隆泰更是攀上了官府,他也就更平步青云福禄双全了。

因为天津通了海运,通了火车,各国金融、商界便从四面八方向天津云集,而在这当中最是来势凶猛的,当属日本财团。

中国的门户,是英国人用大炮打开的。天津设埠通商,始于公元 1860 年,咸丰十年,那一年英法联军攻陷北京城,火烧圆明园,迫使清政府签下了《北京条约》,应允"天津口克日通商,洋船随便往来"。直到天津立了法租界、英租界、德租界、意租界,日本势力还没有挤进来。到了公元 1867 年,同治六年,天津已有洋行 17 家,其中英商 9 家、俄商 4 家、德商 2 家、美商和意商各 1 家,唯独没有日商的洋行。

看着英、法、美、德、俄在天津办洋行,做生意发财,日本人急得双脚乱蹦。他们想挤进中国,挤进天津,向英、法、德各国势力求情,让他们从瓜分中国的宴席上分给日本一杯羹,那当然是不可能的。于是他们只好打通中国官府,来一个半路上杀出个程咬金,愣往里挤。

于是,公元 1894 年,光绪二十年,日本在"开拓万里波涛,布国威于四方"的国策下,发动了一场甲午海战,这场战争以中国的惨败而结束。1895年3月14日，李鸿章奉旨带着他的儿子李经方，在美国顾问科士达的陪同下，前往日本谈判求和。4月17日在日本签订了《马关条约》，允许日本在中国设厂，并允许日本货物一律免税。由此，天津，以至中国的大门，才被日本人一脚踢开。

洪水一般，日本势力一下子涌进了天津。1898年，就在英国、法国在天津设立租界地40年之后，日本人也在天津设立了租界地。而且日本人不来则罢，来了就要称雄天下，天津的日租界一次就占地1667亩，成了天津最大的一个租界地。立了租界地，立了领事馆，来了日本侨民，随之就办起了各种各样的"会社"，办了洋行，又设了横滨正金银行、大东银行等金融机构，未及两年时间，日本人已经在天津打下根据地了。

在日本人开设的洋行中，有一家最大的洋行——三井洋行。

三井洋行，全名是"日本国三井物产株式会社"，明着是私人资本，内中有日本国的势力，是日本的一家大垄断商行。尤其是对中国，三井洋行垄断一切对华贸易，一切日本国对中国出口的物资，以及一切日本国与中国来往的贸易，统由三井洋行经办，而且垄断海运和保险，结算战争"赔款"，代理日本国对中国的官方贷款。所以，这三井洋行，已经就是设在天津以至于是设在中国的日本国了。

三井洋行既然设在中国，那就要有一位中国掌柜，而且三井洋行设在天津，还要有一个华账房，只是这位三井洋行的中国掌柜，应该由谁出任呢？

当然，不能是中国官员，中国朝廷里的官员不能在日本人开的洋行做事,无论什么职务都不能担任;还不能是中国官员的亲属,李鸿章的弟弟、内弟,还有他的儿子,都不能出任日本洋行的中国掌柜。那样就有了暗中与洋人沟通的嫌疑,再在皇上面前说话,无论是说日本好,还是说日本坏,都不理直气壮了。

那么,就找一个商人吧,也不行。既然人家日本三井洋行方面有日本国的背景,这位出任日本国三井洋行中国掌柜的中国人,也得有点中国官方的背景。否则,人家有什么要和中国官府说的话,一个普通的商人,怕身份不够。而且,这个人还必须名声好,受人敬重,还得有学问,多少沾点儒门的边儿,虽说不是圣人吧,也得是位贤达。寻来寻去,这个职位在天津只有一个人能担任,那就是余隆泰。

当李鸿章一张帖子把余隆泰请到私人府邸、酒席之上,三巡老酒下肚,李鸿章把推荐说出之后,余隆泰毫无准备,一时之间,竟把举到唇边的酒杯停在了半空,好长好长时间,他没有说出话来。

"身负重任,这个职位,已经是非公莫属了。"李鸿章劝导着余隆泰说。

"承蒙合肥大人错爱,隆泰自然是感恩不尽的。"把这样一个发财的肥缺送到自己手里,余隆泰当然知道这是李鸿章对自己帮他修铁路一事的报答。三井洋行中国掌柜,那是白银往家里流的差事呀。多少人上万两的银子送上去,未必能运作下来一个小小的盐务,如今李鸿章一句话便把余隆泰推到与日本人共分中国财产的位置,这该是做梦也不敢想的事呀!只是，余隆泰也明白，出任三井洋行中国掌柜，从此自己就是半个官商了，自己因修五槐桥换来的名望，弄不好就要葬送在这个洋行买办的位子上——和洋人沆瀣一气，那不明明是在做卖国生意吗？

李鸿章历来是贵人话少，他"举荐"余隆泰去三井洋行出任中国掌柜，也无须向余隆泰交代这个差事是何等的重要，一切心照不宣，该如何办，由你余隆泰自己想去就是了。

本来，余隆泰还要推辞，但是李鸿章端起了茶盅。中国官场的规矩，这叫"端茶送客"：原来客人来时献上的那杯茶，是准备用来送客的。看见李鸿章端起茶盅，又听见李府的老仆在门外高声喝唱："送客——"，余隆泰不敢怠慢，忙起身施礼，向李鸿章告辞出来了。

回家的路上，坐在自家的轿子马车上，余隆泰既为自己得了这份发财的肥差而庆幸，也为自己做上了买办而懊恼。去三井洋行做中国掌柜，明明就是李鸿章给了余隆泰一个发财的机会。在此之前，余隆泰经商起家，靠的是自己的本事，自己的运气，但出任三井洋行中国掌柜，那就不能只靠个人的能耐才干了。李鸿章的"举荐"，就是一道总督的大令，虽没写成文书，但却代表官方。日本势力初来天津，他们知道谁能胜任这个要职呀？而且，甲午海战后，李鸿章率子去日本议和，割地之惨、赔款之巨，已是举国为之惊骇，国人无不痛骂李鸿章卖国。当时还有人传说，李鸿章的儿子李经方已被日皇选为驸马，李鸿章已和日本皇室联姻了。四川一个不怕死的读书人上书李鸿章，开宗明义第一句便是："人谓公一日不死，则天下一日不平。"可见,李鸿章的名声,早就臭到了家。

只是,日本人听李鸿章的。日本三井洋行初到天津设行,他们在选用中国掌柜一事上,是唯李鸿章的"举荐"是从的。余隆泰大半生清白,如今被李鸿章扔上了这条贼船,他的苦衷自然也是有口难言了。

余隆泰于到三井洋行就职之前,先去了两户人家:一户是他的亲家公,天津府的黄道台。黄道台自然是官职在身,李鸿章是他的上司,就只对余隆泰说些要尽心尽职,不可辜负总督大人的恩泽之类的话。余隆泰去的第二户人家,是天津的圣人,严复。严复是位大学问家,是余隆泰家几个孩子的老师,也是余隆泰的莫逆。严复一贯力主维新,他倒不认为做上了三井洋行中国掌柜的职位,便一定是参与了卖国行径,丧权辱国的罪魁是腐败无能的清朝朝廷,明眼人是不会把卖国的罪名推到与洋人经商,为洋人做事的类如余隆泰这类人物身上的。

"好自为之。"严复只对余隆泰说了这四个字,便和他说起几个孩子读书的事了。

三井洋行,好大的财势,余隆泰到任未及三年,一跃就成了天津的首富,而且人家三井洋行和中国人做生意,处处都恪守儒商之道,进一船货,出一船货,规规矩矩给华账房提二成的利。那就是说,这一年之中,三井洋行无论有多少盈利,落在余隆泰名下的都有二成。这二成的利润,除了华账房的开销之外,余隆泰个人得多少,那就不必细说了。

自从余隆泰攀上了官府,成了天津的显赫,随之就成了天津府衙门的常客。他找天津府道台大人不论朝政,不谈经济,只一件事:下棋。

余隆泰爱下棋,在天津卫,余隆泰没输过棋,而且余隆泰最爱和名人、贵人对弈。不好好和余隆泰下棋,你就休想在天津立足。和余隆泰下棋,不让他胜,他就不肯走。有一次余隆泰愣拿一炮一卒赢了对手的双车双马。"余大人手下留情,我输了,我输了。心服口服。"何以双车双马会在一炮一卒面前服输?因为余大人胜棋之后一般情况要摆宴庆贺,燕窝鱼翅、山珍海味,对于输家,那是足可以安抚一番的了。

"他们敬畏我的财势。"余隆泰有自知之明,并深知仅凭一炮一卒而能胜双车双马者,于棋谱上实属绝无仅有。于是,他要找一位不敬畏自己财势、又不肯装败认输的人一决雌雄。什么人不敬畏余隆泰的财势?只有道台大人了。当然,这只是在天津卫,北京城里的皇帝老子也不敬畏余隆泰的财势,说不定还不把余隆泰看在眼里。找皇帝老子去下棋?听说光绪皇帝被囚在瀛台了。慈禧老佛爷也爱下棋,余隆泰当然也不会去,哪有一个大老爷们儿跟一个大老娘儿们下棋的?笑话!

为了躲避余隆泰常到天津府衙门找道台大人下棋,前一任道台大人向朝廷呈送了请调的奏折。他没敢告诉皇上,天津卫有个余隆泰常于夜半三更叫开天津府大门来找自己下棋,他只推说天津卫地处九河下梢,民性刁钻,自己治理无方,要求调往他任。幸好这位道台大人会做事,他一份厚礼买通了李莲英的关系,由此才一道懿旨下来宣他进京,改任他方去了。

# 第二章　庚子之难

斗转星移，转眼间到了公元 1900 年——光绪二十六年。这一年，一场大难降临中国，竟使数万万炎黄子孙无一幸免。

中国人的历书，自有一套天干地支的方法，这是洋人所无法通晓的。天干为十，甲、乙、丙、丁、戊、己、庚、辛、壬、癸；地支为十二，子、丑、寅、卯、辰、巳、午、未、申、酉、戌、亥。以天干地支的方法来记时、记日、记月、记年，始于四五千年之前上古轩辕时期的大挠氏，他研究出了一种以一个天干和一个地支依次搭配日期的办法。如《尚书·顾命》就有"惟四月哉生魄，王不怿。甲子，王乃洮颒水，相被冕服，凭玉几"。这里记载的是，四月初，王的身体不舒服，到了甲子这一天，王才沐发洗脸，太仆为王穿上衣服，王依在玉几上坐着。可见，这天干地支实在是一种远古的历法。

但到后来，天干地支就被人们附会了吉凶祸福的色彩，而此中，庚子之时，是最为中国人忌讳的。凡逢庚子之日，诸事不宜；逢庚子之月，凶多吉少；而逢庚子之年，则必有大灾难殃及全国。

自清以来，至 1900 年，将近 300 年时光，清王朝一共经历过了五个庚子年。说来也怪，清代的两个皇帝，都是在过了庚子年之后的第二年死去的,这庚子年成了死皇帝的凶年。到后来,公元1780年,庚子,时在乾隆四十五年,太平盛世,但是江浙、直隶、湖南、湖北一场大水,直淹了半个中国,只把个一心"巡幸"天下的乾隆皇帝困在了宫中,这一年他没有出门。公元1840年,道光十四年,又逢庚子,一场鸦片战争,打破了天朝盛世的神话,打得真龙天子威风扫地。从此,清朝天下大势去矣,列强拥进了中国。

公元1900年,又逢庚子,早在一年之前,人们就猜测这一年中国会遭遇什么大难,天灾?洪水?地动?山崩?反正是人人做好了"在劫难逃"的准备。但是谁也没有估计到,1900年的这一场庚子之难,可比历史上任何一次庚子之难可怕多了。这一年八国联军直逼京城,把皇帝老子和他的"亲爸爸"慈禧老佛爷给吓跑了,大清国的江山,从根基上被八国鬼子兵的洋枪洋炮打垮了。

国运、家运,这样大的一场天灾人祸,家家户户已是无一能得幸免。余隆泰家,本来正在兴旺之时,也在这一年陷入了劫难。从此,一户吉星高照的人家,一户享不尽荣华富贵的人家,便开始了一场天翻地覆的变化。不仅演出了一场悲天悯人的人间戏剧,更使余姓人家的每一个成员都经受了一场生生死死的磨难:有的在这场磨难中消沉,有的在这场磨难中获得新生;有的做了人,有的成了鬼;更有的做尽了恶事,却只恨做恶事的人未能得到恶报,反而让他摇身一变,又做了人上之人。

人间祸福,世态炎凉,余隆泰一家人的故事,就从1900年这一场大难中开始了。

余隆泰家的仆用班头吴三代,此时已经年近半百了。余家的仆用成群,女用人以及各房里的使女、陪房丫鬟,分由各房里的主子调管;男用人,不分院、不分房,大厨房里的用人,归大账房管,其余看家护院、拉车抬轿、采买零杂物品的男用,统由吴三代调管,有什么事,主子只吩咐吴三代一个人就可以了。

吴三代从十几岁到余府来当差做事,最先也只是做些粗活,后来又被选到余隆泰房里。只是,这孩子机灵,无论什么事不等余隆泰老太爷吩咐,利利索索,早早地就侍候到了,老太爷自然是十分喜爱。余老太爷总是夜里读书,道德文章要到万籁俱静时才有文思,哪怕是极细微的声音,也要把老太爷的满腹经纶沤得在肚里发了霉。一年秋天,余隆泰夜半三更正为自己刚刚写好的一篇文章得意,披上衣服,优哉游哉地走出书房来漫步休息。推开书房的隔扇门,走下台阶,余隆泰只见远处院门外有个孩子的身影正提着一盏马灯在地上照,最先余老太爷以为是哪个小当差的在为主子找什么东西,便只随便说着:"已经这时辰了,回去歇着吧,无论什么东西,丢在自家院子里是绝对能找回来的。"谁料,余隆泰的声音倒把那个提灯的孩子吓了一跳,他立时站起身子,垂手站在院墙边下,诚惶诚恐地说着:

"原是怕虫儿叫唤惊扰了老太爷读书,没想到灯影儿反把老太爷引出屋来了,小三该死。"说话的原来是吴三代。

"哦,是吴三儿呀!"老太爷管吴三代叫吴三儿,三字的后面有个儿音,一半也是出于对孩子的喜爱。"你在照什么呢?"老太爷问。

"这院里蛐蛐儿叫得太邪,我拿灯把蛐蛐儿照出来,免得打扰老太爷读书。"

啊!余隆泰这时才想起来,难怪今晚书房里这样安静,静得似是时间都凝固成了铅,一丝儿的声音也没有。每到秋日读书,蛐蛐儿叫得人着实心烦,它若是好生叫,倒也无所谓了,偏偏有时叫得让人心绪不宁。听蛐蛐儿的那种颤颤巍巍的叫声,总会联想到一些让人走神儿的事,而且一想这种事,那平日学富五车的五车学问,立时便变成了五车臭豆腐了。

小小吴三代,从此受到余隆泰老太爷的器重,寸步不离,形影相随,余隆泰一分钟也离不开吴三代。余府里的轿子本来有专门的轿夫,但余老太爷乘轿,走在前面抬轿的,只能是吴三代,轿夫中的头头丁十一,蒙吴三代器重,配搭的只在轿后抬着,而这个吴三代,却是堂堂正正的"头杠",以此也算是吴三代在府上特殊地位的一种标志。

久而久之,吴三代成了余隆泰的心腹,荣华富贵,吴三代不能与余隆泰分享,但是辛苦艰难,一律只由吴三代承担。吴三代将余隆泰"孝敬"得舒舒服服。难得会遭遇到劫难的余隆泰,在义和团进天津城后,大祸临头了,为余隆泰出面解围的,正这个吴三代。

早在去年(光绪二十五年,公元 1899 年)春天,义和团便在天津城闹得热火朝天。当然,对于义和团的举事,天津城里百姓喜,官家忧,吃洋饭的怕,二毛子胆战心惊。余隆泰不信天主教,不算是二毛子,但身为三井洋行掌柜,也被"灭洋"的义和团视为一个异端,是义和团团民们为匡扶大清所必要斩除的妖魔。

最先,义和团在南门外聚众练拳,后来便在城内处处设坛。大师兄、二师弟的只随便在什么地方一看,说是这处宅院要立坛,不由分说呼啦啦一些人就进去,七手八脚立上神位,然后就昼夜不停地烧香燃烛,一会儿是什么神仙下凡,一会儿则又是扶乩、下圣谕,从此这户人家就成了上界与团民们会面、交谈、打交道的地点。义和团在别处如何伸张正义、扶清灭洋,不得而知,但义和团一进了天津,立即就染上了天津特色,而天津最大的特色,便是水旱码头的河坝风采。大师兄们看中立坛的地方大多是大宅门,有的是金钱财宝,大锅大灶立起来,吃这家喝这家,坛上的一切香烛纸锞全由这家人操办,这户人家心中有苦不敢言,只得处处当心伺候。

最初余老太爷没把义和团放在眼里,他压根儿就不信什么刀枪不入的邪说,就在满天津城男女老少遍传义和团的乩语"一片苦海望无涯,小神忙乱走风尘,八千十万神兵起,扫灭洋人世界新"的时候,余老太爷发下话来,本族子弟凡有信奉邪说者以忤逆论处,用人婆子丫鬟凡有信奉邪说者,一律逐出余府。

余老太爷不过六十多岁,只因为他财势大、辈分大,所以无论是在族里还是在市面上,人人都尊称他是老太爷。其实他什么官职也没有,在朝廷里连份师爷的差事都没有,他自己又不开银号，但因为天津日租界领事馆代表日本国正式关照过天津府衙门，余隆泰被委任为日本三井洋行中国掌柜，请天津府对于余隆泰给予特别关照。从此历届天津道台无论是上任还是卸职，都要到余府这个"道场"来，余老太爷自然不会亏待他们，上任的有一份官礼，卸职的又有一份私酬，为数多少，秘而不宣，只是在任的道台不和余家上下人等找别扭，离职的前任写《稗记》时保证不说余家的一句坏话。

余隆泰不买义和团的账，义和团也不买余隆泰的账。当一半家的余老太太曾经吩咐道，"万一团民一朝闯进要立坛，二门以外就由他们立坛罢了，只是这二门之内不许他们放肆，有女眷。"谁料那些威武非凡的大师兄、二师弟就如此呼啦啦从门前走过去，又呼啦啦从门前走回来，连望都不往余家的高门楼子望一眼。

春夏之交，传来了义和团杀二毛子的消息：怡中洋行有一位田二爷，在街面上本来没有什么名气，不过是个跑街的司员，伙计不算伙计，先生不算先生，在怡中洋行里排不上号儿。天津卫闹起义和团，怡中洋行有头有脸的人物都"猫"起来了，只这位田二爷不知怎么看错了皇历，自以为抓住了千载难逢的机会，想于此动乱之日露两下子，待来日怡中洋行恢复营业时好有个荣升高就的机会。活该他倒霉，这一日他来到怡中洋行，正一个人在空荡荡的楼房里喝茶望天唱西皮流水，突然间塘沽船行发来电报，要怡中洋行立即派员到塘沽核定船舶行期。若是别的差事，田二爷也就权且想个主意应付了，正好这跑塘沽定船发货接货的事是田二爷的本分正差，二话不说，穿戴整齐雇辆马车他就直奔老龙头火车站，不早不晚，正赶上一趟火车去山海关，搭车他就去了塘沽。不必赘述，差事办得漂亮非凡，很是让怡中洋行占了个大便宜。旗开得胜马到成功之后该打道回天津了，不料火车不开了，说是义和团扒了铁道。也罢，好在塘沽和天津只有六十里的距离，搭上辆马车，估摸着大半天时间也就到了。

车至军粮城——塘沽与天津之间的正当中，义和团立了坛口，过往行人一律下车盘问。田二爷是老跑街的了，你有来言我有去语，休想从他口中问出什么破绽，可是人家义和团是天兵天将，不必与凡人答问，断定你是不是二毛子，自有一套办法。

"跪下！"

呼啦啦十几个搭车过路的人都规规矩矩地跪在了坛口的香案下面，香案上一只金黄锃亮的大香炉，香炉正中一炷三尺长的香燃着呼呼的火苗，一排十几支蜡烛点燃着，火苗闪动，将坛口香案两侧持刀肃立的义和团众弟兄照得忽明忽暗。田二爷跪在地上没敢抬头，心里怦怦跳，全身直哆嗦，偷眼看看义和团的持刀弟兄，一个个横眉立目，果然是一副英雄豪侠的非凡气度。老天爷，他们这是要干吗？田二爷直到此时才后悔自己不该不听家人劝阻，非要于危难之时为怡中洋行效劳卖命。

不多时，义和团弟兄给十几个跪在地面上的过路人每人手中放了一只黑木托盘，等着被查明是二毛子还是血肉同胞的人乖乖地将木托盘托过头顶。按顺序，跪在最左侧的那个人,木托盘上立起了一个黄纸封筒。

黄纸封筒,是北方民间祭奠死者的一种物什,用黄色厚草纸糊成的四方形空筒,长约一尺,矗立在木托盘上似两块连在一起的红砖。祭奠死者时,由孝子托着木托盘,将黄纸封筒点燃,黄纸封筒里面是空的,燃烧时会突地迸出一个火球来,以示其后辈日月兴隆吉祥之意。但也有时黄纸封筒燃烧时平平淡淡,或是因为漏了空气,或是因为气候干燥,反正是没有迸出火球,后辈自然就为此极是扫兴。

"嘭!"第一个人的黄纸封筒才刚刚点燃,立即一声巨响,纸筒里便飞出来一个大火球。不等黄纸封筒烧完,义和团弟兄便过来让他向神坛叩三个头,然后放他回车里等着回家。

"嘭!"第二个人的黄纸封筒燃烧中又迸出了一个大火球,第二个人本来吓得已是魂儿飞出了躯壳,一个火球唤得他的魂魄又附了体,咚咚咚一连向着神坛叩了十几个头,然后才拍打着衣裳上的尘土往马车走去。

第三个人的黄纸封筒也"嘭"了一声,这人性急,不等义和团弟兄发话,扔下木托盘就往马车跑,义和团弟兄对骨肉同胞从不计较,随他如何放肆也不会追究。

跪在第十几个人的位置上,田二爷最初有些紧张,上牙禁不住地磕下牙,身子抖得似筛糠,眼望着前七八个人的黄纸封筒都迸出了火球,渐渐地田二爷才稳住了心神,他的心跳得不那么急促了,额上的汗珠消退了,双手也不哆嗦了。不多时,轮到义和团弟兄将黄纸封筒立在他的木托盘上时,他竟心境平和得一点儿也不显慌张。

嚓地一声,两块火石相碰,点燃了一根烟绳,烟绳提在一位义和团弟兄手里,从上向下垂着点燃了田二爷木托盘里的黄纸封筒,火焰极旺。田二爷心中暗庆大吉大顺,火焰烧着,纸灰儿飘飞起来,一股烟味呛得田二爷直想打喷嚏。儿戏不得,倘有稍许意外,弄不好就要人头落地,立即挺起身来双手将托盘托稳当些,啊呀,不知怎么一摇动,火苗儿噗地一下灭了,田二爷眼前一团光明立时变成一团黑暗,黑暗中一个火红火红的幻影由远及近向他扑来,打一个冷战惊醒过来,睁开眼睛,田二爷发现自己早被义和团几个弟兄押到了神坛外面的空地上,明晃晃的大刀片在阳光下耀出刺眼光芒。

"冤枉呀,冤枉呀!"田二爷撕破喉咙放声哭喊,他想挥臂挣扎,但他的两只胳膊早被两名弟兄反剪在了背后。

"闭上狗嘴!"随声,一位大师兄狠狠地在田二爷后背上踢了一脚。这一脚踢得重,田二爷觉得脊椎骨被踢断了。

一阵旋风,早有十几个弟兄围拢了上来。

"从实招来,你是二毛子不是?"义和团弟兄指着田二爷的鼻子问。

"大爷饶命,我哪里配得上是什么二毛子?"田二爷忙昂起脸来为自己争辩。

"老天爷有眼睛,莫非大仙爷们看错了吗?"义和团弟兄的大刀在田二爷眼前晃着。

"我,我不敢说谎呀,我不过是个跑街的,不过是怡中洋行的伙计……"

谁也闹不清田二爷还要往下说些什么,只可惜这时他的脑袋早被砍下来了，只见一个大血球在地上滚动……

如此，义和团众弟兄更加坚信自己辨认二毛子的绝招准确无误。

……

"天下大乱，天下大乱了呀！"

面对天津城义和团热火朝天的活动场面，余隆泰老太爷慌了手脚，作为一名既忠于清室朝廷，又半生做买办、办洋务的儒门圣贤，他着实对眼下天津城的一片动乱感到忍无可忍。道台大人们，何以你们就治不了这些乱民呢？

在天津府道台大人黄璞人的家里，余隆泰和天津的宿儒严复先生巧遇在一起。三个人本来就是好友，严复和黄璞人还是同年同科的进士，彼此之间已是莫逆之交，而余隆泰和严夫子之间还有祖辈上的交情，所以在天津卫，道台大人黄璞人，学究圣人严复和三井洋行掌柜、洋务界的首领余隆泰大人，也称得上是桃园三结义的过命朋友了。他们三个人凑到一起，上骂皇帝朝政，下骂贪官污吏；内骂乱臣贼子，外骂列强帝国。凑到一起就骂，骂就骂它个狗血喷头。骂过之后，黄道台还乖乖地给朝廷当差，严夫子还写他的激昂文章，余隆泰照样和日本人一起赚钱。

"唉！"黄道台摇了摇头，颇为时局的无法控制而担忧叹息，"义和团倡导什么扶清灭洋，只是如此扶清扶不起，如此灭洋也灭不成呀！兴邦治国之策，不可意气用事，更不可靠这等惑众的妖术。我只担心让这些妄为的团民横行肆虐，迟早会引出什么大的交涉来，只怕那时朝廷又要割地赔款了。"

对于义和团的兴起,黄道台咬牙切齿。去年的此时此际,义和团活动渐渐在山东、河北一带蔓延,当时天津城就来了一个名叫"海干"的和尚蛊惑民众,他预言不久的将来义和团便会使大海干枯,那时洋人的兵舰不能上岸登陆,中国人便可以关上国门杀洋鬼子了。海干和尚的妖言很是闹得人心惶惶,不少人真的盼望大海能早一天干枯。黄道台听到消息后,将这位海干和尚请到府衙门,以礼相待之后,黄道台差人在府衙门大院里放上一碗水,"法师在上,今日本府在此备下一碗清水,请法师显灵将其化为乌有,倘能如此,我为法师设法台,着本县民众日夜听法师讲经。"这一下海干和尚傻了,他支吾半天告辞便走,只是这府衙是你想走就走的吗?一根签子扔下来,八名差役追上去将海干和尚捉住,不问青红皂白,便是四十大板,只打得海干和尚叫爹叫娘,当即大堂上画押,发誓再不妖言惑众了。

谁料,如今义和团运动已成洪水之势,任何人也抵挡不住了。

义和团以天津作为基地据点,天津人又如此热衷于义和团活动,其中也有着多种原因:

义和团之所以在天津一呼百应,未及多时便成如火如荼之势,据严夫子认为,这是因为天津人受洋人的气太久太甚的关系。鸦片战争之后,开埠通商,一个天津卫竟割出了大半片土地,设了日、法、德、意、英、俄、美租界,各国租界地设栅栏门,华人出入租界地要向外国大兵和印度巡捕鞠躬,稍有差错,上来便是一记大耳光,先打人后说话,华人成了亡国奴。最为可恨的是天津的那些教民，他们大多是原来被人瞧不起的无业游民，终日游手好闲，身无一技之长，又不肯习艺经商，吃喝嫖赌无恶不作，天津人称这类社会渣滓是"无理悠"。谁料洋教传入天津，一夜之间这些人脖子下面坠上了十字架，张口闭口学会了什么阿门上帝，装神弄鬼，说自己是上帝在第六天造的，所以他们欺男霸女，抢劫民财，已到了无恶不作的地步。南门外立了耶稣堂，每隔七日牧师讲经。牧师讲经那天，南马路上不许过婚丧嫁娶的队列。娶媳妇迎亲的，教民说锣声太重、喇叭刺耳，打扰了他们在教堂里聆听上帝的声音；死人出殡、和尚念经，教民们说这是给上帝"添堵"，不由分说，出来便打。华人因有朝廷嘱咐在先，怕惹起什么交涉，便只能忍气吞声，出殡、迎亲便只能挑个上帝打盹儿的时候。你说说天津人心里窝火不窝火？

对于严夫子的高见，余隆泰却不以为然。他认为义和团之所以一到天津便闹成气候，这主要是因为天津人的民性刁钻。天津卫地处九河下梢，九条河流往下灌，在天津汇合在一起向大海流去。随着九条大河的荡荡水路，八方民众云集天津，于是这九条大河、八方民众便将大半个中国的坏点子、坏习气、坏秉性、坏主意全带进了天津，所以天津城最乱，天津人最野，天津卫谁也治理不好。你想呀，九条河道的船汇到一条河里，他们能不打架吗？他们之间打架能不骂娘吗？骂娘不能解心头之怒，他们能不动拳脚吗？所以这天津人最会骂街，拐弯抹角、绕脖子话，能把骂人的话编出花儿来。天津人各个能打架，从在炕头上爬的时候就会打架。为什么天津的教民最不是玩意儿？原因很简单，什么耶稣呀、天主呀，压根儿就不该进天津城。天津人家家户户敬佛，但没一个人信佛。天津人信嘛？天津人信胳膊根儿。如今上帝来了，天主来了，天津就拿耶稣、玛丽娅当胳膊根儿，凭着这一副洋胳膊根儿，他们白吃白拿打便宜人。按照上帝的本意，你打我的左脸，我再把右脸伸过去。如今南马路耶稣堂讲圣经，教堂外马路上过来一队出殡的，教民们闻声出来，拳脚相加，愣把这户送葬的人家打得七零八落。为什么打人？教民们说，送葬的人家哭天唤地，把教堂里边上帝的声音压下去了，一个教民明明听见十字架上的耶稣发了怒，询问是什么人在外面大喊大叫？这么着，教民们才出来替上帝显灵。你瞧，耶稣教进了天津，头一茬入教的，大多是地痞无赖，这些人从祖辈上就在街面上抬不起头来，如今只要一信了上帝，无论什么大饭店都敢进——白吃！你道该杀不该杀？现在哩，义和团来了，天津人有了土胳膊根儿，而且土胳膊根儿比洋胳膊根儿壮，天津人能不跟着干吗？

"不管如何评说，如今这义和团已经成了万众之势了。"黄道台对严夫子和余隆泰的各抒己见不置可否，只说着不能回避的现实事态，"如今义和团在天津设立坛口几近千处，团民已有数十万人。他们聚众闹事，说杀便杀，说打便打，他们放言'扫平洋人，扶持中国，海内肃清，升平有日'。他们烧了教堂，烧了望海楼，杀了不知多少'二毛子'，最后竟然在府衙大院里设了坛口，坛主大师兄自称是天兵神将，只等朝廷册封，他便要立为道台大人了。"

"如何是好呢？"想到义和团的浩大声势，余隆泰面有难色，一时之间，他已是束手无策了，"说是杀二毛子，怕他们一时半时还不至于来找我的麻烦，名声在外，我余隆泰就是三井洋行中国掌柜，开洋行、办洋务、吃洋饭，可是我不信什么天主教、耶稣教，我只信孔圣人的仁义道德。祖祖辈辈，我们家挂过六块善人匾，大门外建有善人牌坊。义和团在天津立足，还要借我的名声壮大他们的威风，我无恐无惧。"

"不过呢，此事只可顺受，不可逆来。"真正无畏无惧的是严夫子，他一直恪守圣贤之道，而且最知做人的骨气，义和团所崇敬的气节，正是严夫子的品格，如此他才最知道好友余隆泰于义和团昌盛之时的心境，所以他才劝解余隆泰要好自为之。

"义和团嘛，凭他是什么天兵天将，终究也还是血肉之躯。"黄道台一旁插话说着，"在府衙门设坛的那个大师兄，就绝非不食人间烟火。每于他祭坛之日，我总差人备好酒席。早先，师爷们还怕我惹出是非，招来什么祸端，谁料那大师兄祭坛之后也来大吃大喝，那大碗喝酒大块吃肉的样子果然豪爽。但老实讲，他们吃得那样香的红烧猪肉，油油腻腻，我们平日嗅一嗅都觉得腻人的。酒足饭饱，又见有道台大人亲自作陪，他等也是受宠若惊，千恩万谢，还拍着胸脯放言，舍下身家性命，咱也要保道台大人的宝眷平安。你看，这不就相安无事了吗？隆泰年兄，我看你府上也设个坛口吧。"黄道台说着，极力劝说余隆泰不可过于执拗。

"审时度势，识时务者为俊杰呀！"严夫子在一旁也在劝说。

"大势所趋,大势所趋呀!"余隆泰不再固执己见,看来他也准备回府设坛了。

来余府设坛的大师兄叫夏十三,虎背熊腰的汉子,40多岁,据吴三代介绍说,原来在子牙河扛河坝,人极本分,不是那等蛮不讲理的人物,讲义气、忠厚,没有坏心眼。

"主家怎么称呼?"吴三代将夏十三领进余隆泰府邸里的一间下房,夏十三开门见山,便问主家的名姓。

"民家余隆泰。"余隆泰冷冷地顺声回答着。请大师兄到余府立坛,余隆泰没往书房和大花厅里让,怕的是让大师兄看出这处余府原来是如此的金碧辉煌,在下房相见,余隆泰也没穿绫罗绸缎,只一件半旧蓝布衫,看上去颇似一位落魄的寒儒。

"信洋教吗?"夏十三又问。

"一心敬佛。"余隆泰回答。

"在哪儿当差?"夏十三继续问。

"三井货庄。"余隆泰没说是三井洋行,怕大师兄不爱听这个"洋"字。

"好,就这么着了。"当即,夏十三便满口答应下来了,"逢三祭坛。"那就是凡是数三和成三倍数的日子,他便来这处坛口祭坛。余隆泰自然十分高兴,当即便吩咐吴三代去厨房包了些鸡、鱼之类的菜肴,交给夏十三带走了。

设在余隆泰家的坛口属于"离"字团。义和团的坛口按乾、坤、震、巽、坎、离、艮、兑分为八大团系,夏十三只是一个大师兄,他上边有首领,统管这一方的百多个坛口。

夏十三自然看得出来,这户余姓人家的财势非同一般。大门外有拴马桩、停轿坪,高朋贵友中多是些有官品、有权势的人。大门两侧一对石狮子戏彩球,看不出余家的官位。常说的一品狮子二品狗,到了天津卫便乱了套。北京城里规矩大,差了一点儿方寸便会有人到宫里去奏本。天津卫不听那套,谁爱在门外立什么便立什么,有钱有势把你家门楼修得比京城前门楼子还要高三尺,也没有人管你,也没有人到皇帝面前去参奏你。

皇帝也管不了,天津已经开埠通商了,闹不清谁背后是哪家势力,索性两只眼睛一闭,比一眼睁一眼闭还省事,随他去吧,皇帝老子撒手了。皇帝老子撒手,百姓不撒手,黎民百姓是很为皇帝的无能而愤愤不平的,怎么就管不了他们呢?一道圣旨传下来,要杀便杀,要剐便剐。其实傻百姓们不知道,皇帝老子的那道圣旨不是随便下着好耍的,估摸着这个马蜂窝捅不得,皇帝也不愿给自己找麻烦。如今好了,义和团兴起来了,一切原来属皇帝管,现在皇帝又管不了的,义和团以天下为己任,一定要重新给皇帝树起威望。听说有的女子居然要不缠足了,听说有的中国人跟着外国人学洋文说洋话了,听说许多家庭不点油灯点美孚灯了,通通都要给它矫正过来,早前大清开国皇帝怎么说的,现如今还要怎样做。

明明看出余姓人家有财有势,夏十三可从来没想从余姓人家得什么便宜。每逢三、六、九日夏十三来祭坛口,余家内府的大门紧闭,全家老小通通躲到内府三进庭院之后去,只有余隆泰在二进院的大花厅里静坐恭候。坛口立在头道院,头道院本来就没有什么人住,冷冷清清,满地的大方砖,砖缝间都长出了草；院里有四口大荷花缸，今年闹义和团，大荷花缸空着，满满地生着水草。夏十三祭坛，先拜天后拜地、焚香、烧香筒，看看气数，平平安安，不多说什么，也不找主家说话，祭完坛便走。走时自然有吴三代相送，送到大门口，还照例将一大包吃食塞给夏十三。

天津城大户人家设坛口，奉承义和团，在于保佑自家平安。以余隆泰的出身阅历，让他相信这些义和团的勇夫们会抵住外洋，那比让他相信太阳从西边出来还难。余隆泰办洋行与日本人做生意，中国的皮货、农产品、丝绸、矿产运出去，日本的机器、钢铁、五金运进来，余隆泰是见识过机器、轮船、汽车是怎么一回事的。义和团说洋人在河里下了毒药，家家户户都要按照义和团的药方解毒，要人人每日早晚服用。看那药方，竟是"吉豆一碗，乌梅七个，大王麦七个，花生十个，白菜疙瘩七个，红糖一两"。余隆泰办洋行从东洋人手里买过毒药，是杀虫的毒药，那种浓缩的剧毒药品只要沾上一滴，便无论什么药也抢救不过来。义和团的这个药方，也就是市井俗民们相信罢了。还有义和团教习民众念的那个避枪炮火咒："北方洞门开，洞中请出枪佛来。铁神铁庙铁莲台，铁人铁衣铁避塞。止住风火不能来。天地玄我，日月照我。"谁信？义和团的团民们信吗？

夏十三说："平安。"

每次祭坛将夏十三送走，吴三代便立即到内府来向余隆泰禀报。吴三代所说的平安，是刚才夏十三烧黄纸封筒时从那熊熊的火苗中看出来的天神昭示。火苗极旺，抖抖地吐着长长的火舌，嘭的一声，还爆出一个大火球，余姓人家平安无事。其实哩，彼此心照不宣，这是夏十三在向余隆泰传喻暗示，至少在今天夏十三来余家祭坛之时，他还没有得到义和团要来余隆泰家找麻烦的信息。

"明日你再给他饭菜的时候，给他往衣兜里面放两块银圆。"余隆泰感激夏十三的暗中保佑，自然也要对夏十三多给一些奖赏。

进入农历六月，风声已是一日紧似一日了。消息传来，八国联军攻占了大沽口，守卫大沽炮台的清军全军覆没，联军一路向天津逼近，如入无人之境，一路上烧杀劫掠，天津郊外已是尸横遍野。到了农历六月初五，天津已经听见了隆隆的炮声。义和团的团民们说，这是义和团的大炮，轰平了老西开的教堂和八国联军营盘。八国联军深入中国内地，义和团要关上门来打狗，收拾他们的日子不远了。越到后来，炮声越近了，一声炮响，竟震得余家厅房哗哗作响。余隆泰见家人惊慌失措的样子，便只得听天由命地劝说着："是祸是福，总也该有个尽头了。"

六月十三日，夏十三来余府祭坛，燃上一炷香，口中念念有词地祈祷天神相助义军，速令八国妖兵全军覆没。拿起一只黄纸封筒，放在一个托盘上，打起火镰，点着纸捻，将冒着火苗的纸捻凑近黄纸封筒，说也怪，一阵妖风吹来，那纸捻上的火苗熄灭了。

夏十三怔了一下，迟疑一会儿，似是心中琢磨此番道理，又点着纸捻，再去点封筒，刚刚引着封筒，噗的一声，绿色的火苗又灭了。

"一请唐僧诸葛亮,二请八戒孙悟空……"夏十三念起了义和团团民们祭坛的符咒。这符咒中唤遍中国人信奉的一切神佛圣贤,乃至于怪杰奇才,一切可能使世人强大的、存在过的和根本就不存在的精灵,都被呼唤来帮助义和团扶清灭洋。但夏十三神色似是有些恍惚,忙乱中,一连点了好几次,那只封筒就是点不着。

轰的一声,一只炮弹飞过来,似是就落在不远的地方,惊天动地一声爆炸,震得吴三代抱住脑袋在屋檐下缩成了一个团儿。好长好长时间,呛人的硝烟散去,再抬头,连祭坛的夏十三都看不见了。

"三代,"吴三代觉着自己的肩膀被人拍了一下,举目巡视,这才看见原来是义和团大师兄夏十三蹲在了自己的身边,"快转告你主家吧,早拿主意,大难临头了。"

"你说嘛?"吴三代不明白夏十三的意思,便急切地追问,"你是说大家伙儿都大难临头了,还是说光我们主家大难临头了?"说大家伙儿一同大难临头,是说义和团敌不住八国联军,八国联军就要攻占天津城了;说只有主家余隆泰大难临头,那是说义和团自觉不能抵挡外强,于是他们要于溃败之前,对他们未及处置的人下手,消除心头之恨了。

"对你们主家说,我夏十三没有对不住他的地方,阳间不见阴间见,我也不能光在城里祭坛,明日我就要出城率众打仗去了,前面乾、坤、震、巽、坎五个团系的人全没了,我是离字团系的大师兄,轮到我上阵了。"

"不是说刀枪不入吗？"吴三代问着。

"反正就是这么个理儿吧，不在义和团，让洋人欺辱死；在了义和团，和洋人拼死。欺辱死了，咱死他活着；拼死了，还能搭上他一个，明白吗？这就叫刀枪不入。"夏十三匆忙中和吴三代说着，"快转告你主家吧，今晚上就难闯。哪说哪了，吴三代，是汉子，咱后会有期！"说罢，夏十三迎着炮声走了。

……

"老太爷，早作决断吧。"

吴三代将夏十三的话禀报余隆泰之后，当晚，一家老小聚集在正房大花厅里，眼巴巴地望着一家之主，等他做出选择。

余老太爷沉默不语，只反背着双手在花厅里踱步。余老太太坐在太师椅上，指着满屋的儿女子孙央求丈夫："这大户人家老老小小几十口，切莫非要等到措手不及之时呀，一定要早作安排。唉，委屈送到小门小户去吧，又怕孩子们吃不了贫穷人家的苦；送到我娘家去吧，水路旱路都不平安，这天下如何就乱到了这等份儿上，皇上何以就不想个办法呢？"述说着，老太太的眼泪簌簌地涌出了眼窝。

"不走，我是执意不走的。"余老太爷终于说话了，他说话时一双眼睛谁也不看，唯恐遇上什么人求助的目光而使自己气馁，"虽说我余隆泰不在朝廷里当差，可这统管日本洋行和大清国的往来商务，我也算得上是半个钦差，他义和团扶清灭洋，扶的是我大清江山，这大清江山也是我余隆泰的安身立命之地。团民们是不会和我过不去的。"

"父亲大人说的极是。"坐在下座上的长子余子鸥恭恭敬敬地站起身来接着说道，"只是这些团民如今已到溃败之时，做起事来难免鲁莽粗野，何况其中更有杀红了眼睛的狂徒，让人不得不早作防备呀。"

余子鸥已到了30岁的而立之年，而且自幼寒窗苦读，至16岁时已是经史子集无所不通。本来子鸥心怀大志，想由科举入仕，但后来新学兴起，旧学衰微，这才使他直到如今还在家中赋闲，终日以读书写字自娱。天下大乱，他先吓破了胆，所以他领头撺掇老爹早早逃之夭夭，找个平安地方去躲避些时日。

"你们也都是有了妻儿的人了。"余老太爷自然是指几个成了家有了儿女的儿子，"各房里谁有妥帖地方好去，我不阻拦，临走时只管从账房里多支些钱带去。再有谁觉着有更平安的地方，就把你们的高堂一并带去……"

"我不走！你不走我就不走。"余老太太怎么能将老头子一个人抛在这套空宅院里呢？她将双手扶牢太师椅的扶手，似防备哪个儿子冷不防将她架走。

"唉！"余老太爷叹息着摇摇头说着，"我不能走呀！不是我舍不得什么家业，千金散尽还复来嘛，几十年光景我能挣下这一片产业，再有几十年光景，我这满堂儿孙必能挣下十倍百倍的产业，况且什么金呀银呀的，还不全是身外之物？"

"那父亲大人还有什么放心不下的呢？"二儿子子鹏没头没脑地在一旁插了一句。

"祖坟！"没想到，二儿子的询问激怒了老太爷，他突然停止踱步，转过身来，双目闪动着凶光，直逼视着二儿子呵斥，

"我在这里，无论他什么义和团天兵天将来势怎样凶猛，多不过给他一条人命；我不在，他们不去追我，一声吆喝带上地方刁民就要去掘咱家的祖坟，我的先父先母、你们的爷爷奶奶、高祖老太夫人、我余家的列祖列宗，就全落到这些暴民手里了。列祖列宗在上，隆泰不孝……"余老太爷说到激动时全身剧烈地哆嗦着，一手撩起长衫，他竟要跪下身子叩拜列祖列宗了。幸亏众儿孙手疾眼快，不容分说几房儿媳妇呼啦啦跑过来，这才搀扶得老人家坐在了椅子上。

"老太爷，老太爷……"花厅里一家人正乱哄哄搀扶老太爷之际，门外传来了用人吴三代轻轻的唤声。众人闻声立即向门外望去，只见门槛外吴三代战战兢兢地似要禀报什么事情。

"三代呀！"大公子余子鸥，听见用人在院里大声喊话，便大声向门外说道，"这里没什么要紧的事，你只管把大门看住好了……"

"大老爷，"吴三代不但没有退去，反而迈进一步，身子几乎挤进了大花厅，冲着余子鸥说，"大门外，有动静。"

"什么动静？"余子鸥一步迈到门槛，直对着吴三代的鼻子询问。

"小的不敢禀报。"吴三代一面回答着大老爷余子鸥的问话，一面一双眼睛向老太爷睨视。

"三代呀，有话你就如实说吧。"倒是老太爷发现了吴三代的畏惧，大声地向着吴三代说着。

"小的我，小的我一直在二门外警动着，呼啦啦就似有千军万马涌了过来……"

"到了吗？"余子鹇顺手抓起一只茶盅，不知是准备自卫，还是打算出击，举起胳膊就要往院里冲。

"停在大门外不走了。听声势，少说也有千把人。"

"有人拍门吗？"余老太爷仍坐在太师椅上，身子一动不动，看上去似泰然自若，只有老太太看清了，老太爷的身子正一点点地往下溜。

"小的把耳朵贴在大门上听，七嘴八舌一片嘈杂，似是那些暴民，不，是天兵天将抓到了几个二毛子，要在咱家门外祭刀。"

"啊，来人啊！"老太爷一哧溜，身子滑在了椅子下边，几个儿子忙上来簇拥着搀扶起来。老太爷伸出一只哆哆嗦嗦的胳膊，上牙磕着下牙地发下话来，"摆，摆，摆摆摆摆……"

"爸爸，摆什么呀？"几个儿子同时焦急地追问。

"摆，摆摆摆摆摆……"老太爷的嘴巴再也进不出第二个字了，反倒急得面颊通红。他在几个儿子的搀扶下挣扎着往外走，搀扶在老爹爹身后的小儿子余子鹇皱着眉毛，只觉着有一股恶臭呛得人喘不上来气。

到底是大儿媳妇最精明，她急促走到门槛，压低着声音对侍候在花厅外的用人婆子们吩咐说，"香案，老太爷吩咐摆香案。"

不多时，第一进前院里摆好了香案，余老太爷率先跪在最前面，双手扶地，身子瘫软成一堆烂泥。后面长子、次子、三子、四子、五子，依次排列，再下面是长孙……女眷不出二道院，留在花厅里陪老太太祷告上苍。

大门外,义和团众弟兄的喊叫声撼天动地,声浪一阵阵传过来,吓得余家人各个魂不附体,听这喊声何止是成千上万?连一轮皎月都被这喊声遮住了银光。用心去听,也听不清这些人在喊些什么,听那气势,只能想象这万千民众已是群情激昂,只要有一个人说一句话,立即便是一片呼喊,那势派果然是气吞山河,说是惊天动地也不为过分,说是山呼海啸更胜一筹不为不及。凭这万众一心的神威,明明是感天地泣鬼神,明明是势不可挡,明明是天下无敌,明明是无坚而不可摧了;这大清江山也明明是固若金汤、坚如磐石,而八方蛮夷也明明是只能对我天朝俯首称臣了。

　　"杀!"一阵喊声传来,震得院里的老槐树枝叶唰唰作响。

　　"三皇五帝、佛爷菩萨、列祖列宗……"余老太爷嘴巴嚅动着默念佛祖先皇的圣名,咚咚咚咚咚,连珠炮般地率领儿孙虔诚地磕头祷告,"隆泰不才,身受国恩,六十余载忠心耿耿诚恐诚惶。鸦片战后五省通商,隆泰经商留心洋务,上不悖祖训,下不伤庶民,不贪不义之财,更无半点不忠不孝不仁不义之过。苍天在上,护佑我一家老少平安无恙,隆泰率全家男丁叩谢天恩……"

　　"杀!"又是一阵呐喊声传来,余老太爷连前言不搭后语的祷告词都念不上来了。

　　"禀报老太爷。"一直在大门洞里观察动静的吴三代悄悄溜回来,凑到老太爷耳边小声说道,"门外,杀,杀,杀人了……"

　　"我知道了。"老太爷面色如灰,豆大的汗珠从额上流下来，"刚刚扑通一声，明明是人头落地的声音。"摆在二道门内的香案离大门洞还有十丈远，余老太爷居然听见了人头落地的声音，也算是心灵感应了。"阿弥陀佛。"本来不信佛的余老太爷竟念起佛来了。

"吴三代，"跪在老太爷身后的大老爷余子鸥悄声将吴三代招呼过去，又悄声地向吴三代喊嚓地嘱咐道，"给大奶奶传话，那部宋版的《易经》最最至关紧要。"

吴三代点点头，才要回身找人传话，跪在大老爷身旁的二老爷余子鹏一把拉住吴三代，以更低的声音吩咐道："吩咐人，后门给我备车。"大难临头，二先生外面还有放心不下的事，也真是急人。随声，三老爷余子鹤又揪揪吴三代的衣角，说了声："床下有首饰匣子。"四老爷余子鹬向吴三代翘了一下自己的嘴巴，只说了两个字："鸽子。"只有五老爷余子鹇，才十八岁，一声不吭地跪着，他没有任何舍弃不下的物什。

"杀！"又一阵呐喊声自门外传来，大院里跪在地上的余姓男子一齐打了个冷战，老太爷又是哆哆嗦嗦地连连磕头，跪在后面的小孙子吓得哭出了声音。

"莫出声音！"老太爷压低了声音呵斥，吴三代忙跪到后面去照看着孩子，"宝宝，不怕，老太爷在前面呢，怕什么呀？"吴三代劝说孩子的声音细微得似蚊子叫。

大门外的呐喊声更加激昂了，月光下高墙上端似滚着层层的声浪，熠熠的光亮忽强忽弱，明明是一束一束燃烧的火把在匆匆移动。

"老太爷。"

正在满院男子惊魂不定、一个个都战战兢兢地磕头祷告的时刻，从背后传来了一个女子说话的声音，一听这声音不必回头张望，人们便知道是二老爷余子鹏的夫人宁婉儿。

在余府里宁婉儿虽被尊称为二夫人，但她只有二十五岁，五年前嫁给余府的二公子余子鹏，如今已生了一个女儿，三岁，名叫琪心。

"公公恕儿媳妇放肆。"这位宁婉儿出身名门，自幼未受到什么规矩礼法的约束，再加上人极聪明，博览群书，其学识见地早已是不让须眉了。余府里，没那些小门小户的假威严，老太爷虽不知男女要平等相待，但对儿媳妇不耍威风，家里无论什么事，儿子可以进言，儿媳妇也能说话，尤其是宁婉儿的话更受重视。

"只要能保住儿孙平安，如今还讲什么放肆不放肆的？"余老太爷仍然脑瓜门挨在地皮上，全身抖得摇来晃去。

"老太爷率全家男子跪拜苍天，固然是为了保全一家人的平安，古训说积善人家必有余庆，想我余姓人家祖祖辈辈乐善好施修桥筑路，谁不说我家是沽里首善？"

"有话你就快说吧。"跪在地上的余子鹏见自己妻子又出来在这紧要关节逞能，心中颇为不悦，便一旁打断妻子的话嘟囔着。

"可如今是天下大乱，因果报应也不灵验了。依媳妇之见，还是要早做打算。后院，我早做了安排，全家一起逃难，兴师动众，已是为时太晚了，还是各房自找去处。三弟子鹤和三弟妇艳容，还有四弟子鹡，护着婆母去三弟妇家躲避。大哥大嫂带着琴心、宏铭，还有我的琪心去柳河村躲避。公公的去处，吴三代说他有安排。无可奈何，十万火急，已是一分一刻也耽误不得了。"

"儿媳说得对，儿媳说得对！"老太爷一骨碌从地上爬起来，头也不回，放开步子就往后院跑。老太爷身后弟兄五人，前四个更是一步跳起来立时没了踪影。只有最小的余子鹏呆呆地站立在院子里，双手捂着脸无声地抽泣起来。

"子鹏。"不多时，前院里没了人影儿，只门外的喊声依旧，子鹏木呆呆地似毫无知觉，若不是肩膀在哭泣时抽动，还真成了一尊石人。倒是二嫂婉儿还留在院里，月影下她走过来站在五弟身后轻声地唤着。

子鹏没有回头，只把面庞埋在手掌里，一句话也说不出来。

"嫂嫂知道你忧国忧民，可如今大清朝的江山没指望了，你一个人何必悲天悯人？"婉儿一只手放在五弟的肩上，劝慰地说着，"好男儿志在兴邦治国，来日方长，无论什么天灾人祸总要过去，中国也不能总是这个样子呀！"

……

# 第三章　历经劫难

两人抬的蓝布小轿子,吴三代走在前面。轿杠上,左边插着英、美、德、法四国的国旗,右边插着俄、日、意、奥四国的国旗,如此,联军八大列强的国号算全请到了。轿子的蓝布门帘上规规矩矩地贴着用白布剪的两个大字"顺民",轿子两侧各有一条黄布,上面写着相同的两排小字:日本国三井洋行轿舆。这样才总算从刚刚占领天津城才十天的八国洋兵的眼皮子下边平安地走了过去。

轿子出天津城南城门时,城门楼子上正在杀义和团,杀人的是俄国长枪队,监斩的是天津府黄道台幕僚里的一位钱粮师爷乔四先生。早在义和团最后几天杀二毛子的时候,天津府的黄道台便逃得没了踪影。八国联军攻克天津城,捣天津府的老窝,从天津府衙门后院柴火垛里揪出来一个留长辫子全身哆嗦的干巴老头。朱砂没有,黄土为贵。这位乔四先生就被洋人认定为是地方政府的全权代表,于是连推带搡拽上城门楼,让他监斩义和团。

"砰!砰!"

枪声震耳欲聋,随之一团硝烟腾起,将一座刚刚被大炮轰得残败不堪的城门楼笼在浓重的烟云中。南门里大街空空荡荡，商号店铺都上着厚厚的门板，大户人家临街的院门已用砖石从外面封死了。街上没有一点儿声音，只偶尔一两个人匆匆走过，也全是闪电般立即钻进了胡同，没有人敢在大路上停留。

城门楼子上杀人的场面，吴三代没有看见，只听见上面传下来的怒骂声。义和团弟兄练就的刀枪不入真功夫战场上虽未能显灵，但如今面对洋鬼子的洋枪洋炮，一个个果然是英雄豪杰。偶尔也听到哭喊声、乞求饶命，那大多不是团民，全是因在地方上得罪了什么地头蛇，被诬为团民送上来的。据城里城外传播的见闻说，天津城南门楼子上是刑场，凡各方捕捉缉拿到的团民一律送到这里。这里是天津府衙门的师爷设的公堂，不经审问，每次凑够二十名，便转交给长枪队执法。洋鬼子长枪队轮流由各国值日，今天轮上俄国长枪队杀人，俄国毛子杀人之前先用刺刀把嘴巴撬开，找金牙。

"咕咚"一声，轿子落在了地上，轿杠从吴三代肩上滑下来，正重重地顶在吴三代后腰眼上。"哎哟！"吴三代喊了一声，立即回头张望，只见轿子后杠上的丁十一刚跌倒在地上。

"冒失鬼！"吴三代凶巴巴地斥责丁十一。"幸亏是空轿，若是老太爷坐在轿里，我都要受连累。脚下留神点儿。"

"三代哥。"丁十一扶着城墙，好不容易才站起身来。

"我，我这腿肚子总往前边转，我，我，拉胯了。"（天津方言：走不动了。）

"尿虎！"吴三代先是向丁十一啐了一口，又万般蔑视地咒骂着，"你我如今是八国的顺民，壮着胆子只管赶路，接回来老太爷能委屈你吗？快走,这儿不能停留。"

吴三代催促着,丁十一稳住心神,这才又抬起轿杠走出了深深的城门洞。

南门外大街上,一片惊恐,街旁胡同口处稀疏地聚着几个人,连连地向南城门楼子张望,听长枪队杀人的枪响,影影绰绰地看城头上一排排义和团弟兄倒下的身影,有看厌了的人摇摇头叹息着走了,剩下的人仍麻木地呆站着。

"小哥,从哪儿来?"一位老天津卫站在墙边向吴三代询问。

"子牙河五槐桥。"吴三代回答着。

"那边平定了吗?"老人关切地问。

"官兵维持市面,地方上有人打更放哨,鬼子兵也不进民宅。"

"阿弥陀佛。"围在一处的几个人一起念佛。

吴三代和路边的老人说着话,脚步不停地只一心往西开奔。走过这群市民,他听见背后有人问丁十一:"城隍庙开门了吗?"丁十一回答说:"开门了,敬香去吧,保佑平安。"两个人抬着空轿匆匆地跑着。

黄腾腾前面荡起一团尘土,黑压压一群人迎面走了过来。吴三代举目瞭望,一时没看清有多少人,只觉着喊声哭声震天动地。莫非义和团又打回来了?不像,人群头上不见有红缨长枪,不见有刀光剑影。要么是饥民吃大户?也不像,这群人大步流星地走着,明明不像是忍饥挨饿的样子。渐渐地人群越来越近,吴三代忙抬着空轿子往路边上靠。这时,靠到路边的丁十一索性将空轿落在地上，一步站出来好奇地张望。

"走！走！"径直奔来的人群中有人在大声吆喝，随之听见木棍打人的嘭嘭声。被打的人不甘示弱，反而破口大骂，越骂打人的声音越重。阳光一阵闪动，吴三代明明看见人群中走着的几个人头上鲜血淋淋。

"洋鬼子，我×你八辈祖宗！生为大清民，死为大清鬼，咱爷们儿英雄好汉不怕你们。英雄报仇十年不晚，天老爷迟早有收拾你们的时候，那时让你们亡国灭种！"

喊着、骂着、打着，黑压压一群人拥了过来。听打人的声音，听义和团好汉们的咒骂声，吴三代和丁十一都猜想这必是洋鬼子押送义和团弟兄上南门城楼去杀头。及至人群走过来，黑压压五六百人当中竟没有一个洋鬼子，被五花大绑押在当中的是中国人，抡起木棒打义和团弟兄的更是中国人，而在人群前面，还有一个得意扬扬地被众人簇拥着摇头摆脑的人物，还是中国人。只是这个中国人的打扮与众不同，他虽也穿着长衫马褂，但没有马蹄袖，胸前挂着一只金光灿灿的大十字架，手中拄着一根文明杖，头上顶着圆礼帽，一看便知是吃洋饭的。如今，这些当初被吓得屁滚尿流的二毛子们，已从避难处钻了出来，打着顺民旗，聚众缉拿团民，然后再把被他们打得头破血流的团民送到洋枪队手里，向主子讨功。

"开恩呀二爷，二爷明鉴！"一个披头散发的女人哭喊着追跑上来，她迎面向着领头的二毛子跪下身子咚咚地连连叩头。

"我们当家的是大顺民呀，他不是义和团呀！"显然，这个女人的丈夫被当作义和团绑在里面，她急急跑来向二毛子求情。

"是不是义和团,城门楼上去说理,洋大人断案如明镜。"趾高气扬的二毛子自然不理睬拦路女人的央求,他仍然挺着胸脯率领众人匆匆往前走。

"二爷,二爷开恩呀!"那女人从地上爬过去,双手抱住了二毛子的大腿,二毛子恼怒地扬起胳膊一拳头抡下去,拳头落下来被哭喊央求着的妇人双手捉住,纠缠之间,吴三代明明看见那个妇人将一个什么小包包塞在了二毛子的手掌心里。

"罢了!"突然,那领头的二毛子停住了脚步,他轻轻推开那个妇人,将握在拳头里的东西飞快地塞进衣兜里,"早也是放,迟也是放,我知道他是看热闹的,原也只是想管教管教他,送他去陪绑,去!把你的人认走吧。"

那妇人顾不得磕头谢恩,从地上爬起来一步就钻进了人群,只一把便将她丈夫拉了出来;她丈夫头上被打得鲜血淋淋,直到被拉出人群,他还在破口大骂。倒是他老婆一巴掌捂住了他的嘴巴,放声地教训起自己丈夫来:"嘱咐你少看热闹,你偏偏不听,如今该老实了,险些丢了性命!"不由分说,那妇人揪着她丈夫大步跑走了。

黑压压的人群终于过去了,吴三代深深地吸了一口气,抬手揉揉鼻子,不知为什么,他总觉得鼻孔里似钻进了一只小飞虫,酸得难忍。

一场劫难未过,天津人尚在惊魂未定之中。八国联军攻破天津城,几天时间,烧杀抢掠,天津人才恍然大悟,原来中国人压根儿就不懂得什么是烧杀,更不懂得什么是抢掠。原先天津人只知道八国强兵,如今又见到了八国强盗,天津人认定这是天灾,在劫难逃呀!

先说烧杀,中国人也见识过杀人,譬如两军对垒,一片刀光剑影之中,霎时间血流漂杵,但沙场下来之后,中国的武夫最忌杀生,他们走路时连个蚂蚁都不敢踩死。再譬如出"红差",杀头斩人,刽子手喝得酩酊大醉,骑在马上,将大刀别在胳膊后边,临到刑场,被斩的人被差役按着跪在地上,刽子手走过去,用别在胳膊后边的大刀顺势在罪犯的脖子后面一抹,人头落地,刽子手是看不到鲜血喷射的恐怖场面的。但八国联军的洋鬼子杀人,面对面,个对个,说说笑笑,漫不经心,你杀一个,我杀一个,彼此拍着肩膀赞扬对方杀得利索,往手心吐口唾沫——这次看我的本领,杀着杀着没有挨杀的了,立即再去拉些人来。远远地看见人被拉来了,喜得杀人的洋鬼子嗷嗷叫。罪孽、罪孽,物伤其类,全都是站着走路,全都是知寒知暑的血肉之躯,何以就出了这样一些全无一丝人性的妖魔?他们的家族、他们的子孙,知道他们家庭的成员曾经在遥远的中国犯下过以杀人为乐的罪行,难道他们就不感到这是一桩永远洗刷不掉的耻辱吗?

再说抢劫,记载这次抢劫,连文字都蒙受羞辱,这真是一次人性丑恶的大展览。八国联军攻占天津之后的抢劫,早在炮火声中便已经开始了。洋兵攻进一处地方,钻进一个胡同,砸开一户民宅,先奔鸡窝,从老母鸡到小雏鸡统统抓起来抱在怀里,然后顺手抓住什么就抢走什么。吃的穿的玩的用的,呼啦啦全抢了过来,抓到手一看不值钱,气汹汹地扔掉,再去抢别的。浮面上的东西被抢去之后，不多时便又来了第二茬洋兵，这茬洋兵抢瓷器。进门来推开中国人，无论是案上摆的，还是柜里放的，从瓷瓶瓷罐到瓷碗瓷盘，凡是花色好看的，一个不剩全装到停在门外的车子里去。据说这是英国兵，因最有文化而喜好抢掠艺术品。俄国兵不抢瓷器，他们见了瓷器就摔就砸，他们抢首饰抢穿戴，不抢纱不抢罗，他们老窝太冷穿不上，专抢皮货：皮袍子、皮袄，而且对于中国人视为奇珍的狐腿貉绒不感兴趣，专抢老羊皮袄，抢水獭，抢狼皮褥子虎皮坐垫豹皮靠背，以实用御寒为第一要旨。法国兵抢女人用的东西，越是贴身穿的他越要，有时抢到几件不够分的，便逼着女人们把贴身的衣服解下来，抓过来趁着体温在鼻子下面嗅嗅，中国人估摸可能是大补元气。美国兵抢稀罕物什：水烟袋，帽翅儿，女人的小脚鞋，最喜爱的是寿衣，据说满天津城的寿衣全被美国兵抢去了，他们说这种服装最富东方风情，带回家去要送给情人做信物，漂亮！

八国联军在天津抢了七天七夜，已经抢得天津人夜不闭户了，才收兵回营，天津人也才开始收拾剩下的盆盆罐罐。

余隆泰府上没有遭八国联军洗劫，说来也是一件罕事——

八国联军的大炮刚刚轰开了天津城，八国的将士还真刀真枪地和义和团团民厮杀的时候，这场空前的抢劫便已经开始了。最先拥进城里抢劫的，是租界地里的侨民。这些人仰仗着自己天生的碧眼金发，更仰仗着八国联军中有他们的同胞，不等炮火平息，便捷足先登。他们砸开中国人住房的大门，见到什么抢什么。租界地里的侨民，莫看在中国人的面前一个个都以洋大人自居，中国人不在的时候，他们洋人之间更是等级森严、贫富悬殊，而有钱人毕竟是少数，也有一部分公职人员，更多的则是平民，他们或经营小店，或烤面包开酒馆，或侍候主人，日子过得和中国穷苦百姓完全一样。如今中国败了，洋人成了征服者，他们自然知道在国土沦丧的占领区该如何耍威风。洋枪洋炮面前，义和团完全无力抵抗了，成百上千的人被挤到城墙脚下眼巴巴地挨炮轰，至于手无寸铁的百姓，那就更不敢反抗了。

　　三井洋行的职员小井洋次，只有三十岁，是余隆泰手下的见习生，平日穷得很是可以。余隆泰见他聪明乖巧，历来对他有些格外的关照，每逢年节怕他想念故土，还把他带回家来打打牙祭，吃上一桌他做梦都不敢想的美味佳肴。而且，日本洋行不似英、法洋行，在西洋人的洋行里，洋人与华人两不来往，而且洋人之上不会设华人做上司。日本洋行日人、汉人并用，而且有森严的等级观念，日本籍的雇员见了华人上司，依然要鞠躬哈腰地点头称是，华人上司发脾气，日籍雇员乖乖地挨训。倘若谁以为自己是东洋人，不服华人上司的管教，越级找到本国同胞的最高领导去告华人的状，领导则毫不客气，大耳光狠狠地抽一通——你丢了大和民族的脸。华人上司对你管教得越严，你才越是对日本国的兴盛多作牺牲，今天你越级上告，在华人面前做了一个不服从上司的坏榜样，从此华人在我们的公司里不敢施展他们的才干，我们来中国做生意还有什么意义？所以，在三井洋行，在余隆泰中国掌柜的属下，日籍公务员比本国同胞更温驯。

小井自然也受不住发财的诱惑，随着成群的日本浪人，也拥进到了天津城区，乱乱糟糟之中干点顺手牵羊的勾当。只是小井毕竟是做职员太久了的关系，总还知道抢劫是桩可耻的勾当，混在日本浪人之中闯进中国民宅抢财物时，他不敢大声喊叫，更不似其他西洋鬼子兵那样，抢得热血沸腾，抢得兴奋异常。所以小井只是悄无声息地混在浪人之中跟着发洋财。

硝烟弥漫之中，小井随着成群的日本浪人一起闯进了一家大户宅院，他只是觉得这户人家好阔气，而这个地方又好熟悉，一片骚乱之中他实在没时间去回忆自己曾在什么时候、又是曾随什么人到过这户人家，只是得下手时且下手，他也争先恐后地往后院里跑去。

"进来人啦！进来人啦！"一直住在前院里的吴三代见大门被人从外面撞开，也没有看清闯进来的是西洋鬼子还是东洋鬼子，立即，他竭尽全力地大声喊叫着，发疯般地往后院跑。此时此际，什么金银细软都已是一文不值了，最重要的是四进院里还有二少奶奶宁婉儿和五先生余子鹓，保住主子的安全，才是最最重要的大事。

听见吴三代的喊声，宁婉儿和余子鹓也慌了，他俩早跑到了院里，手忙脚乱地不知如何是好。尽管事先吴三代已对两位主子交代过，万一洋兵闯了进来，吴三代就在前院喊叫，两位主子听见喊声立即往小跨院佛堂里去躲避。跨院佛堂有一间堆放杂物的小黑屋，满满地堆放着炉子、烟囱和破桌椅箱柜，洋鬼子只抢值钱的东西，他们是不会来佛堂翻这些破烂儿的。

匆匆忙忙，吴三代将两位主子引进小跨院佛堂，安置他们藏进堆放杂物的小屋，他又在屋外堆了些煤块柴火，看一看，估计不致再受人注意，这才返身回到院里。这时，几进院落各房里都拥进了日本浪人，东翻西找，该已是抢到不少东西了。

东求西拜，吴三代努力想向抢劫的日本浪人说明这家主人的身份——"三井洋行""日本国"。他操着洋腔说中国话，但是无济于事，日本浪人已经抢红了眼。

突然间，吴三代眼睛一亮，在抢劫的日本浪人之中，他发现了一张熟悉的面孔。

"小井先生！"不容分说，吴三代一步跑过去，伸手抓住了小井洋次的胳膊。

"你是什么人？"突然间停住脚步，小井洋次转过头来，他怔住了，他认出了这个抓住他胳膊的中国人，是三井洋行中国掌柜余隆泰的仆人，他叫吴三代。这一连几年，余隆泰每天到三井洋行上班，给余隆泰抬轿当差的就是吴三代。而这一连几年，每天早晨站在三井洋行门外迎接三井洋行中国掌柜余隆泰的，正是这位日本小雇员小井洋次。

小井怔住了，他的脸烧得通红，他深知，万一三井洋行发觉自己的雇员参与抢劫，那必要落个身败名裂。

"余大人府上平安吗？"小井急中生智，他将自己的趁火打劫变成是专程来向余隆泰大人问安。吴三代更机灵，一下将小井从人群里拉出来，万般着急地恳求他：

"我家老爷出城避乱去了，这一片家产全扔给了我，小井先生说句话保得余家平安，来日，我跪在余大人面前求他重用小井先生。"

小井的心活了，从余家抢去些金银细软，远比不上得余大人赏识步步高升更实惠，自己年轻，来日方长，三井洋行又是有几百年历史的大公司，能在三井洋行立足，且还能混上个职务，对日本青年人说来，也是件光宗耀祖的事了。

哇里哇啦，小井大声唤住成群的日本浪人，指手画脚地不知说了一通什么日本语，那些抢红了眼的日本浪人似是被吓住了，他们彼此望着，又向余家府邸的深宅大院望望，目光中还燃着未得满足的贪婪。

小井很是费了一番唇舌，终于还是将日本浪人们说得快快地从余家府邸退了出去。待到重新关上院门，抢劫的浪人们远去他处，吴三代扒着门缝向外查看，啊，真要念小井洋次的"功德"，他在余家府邸门外悬起了一面太阳旗。

苍天保佑，在天津城陷入一片水深火热的日子里，子牙河畔五槐桥旁的余氏府邸总还算是平安无恙。


轿子路经海光寺时，遇到了一点小麻烦——

天津自道光年间设埠通商开辟租界地以来，历次英、法、俄、德的军队进天津，都在海光寺安营扎寨，久而久之海光寺成了大鼻子营盘，兵出兵进，全是黄头发碧眼珠大鼻子。六月十八，八国联军攻占天津，三日内官不设府兵不归营，把民间抢烧个鸡犬不宁，如今市面恢复平定，鬼子兵全收进了大鼻子营盘。

早估摸着大鼻子营盘这道"坎儿"不好闯，吴三代在前，丁十一在后，两个人抬着空轿只低着头匆匆地奔跑，无论路边营盘门外洋鬼子如何嗷嗷喊叫，他俩谁也不敢侧目睨视。就是这样，吴三代奔跑中还是被地上的一排大皮靴挡住拦下了。

吴三代停住脚步，抬头向上望去，"啊呀！"一声，轿杠从吴三代肩上滑下来，轿子落在地上，吴三代回手扶住轿子，这才没有滑倒。

眼前，站着四个洋鬼子。

对于天津人来说，八国联军当中除了日本人能够辨认之外，其余七国洋鬼子长的全是一个模样，吴三代自然也认不出这四个洋鬼子是哪国人，反正全是大鼻子就是了。

这四个洋鬼子站成一排，冲着吴三代咧着大嘴鬼笑。原来这洋鬼子若是板着脸，面庞上的五官都在固定位置上看着还不觉可怕；倘若这洋鬼子一笑起来，那就眼睛、鼻子、嘴巴连耳朵都一股脑儿地哆嗦，看着让人脊梁骨冒凉气儿。

何况这四个洋鬼子还清一色地全穿着寿衣。八国联军打进天津城，当官的抢金银财宝，当兵的就抢丝绸裘皮，后进城的又只能抢破烂儿。还有的洋鬼子好奇，想弄点富有东方民族特色的东西玩玩。这四个鬼子不知怎么就抢了个寿衣店，错把中国人装殓死人穿的衣服当成了民族礼服，此时正穿戴停当在街当心拦住中国人想沟通感情呢。

吴三代和丁十一既不敢笑，又不敢叫，两个人张着两张嘴巴，瞪圆了四只眼睛，只傻呆呆地怔着。

"支——那。"洋鬼子操着怪腔，大概是称吴三代"中国人"。吴三代忙还礼，称了一声"二爷"。

洋二爷发现自己地道的汉语被汉人听懂了，自是十分得意，抬手就在吴三代的肩膀上拍了一下。谁料这表示友好的举动反吓得吴三代打了个冷战，更吓得丁十一向后退了三步，原来他俩都听义和团说过，被洋人拍一下肩膀，减三年寿数。

叽里咕噜，洋鬼子讲了一大堆，吴三代自然什么也听不懂，但看他比比画画的手势，吴三代明白这四个洋鬼子要坐上轿子让他二人抬着走一遭。没有办法，想如何耍弄中国人就如何耍弄中国人吧，谁让人家洋枪洋炮厉害呢。

吴三代和丁十一连连鞠躬哈腰地请洋人上轿，他二人又比画轿子小，每次只能坐一个人，而且不能跑太远，只围着空场绕一圈。

嗷嗷叫着，洋鬼子同意了。第一个穿着寿衣的洋鬼子抢先往轿里钻。这一钻，吴三代扑哧一声笑了。中国人上轿，要背向轿子，向后退步登轿，身子进到轿里恰好坐在座位上；洋鬼子上轿，面向轿子，先弯身子后蹬腿，人趴在座位上，恰好将个大洋屁股撅在了轿帘外。

"三代哥，咱就这么抬吗？"丁十一看着撅在轿里的洋鬼子，忍着笑，问吴三代。

"抬吧，爷们儿，别全让他学去，这份福不是他享的。"

说着，他二人抬起轿子，颠颠地走了起来，轿子颤颤巍巍，在轿子里面的洋鬼子觉得舒适无比，美得嗷嗷叫……

……

陆陆续续，余隆泰一户人家又相继回到了子牙河畔，回到了五槐桥边的故居宅邸。

家里遭了抢劫，没有人询问丢失了多少金银细软，只要门外的子牙河还在，只要子牙河上的五槐桥还在，就有余姓人家的兴旺日月在。而且，最最重要的是，义和团失败了，天津变成了东洋人、西洋人脚下的一块属地，日本势力独居首位，三井洋行的权势远胜过天津都统衙门，为此三井洋行中国掌柜余隆泰大人，便要在天津卫称霸称王了。前数日，得知余隆泰在教堂避难，日本国的福岛将军就派人给余隆泰送去了由联军统帅部和都统衙门共同签发的通行证，全天津卫持有这种通行证的，多不过几十个人，余隆泰在这几十个人中，名列前茅，天津卫已是余姓人家的天下了。

为了庆贺劫后团圆，大先生余子鸥的妻子娄素云一手操办了一桌酒席。男女尊卑围桌而坐，那一场可怕的劫难，早被人们忘掉了。

"若看日前的样子，谁还相信会有今宵的团聚呀！"举起酒杯，余老太爷的泪珠簌簌地涌出了眼窝。

今晚的团圆家宴设在第四进内宅院的大花厅里，对于余宅来说，每年在这间大花厅里只摆三四次大宴。一是大年除夕的阖家欢乐，二是老太爷的寿日，三是老夫人的寿日，此外或是长孙过百岁，或是新媳妇过门，再或是什么难得的喜庆日子。

内宅大花厅雅静安详。花厅极大，雕花木格门窗，大小不一、全镶着西洋彩色花玻璃；两扇门各分两格，折叠拉开正靠在墙壁上。隔扇门内一件大漆黑色梨木影壁屏风，上面雕着寿星戏童子的热闹场面：老寿星长着斗一般的大脑袋，留着长胡须，拄着龙头拐，几百个童子将他团团围在当中和他戏耍；这老寿星脾气好，无论如何被童子戏耍也不恼怒，只是慈祥地笑着。在老寿星和童子身后，是结满石榴的石榴树，石榴长得饱满，石榴皮儿被圆圆的石榴籽撑得绽开了大裂缝，取个"石榴见子"的吉祥。石榴树后面是楼台竹林，苗条婀娜的仙女们往来其间。一个个都忙着将吉祥幸福往余老太爷府上传送。

花厅里清一色雕花木器桌椅，椅子背上雕着蔷薇、月季；椅子扶手又雕着十二属相；椅子座位上铺着红毡垫，上面绣着荷花、如意。花厅中间一张圆桌，桌子大得可以围坐下全家老小，桌子面上镶着云石，云石的纹理看上去真似万层云海，使每一个围桌坐着的人都有如临仙境的感觉。

围着大花厅是环状的条案，条案上摆着古玩瓷器；墙上几条立轴，一轴宋人山水，再一轴是有题款的花卉写意：题款"隆泰余大人雅正"、落款处署名宋钰——该人名震大江南北，其画乃无价之宝。

围着石面圆桌，余老太爷坐在正座上，下座自然是太夫人，两位老祖宗座椅靠背上雕着八仙过海的仙子，扶手上铺着红毡，椅子座位上垫着绣花红垫。余老太爷右边座椅上，光面长靠背木椅上放只小凳儿，坐着老太爷的心尖宝贝，刚5岁的孙子宏铭。挨着小孙子，是大老爷子鸥的座位，子鸥对面是二老爷子鹏和妻子宁婉儿。大老爷下座是三老爷子鹤和妻子杨艳容。四老爷子鹬和五老爷子鹩没有成家，一个人坐在一只硬木方凳上。子鸥的女儿琴心和子鹏的女儿琪心，每人也是一只方凳，坐在爷爷对面。

如此算来，倒少了一个人——大夫人，也就是子鸥的妻子娄素云。何以没有她的座位？原来她此时要站在公婆二人身后精心地侍候。这又是余府上不成文的家规，再加上娄素云出身名门望族，虽进了新派洋务人家，但执意不改官礼，从进门至今七八年光景，她在公婆面前从来没有坐过，每逢盛大家宴，她必站在椅背后孝敬公婆。弟弟、弟媳们和爸妈公婆坐在一桌上用饭，丝毫也不降低大嫂的身价，她站在公婆两张太师椅之间，反而显出她的特殊位置。妈妈、丫鬟们送饭端菜，娄素云不管，凡是送给老太爷和太夫人的饭菜，一定要由娄素云先接过来，然后才放在公婆面前。一道菜上来，娄素云不动筷子，全家人谁也不敢动，要待她第一筷子将好吃食夹到公婆面前的小碟里，别人才敢动筷。吃鱼，娄素云要为公婆挑去鱼刺；吃燕窝，娄素云要先查验有没有残留着什么杂物，而且这二位老人多年来又养成了习惯，非长子媳妇敬送的饭菜绝不入口。

　　娄素云不仅侍候公婆吃饭，她还下厨房。余家的厨房没有男厨，烧饭烧菜全由女用人经手，这些女厨虽做不出什么满汉全席，但家庭宴会，鸡鸭鱼肉燕窝鱼翅熊掌，烧出来也不比御膳房差多少成色。娄素云下厨房自然不会做粗活，她只做两种非她莫属的饭菜：一是老太爷和太夫人用的米饭，二是清蒸鲫鱼。

　　天津卫吃米全是小站稻，小站稻米烧出来的饭呈鲜青色，米粒透明，清香柔软。余老太爷身为三井洋行掌柜，经常有日本富商巨贾、高官名绅来家拜访，每次宴请日本客人，余家全用小站稻米烧饭。很有几次，吃完米饭之后，日本客人痛哭流涕,问他何以伤悲至此,他一面擦拭眼泪一面回答说,他只恨自己国家种不出这样好的稻米来。但余老太爷和太夫人不吃这种米,他们吃暹罗国给皇上进贡的红米。和这种红米比起来,小站稻几乎成了粗粮,小站稻多少还有点儿黏性,这种红米一点儿黏性也没有,而且米粒长,做熟米饭,十几只米粒连起来竟然一寸长;饭色呈淡红色,米粒透明,看着就和琥珀石一样;饭味清香,细咂滋味竟有些甜意。

烧暹罗红米饭,只有娄素云一人能够胜任。娄素云娘家是满族贵胄,且又有人是朝廷里的大臣,凡是给皇宫送到的贡品,他家全能分到一份,娄素云自幼就是吃暹罗红米饭长大的。烧这种饭,要急火烧水,温火烧饭,不能烧糊一只米粒,又必须烧得熟透。烧不透,米粒伸展不开,米饭不香不甜;烧过了火,米饭成了软粥,白糟蹋了暹罗红米。而且这米饭歹毒,只要烧焦一粒米,全锅饭就全变苦变涩,御膳房烧这种米饭的,传闻有十几名太监,而且由一名戴蓝顶子的老太监领班。所以每次有盛大家宴,二老双亲要用红米饭时,必是娄素云亲自下厨,其他婆子妈妈们是连动都不敢动的。

初进余家门不久,当娄素云系上围裙、亲自下厨要为公婆烧一道菜时,厨房里的是非婆子们一个个全用白眼角子夹这位大少奶奶。那时也是六七月光景,鲥鱼正肥,而娄素云也正是要为公婆烧“清蒸鲥鱼”。鲥鱼最鲜最肥的是鱼鳞,烧鲥鱼和烧别的鱼不同,绝对不能剥鱼鳞。谁料这位千金小姐,将鲥鱼放到菜案上,操刀就唰唰地将鱼鳞剥了个精光。一个婆子“扑哧”一声笑了,另一个婆子忙在一旁使眼色,暗示大家等着看大少奶奶丢丑,于是大家憋着一口气只静静地看着。娄素云不慌不忙将鲥鱼收拾停当,放好葱丝姜丝大茴香,滴了黄酒,摆在大鱼盘里放进了大蒸笼。婆子们见状忙忙烧起灶火。一个婆子匆匆地就要盖蒸笼帽,"莫忙。"娄素云抬手拦住端来蒸笼帽的婆子。只见她稳稳当当地将一根丝线纫好绣花针,一片一片地将剥下来的鲥鱼鳞片穿成一大长串,然后又将这一串鱼鳞吊在蒸笼帽里,这才让婆子将蒸笼帽罩上。"烧吧。"娄素云说罢,自己便在丫鬟端着的水盆里洗手去了。

鲥鱼蒸熟出笼,鱼盘里莹莹闪闪汪着一层油花,鲥鱼雪白的鱼身浸在雪白的鱼油里,看着就格外清爽。鱼盘才端进花厅,老太爷早一口长气缓缓地吸着,一股清香沁人心脾,"真香呀!"满屋的人齐声一片赞叹。

"有讲究的。"站在公婆身后的娄素云见二老双亲一面吃着自己烧的鲥鱼一面赞不绝口,便一旁插言说着,"圣祖初进关时,江宁知府呈献鲥鱼,随圣祖进关的御厨没见识过这种鱼,便似烧别的粗鱼一样唰唰地剥了鳞。倒是一个老太监看见吓破了胆,忙说,那样一个烧鱼的方法,按例犯了欺君之罪,发落下来是要杀头的,无奈当时又不能再将鱼鳞镶进鱼身上,急中生智就想出了这么个办法。万没想到这样烧出来的鲥鱼格外清香,圣祖吃后龙颜大悦,当即赏了那个太监一个黄马褂。"

"哈哈哈。"老太爷吃得也是"龙颜大悦",但他没有黄马褂赏给聪明的儿媳,只是说了句夸奖的话。从此之后,凡是烧鲥鱼,一律由大儿媳妇亲自下厨。

今日，余家劫后团圆，这盘清蒸鲫鱼更要娄素云亲自下厨烧制了，但喷香的菜肴端上来，老太爷不但没有胃口，反而看着团团围坐在一起的家人簌簌地落下了眼泪。

"老太爷这是怎么了？"一家之中最善察言观色的二媳妇宁婉儿斯斯文文地在一旁说着，"这么香的清蒸鲫鱼，馋得我们都已是垂涎三尺了。老太爷不动筷，还不是故意地馋我们这些小辈儿孙吗？"

"人老了，他总是让孩子们扫兴。"坐在一旁的老太太嗔怪自己的老头子说着，"这不是高兴的日子吗？这么大一场劫难，谁家能似我们家这样，人没伤害一根毫毛，房没损坏一砖一瓦，闹了一次鬼子兵，就算是抢走了些金银细软，还不全是身外之物吗？明明是上苍保佑，吉星高照，怎么你倒掉下了不值钱的眼泪？快不要理他，他不吃，我吃。"说着，老太太率先向雪白雪白油汪汪的鲫鱼伸出了筷子。

"全怪我。"站在老太爷身后的娄素云接过话茬说着，"我见老太爷这盅酒才抿了一口，心想迟一会儿再给老太爷剔鱼刺，谁想倒先把二婶馋得说了话，瞧，倒先急了你。"大嫂佯装作责怪弟媳妇，目光中却流露出和善的笑意。

"呀，我不过是馋鱼吃罢了，谁料想倒挨了大嫂一阵数落，知道大嫂事事护着公婆，时时事事不敢放肆，公公婆婆是福寿爷爷、福寿娘娘，大嫂可是一身兼着孝敬和护驾的两差事。"宁婉儿一番哄人的话，冲散了老太爷心头上聚压着的乌云，他拭拭眼角，接过大孙子宏铭敬上来的一盅酒，便又和儿孙道起了家常。

"说起来呢，这场灾难真让人后怕。"余隆泰深深地叹息了一声说着，"八国的强兵打中国，明说了吧，朝廷顾不得百姓，这亿万同胞就要任人宰割了。你们看到过英租界、法租界的印度巡捕吧？看到过在英国人、法国人家里当差的黑人吧？连性命都由主子掌管，说打便打，说骂便骂，主人落魄了，给个价钱，就可以似条板凳一般卖到另一户人家去。不能做亡国奴呀！"感慨万千，余隆泰又自己斟了一盅酒，一饮而尽，"大难过去，看见好歹中国还没有亡，再看看我余姓人家全家平安，我只有感激上苍，这全赖祖辈上的阴德呀！鬼子兵抢了些金银细软，那能值几个钱呀？各房里查查，凡是缺的东西都告诉你们大嫂，市面恢复之后全给买齐补上，留那么多的钱有什么用呀？"

"可是我听说公婆房里的那枚龙凤戒指被抢走了，那如何能再买来补上呢？举世无双，无价之宝呀！"站在公婆身后的娄素云说着。

龙凤戒指，是老太太当年嫁到余家时带过来的嫁妆，一块宝石，放在水中显龙，取出水来显凤，堪称世界一绝。

"那是咱家的传家宝。"三儿媳妇杨艳容在一旁也说着。

"诗书才是传家宝。"老太太立即插言说着，"不就是一枚龙凤戒指吗？有什么值钱的？来日我家儿孙世代兴旺，那才是传家宝呢！"

"黄道台府上派人去问候了吗？"余隆泰岔开话题问着。

"公婆回府之前，就派人去过了，捎回话来说是阖府平安。"二儿媳妇宁婉儿回答着。

黄道台是余隆泰家的姻亲，余隆泰的长女余子瑄是黄道台的大儿媳妇，两家的来往极是亲近。六月十八日，八国联军攻占天津之后，一场烧杀抢掠才稍事平息，留在五槐桥余氏府邸的宁婉儿一是派人叩问二老双亲及大哥大嫂、三弟三弟妇及四弟的安好，其二便是派人去黄道台府上问安。

　　"本来想接大姑奶奶回家来住些日子的。"宁婉儿接着向公婆禀报说，"只是大姑奶奶说，黄府上很是遭了几场洗劫，如今要留在府里整理安顿，只好捎话来向二老双亲请安了。"众人听过一阵唏嘘之后，宁婉儿又接着说道，"严夫子那里也去过人请安了，夫子一家人平安，只是严夫子一个人闷坐在屋里流泪。"

　　"唉，也是天公作孽，偏让严夫子这样的圣贤生在这样的乱世里。明日，我要亲自去拜访他。"老太爷心情又变得沉重了。

　　严夫子是余家的世交，余府里的五公子余子鹓，是严夫子最得意的门生，据说严夫子还有意待来日将他家的千金小姐许配给余家的五公子——他的学生余子鹓呢。由此，两家的关系更是越来越亲近了。

　　必须禀报的事情说过之后，饭桌上你一言我一语地又唠起了家常，再加上孙子和两个孙女说了许多哄人的乖话，全家人不时被他们逗得哈哈大笑。果然，余家又恢复了兴旺景象。

　　劫难过后，家人重新团聚，才更觉可亲可爱。余隆泰看着五个儿子、三个儿媳和孙子宏铭，孙女琴心、琪心，不觉心间一动，泪珠竟又扑簌簌地滚落下来："满天津卫，这场大难之中，一家人尊卑老幼人人安然无恙者，实在也是罕见，这也是我余姓人家积德行善该得的善报吧。没听街坊们说吗，八国联军在天津烧杀抢掠，砍光了天津城所有的树木烧柴煮饭，可是他们唯独没有砍伐子牙河畔五槐桥旁的这五棵槐树。俄国兵砍过，一斧抡起，咔吧一截树枝折下来，正好戳瞎了俄国兵的一只眼睛。英国兵锯过，才锯一下，锯片便突然断成两半，两半截锯条左右飞去，竟将两名洋兵每人削去了一只耳朵。此后，日本人也吃过亏，法国人也吃过亏。由此，他们才知道这五株槐树是五棵神树，谁敢碰它们一下，便必要身遭报应，轻则伤身，重则送命，这五棵槐树是有神灵保佑的呀。为了这个，乡亲父老正在商议建五槐庙、树五槐碑，我们五槐桥余家不仅是天津的首富，如今已成了天津的首善人家了。"

"全是祖上的阴德呀。"余老太太深受感动，抽抽鼻子，伸手接过大儿媳妇娄素云送过来的手帕，轻轻地拭了拭眼角。

"所以，从今以后，你兄弟五人更要亲密相处，齐心协力地发家行善。想我余姓人家，穷时能独善其身，达时则更能兼济天下。如今咱们家的财势也就算够花够用了，今后你兄弟五人只要守住家业就是，至于治国平天下，莫说你们没这份本领，咱们余姓人家也没有这份造化。命中注定，我们余姓人家不是相侯之府，也不是帝王之门，本本分分做人，勤勤恳恳做事。我一个人可以发迹至此，你弟兄五人就似五根手指，合在一起便是一只拳头，只要你弟兄五人能够齐心发奋，我余姓人家更为兴旺的日月还在后面呢。"转悲为喜，余隆泰兴高采烈地说着。

"儿呀，记住你爹的训示。五个人抱成团，五员虎将，那是天下无敌的呀！"老太太听着丈夫对儿子的教诲更有感慨，便语重心长地对儿子们说着。

"孩子们记住父母亲的训导。"五个儿子之中，只有余子鸥站起身回答父母的嘱托，多少也算代表了弟兄五个的心意。

# 第四章　乱世情缘

"大嫂尝尝这个。"

站在娄素云座位后侧的宁婉儿吩咐女用人端上来一个托盘，托盘上一只细瓷蓝花小盖碗。宁婉儿双手精心地将蓝花盖碗接过来，不远不近正放在大嫂娄素云的面前，不等大嫂询问，宁婉儿又翘着纤细的小拇指，用拇指和食指捏起碗盖：小碗里是黄澄澄新鲜的蟹羹，蟹羹上盘着几尾银白色的银鱼，看着就让人感到清爽。

"不怕老嫂子公婆面前告我的状。"宁婉儿看到大嫂目光中露出来的欣喜，便更加得意地将脸颊凑近大嫂的脸庞，扬着娇柔的嗓音说着，"这蟹肉是我房里的徐妈剥的。"徐妈是宁婉儿从娘家带过余府来的陪房女用，人极聪明，做得一手好针线，而且剥蟹肉的本事津门沽里无双。徐妈剥的蟹肉能重新摆成一只螃蟹，没有一丝螃蟹壳，堪称天下一绝。

"难为徐妈了。"娄素云用汤匙尝了一口蟹肉银鱼羹，赞叹地点头说着。

"轮上她来侍候我家大夫人，还不是她的造化？我若是有这能耐，这桩差事无论如何也轮不到她的头上。"宁婉儿又稍稍直起腰身，扶着大嫂的椅子背继续说着，"只是这银鱼可是我的心意,你说也怪,这银鱼似也有灵性,人说逢上庚子年银鱼不吃食。听老辈人说,上一回庚子,正是道光二十年,两广总督禁烟,英法联军乱中原,火烧三千里,那一年天津卫连一尾银鱼苗也没捞上来。"

"就盼着下一轮庚子年别让咱遇上吧。"娄素云悲凉地叹息着,"吃不吃银鱼有什么要紧,多少人受难呀!"

"嫂子总是一副菩萨心肠,凭嫂子这副济世心肠,下一轮庚子也不会再有天灾人祸了。大嫂没听见传唱么,'甲子轮回六十年,三百天大火,三千里狼烟;再到庚子年,千里万里米粮川,江山一统唯圣贤。'"

"那是说呀,这世上就没有人了。"娄素云本来还要感慨几句的,但突然不知怎么一想,她又挥着手说,"我们妇道人家,管这么多事干吗呀?你说是不?"说着,娄素云回身问着身后站着的宁婉儿。

娄素云虽然只有三十多岁,但在余府,身为长媳——大儿媳妇,她是个握有实权的铁腕人物。余老太爷忙于商务,对外要和洋人斡旋,对内还要与官府交往,平日且又请客满座,家里的事情他是一字不问的。余太夫人,观音菩萨再世,几乎不食人间烟火,看着自己的五个儿子,看着一个个孙儿孙女,终日喜得合不拢嘴;坐在四进大院正堂上,只要听用人禀报说门外来了化缘的僧人尼姑,恨不能把自家的聚宝盆搬出去布施行善。有一次老太太探望亲戚归来,走下轿来正看见一个丐妇抱着婴儿行乞,老夫人当即簌簌地眼泪涌出来,抬手从发髻上摘下支玉簪来要赏给这个丐妇,丐妇不敢接,直吓得跪在地上连连向老夫人磕头致谢。门外老太太正和丐妇争执，正好娄素云走出门来迎接婆母。娄素云一看，哎呀，婆母真是糊涂了，玉簪，那是随便赏人的物件吗？立即，她伸手接过婆母的玉簪，万般珍惜地为婆母收好，回身又吩咐用人回房取出十枚大钱赏给这个丐妇，感动得丐妇哭哭啼啼地一再祈祷上苍该好生保佑这户积善人家。

老太爷不管家务，太夫人不知家务，顺理成章，这掌管家政的大权就落到了娄素云的手里。余府的家政可不似小门小户人家的小日月，余府里的家政年进年出几万两白银，平日的金银细软还似流水一般地源源而来，况且上上下下、老太爷和太夫人房里的开销、几个弟弟的开销、厨房、花房、鸟房等等的开销，一宗宗一笔笔，娄素云都掌管得头头是道，上上下下没有一点儿纰漏，上上下下更没有半句怨言。

最难处的是余府里人与人之间的关系。老太爷要的是气派，从大门上的兽形铜门环到下房里的板凳，门外的拴马石、下轿亭到院内的花厅天棚、四季鲜花，一切一切都要在天津卫首屈一指，天津府道台大人的府第是什么气派，余家也得是什么气派，差一分一毫，丢了余老太爷的面子，余老太爷虽说不至于拍桌子打板凳，但余老太爷会坐在餐桌上不吃酒，无论是谁敬的酒也不喝。每到此时娄素云便知道老太爷有了不畅快的地方了，忙察言观色迎合得老太爷遂了心愿，晚上餐桌上老太爷才高高兴兴得一连六杯，连中午没喝的酒也补上。老夫人哩，老夫人要和，要全家老小终日都得喜笑颜开，老夫人最忌讳儿孙们皱眉头，更忌讳无精打采、垂头丧气，谁脸上有一点儿不高兴，婆婆都要将大儿媳妇找来，几时娄素云把这位无事生非的儿孙打点得高兴了，老夫人才放下心来。

说起来，这几年真难为了娄素云。

二弟子鹏成亲娶了宁婉儿，宁婉儿是天津名门宁府家的娇小姐，虽然毛病多些，但总归是名门闺秀，于礼仪上不会太离题儿。三弟余子鹤成亲娶了杨艳容，杨艳容的父亲原来是名武官，按门当户对的讲究是不能与余府结亲的，但那位杨将军不知怎么摇身一变，居然任了文职，杨将军一定要给女儿找户名门望族，不知怎么他一箭就射中了余家，余老太爷也想为自己找个靠山，阴错阳差，这两家就成了亲。只是这位杨艳容是位穆桂英式的人物，进门来虽经大嫂规劝调理，但至今豪气不减，很是一位不好打点的人物，连婉儿都事事让着她三分。

自从掌管家政以来，下面的四个弟弟对大嫂没有什么不满，二弟、三弟成了家室，除规定各房按月有例银之外，大嫂总是千方百计给他们多开销一些。暗中，娄素云也知道二弟子鹏在外颇有些不清不白的花销，账房上她也有过交代，只要不太张狂，一切都记在老太爷名下就是。三弟子鹤也有许多开销不明，大嫂也不追问，有时候老太爷查得严些，大嫂还总要成全几句。至于四弟子鹄，如今该筹办婚事，人家虽还没定下来，但许多事情不能拖延了。五弟余子鹉，正在读书，凡是读书该用的文房四宝、经史子集，只要五弟想要，大嫂面前说一不二。

唯一令娄素云担心的是五弟余子鹉太天真。外出避乱，本来是应该自己将五弟带走的，长嫂为母，素云初嫁到余家时，五弟几乎日日长在嫂嫂房里，五弟读书识字，大嫂几乎还是他的启蒙老师哩。但天下大乱之时,婉儿说不能把偌大一片产业全丢给乱世,执意要留下来看守,说起来,于情于理也都通达。长子长媳是余府的继承人,决不能有一点儿意外。如果说为保护长子长媳的合法继承需要牺牲的话,责无旁贷,这份天职自然落在次子次媳身上。只是那时二弟在外面不知干什么勾当,婉儿又说家里不能没有个男人,三言两语就把个五弟留在了家里,想起来,素云心里总不是个滋味。

婉儿出身名门, 三从四德的道理自然懂得, 而且性格温柔,很有几分才气;五弟天真,知书识礼,自然更是个诚实孩子。空荡荡几进大院子里,除了护院的男丁之外,全家只剩下这嫂弟二人,觉着不合适,可又说不出个原委。倒是婉儿总要在大嫂面前解释,今日自然正是个难得的机会。

"这一场劫难就算是过去了。"侍奉着大嫂用过饭,婆子妈妈们退下去,婉儿这才坐在素云的身边,似是无心地说起了家常,"这么多年,大家朝夕相处,天天欢欢乐乐地过着,偶尔有几天谁探望父母住娘家去了,留在家里的人还觉得寂寞难挨。突然间大家一晚上全走了, 空荡荡院子里只剩下我和五弟两个人,虽说几进院里仆人们还出出进进,这宅门里可立时就没了生气,若不是五弟壮胆,外面又是洋枪洋炮砰砰震天响,天上又是通红通红的火光,我一个人可真要吓死的。"

"所以爸妈才说二婶是大大的功臣。"素云自是连声地夸奖婉儿。

"我只对仆用们说,五弟可是交给你们了,稍稍有半点儿闪失,我拿你们的小命是问。"说着,婉儿笑了一下,似是想起当时训示仆用的威严，"您说怎么着，到底是皓首老仆忠心，八名仆用寸步不离地守着五弟，白天院外站着四个，外间屋里站着四个，夜里更是精心地打更，八双眼睛盯着五弟睡觉……"

"若不是有二婶在身边，我是决不会将五弟留下的。"素云自是说着婉儿爱听的话，"五弟天资聪颖，又奋发好学，不怕二婶过意，这兄弟五人，只怕将来也就出息五弟一人了！"

"怎么会呢？"婉儿忙坐得离大嫂更近些，娇嗔地说，"继承祖业，光宗耀祖，还是要指望大哥呀！"

"嗐。"素云摇摇头，深深地叹息一声，"他本来就不是栋梁之材，何况……"说着，素云的目光中蒙上了一片暗暗的乌云。

那一天夜里，义和团团民弟兄几千人围聚在余家大门外彻夜呼号要杀二毛子，吓得本来依仗日本财阀势力有恃无恐天不怕地不怕的余老太爷装了一裤兜子屎，这才终于按照二儿媳妇的安排各自逃散落荒而去。

大老爷余子鹍素日就麻木得似一根木头，大难临头他竟半丝惊恐也没有，让他跪到院里拜香，他就跪在老爹爹身后，老爹如何磕头，他便如何磕头。慌乱中各房里的老爷们忙着交代各房的事，他木木呆呆，一心惦记着的仍是那部宋版《易经通义》，似是大清朝三百年江山的安危、似是自己的身家性命都不如一部《易经》重要。老太爷发下话来，各房里各自投奔自己的去处。大老爷傻呆呆回到自己房里，先将一部宋版的《易经通义》紧紧抱在怀里，然后便一屁股坐在椅子上再不出声。那时院门外喊声震天，院里各房的用人婆子跑出跑进，值钱的金银细软往车上装，二媳妇宁婉儿站在院里指挥余家逃难，只有大老爷余子鸥毫无表情地坐在屋里，好像他不是这个世上的人。

大夫人娄素云历来没有主意，大祸临头她更慌了手脚。她只将儿子宏铭和女儿琴心紧紧搂在怀里，口中絮絮地叨念："在劫难逃。在劫难逃。"

这倒也是人世间难得的一对夫妻：余子鸥和他的妻子娄素云，两个人从来不说话，而且不光人面前不说话，屋里只有两个人时也不说话。其实二人也没有什么感情隔阂，一不是余子鸥嫌弃妻子，二不是娄素云厌烦丈夫，就是两个人想不起来该说什么话。余子鸥平日读书、写字，摇头摆脑地吟诗，一个人踱着四方步赋诗，回到房来就是呆坐着；娄素云终日围着公婆转，有点儿零星时间就和两个心爱的儿女说话，将丈夫余子鸥看得与自己的生活毫不相干。日久天长，夫妻之间更加无话好说，他们两个人早已相互感到陌生了。

此刻大难临头，夫妻二人总要商量个去处呀，但余子鸥只呆坐着，娄素云抱着孩子哭。娄素云不问丈夫，问了也没用，对于余子鸥来说，最安全的去处就是钻到书里边，然后将书页合上，把自己装在函套里。

"大嫂，大哥。"话音未落，宁婉儿急急地走进房里。余子鸥见弟媳妇来找自家妻子，还习惯地起身要去书房回避，没想到宁婉儿站在门槛处不肯让路。

"二婶。"余子鸥五岁的女儿偎在妈妈怀里招呼婶婶，似期待婶婶安置个避难的地方。

宁婉儿自然深知大哥、大嫂的脾气秉性，所以看到他夫妻两个的无可奈何相，一点儿也不觉惊奇。她只是向大嫂走过一步说："马车备好了，大哥大嫂动身吧。"

倒是余子鸥第一个跑出了屋，头也不回就往前院跑，屋里的宁婉儿顾不得礼节，大声地向院里喊话，"后门！"这一声极见效，余子鸥反过身来又往后院跑。

及至余子鸥、娄素云带着儿子女儿坐上马车，这时，娄素云才想起让宁婉儿把她的女儿琪心一并带走避乱，免得孩子留在家里害怕。一片忙乱，宁婉儿吩咐徐妈将琪心送进马车上的轿子里。轿子门关上，落下门帘，落下窗帘，车子跑起来，他们两个也不知要去的地方是个什么去处。

幸好赶轿子马车的是自家的老用人，他回身向轿子里的余子鸥禀报说："二奶奶吩咐就去柳河村。"

柳河村有余家一片坟茔，四十亩上好的良田，看坟地的老人原是余家的仆用，后来上了年纪，不能在府里当差了，这才派来柳河村看管余氏茔园。余氏茔园里有一片房舍，也有家具炉灶，是为每年府里老小清明扫墓时准备的。余子鸥夫妇带着儿子、女儿和宁婉儿的女儿来这里避难，当是万无一失的。

柳河村离天津城三十里，太平年月乘马车，白天跑起来还要两个时辰。如今这壁厢浓烟滚滚，那壁厢火光熊熊，谁又能断定何时才能赶到！轿子车里，娄素云一左一右搂住两个女孩，脸颊贴着两个女孩的脸颊，只安抚她姐妹两个不要害怕；娄素云身边坐着的余子鸥木呆得似一尊泥塑，怀里护着儿子，他大概抱定生死由天定的信条，对于无论什么劫难只是逆来顺受了。

"嘎"地一声,奔跑中的马车突然停了下来,车轿里的人打了个晃,还没有坐稳身子,赶车的用人回身慌忙禀报道:"路断了。"

"这可怎么好?"娄素云急得几乎哭出了声,总不能再折回去呀。透过轿帘向外望去,夜空上明一处暗一处,枪声炮声震耳,真是一片恐怖景象。

"大老爷,大夫人,好像是远处有人过来了。"赶车的用人显出了惊慌。如今一片战火,喊杀声中,辨不清哪方是浴血奋战的义和团,哪方是烧杀抢掠的鬼子兵,人人都吓得魂不附体。

"如今到了什么地方?"娄素云问。

"西头湾子。"赶车的悄声回答。

"哎呀,这前不着村后不着店的,可如何是好。"娄素云没了主意,只嘤嘤地抽泣。

"西头湾子?"倒是素云怀里的长女琴心说了话,"我师父玄净仙姑不是在西头湾子的静虚庵吗?"

"哎呀,天神保佑呀!"女儿的提醒给落难中的余子鸥夫妇指出了一条生路,娄素云忙一手撩起轿帘,向赶车的用人吩咐道。"快,去静虚庵。"

车子又跑起来,娄素云哭了,这必是祖上的阴德,何以只有五岁的女儿就灵机一动想起了静虚庵?又何以赶车的用人就说了句"西头湾子",这半夜三更逃难的路上,竟逢凶化吉找到了一个平安的去处?"观音菩萨,大慈大悲的观音菩萨啊!"娄素云不停地连声祷告。

琴心三岁那年得了一场重病，不吃不喝，身体烧得似一团火，偏偏又发不出汗来，孩子终日呻吟着说胡话。一会儿说"奶奶，你别留我了"，一会儿又说"娘，你只当我是条小狗吧"，吓得奶奶、妈妈和二婶婶只是捂着脸抽泣痛哭，老太爷更是连三井洋行也不去了，只坐在大花厅里不停地搓双手。

无论是多么有名望的世医都请到了，凭着娄家在京城里的权势，连御医都赶到了天津，只是大家看后都摇头，暗示这孩子已是没有什么指望了。

老太爷忍痛亲自为孙女看了棺材、看了衣服，虽说未成年的女孩不可厚葬，但余老太爷心爱的长孙女，决不能受了委屈。棺材是用一块金丝楠木打成的，材里材外三道大红漆，衣服是金色丝绸银色丝线绣成的，合到一起开销了将近三千元银洋。

"禀报太夫人，门外有位仙姑化缘。"

红梨木雕花大床半透明的纱帐里，老太太和娄素云坐在琴心的左右两侧，四只眼睛一动不动地凝望着奄奄一息的孩子，那时二儿媳妇宁婉儿刚刚生下琪心不久，只和丫鬟们一起乖乖地在门槛里站着，屋里屋外一丁点儿声响也没有。已经是下晌的时候了，看门的用人发现大门外默默地站立着一个尼姑，肩上斜背着正黄色的香袋，双手合十，双目垂视地面，明明是来化缘的。

天津卫城里城外什么庙都有，和尚老道终日四处化缘。和尚化缘口中念佛双手轻轻地敲木鱼，老道化缘指天指地胡言乱语疯疯癫癫，只有尼姑化缘无声无息，倘无人发现，她会呆呆地在门外站一天。

一道院一道院，话传到内宅老太太耳边，老太太此时心里正乱，便吩咐道："你们好歹布施些就是了，按例也是一吊吧。"

老太太的话音极轻，自然是怕惊扰了病重的孙女，琴心昏迷不醒已经三天了。说来也真是天意，谁料老太太的话竟然惊动了琴心，她虽然还紧闭着眼睛，紧抿着嘴唇，但却缓缓地从被子里抽出来一只胳膊，胳膊哆哆嗦嗦地抖动了一下，那原来戴在腕上的手镯哗地一下褪了下来。慢慢地慢慢地，琴心的小手抓起小手镯送到老太太面前，老太太自然明白小孙女的心意，当即泪珠禁不住簌簌地涌出眼窝，她将小孙女的镯子接过来交给传话的婆子说："把这个也布施给仙姑吧。"

婆子接过手镯，犹犹豫豫不敢离开，她双手托着这小小的手镯自言自语："这，这可是玉的呀！"

倒是宁婉儿有主见，她拽了一下婆子的衣角，嗔怪地说道："还不快送出去，这儿是你说话的地方吗？"

婆子慌慌地答应着，匆匆地跑去了。

不多时，门外又传来脚步声，婆子蹑手蹑脚地溜回来，停在门外悄声地向宁婉儿禀报说："仙姑走了，留下了庵主赐的一道符。"说着，婆子双手呈上来一条黄绢。

方丈和庵主是不出来化缘的，他或她们只把写好的符纸交给化缘的小僧、老尼带在香袋里，每遇有人家布施，便留下一张符纸，算是对施主的答谢。这静虚庵的符纸是用黄绢做的，二寸宽、八寸长，正中用朱砂写着五个核桃般大的红字："观世音保佑。"

宁婉儿将黄符送到老太太手里，老太太将这道黄符放在孙女枕头上。说来真是神奇，倘不是亲眼看见谁也不会相信，那一连几天几夜昏昏沉睡不省人事的琴心，竟轻轻地在嘴角边浮出了一丝笑容。

"婆婆，琴心笑了。"最先发现女儿笑的是娄素云，她满脸泪水，嘴唇哆嗦得说不出话来，只是唤了一声婆婆，唤一声女儿，又没有前言后话地只说"笑了，笑了……"

"佛祖!"老太太抽抽噎噎地哭了，"观世音菩萨，大慈大悲救苦救难的菩萨，保佑我可怜的孙女吧……"

床上的琴心笑了一下，便安安稳稳地睡着了。

傍晚时分，安睡后的琴心喝了一羹匙冰糖银耳粥，欢喜得老太太又念了好一阵佛。消息传到大花厅，老太爷一屁股跌坐在太师椅上，双手捂着脸也流了一阵老泪，平静下心情之后，老太爷发下吩咐，摆香案叩谢佛祖。

香案摆在最后一道跨院里的余家佛堂。这跨院空荡荡，只三间北房，正房供奉着佛祖释迦牟尼的画像，佛祖右侧是观世音菩萨坐在莲台上护佑众生，左侧是护法的韦陀告诫信徒不可违抗天意。佛堂左右两侧大厅则是供奉着一代一代的祖宗牌位，除非什么忌日，这两侧大厅是轻易不开门的。

今天，一位仙姑降下的一道黄纸符救活了病危的琴心，佛像下面，香案上供奉着这道"观世音保佑"的黄纸符。蜡烛点燃，香火升起，第一个行跪拜大礼的是余老太爷，磕头之前他老人家先向佛像作个大揖，磕头之后又恭恭敬敬地作个大揖，然后才走出佛堂回房休息。

第二个行跪拜大礼的,自然是余子鸥,这些日女儿的病他已心焦如焚,一连十多天不睡觉,早已熬得疲惫不堪。听说是一道符纸使女儿转危为安,最先他还有点不相信,直到看见母亲和妻子欣慰的笑容,他才放下心来。

虽说琴心才只有三岁,但女儿有病,父亲是不能接近病床的。据说男人身上都有一股秽气,尤其是对于玉体欠安的女童最为有害。从女儿琴心患病后,余子鸥只是在书房里守候着,既帮不上忙,又得不到消息,只一个人干着急;如今得知女儿睡得安稳了、喝了冰糖银耳粥、嘴角挂着笑意,余子鸥舒了一口气,高高兴兴地来到佛堂叩拜天恩。

一叩首、二叩首、三叩首,余子鸥一连磕了三个头,再恭恭敬敬地深深一拜,站起身来,整理好袍子马褂,俯身香案,他想看看这道黄纸符何以会是这样灵验。抬手遮住烛光,紧着眨了几下眼睛,细心地抬头望去——啊,倒吸一口长气,余子鸥惊呆了。

"观世音保佑。"

好飘逸的五个大字,潇洒自如,落落大方,似颜似柳,又非颜非柳,比柳字骨力刚健,结构紧凑、比颜字端庄雄伟、气势越发开张;比褚遂良,既有褚遂良的丰艳流畅、变化多姿,且又多了一种仙气,流畅中有天韵,变化中有章法。再追溯至女书法大师、东晋名流卫夫人,果然结体朴茂、出乎自然。五个字,虽然只有五个字,但那深厚的功力,独得天意的神韵,早已使余子鸥倾倒了。余子鸥倾心于书道十几年,师柳师颜,摹王羲之,真是下了功夫,用他自己的话说已是研透端砚四五方了,入帖也算入得地道,出帖也算出得自如,但直到如今,看着自己的字,总觉还少点什么。请教大师,全说论书道也就是如此了,但细品又总是伸张不开,总觉着这字写得不神,总有一股人工气,总看着是写出来的、是画出来的,而不似山泉溪水那样是流出来的,甚或是飘出来的。看着这"观世音保佑"五个大字,余子鸥的心怦怦地跳动得急促了起来。

这不是出家人的字,僧、尼中有精于书道的雅士,但佛门弟子的书法,少一种人间的暖情,所以出家人中有大画家,但在书法上却比不得俗界中的凡夫。而这位静虚庵庵主的书法,却清丽中有一种温暖,这明明是一位才女的墨宝,也只有于落发为尼之后,这位才女才肯将她的真迹示展于人。

看着看着,忽然眼睛一亮,余子鸥突觉天地一阵旋转,立即,两行热泪涌出了他的眼窝。

这笔迹太熟悉了,不会有错,这就是她的笔迹。早就知道她看破红尘,出家为尼了,也曾设法寻觅过她的去处,谁想到,女儿的一场病,这个人又出现在了自己的面前,又让自己想起了那个人。

这事,还要从头说起。

公元1882年,光绪八年,一位传教士在天津英租界开办了一所中西书院,从此,天津有了第一所新学学校。这所中西书院设立了汉文、英文、数学和自然等学科,从外国带来课本,向青年学子讲授新学知识,一时之间,成了北方的西学中心。

中西书院初办时,只有学生几十人,全都是天津朝政显要和富商买办家的子弟。余隆泰力主维新，自然就把他的长子余子鸥送到了中西书院去读书。在这所书院里，余子鸥认识了李鸿章的儿子，认识了庆王府的贝勒，还有许多贵胄子弟，更交下了一个最要好的朋友——苏伯成。

苏家是天津的名门望族，老辈上出过翰林，天津人一直把苏家称为是翰林府。但苏家没有什么财势，老爷子一不入仕，二不经商，过的只是平常日月，孩子们很好学，家道中兴的希望，就寄托于来日了。

苏伯成长余子鸥两岁，是一个有抱负的有识之士。每谈起鸦片战争至今朝廷的腐败无能，他总是极为激愤。一次一次的战争失败，一次一次的屈膝投降，一次一次的割地赔款，早像一把利刃插在了年轻人的心上。"物竞天择，适者生存"，他把这八个大字写成条幅，悬挂在自己的书房里。一代新学才子，他已经是深深地感觉到历史选择的无情了。

眼看着朝廷的昏庸，眼看着列强的跋扈，苏伯成已是忍无可忍，他常常于悲愤之时对他的好友余子鸥说："当今之时，必当有匡时济世之才，方能改革时政、挽救危局，而一些无用的读书人，又只知什么三句承题、两句破题的欺世盗名之技，长此下去，中国还有什么前程！苏伯成愿作匡世救国第一人，情愿置身家性命于不顾。"

余子鸥懦弱，自然总是劝说苏伯成不可过于血气方刚，为民流血、为国献身，也总要有个时机："我等只要有救国志向，一代后学成势，天下还能总是这样死气沉沉吗？"

余子鸥和苏伯成要好，两个人就想结成金兰之交，也就是要拜盟兄弟。但是,中国人的老讲究,结盟兄弟,双数不成,必须是单数。譬如桃园三结义,其实加上诸葛亮,四个人拜盟兄弟,友谊不是更坚如磐石吗?但是只能是三个人,要么再多出一个,反正双数不成。

苏伯成要和余子鸥拜盟兄弟,难道就不能再拉一个人出来吗?实在找不出人来,中西书院中一群官宦人家的子弟,莫看平日里对朝政也多有微词,但是倘若真到了关键时刻,他们还得维护他们老子的地位,这和苏伯成和余子鸥不同,那么,再从余子鸥的弟弟中找出一个人来,也不行,在已经成年的弟弟中,余子鸥认定他们哪个也不会有大出息。

其实哩,《三国演义》中的桃园三结义,真正要结拜弟兄的,也就只是刘玄德、关云长,他两个一文一武,来日能成大事。至于张翼德呢,他本来是一个莽汉,于德于才,那是无法和刘玄德、关云长比的,但为了图个单数,也就"不拘一格降人才",便把他拉进来了。如果苏伯成和余子鸥要结拜兄弟,也未尝不可随便拉一个人来,当然只要这个人诚实,而且还要有共同的志向。

"子鸥。"一天,苏伯成把余子鸥请到家中,两个人又慷慨激昂地评说了一番天下大事之后,苏伯成突然对余子鸥说起结拜兄弟的事,"你我结拜金兰之交的三弟,我终于物色到了。"

"伯成兄,此事可是该慎之再慎的呀!"余子鸥怕匆匆忙忙把一个不知根底的人拉来,将来惹出闲是闲非,反而不好。

"子鸥放心,于此,我是不会轻率的。"

"只要伯成兄看着可靠,我是不会再有异议的了。"余子鸥自己找不到第三个人,便也只能相信苏伯成了。

"这个人绝对可信,子鸥一见便会分晓。"苏伯成胸有成竹地说着。

"那就找个地方,订个日子,我们兄弟三人先相互认识下来,日后再做深交吧。"余子鸥想先见见这位未来的小兄弟,彼此好有个了解。

"不必定什么地点、时间,她就在我家中。"苏伯成眨了眨眼睛说着。

"怎么,这位小弟已经先我一步到府上了?"余子鸥疑惑地问着。

"子鸥稍候,我去请她过来就是。"说着,苏伯成走了出去。

过了不多会儿工夫,苏伯成果然领来了一个人,推开房门进来,倒把余子鸥惊得从座位上站了起来:"不才余子鸥未及回避,尚盼海涵宽宥。"

原来,随着苏伯成走进房来的,竟是一位女子。

这女子好生清秀,却又一点不显忸怩,陌生人面前,大大方方,一双亮亮的大眼睛直视着余子鸥,嘴角上还显现着一丝笑意,似是故意向余子鸥询问:"怎么样?没想到吧?"

"伯媛过来,见过你兄余子鸥。"苏伯成对他身后的女子说着,便引荐她和余子鸥认识。余子鸥自然有些手忙脚乱,又是拱手作揖,又是鞠躬致礼,惹得苏伯媛险些笑出声来。

"平日常听哥哥说起余公子,伯媛甚是钦敬哥哥和余公子的学识见地,听说哥哥要与余公子结拜金兰之好,却又苦于找不到第三个小弟，伯媛不揣冒昧，愿在二位兄长之下忝陪末座，就滥竽充数做个小三弟吧。"苏伯媛好生洒脱，一席话倒把余子鸥说得哑口无言了。

"伯媛是我的堂妹，"苏伯成向余子鸥介绍说，"在家里的学馆读书，诗词歌赋，才学过我，当然，比子鸥吾弟，她是望尘莫及的。"

"伯成兄快不要为我吹嘘了，那都是一些无用的游戏而已，强国富民，还是要靠新学的。"余子鸥也是一个血气方刚的有为青年，自然对于新学极是敬仰。

"二位兄长胸怀鸿鹄之志，那就让形若燕雀的三弟紧随其后，求知做人吧。"苏伯媛早就听她的堂兄说过余子鸥的种种情形，她对余子鸥，已是早就在心目中视若兄长了。

"只是，只是……"余子鸥还在犹豫，他看着苏伯媛一身女儿衣着，看她披在肩上的两条长辫，还是觉得男女有别，且更不可以兄弟相称。

"余公子是看不起我这女儿之身吧？"苏伯媛劈头便向余子鸥问着。

"哪里，哪里，巾帼英豪，胜我须眉呀！"余子鸥慌忙支支吾吾地说着。

"子鸥呀！"苏伯成拍拍余子鸥的肩膀说着，"伯媛虽是女儿，但才学、志向都不在你我之下。听说江南有了女子学堂，好几次，她都扮成男儿偷偷地上了客船，也是伯媛的父亲、我的叔父看得太严，才把她从船上拉回来的。"

"我还要走！"苏伯媛斩钉截铁地说着。

"你还是先把身体养好了吧,倘不是担心你的病,我早帮助你南下求学去了。"苏伯成劝慰着他的堂妹说。

"唉,真是苍天与我作对,干吗让我得了这一身的病。"说着,苏伯媛的眼里蒙上了乌云,她一腔热血似被浇上了一盆冷水,脸上的笑容也消退了。

没过多久,苏伯成、余子鸥和这位奇女子苏伯媛就结成了金兰之好,苏伯成是大哥,余子鸥是二哥,他俩通称苏伯媛为三弟。三个人的金兰之交,竟然三弟是个女子,这也真是造反了。

余子鸥自然是苏家府邸的常客,来了就在苏伯成书房里和苏伯成说话。苏伯成和苏伯媛是堂兄妹,不住在一个院里,却住在一个宅里,不过是东院、西院而已。平日苏伯媛就常在大哥书房里和大哥读书,苏家又是读书人家出身,历来就不信那套男女有别,授受不亲的戒律,不要说性格开朗的苏伯媛,就是别的女孩子,也是不知道回避男宾客的,彼此泰然相处,真是一种维新的家风。

苏伯媛充做男儿与余子鸥结为金兰之交,但两个人的来往并不很多。余子鸥依旧是和苏伯成一起读书,而苏伯媛知道余子鸥于旧学上功力较深,所以便常将些自己的诗作抄出来请"子鸥兄"指正。余于鸥当仁不让,常在苏伯媛的诗作上批些极是尖刻的话,什么"强做愁态""腐气熏天"之类,苏伯媛也不计较,日后再有了诗作,依然抄来请"子鸥兄"批阅,余子鸥依然如故还是一句好话也不说。

中西书院结业之后,苏伯成就和余子鸥一起商量如何安排自己的前程。苏伯成血气方刚,一心要以碧血谢天下,未经迟疑,他就选定了要去北洋水师供职。北洋水师,是由李鸿章一手操办的海军舰队,被许多以天下为己任的青年所向往——投身水师,抵御列强,不成功便成仁,也不枉了自己的一生。但是,余子鸥不能和苏伯成一起走,第一,余子鸥于海上军旅生活无法适应,第二,余子鸥是余家的长子,一切要由老爹余隆泰安排,行伍率兵,余姓人家的子弟是不行的。

送苏伯成从戎的那天,他们金兰三兄弟的一席话别是极为悲壮的。苏伯成击箸吟唱:"风萧萧兮易水寒,壮士一去兮不复还。"声泪俱下,已是做好了为国捐躯的准备了。苏伯媛只是恨自己生而为女儿,不能从戎报国。余子鸥哩,只能为苏家兄妹的气节志向所感动,再三盟誓,要做一个有良心的中国人,以救国为己任。

苏伯成不是绿营出身,又不是水师学堂的学生,到了北洋水师,他因精通西文而被指派为舰队的译员,比那些炮手、水手们要舒服得多。北洋舰队分驻在旅顺与威海两地,似一把利钳,镇锁着渤海的大门。舰船数十艘,炮台隔岸相望,水陆将士达二万余人,这与当年曾国藩杀伐太平军时的兵马,已是不知强大多少倍了。

但是,苏伯成到北洋海军任职后,第一次回津休假,他的满腔热血就冷了一大半。和余子鸥、苏伯媛在房里述说自己在北洋军中的所见所闻,他连连地以手击案,不停地痛斥:"腐败,腐败!"

"你们知道,北洋海军校阅演习,几十艘兵舰巡弋海上,而请来巡阅的都是些什么人吗？"苏伯成气愤万般地向他的两个弟弟问着。

"那还用问？"早就忍不住要说话的苏伯媛，立即就插话说了起来，"还不就是那些昏庸的老朽，他们连世界上有多少国家都不知道，终日在皇上面前说什么英吉利、法兰西固有其国，此外至于意大利、西班牙，谁知是有是无？真是一群行尸走肉！"

"倘若是他们来巡视海军校阅，好歹还是个大臣、亲王。可是巡阅的那天，主帅舰上坐着的，竟是大太监李莲英！"苏伯成狠狠地在桌上拍了一下，震得茶盅都颠了起来。

"腐败，腐败！"余子鹍也愤恨地咒着。

"呸！"苏伯媛向地上狠吐了一口唾沫，已是忍无可忍。

"真是丢尽了中国人的脸。北洋水师的兵船上又有许多洋人，他们或掌管机器，或主管航海、电信。水师校阅的那天，他们固然也要到甲板上列队敬礼，可是当他们听说主舰上坐着的是阉臣李莲英的时候，当即就吹起了口哨，又喊又叫闹得一场大乱。"苏伯成说着，脸膛气得紫红，可以想象，当时作为译员的苏伯成，在舰船上站在洋人的身边，看见洋人冲着主舰上的李莲英做鬼脸，他的心中该是何等的痛楚。

"大哥，如此看来，这自诩为坚不可摧的北洋水师，原来也是不堪一击了？"苏伯媛急切地问着。

"嘻，一言难尽。"苏伯成叹息地往下说着，"为建立北洋水师，李鸿章说什么'渤海门户已有深固不摇'之势，可是你们知道吗？北洋水师的两艘主舰：'定远'号和'镇远'号，原只是经英国人的手从德国买来的,从开动到修理,全要靠洋人手把手地传授。而洋人当中,又有许多滥竽充数之辈,一个德国炮手,竟在北洋军舰上做了副统帅,连洋人机械师们都看不起他,故意把口香糖黏在他的假辫子上,他不是归顺天朝吗?还有许多官员,原都是挂名的空缺,他们只在京城里饮酒作乐,北洋水师按月给他们饷银,他们连海是什么样子都不知道。有一次海军校阅,不得不把他们从京城里找来,可是上到舰上,他们连舰船出海要带足淡水的道理都不懂。有一个拿着统领空缺的庸官居然申斥他的下属:'海里有的是水,船上何以还需备水?'他们根本不知道,那海水是不能喝的。"苏伯成越说越气愤,他几乎要破口大骂了,"腐败!腐败!中国振兴已是无望了。"

公元1894年,光绪二十年,一场甲午海战,北洋水师全军覆没,从此,苏伯成再没了消息。新历8月1日,清朝朝廷向无故击沉装载着中国军队的英国商轮的日本政府宣战,日本政府更是宣布与中国交战,至此,一场日本蓄谋已久的海战,终于在海上爆发了。

新历9月17日,北洋海军遭日本舰队袭击,北洋海军统帅丁汝昌在旗舰"定远号"的"飞桥"上指挥反攻。谁料,在英国人经手从德国为北洋水师买舰船的时候,谁也没想到中国会用这几艘舰船去打仗,他们是按照装点门面的要求给清廷制造这几艘舰船的,外表上看着威武无比,风和日丽之时游弋海上,也极是壮观,只是这几艘舰船怕大炮震动,日本舰船上的炮弹飞来,没有击中这艘舰船,只落在水里,爆起一柱恶浪,

"哗"地一下，旗舰"定远号"上的"飞桥"就被炮声震断了。统帅丁汝昌从高空跌下来，身负重伤。

这一场海战整整打了一个下午，北洋海军参战的大小十三艘舰船有两艘于战火中逃走，其中的一艘舰船还在慌乱之中撞沉了自己的一艘船。而以邓世昌为舰长的"致远号"舰船，在舰船受重伤、弹药又已用尽的情况下，舰长邓世昌下令舰船开足马力向日本快舰"吉野"号撞去，不幸，途中被日军水雷击沉，全舰将士二百五十多人壮烈牺牲。

甲午海军以中国海军的全军覆没而告终，而筹建北洋水师的李鸿章欲盖弥彰地把日本的胜利归结为是日本的兵舰新、行驶的速度快，且日本的枪炮也比中国的"精良"得多。由此，战争失败的罪责，也就不在李鸿章身上了。李鸿章不仅未因海战失败受到朝廷的责怪，反而出使议和，成为清廷的全权大臣，一纸《马关条约》签订，丧权辱国，国人莫不谓李鸿章该杀。

只是，苏伯媛和余子鸥却在天津急得几乎发了疯，苏家的老人已是哭得死过去好几次。北洋海军全军覆没，朝廷忙着割地赔款，也没时间向阵亡将士家属发什么为国捐躯的阵亡通知，甚至连舰船上将士多少人、每位将士的姓名和籍贯也没个记载。一个腐败的朝廷，一群昏庸的官员，可悲的只是那些献身的铁血青年。

尽管人们都知道苏伯成是不可能有生还的希望了，但苏伯成的二老双亲仍然不甘心给儿子设灵堂，亲骨肉，总是不相信真的就这样葬身海底了。由于思念儿子，苏老先生和苏老夫人已是悲痛欲绝,苏伯媛更是一病不起。余子鸥也是失魂落魄一般,终日在家里默默无言。

大约过了半年时光,忽然一天下午,吴三代进来对余子鸥说,门外来了个洋人,找上门来询问这里是不是五槐桥余家,又问余家有没有一个叫"余"的人。吴三代说,这"余"字是一个姓,一家上下几十口人,你找哪个"余"?只是那洋人不开化,他说他就是找"余"。

余子鸥觉得这事蹊跷,便随着吴三代走到门口。大门洞的长木凳上,正坐着一个洋人:好高的个儿,大鼻子,蓝眼睛,留着络腮胡子,还戴着一副西洋眼镜,一副斯文模样。

余子鸥原是中西书院的学生,自然会说英语,把洋客人迎进前院的客厅,便用英语和他说起话来。

"余,你的好友苏再三嘱托我,要我到天津子牙河岸,找到一处叫作五槐桥的地方,那里一家最大的房子,住着一个叫作余的青年。"

听说是苏伯成托这个洋人来找自己,余子鸥只觉得眼前一阵发黑,当即他抓牢了椅子扶手,过了好长时间才舒缓过来。

"他现在在哪儿?"余子鸥急切地问。

"他是一个英雄。"说着,那个洋人站起身来,脱下帽子,恭恭敬敬地低下头来,为苏伯成默哀。

"他不在人世了?"余子鸥也随着站了起来,一双眼睛几乎要把那个洋人吞掉,更是着急地问着。

向死者表示过哀悼之后,那个洋人才又坐了下来,向余子鸥述说他受苏伯成之托、找到五槐桥来的经过。

9月17日,北洋舰队在海上护航运兵,在返航的途中遭到了日本舰队的袭击,日本舰队的炮火极是凶猛,立即就把北洋舰队阻截在了海上。但是,北洋舰船上有许多外国技师,他们只被雇来供职,并没有被雇来参与海战。如今舰队被日本舰队围住,这些洋人就乱了起来,他们向统帅丁汝昌提出要确保他们的安全,要丁汝昌停止反击,而且这些洋人还和日本舰船联系,申明北洋舰队中的外籍船员要求保护。只是,日本人根本不理睬这些外籍船员的要求,火力越来越猛。外籍船员这时更为惊慌,也不知这时是什么人一号召,立时,外籍船员们夺了一艘舰船就向朝鲜方向逃去,而苏伯成恰恰就在这只舰船上做译员。

"他现在在朝鲜?"余子鸥又怀着一线希望向这个洋人询问。

"不!"洋人极是悲怆地回答,"在舰船逃出战火、安全抵达仁川的时候,我到苏的房里去通知他,谁知,就在他的船舱里,苏安然地睡在他的床上,手里握着一个药瓶,他不甘心做一个逃兵,他把自己的灵魂留在了海战之中,苏是一个伟大的中国人。"

听着洋人的叙述,余子鸥已是热泪盈眶,他一双手用力地搓着,全身在微微地颤抖。

"这时,我才突然想起,"洋人叙述过苏伯成服毒献身的经过之后,又对余子鸥说着,"何以他于舰船逃出战区之后,突然来到我的舱室里,告诉我说,在天津子牙河岸边,有一座五槐桥,五槐桥下有一座大大的古典院落,一个叫余的人是他最好的朋友,他要把一把宝剑送给他的朋友。可是,在他离开我的舱室之后,我才发现他把那把展示给我看的宝剑,竟于回舱时忘在了我的桌上。我原想第二天早晨再还给他的,谁料,谁料……"洋人说着,深深的眼窝早已经湿润了。

……

苏家为苏伯成设了灵堂,一口棺材里放的是苏伯成送回来的一把宝剑。苏伯成没有成家,又没有弟弟,只能由堂妹苏伯媛守灵服孝。当余子鸥跪在苏伯成的灵堂前叩拜苏伯成灵位的时候,他只听见灵堂旁边一阵忙乱,再抬起头来,只见许多人围着苏伯媛,她已经哭得断了呼吸。想上前去安慰劝解,人面前,灵堂里,又有许多不便,呆呆地在一旁看着,又真是为苏伯媛心疼……

后来呢?

后来,余子鸥得了一场大病,大病中他只是声嘶力竭地喊道:"伯成,伯成!"余子鸥的老爹老娘同情儿子因失去一个最要好的朋友而心如刀割。病好之后,便为儿子成亲,娶了俊秀、贤淑的娄素云。从此,余子鸥再不问天下兴亡,也不再热衷新学,他又一头钻进故纸堆里,每天写字、吟诗,训诂他的《尚书》去了。

静虚庵庵主"观世音保佑"五个大字,使余子鸥得知了苏伯媛的去向。必是她大病之后,看破红尘,落发为尼了。只是,无论怎样,他也要再见一见自己昔日的"三弟",只有这个小"三弟",还能让他回想起那一去不复回的青春日月。

也真是巧了又巧，就是在余子鸥想方设法要见他昔日小"三弟"的时候，余子鸥的妻子娄素云，竟又于静虚庵进香的时候，认出了她昔日书馆里的好友苏伯媛。苏伯媛就在与余子鸥结拜金兰之交的时候，她还在自家书馆里读书，而娄素云正是她的同窗姐妹。

这真是出乎娄素云意外的一件奇事——

琴心姑娘病愈百日，余老太太让府上最体面的管家妈妈，带上两个丫鬟，携带着香烛供品，携带着黄绫织绢，另带着余老太爷的帖子去静虚庵拜谢仙姑，并恳请仙姑示下个吉祥日子，让余子鸥、娄素云携带女儿琴心当面去静虚庵拜谢。大半天时间过去，管事妈妈回来禀报说，静虚庵住持玄净师父查过布施簿，倒也确曾有一日于化缘时收过一家施主的二吊钱布施外加一只玉镯，只是玄净师父不承认曾经救过什么病人，一纸"观世音保佑"的符纸原是天意的恩赐，能由此逢凶化吉更是施主自家的造化，玄净师父不敢代佛受拜，香烛留下，供品退回，黄绫留下写经，织绢本是俗物，连同余老太爷的帖子，一股脑儿拿回来了。

"这倒让我为难了。"老太太束手无策了。

"不还这份愿吧，辜负了佛恩，我也于心不忍；想还这份愿吧，玄净仙姑不受拜谢，你连静虚庵的庙门都进不去。"

"这样吧。"依然是二儿媳宁婉儿才智过人，她总能想出最为妥帖的主意，她一旁略作思忖后便向婆婆献计说道，"我们只把琴心侄女的生辰八字写在帖子上，呈到庵里，说是这孩子原是上界的仙女降世，必得拜个师父领个法名才能得平安长寿……"

"哎呀!"老太太听到这主意,立即拍了下巴掌,高兴地望着宁婉儿说,"如何就让你是个女儿身?倘是男儿你必是摇羽毛扇的诸葛,能辅佐着皇帝坐江山的。"

"瞧婆婆把我夸的。"宁婉儿心中虽然得意,口上却还推托,"我这不过是小孩子家想的儿戏主意罢了,容我敢这样多嘴多舌,还不是看着婆婆平日的娇惯?"说着,一家人都笑了。

静虚庵不高的院墙,两扇青色木门,砌着圆门洞,庭院里几株古柏,枝叶越出了墙头。墙头上杂草丛生,看上去有些败落古旧,但在这败落古旧之中,又蕴含着一种典雅超凡。

在头道庭院,看管佛堂的尼姑操持琴心拜过佛祖,又将一串念珠挂在琴心胸前,捧来黄绢布施,尼姑写上了琴心的姓名、生辰,然后又告诉娄素云说:"玄净师父传示,琴心姑娘的法名就叫智圆吧。"接着,又做过了佛事,燃烛敬香,敲钟击磬,这才终于将琴心的终生祸福交付给了佛门。

"师父请女施主经房用茶。"随之,从后院走出一个小尼姑,手持拂尘,恭敬地引着娄素云和琴心向经房走去。

经房内一张黑褐色木椅上,静坐着玄净师父。她身穿一件灰色衲衣,衣襟间没有纽襻,只用白布条牢牢地系着。衲衣里是灰色的布裤、白布带系着裤脚,白布袜,黑布芒鞋,头上戴着佛帽,双手放在膝上,手里握着一支拂尘。迈进门槛,和玄净师父相距不过一丈之遥,娄素云大致看清了玄净师父的容貌:玄净师父看上去未及三十岁,清瘦的面庞,一双安详的眼睛,目光深邃、蕴含着梦幻般的蒙眬,一对眉毛细平弯弯,眉黛间宁静平和,鼻梁极是清秀,嘴唇是天生的绛色红润,虽已落发,但令人又觉得倘多了一头青丝便减了面容的清丽。清丽中一种未褪的名门闺秀风度,没有一点娇媚,明明是位女才子。

小尼姑照料娄素云入座后献过茶水,便悄无声息地退去了,经房里只剩下了娄素云母女和玄净师父。深深地呼吸着经房里染有古木、药材并略有阴潮的空气,娄素云举目向玄净师父望去。只是这相距咫尺的一望,让娄素云疑惑了,她觉着这位玄净师父极似自己昔日的一个女友,仔细想想,似不可能,但是再细看,娄素云更是惊疑得瞪圆了眼睛。

只是玄净师父非常安静,她淡淡地看着娄素云,无喜无悲,毫无反应,似是什么也未发觉,又什么也没有追忆起来,微微地垂下目光,默数着手中的念珠,嘴唇在微微嚅动。

娄素云已是站起了身来,她要去拉玄净的手,又突觉经房中不可随意。迟疑许久,她才颤抖地向着玄净师父唤了一声。

"伯媛!"娄素云激动得不能自已,手扶香案休息好久,她才又坐稳了身子。

"阿弥陀佛!"玄净师父打了一个冷战,她似要发怒,但立即克制住了自己,双手合十念了一声佛。

"我是素云呀!"娄素云几乎是哭出了声音。

"阿弥陀佛!"玄净师父的声音依然平静而又沉重,但立时她的眼窝红润了,她的鼻子在微微地抽动,"阿弥陀佛,阿弥陀佛",玄净师父的声音已经变得颤抖,肩膀在微微地晃动。

……

不知是朝廷的恩典还是民间的造次,一阵风刮过来:女儿家要读书了。女子读书本来不必大惊小怪,历朝历代多少女才子,全都是学富五车,博古通今的。但自清以来,女子不识字又成了一条不成文的法令。这自然也有其一定的道理:满人进关入主中原时,男子剽悍骁勇,女子畜牧牛羊,莫说是女子,男子也没有几个人识字。满人入关后,汉人见主子家的女子尚且不识字,奴才家的女子也就不敢识字了。倒是后来满人的男子识字多了、学问长了,满人的女子便也随之喜爱起琴棋书画来了。这样,奴才家才又要女子识字,好有机会去陪伴主子说话解闷。时至光绪年间,什么主子奴才全他娘见鬼去了,军机处添了汉员,汉人做了重臣,曾国藩带了重兵,除了宫里的太监还低头哈腰地"嗻嗻"称是之外,从军机处、翰林院直到寻常市井街巷,满人比汉人还汉化,汉人比满人还满人,通通都辨认不出来了。这时一股潮流兴起,稍有些权势财势的人家全让女儿读书识字,这寒窗早已不再是男儿的天下了。

　　女儿家读书不可去私塾,只能在府里设家馆,请先生来家馆任教。娄家是名门望族,本来有立家馆的资格,只是娄家老爷在朝廷当差。对于一位官员来讲,他没有接到过设家馆令女儿读书的圣旨,所以不知道这女子读书到底符合不符合皇上的心意。揣度再三,娄素云便屈尊到一户在朝廷里没有官职的人家家馆去读书。这人家自然也是富贵人家,为府上的千金小姐专设了家馆,如今正想请一位年龄品貌身价相当的姐妹来伴读,这岂不正中了娄家的下怀?

　　娄素云和苏伯媛好像是一对前世的姐妹,两个人第一天见面,才听先生讲了一段《师说》,立即便好得难解难分。那一年娄素云十四岁,苏伯媛十三岁。读书时,矮矮的书桌放在雕花木床上,姐妹两个面对面盘膝坐着。苏伯媛淘气,便在书桌下伸腿踢娄素云,娄素云也不恼火,只善意地冷不防在苏伯媛小腿上掐一下,好在先生给女学子授课,只反背着手在地上踱来踱去,对于坐在炕桌两侧的一对女孩,道学夫子是连看都不能看一眼的。

娄素云随先生在学馆读书,懵懵懂懂,对于先生的讲解总是不甚了解,不过只记住大道理罢了,一切都不经心。苏伯媛却智慧超人,早在她家立家馆之前已是读书过了万卷,且还私下里不知从哪里读了许多"反书",对于道学夫子们讲的圣贤文章,她是连听都不听的。

在家馆里授课,先生只讲一个时辰,讲完课便走,绝不和女学生有任何交谈。先生走了之后,女学生自己还要习字、吟诗、做文章,那就与先生毫不相干了。

一天,家馆先生刚刚从书斋走出,隔窗依稀还能看见老夫子的背影,苏伯媛早将一篇《师说》推下书案,随手从书案下取出一函书来,打开书册,找到一处地方,将书册推到娄素云面前说:"姐姐读读这篇文章。"

娄素云接过书来,看看题目,是龚自珍的一篇《病梅馆记》。龚自珍是当朝名贯天下的大学问家,他的《定庵文集》早已是学子们案头的必备书籍,娄素云虽也读过龚自珍的文章,但只是钦佩他的博学与文采,此外并没有什么太深的理解。

龚自珍的这篇《病梅馆记》说,有一种喜欢摆弄盆栽花卉的人，只凭自己的喜爱，全然不管梅株的天然秉性，胡乱地切断正干，留下旁枝，且又任意扭曲，缚以棕绳，结果栽在盆子里的梅株已经是恹恹无生气了。

"这种梅人真是作孽了。"娄素云读过文章后议论道，"梅株只让它自己去长就是，你偏要执意扭曲，难怪要成病梅了。"

"姐姐说得极是。"苏伯媛听后点了点头称赞着说，"倘以这病梅的道理纵观天下，如今的天下不也是病天下吗？"

娄素云没有听明白，她只是苦笑了笑说："我可想不到那么多，我看这不过是评议不知盆栽技艺的人自作聪明罢了。"

"何止会如此浅显呢？倘如此，也算不得是龚自珍的文章了。"苏伯媛索性移身过来，和娄素云挨肩坐下，向她讲解着说，"你我就是梅株，那磨难梅株的就是当今的世道。你我生在世上本来要根深叶茂破蕾开花留芳天下的，可这霸道的世界非要把我们的枝干切断，扭曲成弯弯曲曲的病态以媚天下，你说这不是天大的罪孽吗？"

"伯媛原来要做巾帼豪杰。"娄素云惊异地望着苏伯媛，钦敬地连连赞叹。

"且当今之时，国事日见蜩螗，民生愈益凋敝。皇上自称是天朝盛世，其实早已内亏。列强入侵，割地赔款，国计民生江河日下，如此不需十年八年，中国就要无疾而亡。你我父兄就要做亡国奴，你我姐妹更不知会沦落到何等地步。素云姐姐，难道你不觉寒心，不觉害怕吗？"苏伯媛炯炯的目光凝望着娄素云，使娄素云吓得连连后退。

家馆里的气氛一下子变得严肃起来，娄素云已经完全不知所措了。她自己生为女儿只知读《女儿经》，只知三从四德的道理，天下兴亡的事想都没有想过；而如今突然一个娇小美貌的弱女子和自己谈到了匡时救世的道理，一时之间，她竟有些胆怯了。

"在家里，我倒也常听父兄们发些感叹，莫非这大清的天下真的就要衰落了吗？"

"不是衰落，是衰亡！"苏伯嫒面色严肃地对娄素云说，"当今之时，国力衰竭，朝廷腐败；有识之士不得重用，只得忍气吞声，寄意于花鸟虫鱼之中；而无为之辈更是醉生梦死苟且偷生，更有甚者则对那些自诩天朝盛世的昏庸老朽百般逢迎，可是列强蛮夷之邦才不理会你空谈什么复兴指日可待。依我看，多则十年八载，少则三冬两春，大难就要临头了。"说到激动时，苏伯嫒眼窝里泪光莹莹，她一步走到书房中央，用力地挥着一双空拳喟叹："我只恨自己不是个男儿呀！"

苏伯嫒到底是个女儿家，除了慨叹天下兴亡之外，还常和娄素云说些悄悄话。苏伯嫒告诉娄素云说，她伯伯房里有个儿子，是她的堂兄，极有抱负，来日她一定撺掇她的伯母去娄家说亲。娄素云自然不似苏伯嫒这样大胆，只是羞得连连拍打苏伯嫒的肩膀，苏伯嫒却一点儿也不难为情："这有什么？女大当嫁嘛！"

"那你呢？谁家来找到你府上提亲？"娄素云反击苏伯嫒问着。

"我干吗要人提亲？"苏伯嫒勇敢地回答。

"你终身不嫁?"娄素云挑逗着问。

"干吗不嫁,我知道我该嫁给谁的!"

"哎呀,伯媛,你真是反了!"娄素云吓了一跳,再不敢往下追问苏伯媛要嫁给谁了。

谁料,一场大难突然降临,一下子使苏家蒙遭不幸,苏伯媛也险些丧命。

只听说是苏家长门房里的一位公子在北洋舰队上给洋人做译员,一场中日海战,就再也没有回来。后来听说是转送回了遗物,至此,苏家才将一口空棺葬进坟茔。

苏伯媛因兄长暴然去世而痛不欲生,守灵时就"死"过去好几回,丧事办过之后,苏伯媛一场重病,眼看已是没有指望了。

这期间娄素云几次去苏家探视苏伯媛,只是苏老太太对娄素云说,伯媛病得太重,一喜一悲,都可能断送性命,只好也就罢了。又说姐妹间的一场情义,待来日伯媛养好身子,自会向她转告;倘伯媛病情恶化,真有了什么不幸,还望素云多加保重。

后来,娄素云听说,苏家倾其所有,为女儿请来了天津、北京的各大名医,参汤、补剂不知用了多少,最后也不见什么效力。最后说是从租界地请来了一位德国医生,德国医生一看,便诊断说苏伯媛得的是一种心脏病,这种病随时都有生命危险。

娄素云是在出嫁前一个月去看望她昔日的女同窗的,苏伯媛的母亲抱着娄素云的肩膀失声痛哭,不敢惊动病中的苏伯媛,怕她知道自己要好的知心姐姐即将出嫁而悲伤动心。娄素云只在中厅里远远地站着,由丫鬟轻轻撩起门帘,偷偷地向房里病床上的苏伯媛看了一眼。就这样,苏伯媛还觉察出了动静,她病弱的声音在断续地询问:"又是谁呀?"过了一会儿,她又强挣扎着说,"国事、家事,于我都是过眼烟云了,爱莫能助,只能来世相报了。"

娄素云将一方帕子咬在嘴里,这才强忍住没有哭出声来,捂住脸庞,匆匆地跑出了中厅。苏伯媛的母亲在后面劝慰着娄素云说:"伯媛已是没有指望了,姐妹一场,你就先哭她一声吧。出嫁之后,百日之内不得吊丧,只怕伯媛熬不过三月两月了。"

娄素云终于按捺不住,回身抱住苏家老伯母,放声地大哭了一场。

不知是寿数未尽,还是欠在阳间的孽债没有还清,奄奄一息之中,苏伯媛竟然还神奇地活着,而且冬去春来,她又有了一些精神,每日靠几羹匙参汤吊着,脸上又恢复了一些红润。

看着女儿病体好转,苏家老人自是欣喜万般,只是医生嘱咐,苏伯媛虽然保住了性命,但她于人间喜怒哀乐已是无力承受了,无论世间的什么事都不要对她说,更不能让她觉出一点儿迹象,她就似一盏残烛,一阵微风就会把余火吹灭。

身体稍微好些之后,苏伯媛也向父母询问外面的种种情形,但苏家二位老人只是劝告女儿不要再过问天下事了,昔日的同窗、亲友,各人有各人的着落,福也罢,祸也罢,人人都是无可奈何的,还是不知道的好。

可是，苏伯媛到底是读书人，终日在房中无所事事，她更会胡思乱想。为了使她静下心来养病，苏家老先生就找来些佛经让女儿诵读；苏家老太太还从庵里请来了老尼，每日给苏伯媛在家里讲经。也是苏伯媛智慧不凡，她竟于佛经中发现了一个世界，一番研读佛经，她果然心里安静了许多。

当然，人世间的喧嚣总要向苏伯媛耳边传的。有一次，不知是谁收拾书房时找出来一方旧砚，又引得苏伯媛犯了一次大病。苏氏二位老人为此犯了心思，一定要给女儿找一处清静的地方。要保住女儿性命，就必须断了孽根。最后，经多方求问，苏家终于打定主意，不惜重金将残败不堪的静虚庵修葺一新，远近又请来几位尼姑，苏伯媛也有意出家，这才忍痛让她落发为尼。

移居静虚庵之后，苏伯媛断了人间恩怨，四五年的时间过去，她已经渐渐康复了。身为静虚庵庵主，她早已不过问尘世纷争了。

……

庚子年的一场劫难，谁料竟又将静虚庵、玄净师父和娄素云，以及余隆泰家族成员们的命运纠缠在了一起，而且直到不能自拔。

八国联军已经攻进了天津城，一片火海，一片枪声炮声，从遭抢劫的家家户户传出来凄惨的呼救声，此起彼伏，天津城陷在了血海之中。轿子马车里，余子鸥、娄素云紧紧地搂住儿子宏铭、女儿琴心和侄女琪心和所有的中国人一样，他们对上苍最后的一点儿乞求，便是能让他们死在一起。

感谢上苍，轿子马车正停在了静虚庵门外。

夜半三更，慌乱中敲叩静虚庵的大门，好长好长时间才听见院里传来"阿弥陀佛"的诵佛声，娄素云将嘴巴贴在门缝处，悄声地向庵里说话："救苦救难的菩萨，开门吧，我们是避难的。"

"阿弥陀佛"，还是一声连一声地念佛，听不见脚步声，大门更是一动不动，想来这些出家人是要以自己的与世无争回绝落难者的央求了。

"师父，救命吧，我们是积善人家呀！庵里的玄净法师是我家智圆的师父。"娄素云尽力地苦苦央求。

缓缓地，从门缝里泄出了烛影，烛光闪闪烁烁，一步步地靠近大门，轻轻的脚步声停下之后，才传来老尼姑的问话声，她和娄素云一问一答很是询问了半天，直到问清庵外确实只有余家五口人时，才"吱呀呀"一声将庵门拉开。

余子鹍和娄素云、宏铭、琴心、琪心五个人闪电一般地挤进庵门，庵门匆匆合上。隔墙外面传来了马车跑动的声音，不多久就真有上千人呼号着从庵外经过，吓得娄素云抱住琴心、琪心紧依在墙角里。

"阿弥陀佛。"老尼姑又是念了一声佛。她看着余子鹍五口人的可怜样子，虽动了恻隐之心，但又不好劝解安慰。她只是冷冷地说："深更半夜，也不敢去惊动玄净法师，我就大胆做主了吧。前院里实在是太不平安，佛堂旁有间厢房，最近几个月玄净法师总在那厢房里用功的，你们就先在那房里委屈一夜吧。"

"谢谢师父救苦救难。"

娄素云千恩万谢地说着，领着孩子们随老尼姑走进第二进院子。余子鸥紧步也追上来，几个人一起走进了一间厢房。

点燃蜡烛，娄素云早坐在了炕沿上，这一程她累得腰酸腿疼，真恨不能叫个人来捶捶背，但此时此际能有个房子过夜已是万般知足了，深深地，娄素云舒出了一口长气。

"施主自己方便吧，贫尼也不敢问施主要不要用菜用饭，这里是佛门……"

"我们已是感激不尽了。"

娄素云送走老尼姑，安排孩子们先依靠在墙角处，这厢房自然比不得家里，但那老尼姑说了，近半年来玄净师父常在这里用功，屋里收拾得也极干净，且也有铺垫，好歹可以歪在炕上打个盹儿。

"你呆站在那里做什么？"

娄素云脱下斗篷，将抱在怀里的包袱解开，取出随身的衣服，对呆呆站在屋子中央的余子鸥说着。余子鸥也真是呆得出奇，他就怔怔地站在那里，压根儿就没听见妻子和他说话。

娄素云自己换好衣服，又照料孩子们躺下，再回过头来，余子鸥还站在地上呢。

"你不换换衣服？"

余子鸥还是没有听见，一双眼睛只是痴痴地死盯着墙壁凝视。娄素云顺着余子鸥的目光抬头望去，只见墙壁上挂着四轴条幅，不知是什么人的墨宝，字写得实在潇洒。

"唉！"娄素云叹息着暗自摇摇头，"都到了什么时候了，还是一见了字就失了魂魄。"娄素云嗔怪着,只顾自己歪在炕上休息,再也不管丈夫站在地上发呆了。

此时此际,余子鸥只望着墙壁上的四轴条幅,已经惊愕得忘掉一切了——"观世音保佑"的五个大字,余子鸥识出了自己昔日的"小三弟";家中派人去庵中敬香,余子鸥又得知苏伯媛还活在这个世上,而且在静虚庵做了庵主。千头万绪,余子鸥的心绪乱成了一团。

曾几何时,书生意气,几个天真的青年,发奋读书,立志救国,但是一场甲午海战,朝廷的腐败,列强的凶恶残暴,使有志者丧生,又令偷生者心寒。这片江山,这个朝廷已是不可救药了,仅凭年轻人的血气,谁也不会使这片江山重获新生。抛头颅、洒热血固然悲壮,但如兄长苏伯成那样,上了舰船,还是被洋人强拉出来做了逃兵;至于那些敢于迎战的将士,又都随主将一起向敌舰撞去,遇水雷而舰沉,随降船而自尽,换来的只是割地赔款的卖国条约,更使英烈们的碧血备受亵渎。

莫说是苏伯媛因病断了凡尘恩怨,就连余子鸥也对世事深感厌倦了。他已经清醒地看到,当年那一番慷慨激昂原来不过是一场儿戏而已,谁也救不了这片江山,谁也救不了这个大清国了。休矣,天下无望了。

唯一令余子鸥怀念的,还只有自己昔日的"小三弟"——那样一个才女,那样一番真情,就这样断送在了无情的风风雨雨之中。多么想去静虚庵敬香,哪怕只能远远地再看一眼自己昔日的"小三弟",知她身体已经康复,如今每日于香火之中安然度日,自己也就放心了。只是,身为男子,怎好去庵中敬香?

无可奈何，余子鸥只得一个人暗自受苦。

正在无可奈何之际，余子鸥忽然灵机一动，想出了一个办法：如今老母亲每月差人去静虚庵敬香，并送去种种布施，自己何不抄录几章佛经，同时作为供品送到静虚庵去呢？于是，静下心来，一笔一画，恭恭敬敬地，余子鸥抄了一节《四十二章经》，又用素绫裱好，派人送到了静虚庵。当然，凡界送到寺庙或庵里的经文，是不许落款具名的，因为敬录经卷，是自己的一片诚心，落款具名，岂不是就成了欺世之举。所以，余子鸥送到静虚庵里的条幅，并没有具名，也没有印鉴，就是经文而已。但是，余子鸥自知，只要看到这卷经文的条幅，且又是五槐桥余姓人家送来的，静虚庵庵主不会识不出这熟悉的笔体，她也不会忆不起自己昔日的"兄长"的。

偏偏今日更巧，逃难之中，马车竟被乱兵截阻在静虚庵门外。从走下轿子马车，迈进静虚庵大门，余子鸥就有一种异样的感觉，他忽而觉得心间一阵暖意，忽而又觉得背后一阵颤抖，在他忽然发现自己已和昔日的"小三弟"就只有一墙之隔的时候，他又似回到了自己昔日的生活之中。

而眼前，墙壁上悬着的正是自己敬录的《四十二章经》。静虚庵庵主到底认出了自己的笔迹没有？余子鸥真想用力推倒这堵墙壁，他要找到自己昔日的"小三弟"。失去的，虽然不会再回来了，但我们都还活着。

外面的杀伐已渐平息，火光熄灭，喊声消失，静虚庵里的日子更显宁静。夜半三更，余子鸥趁妻女睡熟，一个人披衣来到院中静坐在石凳上沉思。庭院好静，皎洁的月光似洒在大地上的一片清水,婆婆的树影摇动着,使夜色愈显凝重。万籁俱寂,余子鸥听到了自己心跳的声音,听见了一种在高空中回旋的莫名的啸鸣。隐隐地,隐隐地,一声一声幽远的磬声从后院传出,那声音带着一种空旷的忧伤,声声震动着余子鸥的心。谁还在敲磬?谁还在做佛事?明明是玄净师父。何以她还没有睡下?是这殃及天下的灾难使她不能成眠,半夜三更她诵经击磬祭奠冤魂?或者她也似自己这样,从生下来便被镇锁在千斤重石之下,一直在寻找着自己生命的声音……

叮、叮、叮……

悲怆的击磬声带给人一种寒意,余子鸥不由得打了一个冷战,他突然预感到一种莫名的恐惧,隐隐地似是感觉到,在这没有希望的世界上,在他自己没有希望的生活中,如今又凭空多添了一层哀伤。

"唉!"余子鸥深深地叹息了一声。

# 第五章　纨绔子弟

"我三哥这些日子怎么连个影儿都看不见？兵荒马乱的年月，也不老实地待在家里。"

四先生余子鹬来到第三进院落的西厢房里，向三嫂杨艳容询问三哥余子鹤的下落。

余子鹬今年二十二岁，仪表非凡，俊中透着俏，眉宇间跳动着睿智。倘若读书，他必是才子；倘若经商，他必是巨贾。可惜他什么也不肯干，书读到《百家姓》，开蒙之后，无论启蒙老师如何给他讲子曰，他也闹不明白"子"何以一定要"曰"，气得老师将他打发回了余府，由他爱如何愚顽不化便如何的愚顽不化好了。由此，书香门第中的余子鹬便全无一丝书香气了。

余子鹬不读书不入仕不经商，干什么？玩。

玩鸽子，计有凤尾观音一对、金井玉栏杆一对、亮翅一对、巫山积雪一对，平分秋色原一对，后死了一只雄鸽，至今未再配双；靴头一对、雕尾一对，点子不计其数。只为放飞时听哨音，每尾点子置有鸽哨一只，扑棱棱飞上天空，地面上人们对面说话都听不清声音。此外尚有芦花白一对、丁香一对。最为奇者，还有名为狗眼又奇丑无比的臭鸽子一对，性凶，放置房顶，非本族鸽子不敢落脚。

余子鹄玩的鸟不多，只有十只。一只俄罗斯国的灰眼百灵，养在湘竹精雕细目金色鸟笼里，鸟笼里一对荷兰国珐琅鸟食罐，使灰眼百灵显得格外体面。一只三代家饲纯种棕褐画眉，养在银丝编织金丝楠的提吊鸟笼里，内有七宝烧鸟食罐一对；这只画眉经把式精心调理，会"哨"一十八种"花活"，听来令人心旷神怡。一对爪哇国七彩珍珠鸟，养在南竹粗编细目笼里，内有描花白底蓝绘鸟食罐一只；珍珠鸟极小，且来自蛮夷之邦，未经饲化，啄食饮水不知分开，一只罐儿里清水泡着脱皮小米，由这一对小东西任意折腾。一只澳国虎皮鹦鹉，站在梨木架上，梨木架有包金圆环，圆环上一条细金色长链系在鹦鹉脚上，这东西蛮性不退，瞅冷子就想飞。一只红眼儿，一只白脖儿，一只日本国的叫天子，一只阿拉伯神鸟，终日不啼不跳不动，只呆站在笼子里，不知是天性痴呆，抑或是憋什么出奇的鬼点子，大有不到时候不声张的神态。如此已是九只了，第十只最值钱，买时用了白银一百六十两，是只黑毛八哥；其貌不扬，其状不佳，何以如此昂贵？据成全这宗买卖的中间人介绍，这只八哥不凡，一般的八哥多不过会喊声用人的名字，再说一句"敬茶"罢了，这只八哥会唱南昆《西厢记》。

　　除了玩鸽子、玩鸟之外，余子鹄还玩鹰。凡是长翅膀、会飞的活物儿，他都喜爱。四条腿会跑的，他不爱，所以他不养狗不养猫不养骆驼。余子鹄玩鹰讲究，有把式专门调教。他养着八只鹰：苍鹰、黄鹰、细熊、白熊、鹞子、青键子、黄键子、座山雕。为玩鹰，余子鹄在北京九龙山买了一块鹰地，筑起三尺高、六尺长的几段短墙，专门设下打鹰的南铺、北铺。没玩过鹰的爷们儿自然不知道此中的奥秘,玩鸟讲究的是用钱买,玩鸽子讲究的是自己"孵",玩鹰讲究的是自己去"订"——就是自己买下鹰地,筑起鹰铺,雇下把式上山捕鹰。捕鹰分秋冬二季,南风起时,在"南铺"打座山雕;刮北风时在"北铺"捉花狸豹。打鹰极苦,在山里一蹲就是十天半月,赶上不顺手,一年也捕不到三五只鹰。余子鹞自然也知道,把式们并非忠厚之辈,捉到些平平的货色,转手就卖掉了,留着饲养也没什么玩头,反正有话在先,凡是有讲究有名分的奇货,别管身份多金贵,捕到之后一律归主家。鹰把式讲的是信用,否则谁肯十年八年地养活你。余子鹞玩鹰自然不在自己家里玩,他另有熬鹰养鹰的地方。临到鹰驯好了,又到了打猎的时候,自己约上几个有钱有势又是要好的朋友,一起架上鹰、骑上马,声势浩荡地到围猎场喊着叫着地兜上个一整天,那股痛快劲儿,给个县长都不换。

只可恨这些天三哥余子鹤不见了,连个人影儿都打听不出来,急得余子鹞似热锅上的蚂蚁。

"找你三哥有嘛事?"三嫂杨艳容,天津人,说话重重的齿音,虽然只有二十二岁年纪,但看样子要老得多。杨家虽也是官宦人家,但杨艳容的祖父是武举人,本来不能和书香门第成亲的,是杨艳容的老爹花两万两白银从朝里买了个"后补道"的空名分,这才凑凑合合使女儿挤进了余氏府邸。

行伍家庭出身的杨艳容,不习惯余氏府邸里的规矩礼法,所以,从嫁到余家之后,她就很少在公婆面前走动,除了每日必不可少的请安、问候之外,她在公婆面前是极少说话的。大嫂娄素云待人和蔼,杨艳容有时候多戴了一枚戒指,或者是戒指上的宝石颜色过于鲜艳,大嫂便暗示她回房去换下来,不要在家里人面前摆阔。二嫂宁婉儿孤高自傲,终日诗呀书呀地不离嘴。井水不犯河水,杨艳容理都不理她。她自己的丈夫、余氏兄弟中的老三,余子鹤,在家里是个老实人,家门之外,天知道他干些什么事。如今四弟余子鹩就找到房里来,询问他三哥的去向,杨艳容又急又恼,自然不会好好回答四弟的话。

"哎呀,你瞧,这不是误事吗?"余子鹩摇着一双手掌,更是着急地说。

"你能有什么正经事?犯得上这么着急吗?"杨艳容只是自己斜着眼睛瞧镜子,抬手将鬓边的一缕长发捋顺。

"三嫂,你说这年月还能有多少正经事?"四弟余子鹩向杨艳容反问着,"大哥满腹经纶,早以前是要齐家治国的,也不怎么一下子,人变了,终日只呆坐在屋里,再不问天下兴亡了。二哥有正经事?家里根本看不见他的影儿。只有老爹的事正经,他不赚钱,咱没的花。反正我是这么想,救国救民,没有我的份儿;吃喝嫖赌,我也不沾。什么扶清灭洋呀,两宫西狩呀,八国联军呀,议和赔款呀,都没有我的事。余子鹩,凡夫也,既非补天之材,也非败家孽障,只求活个自在,活个气顺。"说到"气顺"二字,余子鹩显然想起了一桩不快的事,顿时,他满腔怒火,突然间他举起拳头用力一挥,便又继续说道,"三嫂,你四弟让人家给坑了!"

"真是出了'古'了,天津卫还有人敢坑五槐桥余家的四少爷?"杨艳容酸酸地问。

"嘻，别提了，都怪我当初没听三哥的话。"余子鹟悔恨万般地开始向三嫂述说，"三嫂知道，我养了些鸽子，这些鸽子每对都有讲究，随便拿出去一对，莫说是一对鸽子，就是一双鸽子蛋，都能换一套大四合院。那还是戊戌年以前的事了，正黄旗的一位贝勒爷，带着正三品的官服来天津见我，只求我赏给他一对凤尾观音，立马，他就通融朝廷封我个正三品。只读诗书，不入仕途，不是咱们余姓人家的秉性吗，再说昔日有蟋蟀宰相，我何以要去做这鸽子大臣呢？遗臭万年，连子牙河上的五槐桥都要受我的连累……"

"嘻，你不领这份正三品的顶戴花翎，让你三哥领去呀！"杨艳容半是认真地打断余子鹟的话，还在不停地嚼着槟榔。

"三哥才不肯吃那份苦呢，每天早晨寅时三刻上朝，三伏天要穿戴朝服朝靴，三九天要站在大殿下边，不知哪句话不中听，皇上宽厚，大臣们不饶，哪有在家里过'父母月'舒服呀？"余子鹟一番述说，道出了余门子弟不肯做官的缘由。接着，话锋一转，他又说起了何以急着寻找三哥的原因，"就是这对凤尾观音，堪称举世无双，不光是模样长得俊，看着就讨人喜爱，平日房檐上一站，活脱脱就是砖雕的神鸟一般，十足的富贵相。"

"别跟我说这些，我不爱鸽子，每日不等天明就咕噜咕噜地叫唤，吵得人睡不着觉。"杨艳容嘟囔地说着，还不高兴地抽了一下鼻子。

"三嫂是没有这种雅兴，其实呀，鸽子最讨人喜爱。鸽子飞旺地，谁家屋顶上落的鸽子多，谁家的日月就发旺。北京、天津这许多大户，哪家哪户的房顶上不是鸽子成群？兴旺、威风。有一天呼啦啦鸽子全飞走了，那时，这家的日月也就该败落了。"

"快说找你三哥什么事吧！"杨艳容已是听得不耐烦了，又打断了余子鹤的话。

"当然还是为鸽子的事了。就是那一对凤尾观音，八万里放飞，准准一个月能飞回家。可是，谁能到八万里之外放飞鸽子去呀？三年前，就是现在这对凤尾观音的上一窝，也就是那对老凤尾观音，三井洋行的小井洋次有公差回日本国，我仰仗爹爹的名分，着他把这对鸽子带去日本放飞，果不其然，未出半个月，这对凤尾观音飞回来了。可是日后和三哥一说，三哥说我挨骗了，这个小井洋次压根儿就没把这对鸽子带回日本国；带回日本国放飞，万一飞不回来，爹爹面前他不好交代，所以，他把这对鸽子养在家里，半个月之后他从日本国回来，打开笼子放飞，不出个把钟头，鸽子飞回来了，白得了我一份儿谢礼。"

"该这么骗你！八国联军打中国，皇上、太后都跑了，你还有心玩鸽子？商女不知亡国恨，可惜了你这么个七尺须眉，天下兴亡，难道就没你一点儿责任？"杨艳容佯作指斥地教训四弟，似是她自己心中只念着安邦治国。

"嘻，三嫂光打岔，你听我对你说正经事呀！"余子鹤才不把三嫂的教训看得有多重，依然说他的鸽子，"这几年玩鸽子，我也结交了不少的朋友，全都是名门望族、大门大户，一对鸽子千八百银洋，小门小户的也买不起。就这些朋友当中，有一个人物，说起来也很有点名声，咱们用的大五福布，就是他老爹开的大五福布厂织出来的，姓黄，这位少爷叫黄天成。他爹开布厂,他吃布厂,他爹赚来的钱,一大半全让他糟践了,没办法,独根苗,说一不二,又没有咱们家这样严的家法,只要宝贝儿子高兴,要什么给什么。"

"少啰唆些,你就往正题上说吧。"杨艳容又一挥手打断了余子鹤的唠叨话,喝了一口茶。她早听得不耐烦了。

"也不知怎么地,我要放飞凤尾观音的事,让黄天成知道了。战事刚刚平定,黄天成就找到我,他说,你不是想把凤尾观音带到外国去放飞吗?如今正是个好时机,德国洋枪队不等议和,就先有一船官兵回国,说是德国现如今百姓造反,他们得赶回去安邦。嗐,那种事咱就管不着了。只是黄天成说,这正好买通关节,托德国长枪队把我这对凤尾观音带到德国去放飞,也让凤尾观音显显八万里还家的本领。三嫂不知,这德国离天津最远。到底有多远?我也说不清,反正打个比方吧,五月节吃过粽子从大沽口上船,待到漂洋过海到了德国,正赶上八月节吃月饼,你就算算有多远吧。"

"嗐,我算那个有嘛用?"

"我把这意思对三哥一说,三哥当即就说别信黄天成,那小子全是胡说八道,一句实话也没有。可我不是惦着放飞凤尾观音八万里还家吗?人家天生有那么大的本事,窝囊在咱们余姓人家不得施展,咱也于心不忍呀!就这么着,我就让黄成天操办这件事了,可是花了不少的钱。先请了天主堂的神甫,人家不来,光天主派下来教化异教徒的官差还忙不过来呢,人家顾不上鸽子。嗐,送礼呗,家里不是遭日本浪人抢劫过一次吗?再拿出点儿东西来,也闹不清个水落石出。神甫也不是铁打的,他也要穿衣吃饭,也爱金爱银,就这么着总算把神甫买通了,请了大客,全见着了。三巡老酒下肚,人家和咱就称兄道弟了,大包大揽,保证替咱疏通机关,说是要去拜见一位舰长,嘿,德国兵船咱也上去了,海军炮舰,大胖舰长,穿的白军服配金线,威风!见了神甫就画十字,不行军礼,见了中国人行握手礼,一点儿也不小瞧中国人。黄天成陪着一块儿上的兵船。好办,这点儿小事太没什么了,只管将鸽子放在笼子里送上船来就是了,三天之后开船。两个月之后到德国,船一靠岸立即放飞,一个月之后保准飞回来,只管在家里等着就是了。

"飞回来了吗?"杨艳容关切地询问。

"半年过去了,连个影儿也没见着!"

余子鹬悔恨交加地摊着双手说。

"别是德国船沉了吧?"

"别说笑话了,三嫂,我让那个黄天成给骗了。虽说,黄天成是和我一起把那对凤尾观音送上德国兵船的,可是第二天,他又背着我上了德国兵船,把那对凤尾观音从德国舰长手里买回来了。"

"买回来就好办,只要他没把这对鸽子吃掉,几时一放飞,它还照旧会飞回来的。"杨艳容不假思索地说着。

"他才不那么傻,那对凤尾观音,黄天成将它们囚在了笼子里,产蛋孵出幼鸽,一窝新鸽长大,它可不知道老家姓余呀!"

说着,余子鹬已是开始心痛了,"如今半年时光过去,十几天之前,天上一对鸽子飞过去,抬头一看,明明是一窝新的凤尾观音,三嫂,你说这黄天成该诛不该诛?"

"找上你三哥去打架呀?"杨艳容问着。

"得求三哥出个主意,要狠狠地惩治这个黄天成。"说着,余子鹨在桌上重重地拍了一下,"他居然敢欺侮咱五槐桥余姓人家!"

"你三哥没那份本事,你还是找你二哥去吧!"杨艳容回绝余子鹨说。

"二哥?"余子鹨眨了眨眼睛,颇是诡秘地对三嫂杨艳容说着,"三嫂也许不相信,原来黄家开的大五福布厂,如今到了二哥手里了。"

"你真把我闹糊涂了,什么鸽子、布厂、黄家,又牵涉到二哥,如此说,爹爹在外面给二哥办了工厂?"杨艳容颇为关切地问着。

"莫说是三嫂糊涂,连我都糊涂。"余子鹨东一句西一句地向三嫂杨艳容述说,"不能就这么便宜了黄天成,这口气我咽不下去,豁上人命我也得把那对凤尾观音要回来;前一窝没了,好歹也得给我还回一对蛋来。就这么着,我来到北运河,找到大五福布厂,我找黄天成的老爹说理,知道我是谁吗?我叫余子鹨,五槐桥三井洋行中国掌柜余隆泰的四少爷,知道我不好惹,乖乖地让你儿子将我的那对鸽子放出来。想找别扭,三井洋行一根小指头,让你大五福布厂关门倒闭。兴冲冲我就往布厂大院里闯,看门的一个老头出来拦住了我:'爷,你找谁?''我找你们老掌柜。''哪个老掌柜?''老掌柜就是老掌柜,还能有几个老掌柜?'嘿,这一问一答三言两语,那看门的老头对我说了：'爷，这大五福布厂"黄"了，兑出去了，新接手的掌柜姓余，是五槐桥余家的二先生，余二先生来过，一句话就把大五福布厂改成了恒昌纱厂，兴洋派了。这回好了，大五福布厂在黄家手里年年赔钱，听说光外债就欠了十几万银洋，这次余掌柜接手，该时来运转了，人家五槐桥余家的家底厚呀，这不是吗，余掌柜说，最近几天，就要给大伙开薪水了。"

"哦，二哥真的在外边开了工厂。"杨艳容至此才听出了一些头绪，自然不免有些吃惊。停了一会儿，杨艳容又问余子鹤说，"你说，二哥哪儿来的这么多钱？一个大布厂，连地皮带机器，少说也要几十万吧，莫非是老爹暗中给他买了产业？大哥大嫂还没有分出产业来，怎么就轮到他呢？"

"连我都觉着这里边有事。"余子鹤只能猜测地说着，"不过呢，我二哥精明、心眼灵、交际广、花哨，若不，老娘怎么会叫他是二奸细呢？三嫂不知道，这两年二哥在外边可不是个规矩人，他和二嫂明着是夫妻，暗中是仇人，二哥轻易不回家，偶尔回来一趟，也只是去上房里给老爹老娘请安，压根儿不见二嫂的面，坐上车子又走了，我疑心二哥在外边准是包了人儿，若不，他夜里睡在哪儿呢？"

"迟早，你三哥会被他带坏的。"

"不至于，我三哥本分，再加上三嫂管得严……"再要往下说，余子鹤发现三嫂脸色不悦，这才觉出自己语失，忙着，他又把话题往二哥开工厂的事上说，"说起来，我们兄弟四个，对，就是兄弟四个，人家五弟不算，五弟维新，一心惦着废除帝制，迟早惹出杀身祸来，自作自受，谁也救不了他。除了五弟之外，大哥就这样了,抱着他的四书五经做老比丘吧,四书五经那套不行了,连科举都废止了,大哥那套还有什么用?三哥来日是个人才,说不定哪步运气来了,说发旺准能发旺;二哥是个神仙,天下事全在他手掌心里攥着;我是个不成器的人,来日就只能靠三哥、二哥养活了,人家二嫂不管家里的事,谁拿多拿少全不在意,只怕到时候三嫂嫌我吃闲饭……"

"产业是老爷子赚来的,当家人又是大嫂,哪里有我说话的地方呀!不过呢,四弟,二哥办纱厂的事可要打听清楚了,至少也要让他给你三哥派个空差,好处大家都分点儿。"

"二哥和三哥这么要好,还能委屈三哥吗?只是三嫂要把三哥看住了,别让他也像二哥那样,事事都瞒着二嫂。"

"他敢?谅他也没有那份胆量!"说着,杨艳容恶狠狠地挥了一下拳头,果然是将门千金,真不失豪侠风采。

在余氏府邸中,杨艳容这一点儿巾帼威风是无足轻重的,何况她只是老三的媳妇,全家上上下下没有人把她看得有多么重要。而且,杨艳容粗心,她看见大嫂掌权、二嫂博学,她更看见大嫂、二嫂终日温文尔雅地与上下相处,日子似是过得极是惬意,但是,一个人有一个人的心事,各人有自己一肚子说不出的话,各人暗自流自己的眼泪。

娄素云当家理政,是余府的栋梁,而且上上下下处处时受人敬重。娄素云在府里代表的是公婆的意志,她是余府里的掌权人物,但是只有娄素云自己知道,她这个角色实在是不太好当。先说公婆,公公对内憨厚,对外就要有个排场;婆婆糊里糊涂,可是不知什么个芝麻小事,她又计较得针尖对麦芒,能够侍候得公婆挑不出褒贬，真比给刘备做军师的诸葛亮还难。一家人大大小小每年每人过一次生日，不同的身份，不同的排场，逢五小庆，逢十大庆。为老公公过六十大寿，从两个月之前就着手操办，事无巨细，一件件全要娄素云亲自过问，就连寿面上插的寿星纸人马儿，也是娄素云亲自派下可靠的用人到最有声望的老字号找老艺人剪制来的。老寿星看了，高兴，哈哈一笑，娄素云这才放心。对外，黄道台是天津府的道台，又是大姑奶奶的婆家，逢年过节，喜寿庆典，每件事都要娄素云想得周周到到，绝不能让姑奶奶有半点儿挑剔。此外自己的娘家、宁婉儿的娘家、杨艳容的娘家，又各有没完没了的应酬。娄素云明明是为所有的人活着，也活像是所有的人全因为有个娄素云才活着。

细碎的家事，要的只是人的干练，而最最煎熬娄素云心神的，还是她的丈夫。年仅30多岁的余子鸥，活赛是活了好几辈的老比丘，无喜无怒无爱无恨无乐无忧。晚上睡得很早，他为自己刻了一方闲章："不知有灯"，洒脱倒是洒脱，可恨也极可恨；早晨醒得极早，起床便一头扎进书房，每天便只知有经史子集诗词歌赋，休息的方式是写字和冲着名人字画犯傻，犯着犯着傻劲儿，眼泪就掉下来了。和这样的人一起生活，娄素云能有什么乐趣？

三儿媳妇杨艳容是个痛快人，原是武官的后辈，按理说和余家作亲，门不当户不对，只是如今没有那许多讲究了，况且杨家还沾着旗人的边儿，便两厢委屈成了亲。三儿子余子鹤好像和杨艳容没有缘分。尽管杨艳容终日似猫盯着老鼠一般地看着丈夫余子鹤，但是余子鹤每日还是在外面闲逛，没了钱就到账房上去要。账房将种种情况对娄素云禀报，娄素云从不去公婆面前告状，也不去询问杨艳容，好在余府的家底厚，由孽障去挥霍还不至于捉襟见肘。杨艳容呢，自然对丈夫恨之入骨，可是余府里的规矩，夫妻之间不许吵架，无论多么不满意，也只能暗自往肚里吞咽，杨艳容心里憋着丈夫的火，总是找不准发作的时机。

最知怨而不怨的，是二媳妇宁婉儿。

婉儿是一个有志气的女子，自幼就聪明伶俐。婉儿的父亲是一个不得志的文人，终生不得志，却又不肯趋炎附势，君子固穷，安于寂寞，门可罗雀有门可罗雀的乐趣。老学究平生无大喜大怒，无希求，自然也无失望；生活中唯一的乐趣便是教导独生女儿读书写字作画。可喜婉儿少慧，才十几岁时便于诗词歌赋有了极深的造诣，且写得一手好字，画得一手好兰竹，真是个多才多艺的女子。为女儿选婿，老学究费了心思。在老学究的心目中，这天下能配他家女儿的，实在是没有几个，就连名震京都的那些风流名仕，其中也有许多人被老学究视为俗物，压根儿就不配与他家的千金小姐成亲。可是女大当婚，总不能误了孩子的春光呀。选来选去，当有人出面为余家二公子余子鹏来提亲时，思忖再三，老学究终于屈尊答允了。说起来呢，余隆泰是办洋务的，但余隆泰的办洋务不似那许多暴发户一样，余姓人家原来是诗书传家的，祖辈上出过翰林，至今依然是书香门第，儿辈中各个全是书生。

听说自己的终身大事已定，而且许配给了余府上的二公子,宁婉儿心中暗暗地感到一阵甘甜。在她的心目中,余家的二公子必是一位白面书生,温文尔雅却又少年老成;过门成亲之后,一对小夫妻恩恩爱爱,共同案前写字,挑灯吟诗,该是何等的幸福!

成婚的那天,婉儿怀着一颗甜甜的心被花轿抬进了余家府邸,一阵天旋地转拜过天地,成了大礼。一片艳红艳红的烛光下,婉儿被人引进了更红更艳的新房,挑去盖头,婉儿悄悄地挑动眼波,立在她面前的果然是一副俊俏的面孔:明亮的眼睛,又聪慧又睿智,婉儿的心一下子沉醉了,她感激上苍赐给自己一个好丈夫。

洞房花烛,宁婉儿的心扑腾腾地几乎跳出了嗓子眼,红帐子,红被子,红枕头,红灯红烛,宁婉儿一身红衣红裙,镜子里是自己红得似一朵牡丹的俊秀脸庞。刚刚请来的一位"全人",在众人的喝彩声中铺了被褥。新婚三天不分大小,什么小叔小伯黑压压一房人,和新郎官、新娘子取笑闹洞房,话语中含蓄着那么多刺激人联想的询问:"娶媳妇干吗""点灯说话,熄灯打嚓嚓。""怎么打嚓嚓?"只由余子鹏一个人应付,宁婉儿笑也不敢笑,只低着头坐在帐里,一双手把一方红绢子紧紧地在腕上缠绕。

终于,大嫂娄素云出面将闹洞房的人们劝走了,陪房的妈妈又在婉儿耳边嘱咐了许多话,婉儿不点头,不回答,只是静静地听着。

天津卫的规矩,新婚第一夜,新娘不宽衣、不说话、不许躺下身子睡觉;闹新房的人们退去之后,新郎官要出去回避片刻，这时由陪房的妈妈服侍新娘洗漱、更衣，然后看她在自己的被褥上坐好，再将一只红木桶放在新娘怀中，看她抱好，陪房妈妈退去，这才让新郎进房。

宁婉儿静静地坐着，全身却紧张得微微发抖。前一天夜里，院里停着花轿，贺喜的人们正在院中欣赏童子钻轿的时候，选定过府陪房的徐妈妈走进婉儿的住房，说是最后查看一下随身的衣物有没有准备齐全，其实是来向婉儿讲述男女之间欢爱的种种奥秘，直听得宁婉儿几乎咬破了手指。

祖祖辈辈，大户人家的习俗，女儿在出嫁的前一天夜里，必要由亲生母亲向她亲口传授男女间的秘事，唯其如此，女儿才相信男女之间的人道天伦原来并不是一种罪恶。婉儿少年丧母，如今便只能由选定来日陪房的徐妈——其实就是终生的女用人来向她传授人生的奥妙了。自然，和所有的婚前教育一样，徐妈要从男人什么样，女人什么样讲起，然后再讲男人何以娶妻，女人又何以出嫁；越讲越生动，越讲越细致，新婚之后，男人将会有什么举动，不要怕、不要慌，他这样、你当如何，他那样、你又当如何，人生的幸福、人生的乐趣，此外则还要传授许多技巧和游戏。

怀着无限的羞涩，新婚之夜，宁婉儿用心听着新郎官的一举一动。他走进洞房，关上房门，插上门梢，利索地脱去了衣裤，又一跳，蹦上床来。这时，宁婉儿紧张得几乎喊出了声音，想着昨晚徐妈的嘱托，她在等待甜甜的询问，她在等待一只温柔的手，她在等待乞求，她在等待寻找与挑动……

但是，突然，她只觉一座大山似的迎面倒了下来，宁婉儿未来得及辨明到底是发生了一桩什么可怕的怪事，她的丈夫，那个刚才斯斯文文的新郎官，活像是一只猛虎，一下子把自己按在身下，一切一切徐妈讲授给自己的事情都没有发生，"啊"的一声，随着下身一阵剧烈的疼痛，宁婉儿立即便失去了知觉……

这就是她的丈夫，就是宁婉儿在学馆里读诗书时向往的那位好述的君子，没有一点温柔，没有一点情感，他只是一个粗野的男人，一个要把女人吞掉，要把女人揉碎的男人。徐妈对自己密授的一切一切，这个男人都熟练了解，而且他做出的种种游戏，简直使宁婉儿觉得自己几乎变成了一只小猫小狗，这时尽管丈夫还在疯狂地享乐，但宁婉儿却含着眼泪，把嘴唇咬出了血。

为亲者讳，宁婉儿不仅容忍了丈夫的一切行为，回到娘家，在父亲面前，她更不能带出半点怨恨，人生的梦破灭了，她恨这个男人。

床笫之间的事，不去想它了。宁婉儿总还以为余子鹏生在书香门第，归根到底也是个儒门子弟吧？宁婉儿也曾做过试探，原来这位余姓人家的二公子一不懂李义山的含蓄，二不知苏东坡的豪放：唱给他一句"良辰美景奈何天"，他不知是《牡丹亭》；吟给他一句"垂泪对宫娥"，他不知是南唐后主。"你到底怎么念的书呀？"忍无可忍，新媳妇终于要考问郎君了。

"大哥替我们读书。"余子鹏如实地招供了，"也是大哥替我们写字。老爹终日忙着洋行里的事，管教弟弟读书，就成了大哥的事，他又爱读书，该我们读的书，就全交给他代劳了。老爹偶尔问起来，大哥在前面搪塞，我们在后面支吾，三言两语便混过去了。"

曾听说大户人家子弟读书诓人，如今婉儿才真的见识到了。成婚之前，婉儿曾梦想来日自己要为郎君研墨，灯下看着丈夫写字作画，而如今倒是要让丈夫为自己研墨，自己孤单单一个人灯下写字排遣寂寞了。

"有大哥替你们读书，那你们做什么呢？"婉儿好奇地问着。

"我们也读书呀！"余子鹏回答。

"你们读什么书？"婉儿又问。

"你瞧。"说着，余子鹏从条案下面拉出来一个木箱，打开铜锁，掀开箱盖，满满的一大箱书：《七侠五义》《三侠剑》等一大堆侠义小说，箱子下边还有，看了几个书名，婉儿不曾听说过，不过只看那书名，婉儿便想出那必是一些淫书了。

一阵寒意袭来，婉儿打了个冷战，那个在她心里暗自编织的甜梦，一刹那间便破灭了。她清醒地意识到，这个将和她共度终生的男人，如果不是个饱食终日无所用心的白痴，便必是个花天酒地且又热衷于功名利禄的小人。在家做女儿的时候，她常听固执的老爹骂那些发迹的势利小人："莫以为他原是读书人家的后辈，读书人有了权势，后辈便再不肯读书；读书人一旦热衷于权势，便立即就成了最污浊的小人，他等于读书无才智，于弄权可是一把好手，那才是读书人的败类呢。"

宁婉儿嫁给余子鹏，她多年才子佳人天作良缘的甜梦一下子破灭了。闺中读书时，宁婉儿曾把一部《牡丹亭》背得滚瓜烂熟,杜丽娘一曲:"这般花花草草由人恋,生生死死随人愿,便酸酸楚楚无人怨"已成了她最高的人生向往。只要能两个人相知相爱,要生就生,要死就死,人生也就无所怨尤了。但是,当她真的和一个男人共在一间房里,共在一盏灯下相处相居的时候,她看到将要与自己白头偕老的这个男人,原来只是一个凶兽;当这个男人的眼睛里燃起火焰的时候,那就只是因为他需要一个女人。这时,宁婉儿便成了一只羔羊,任由他摆布折磨了。而且读书人家不长进的儿孙,于经学不肯用功的,便大多对中国秘传的房中奇术极为熟知,于是,宁婉儿就成了余子鹏的一件试验品,一招一式,他要实践自己从那些奇书上学到的知识。而且,也许是因为宁婉儿的才艺和贤淑,反而更激怒了余子鹏,宁婉儿越是渴慕男人的温存,余子鹏就越是在她的身上宣泄兽性:"我让你知书,我让你知书!"一面折磨着宁婉儿,余子鹏一面恶狠狠地骂着。

从此,在宁婉儿的心间,丈夫余子鹏不如一个陌生人——陌生人可以相安无事,这个粗俗、野蛮的男人,只在宁婉儿心中惹起厌恶。但是,大户人家,宁婉儿必须装出一副幸福美满的笑容,嫁鸡随鸡,嫁犬随犬,女人是不能有自己意志的。所以,无论宁婉儿多么仇恨余子鹏,她都必须尽一个女人的义务,几年过去,宁婉儿还生了一个女儿。

而在余子鹏的眼里,宁婉儿根本不是一个女人。尽管宁婉儿如花似玉,但在宁婉儿身上,他得不到一点儿快乐,尤其令余子鹏怀恨在心的,是宁婉儿曾经读过那么多书;在宁婉儿的目光中,余子鹏发现了一种歧视。所以,余子鹏就在感到自卑的时候，更加粗野地折磨宁婉儿。余子鹏是个大丈夫，他只要一个玩物。得知妻子怀孕，余子鹏正好借故去外面荒唐，找野女人，而在找野女人当中，余子鹏才真的找到了人间的欢乐。

十月怀胎，宁婉儿生了个女儿，余姓人家的第三代，多了一位千金。全说中国人的传统观念是重男轻女，其实对富贵人家来说，女儿多，才是家运兴旺的象征。为此，余姓人家大庆了一番，余子鹏从此做了父亲。

宁婉儿因生了女儿而得救，从此，她可以不理睬余子鹏了，恰这时余子鹏在外面迷上了一个野性的女子，他也就索性连家都不回了，这倒使宁婉儿得了清静。

……

八国联军攻破天津城，余隆泰举家逃难，彼时彼际余子鹏不知被困在了什么地方。宁婉儿自告奋勇留下来看守府邸宅院，而且指名让五弟余子鹬留下来给自己壮胆。前前后后20天时光，竟使宁婉儿在余家府邸宅院里度过了最难得的宝贵时光。

余隆泰的五个儿子之中，只有老五余子鹬最知上进，最肯努力，也最有出息。英法联军攻克北京、火烧圆明园之后，中国人始倡新学，后来，天津的严夫子在南开办起了一处敬业学堂，余隆泰的长子余子鸥是敬业学堂的第一批学生，随后五弟余子鹬长大，自然也进了敬业学堂。敬业学堂设国学、西学、数学、英文、理工等各种课目，余子鹬成了余氏家族第一个会演算几何、数学，精通物理、化学的男人。尤为难能可贵的是，余子鹬通晓中国之所以贫、西国之所以富，更知中国之所以弱、西洋之所以强的种种道理,心中早立下了报效中华的志向。几年来,由于余子鹏学业上的长进,他早成了天津新学界小有名气的新学才子,平日连黄道台在府衙门与洋人办交涉,都要派轿子来请余子鹏去给自己做翻译。这样,遇到洋人引经据典地说什么拿破仑的时候,天朝官员才不至于在洋人面前闹"好轮尚且难拿,何况破轮乎"的笑话。

大户人家的习俗,嫂弟之间,无论怎样亲近,都不会招致非议,老嫂如母,在弟弟面前,嫂嫂既代表父母,又代表哥哥。京戏《赤桑镇》讲的就是黑脸包公自幼承恩于嫂嫂的抚养,长大做官后却又铡死了贪官侄儿包勉的故事,包拯的嫂嫂吴妙贞唱的是,"想当年嫂嫂将你来抱养,衣食照料似亲娘"。而黑脸包公唱的又是"劝嫂娘休流泪你免悲伤,养老送终弟承当,百年之后,弟就是戴孝的儿郎"。可见,在中国传统伦理之中,嫂弟之间融合着亲子之间的情缘,那是谁也不敢诋毁的。

五槐桥余氏府邸大宅院,第一次变得这般安静,空荡荡,没有一丝声音,再不见热闹情景,几进院落有吴三代带领几个男用人巡视,五弟子鹏的住房在三进院,离前门、后门最远,房间里昏暗的灯影下,面对面地坐着宁婉儿和五弟余子鹏。

似是为了安宁心绪,宁婉儿在书案上燃起了三支香。这香好长,不是神像前香炉里插着的那种香,是焚在书房里计算时间的长香,没有诱人的浓艳,却有古朴的幽香,所谓念一炷香的书,便是从点燃这支长香开始读书,直念到这支长香燃尽,以如今的西洋自鸣钟核算,至少也要两个小时。

有五弟子鹏和自己坐在一起,宁婉儿心里踏实多了。外面的喊打喊杀声随他们去喊,外面的大火由它去烧,这深宅大院里倒还是一处世外桃源。平日里,白天人们出出进进,夜晚又是灯光辉煌,从建起这处宅院,多少年来这几进的大院子,这上百间房屋,从来就没有过片刻的安详。突然间,这宅院里的男男女女都走了,用人们又都回到下房去躲避。冷清安静,倒也使人消释了在这宅院里生活多年的疲劳。宁婉儿坐在一张硬木雕花太师椅里,为了排遣寂寞,手里还做着针线,时不时地抬眼望望五弟子鹕,子鹕心焦神乱地在屋里踱步。

"是成是败,是存是亡,我看都痛痛快快地早有个结局吧。小至一个人,大至一个国,你总不该这样一刀一刀地剐它呀!"余子鹕说着,激动得一双手剧烈地抖动。

"五弟想这么多干吗呢?"宁婉儿平静地劝慰着,"我只求这一场劫难早一天过去,只求我们余姓人家老少平安,至于什么朝政,至于什么江山社稷,莫说凭我一个妇道人家,即使凭五弟这样的书生,怕也是无力回天吧!"

"唉!事至此时,已是清室不亡,实无天理了!"余子鹕怒气冲冲地跺着脚,"我早横下心来了,二嫂,只等这场劫难平息,我就远走高飞……"

"什么?"宁婉儿暗自抖了一下手,似是无意中被绣针刺破了手指。弟弟面前她不敢吮吮指上的血滴,只用另一只手用力地掐住被刺的手指,用一方手帕将手指缠住。

"二嫂可千万别告诉爹娘。"余子鹕又说。

"你打算去哪儿?"宁婉儿问着。

"日本,或者去欧罗巴。"余子鹕一字一字地回答。

"二嫂知有扶桑日本，公公的三井洋行总号便设在日本；二嫂还知有美利坚，许多走投无路的穷人便卖猪仔到美利坚去筑铁路；至于欧罗巴，倒也听说过欧罗巴诸国公使岁岁来朝，也知道天津有英、法、德、意的各国租界，只是实在想不出欧罗巴是个什么样子。"

"欧罗巴有工厂，能制造兵舰、枪炮，还能制造机器。那机器的力量是神奇的，一台机器就可以推倒一座山。"

"推倒了山又有什么用呢？"宁婉儿问。

"二嫂，你想，能把一座大山推倒，它一定是力大无穷，一定就不可阻挡，有了这种机器，我们就可以想做什么便做什么！"余子鹏说着，目光中跳动着莹莹的光斑，恰这时一颗炮弹从屋顶上兜着风呼啸着飞过去，吓得宁婉儿一骨碌钻到了桌子下面，余子鹏也愣愣地站在地上发呆。

轰隆一声，炮弹在远方爆炸了。巨大的震动连书房都被摇得晃动，哗哗地落了一地尘土。再安宁下来，惊魂未定的宁婉儿才从书案下钻出来。

"严夫子早在变法维新之时就著书立说，倡言中国欲自立富强，必须派学子赴欧美诸国学习制造机器。"余子鹏还没有忘记他原来的话题，"只是，严夫子虽然是我的恩师，但是吾师毕竟只是一位忠于朝廷的圣贤，他只知倡言制造机器，殊不知这机器即使制造出来，倘交到这个腐败朝廷的手里，这些机器也是于推动维新无济于事的。中国真要振兴，必得先有立志以维新思想治国的志士仁人，国家政体不变，空谈机器，空谈实业，至多不过是纸上谈兵罢了。二嫂你看，当今朝廷不以学子治国,却偏要依赖邪说扶清灭洋,愚民不知有洋枪洋炮,难道朝廷还不知有洋枪洋炮吗?不知有洋枪洋炮,甲午一战何致北洋水师全军覆没?不知有洋枪洋炮,英法联军何以攻进京城,一把大火烧了圆明园?非不知也,是不觉也。他们自知自己腐败无能,在洋枪洋炮面前毫无抵御之力,于是便以为只要率起民众亿万,洋人总是要有些畏惧的:你不怕我一个,难道还不怕我一群不成?其实,在洋枪洋炮面前,一人无用,百人无用,千人万人无用,十万百万人都无用。英吉利称雄世界,征服一个万人之邦,不过只是几个人几支枪罢了,无论你有多少武夫勇士,洋枪洋炮面前,都是一文不值。"

"朝廷不是已经买了洋枪洋炮了吗?"宁婉儿全神贯注地听着五弟子鹏的议论,不解地眨着眼睛询问,"听说曾国藩大人灭长毛,用的便是洋枪洋炮。"长毛者,清人对太平天国的蔑称。宁婉儿不知唯农民举事方是振兴华夏之根本,故未称太平军之雅号,而蔑称为是"长毛",也算是不知者不为过了。

"所以,不以民众为立国之本,洋枪洋炮只能是屠杀无辜的凶器;唯有使民众悟知自己是立国的根本,洋枪洋炮才能用来抵御外敌。"余子鹏极是严肃地说着。

"那,依五弟之见,这华夏之邦还有希望可言吗?"宁婉儿更是认真地问着。

"当然有希望。"余子鹏回答说。

"希望何在呢?"宁婉儿问着,一双眼睛直直地凝望着余子鹏的面容。

"废除帝制!"说着,余子鹏站起身来,用力地挥动着手臂,竟兜起了一股风。

"嘘——"宁婉儿全身剧烈地颤抖了一下，立即站起身来，抬手捂住了五弟的嘴巴；随着，她又东张西望地巡视一番，见窗外院里没有人影，这才放心地将手放下。

"五弟，你可万万不要胡思乱想了。"宁婉儿悄声地劝诫着五弟说，"你知道那要判什么罪吗？灭门。"说着，宁婉儿又向院里望了望，"你这样的邪念，倘被用人们知道，他们都会把你送官处罪的，千万不要说疯话了。天哪，我可是什么也没有听到。"

余子鹏的疯话吓得宁婉儿打了一个冷战，但余子鹏却并不掩饰自己就是要做一名反叛。他挺着胸膛，一双眼睛里发出炯炯的光，更加毫无顾忌地对宁婉儿说：

"二嫂该也知道大哥的情形。曾几何时，大哥也是个血气方刚的青年，一心救国救民，置身家性命于不顾。大哥在学校的一位义兄，投笔从戎，去北海军舰供职，甲午年一场海战，北洋海军全军覆没，这位兄长引恨自尽，真是可敬可佩。可是，二嫂不知想过没有，为什么他们那一代铁血男儿终也未能救中国于水火之中呢？道理很明了，他们是想效忠帝制、拯救帝制。他们盼的是朝廷能有一个明君，这位明君之下能有一批忠臣，忠臣之下再有一群顺民，顺民之中再有几个人杰，如此便可以国富民强了。所以，甲午年一场海战，英雄们捐躯了，而苟且者沉沦了，从此再没有人奢谈富国强兵。因为，尽人皆知，效忠帝制是不能救国的，而要想救国救民，就必须废除帝制。昔日谭嗣同菜市口慷慨就义，曾说过：'自古至今，地球万国，为民变法,必先流血。我国二百年来,未有为民变法流血者,流血请自谭嗣同始。'真是悲壮刚烈。不过,我想谭大人若生在今日,他当会把这句名言改为是'自古至今,地球万国,废除帝制,必先流血。我国二百年来,未有为废除帝制而流血者,流血请自……'"

"五弟!"正在余子鹍说得最悲壮的时候,宁婉儿一步走上来,伸手遮住了五弟的嘴巴。也许是她过于紧张,心也怦怦跳得更为急促,连脸颊都烧红了。

扑簌扑簌,宁婉儿不禁流下了泪珠。以前,五弟在向自己讲述谭嗣同菜市口就义旧事的时候,宁婉儿就觉察出余子鹍眉宇间的刚烈正气,那时她就悄悄地在心中祈求苍天保佑年幼的五弟,万万不要被那些可怕的念头蛊惑了心窍。这一连几年,五弟每在慨叹世事朝政的时候,言谈话语之间总流露出一种对朝廷的切齿仇恨;清廷不亡,兴国无望,已成了余子鹍心中牢固坚定的信念。宁婉儿固然知道清廷对"反叛"的处置,但是,在心中,宁婉儿每于听到五弟讲废除帝制的道理时,又总觉热血沸腾,兴奋激昂。果然,五弟不枉为一名七尺须眉,有见地、有胆量、有抱负,令人敬慕。能有这样的后辈,也真是余家祖辈上积下的阴德,否则,全似大哥那样迂腐,再似自己的丈夫那样恶毒阴险,或似三弟、四弟那样荒唐,余家可真是就要败落了。

显然,余子鹍不愿向二嫂说什么了,他毫无目的地在房内转了一圈儿,信手拿起一本书,心绪太乱,又实在读不下去,胡乱翻了几页,又把那册书放回到书匣里。

"五先生,你老出来看看,红灯照,又升起来了。"窗外传来吴三代的声音,显然他为自己又在夜空中看见了一双飘移的红灯而大惑不解,"你瞧,这义和团退到城外去了。"

"你自己看吧,我不看。"隔着窗子,余子鹏对院里的吴三代说着,一点儿不为红灯照依然还在显灵而感到惊奇。

"是吗?我看看。"显然,宁婉儿是为了不让吴三代感到尴尬才走到院中来的。她站在房檐下的台阶上,背倚着房门,顺着吴三代手指的方向,仰头向天上望去……

果然,很远很远的地方,夜空中,一对红灯在缓缓移动。红灯照,据义和团说,这是义和团的仙姑师妹们显灵,每到夜半便身轻如燕地腾空升起。为了标示位置,她们在双脚上系上两盏红灯。扶清灭洋,红灯照壮大了团民的声威。

"啊,团民真是不屈呀!"宁婉儿感慨地赞扬着,随之,她又听听墙外的动静,然后向吴三代询问着说,"外面似是平定了。"

"洋兵正在小门小户里抢呢。刚才子牙河岸边过了洋兵,幸好没停下来,也许是出城去追杀团民的。城里的团民全没了,说是到了四郊,你瞧,这红灯照的下边,该是陈庄子一带,那是天津团民的本营呀。"

"上有红灯照,下有义和团嘛。"宁婉儿说着,依然昂脸望着夜空。夜空上一双红灯在缓缓飘动,宁婉儿的目光也随着天上飘移的红灯一起移动。

# 第六章　疯狂赌博

公元 1900 年,庚子旧历六月十八,八国联军攻破天津城,义和团团民溃不成军。夜半三更,在天津城东南方向的夜空上,腾空飞翔着一对红灯——红灯照显灵,义和团军心如钢,志不可摧,大清国国威仍在,而且敢于蔑视八国联军等蛮夷之邦,确确实实,倒真给陷于八国联军烧杀劫掠罪恶火海之中的天津居民,带来了一丝慰藉。

只是说来令人寒心,那一对红灯下面站着的,却是余隆泰的二儿子、宁婉儿的丈夫、余府上的二公子余子鹏,还有一个女人,大约二十岁年纪——陈庄子有名的美女,陈翠喜。

"把线剪断。"漆黑的村外树林旁边,一块平日作为麦场的空地上,陈翠喜隔得好远催促余子鹏。余子鹏手中拿着一只风筝线车,刚刚腾空升起的风筝还系在他手中的线车上,风筝在空中稳稳地越升越高,风筝下面系着的两盏红灯也就越升越小。

这就是红灯照。

一个人何以能够趁着夜风吹拂,便轻盈地升腾飞上高空呢?即使她是义和团的师姐师妹,即使她扶清灭洋得上苍保佑,即使她练就一身轻功,能轻捷地在草上飞行,即使她有符咒在身神灵附体,要想让一个百多斤重的人飞上天空,而且双脚下面还要系上两盏灯影熠熠的红灯,除了昏庸的皇帝老子和无知的愚民,那是绝对不会有人相信的。

所以,陈翠喜才对余子鹏说:"走,我去给你放红灯照。"随后,便拉着余子鹏往村子外边走去。

余子鹏只知有红灯照,也每晚必要向夜空瞭望,寻找一对对缓缓飘移的红灯,而且他还半信半疑地听了许多市井间关于红灯照的传说。最为重要的,是他还亲眼看到过红灯女子团民师姐师妹师姑们的轻功表演。明明是一张宣纸,在两只凳之间展平、绷紧,居然能站上去一个女子,信不信由你,反正余子鹏亲眼见过。回到家里他也试过,从书房里取来一张宣纸,也在两只凳间展平、绷紧,莫说是站上去一个女子,就是放上一只布鞋,宣纸也会被撕断的,能说那不是轻功吗?还有的在地上放一只大圆簸箕,一个身穿红衣红裤的女子站在簸箕沿儿上跑动如飞,地上的圆簸箕一动不动。谁行?当然有人试过,莫说是在簸箕沿儿上跑,就是才把一只脚往簸箕沿儿上踩去,立即大圆簸箕便被踩翻过来,啪的一下,正好迎面打在那个好事之徒的脸上,扑通一声,那人便迎面跌倒在地上。

红灯照的师姐师妹全都是乡间未婚的女人,因还有更多的已婚女子也要为扶清灭洋献身,于是便又立了黑灯照。顾名思义,红灯照女人穿红衣红裤,黑灯照女人则穿黑衣黑裤。红灯照女子夜间乘瑞云升腾云端,察望洋人动静;黑灯照女人则每当团民义师与洋人交战之时,便在军后置大瓦盆一只,瓦盆内放数十斤黑豆,然后以桃树枝急速搅拌黑豆,且口中念念有词。如是,洋人蛮夷便被魔法附身,不知天上地下,不辨东西南北,举起枪来只在他自家鬼子弟兄之间相互射击,而我团民义师不费吹灰之力,便能轻取战斗胜利了。

义和团、红灯照,还有种种的神奇功能,一旦一个民族失去了自信,种种邪说就会趁机兴起,蛊惑人心。一个人只要不发疯,他绝对不会相信刀枪不入的"本领",更不会相信红灯女子的腾空升起。如果一个民族有抵御外来侵略的实力,她也就不会去乞求任何邪说。如今义和团又传进了天津卫,天津人历来是智慧超群,想出点儿新鲜花样,那是一点儿也不费功夫的。

于是,义和团在山东只是一些好汉,而义和团一到了天津,就有了红灯照。地上义和团刀枪不入,天上红灯照大显神威,如是,义和团宣言的那种"扫平洋人,扶持中国,海内肃清,升平有日"的美好景象已经是指日可待了。

……

随着陈翠喜从陈庄子走出来,余子鹏好奇地向陈翠喜问着:"怎么,你也是红灯照?"

夜中看不清陈翠喜是喜是恼,只听她没好气地回答着:"红灯照收童女,黑灯照收贞妇。陈庄子人早扬言捉到我之后,就将我活活钉在棺材里埋掉,他们怎么还收我进什么红灯照、黑灯照呢?"说着,陈翠喜气汹汹地吐了一口唾沫。

"那你就别惹事了。"余子鹏路上劝解着。

"我怕什么?"陈翠喜满不在乎地回答着,"联军已经攻破天津城了,如今正在四下里追杀团民,我放个红灯照……"

"那，你不就把联军引来了吗？"余子鹏被吓呆了，他拉着陈翠喜问着。

"我倒真想看看把洋鬼子引来是什么样的，不就是一个死吗？死在皇上手里也是死，死在洋人手里也是死，我反正是一个要被他们活活钉在棺材里的人了。我恨这个世道，我早看透了，扶大清灭了洋，我也不会有好日子过；扶洋兵灭了大清，我也苦不到哪儿去。余二少爷，若不是这世上还有你这么个疼我的人，一百条命我也早跳大河去了。"说着，陈翠喜一头倒在余子鹏怀里，嘤嘤地哭出了声音。

"命运再苦，人，总还是要活下去的。"走出陈庄子，在麦场边的老槐树旁，余子鹏劝慰着陈翠喜说，"其实，也就是在这苦海火海之中，世道才渐渐地有了变化，你不是知道我疼你吗？兵荒马乱之中，我置家室于不顾，一个人来陪你，来日无论是福是祸，我们总是同舟共济的。何况，凭我五槐桥余姓人家的财势，还愁没有你的荣华富贵？"说着，余子鹏紧紧地将陈翠喜抱在怀里。

一会儿，陈翠喜还是取出了随身带来的风筝，取出了风筝线车，点燃了两盏红蜡烛小灯笼，这才和余子鹏相互招呼着，趁着夜风不紧，轻轻巧巧地将挂着一对红灯的风筝送上了天空。

"哦，这就是红灯照呀！"昂头望着天上的两盏红灯，余子鹏恍然大悟地感叹着。

"你以为红灯照真是红灯女子飞腾上天呀？"陈翠喜手中抖着风筝线，嬉笑地向余子鹏反问着说，"糊弄人吧。朝廷不是爱听神兵天将吗？只要你喜好，就一定有人能想出法儿来糊弄你。我早就知道，红灯照就是夜里出来人放风筝，风筝下面系两盏红灯，看的不就是个热闹吗？"

"可这有什么用呢？义和团扶不起大清，红灯照灭不了洋人，朝廷放任百姓闹这些做什么呢？"余子鹏不解地向自己问着。

"有病乱投医吧。反正朝廷也知道没什么指望了，万一百姓闹起来吓住洋人呢，朝廷不也捡了个便宜吗？"陈翠喜自然不懂朝政，只是胡乱地瞎说。

"唉。"不知道为什么余子鹏还真叹息了一声。

呼啦啦，突然间一阵喧闹腾空而起。陈庄子村里响起了一片呐喊声，随之惊天动地的脚步声传来，陈庄子里闹得地覆天翻。

联军追到陈庄子来了？不会这么快，几十里地之外的天津城上空，还被熊熊的大火照得一片通红，洋鬼子正在城里抢劫，他们是顾不上到几十里地之外的小村庄来追杀义和团的。要么就是民众起事——国难当头，江山无主，正好是聚众闹事的好时机，成者王侯败者贼，说不定就能成了气候。

"捉住他！"陈庄子村里传出的喊声吓呆了余子鹏，他知道这是陈翠喜惹了祸。八国联军洋鬼子已经攻陷了天津城，你夜半三更升起红灯，不是明明要把洋鬼子往陈庄子引吗？"捉住他，捉住他！"喊声中早有壮汉们挥舞着棍棒追出来，陈翠喜到底是个危难中逃生的老手，她拉着余子鹏的手，一闪身便从麦场地跑下来，几个转弯，他们便逃到苇丛间的小路上去了。苇草极高，谁也休想发现他们的身影。

"谁干的？这是谁干的？"陈庄子的人们没有捉到肇事的元凶，汉子们聚在麦场上，咒骂作恶的家贼。

"明摆着是要把洋鬼子引到陈庄子来，这是谁和陈庄子这么大的仇？陈庄子人世世代代老实巴交地受穷挨饿，你引来洋鬼子将陈庄子乡亲斩尽杀绝，陈庄子人做了鬼也要摄走你的魂魄，缺德作恶的东西，你得不了好下场！"人们咒骂着，搜查着，但到底是担心自己的命运，未及很久，大家也就散了。

"你瞧，我们连庄子都回不去了。"苇草间，余子鹏埋怨着陈翠喜说。

"你不是说进日租界吗？"陈翠喜悄声对余子鹏说，"义和团成势时，你怕日租界不平安，如今是洋人的天下了，日本也入了联军，日租界不就成了你们五槐桥余姓人家的天下了吗？"

"唉，你呀，你呀！"无可奈何，余子鹏只能低声地摇头叹息。

在余家五兄弟之中，余子鹏被称为是二奸细，足见其品性的诡诈阴险。

也许是看大哥余子鸥读的书太多而又身无一技之长，老二余子鹏自幼便再不肯用功读书。跟着大哥，余子鹏也在私塾里《四书》《五经》地诵唱了许多年，但是文章都由大哥代为起草，所有的功课也全由大哥越俎代庖了。

成年之后，大哥越发地沉迷于诗词歌赋之中，再加上热衷于书道，人似痴呆一般，每天只是读碑帖写字，据说是字越写越好，但是人却一天比一天糊涂。本来老爹余隆泰在外边操办着三井洋行的生意，家里的一切大小事宜应该全由长子了断，但余子鸥不愿分心，所以便将全部的家务交给了娄素云。而对于一般小门小户来讲，家务不外就是柴米油盐酱醋茶罢了，但是在余家府邸，家务则是一年十来万银洋的开销，大厨房、小厨房、老爹老娘、兄弟五人、三房妯娌、两个孙女、一个孙子、男仆女用，一切一切都是娄素云一个人说了算，老二余子鹏想用点钱，当然百八十的无所谓，上了千过了万，就要亲自去向大嫂禀报，大嫂不点头，一分钱也休想从账房里支出来。

"唉，差一点儿，难着哪！"常常，老二余子鹏要发阵慨叹，知道这"一点儿"差在哪儿了吗？差就差在这个"老大"与"老二"之间，老大就说了算，老二就说了不算，老大就是余姓人家的栋梁，老二就是一堆狗屎，只要改变这么一点点，他余子鹏由老二变成老大，那他就成了五槐桥余家的实权人物了。

为人之道，一人之下、众人之上，这口气最不好咽。要么你居高临下，一跺脚房梁颤悠，说黑是黑、说白是白、说方便方、说圆便圆，那样活得最气顺，偶尔还可以玩点儿豁达，"彼此彼此"嘛，更是气度非凡；要么身居众人之下，是个人就能骑在你脖子上拉屎，低三下四、俯首称臣、轻易不敢挣扎，挣扎半天也没有多大用项，逆来顺受，平安便是福。只是，唯有这因为"差一点儿"便可称雄为王的位置，才最煽动人的野心、欲望，也最煽动人的嫉妒与仇恨。余子鹏凯觎余子鸥的老大身份，明见他昏庸无能又不能代替，因之才使他自幼便以奸恶阴险在兄弟中出名，那多少也有些时势造英雄的道理在。

义和团进了天津，城外北郊、西郊的许多村民开始练习"下大门""顶仙名"神拳，继而，南门外瑞和成机器磨坊后面每天都聚集千把人习武练拳。余子鹏压根儿也没往心里去。依旧，他还是白天去日租界和一帮日本浪人鬼混，一起花天酒地，夜间则去南市清和大街与他那相好的美女陈翠喜私会，日月过得也还惬意。如果那时有人告诉余子鹏，这一场团民风暴将会从根本上改变他们余姓人家的命运，且又要使他余子鹏经历一场人生沉浮，他余子鹏是无论如何也不会相信的。但是，未及多久，团民风暴已如火如荼，整个天津城已由义和团掌握乾坤，不仅中国二毛子们胆战心惊，连租界地里的真洋毛子都已朝不保夕，这时余子鹏才开始慌了心神。消息传来，有那等吃洋饭人家，什么华人教民、洋务买办以及还有在外国洋行当差做事的黄脸汉子们，举家遭到义和团的杀害，余子鹏已是坐不住了：救父兄妻儿于危难之时，他余子鹏没有那么大的本领；一个人早做打算，三十六计，走为上，不管家人如何，先要保住自己的性命，小小年纪别为老爹一个人吃洋饭，便陪他断送了一条小命，不合算。于是，余子鹏悄无声息地一个人离开了家，一头扎到了南市清和大街陈翠喜的小宅院里。

"你呀，抛下一家老小，一个人跑出来逃命，难怪你老娘骂你是二奸细。"风声日紧，外面传来义和团将二毛子们举家抄斩的消息，陈翠喜见余子鹏居然仍坦坦然然地住在自己的小宅院里，而且白天吃得香，夜里玩得欢，一点儿也不挂念家人的安危，有时便不免于枕头旁边数落余子鹏几句。

但余子鹏毫无自责之意，他反而振振有词地为自己辩护：

"大劫大难之时，能逃出来一个活一个，只要能活下来一个，便就有了家道中兴的指望。我历来不主张什么死也要死在一起的虚情假意。活在一处时，一家人乌眼鸡一般明争暗斗，死在一处就和和美美了？我不是没劝过老爹，及早各做打算，各房找地方去躲避些时日，可老爹总说凭我五槐桥余姓积善人家的阴德，也不会有什么横灾，家门口子，咱没得罪过人。其实老爹糊涂，你不得罪人，未必你就没有仇人；即使你没有仇人，看着你家日月过得好，暗中就有人恨你。你看如今外面横尸遍野，就知道人与人之间原来竟有这么深的仇恨，真是让人不寒而栗呀！"说着，感叹着，余子鹏被窝里伸伸懒腰，转过身去，呼呼地睡着了。

联军在塘沽登岸的消息传来，余子鹏在南市清和街也住不下去了。一天中午他匆匆地回了趟家，又向老爹陈述了一遍四散逃难的主张，老爹还是不肯。拖到最后，他又从家里出来了。离家之前，他到自己房里去过，见宁婉儿正在读一册石印的林纾译著，他有心想问问妻子在义和团或联军杀进院来之前，她有什么打算，但宁婉儿眼皮也不撩地只顾看书，问都不问一声自己这几日不回家，都在外面干了些什么勾当。罢了，你无情，我无义，什么扎髻夫妻，还不如萍水相逢的陈翠喜对自己好，是死是活，去你的吧。他只从柜子里抓出一把钱来，一甩袖子，又走了；站到院里，余子鹏还故意地咳嗽了一声，似是暗示给宁婉儿，他余子鹏压根儿没将她放在心上。

最后，清和大街也不平安了，陈翠喜出的主意，回陈庄子。两个人半夜三更溜回村里，躲在老娘家一间堆放杂物的破草棚里——躲过这场大难,再回天津过太平日月。

就这样,在旧历六月十八的夜里,在远处的天津城燃成一片火海的时刻,陈翠喜和余子鹏趁黑来到村外的麦场上,放飞起一只风筝,风筝下边系着两盏红灯,然后剪断风筝线,任风筝在天上飘飞,他俩昂首仰望天上的两盏红灯,这才引来了成百上千的陈庄子村民。一阵追杀声中,他俩又趁黑躲进了苇丛。

天津日租界沿海河西岸向西南方向延伸,占地一千六百余亩,经海光寺至墙子河,街道纵横,居民数十万,几乎是切下了半个天津。天津日租界的正式划定,虽然只是两年前的事,但从二十年前,日本就派来了一员大臣在天津筹设领事馆,并开始密谋来日强设租界地的事。1894年甲午海战,中国失败,日本趁机迫使清廷签订了《马关条约》,强迫清朝政府允许日本在中国通商口岸从事商业活动及发展工业制造,如此直到1898年,日本政府正式与清朝政府签订了《天津日本租界条款》,实地划定了租界管地。随之,一批一批日本人迁来天津定居,天津这才又出现了一个城中之国:日租界。

按照有关条约规定,租界地便是占领国的一块海外领地,清朝政府不得在租界地内行使主权,租界地里的中国居民要受外国法律管辖。租界地就是外国从中国身上割下去的一块肉。

天津最早的租界地,是英租界,始建于1860年,比日租界的划定几乎早四十年,1898年在签订天津日租界条款的时候,英租界早建成了一个城中之国。平坦宽阔的大马路,马路中间的花圃,一幢一幢的小洋楼,完全是英国味道的商场、餐厅、跑马场、赌场,一切一切应有尽有。英国什么样,天津英租界就是什么样,天津英租界就是英国的缩影。

1898 年日本在天津设立租界地,比起英国人来,晚了四十年,但日本人不甘落后,无论什么事,在日本人插不上手的时候,他们就在一旁摩拳擦掌,时机一到,只要日本人插上手来,三招两式,七手八脚,日本人很快就能折腾出个样儿来,这叫拼命,用日本话说,叫作"一生悬命",翻译成天津话,就是"玩命"。为什么在租界地建设上,日本人要赶上英国?莫非他们真想变一变天津的古旧市容?没那份善心。和余隆泰修筑五槐桥不同,外国人在租界地投入一分钱,他们就要通过租界地从中国捞去一万元钱,租界地就是一个血盆大口,每月每日每时地要喝中国人的血。

果然是日本人的拼命精神可敬,只两年时光,到 1900 年,日本租界已是颇具规模了。不仅一大片日式风格的房屋建了起来,而且还建筑了"神庙"。日本人对租界地内原来世袭居民的房舍土地强行购买,只要他说征用你这块地,三天之前通知,当即发给每户人家十元银洋的搬迁费,也就是五袋白面的价钱。第三天早晨一到,无论你迁走没迁走,他立即开来推土车,横冲直闯,便将你一片房舍夷为平地。最初也有人家不相信日本人真敢如此不讲理,三天时间纹丝不动,谁料日本人不听那一套,推土车开来,无论你房里有什么,他都不管不顾,倘若你敢坐在房里不走,他真敢连活人一块轧。若不如此,他何以能建立自己的王法呢?

由此，一批一批从日租界被赶出来的中国人，便在日租界境外建起了低矮的住房，在这样简陋破败的住房里，他们熬度着贫寒日月。久而久之，在这块贫苦地方聚居的穷人越来越多，最后竟发展成了天津卫人口密度最高的居民区。在这片居民区里人们各自设法糊口谋生，如此，便出现了全城闻名的南市"三不管"。

　　这时的日租界，已然是兴隆繁华了。

　　天津日租界的执法机构是日本总领事馆，领事馆统辖经济部、司法部，而日租界的警察署，建立未及二年，便已经因其残忍凶恶而名扬中华，并使天朝衙门里的一切刑具、惩罚都相形见绌。有了"良好"的社会秩序，日租界内经济才日渐繁荣，什么横滨银行、邮船会社、每日保险、松昌洋行的商楼大厦才一幢幢地拔地而起。而在所有的日本商行之中，气派最大、财力最为雄厚的一家，就正是由余隆泰任中国掌柜的三井洋行。

　　闲住在日租界，余子鹏姓名前边有一个极为啰唆的名号，无论中国人、日本人，大家都称他是三井洋行五槐桥余家的二先生。余子鹏的老娘咒他是二奸细，余子鹏的几位牌友称他是麻将二郎。

　　顾名思义，麻将二郎指的是余子鹏的一种癖好：打麻将。麻将牌是"中华国粹"，又经过日本国的弘扬，全世界的麻将高手，全是日本人和中国人。高丽人有附庸风雅者，但他们上不得阵，因为高丽人不敢赢日本人，高丽人在牌桌上赢了日本人，离开牌桌，日本人便要把高丽人的脑袋揪下来。中国人有天朝撑腰,牌桌上赢了日本人,抓起钱来就走,日本人只能认倒霉。义和团起事之前,天津日租界曾举办过一次万国麻将大战,参战的人每人自带赌本一万元,输光的被淘汰。报名参战的有中国人、高丽人、日本人、南洋人,其中居然还有几个法国、英国的中国通。一场大战下来,先后五十人参加,最后五十人每人一万元的赌本全落进了余子鹏的腰包——世界第一,余子鹏从此落下了麻将二郎的美名。

不赢钱行吗?余子鹏住在日租界,多大的开销?租着一套日式民居,馆子里包着一日三餐,穿的绫罗绸缎,养着个美女陈翠喜,金活银活的每日买着,还要应酬,还要玩,还要开眼界,没有个大进项,一天也活不下去。只是呢,靠牌桌上赢钱毕竟不是一宗大进项,余子鹏麻将二郎的名声大振,玩不过你,斗不过你,人家便要躲开你,绕开你,说句市井语言:臭手找臭手,人家只找些牌艺平平的人凑局玩麻将,这一来倒使得余子鹏受了冷落。

天津卫的牌迷们不敢和余子鹏玩牌,除了因为余子鹏的牌艺天下无敌之外,还因为余子鹏的底子厚、财大气粗,千儿八百的,没工夫哄你玩。余子鹏摆方城之阵,一条龙、自摸,门前清外加清一色,一推牌愣赢了四万。就凭这四万,余子鹏终日在日租界过着花天酒地的日子,买了洋车——就是人力车,天津俗称胶皮车,或者再省一个音节,招呼一声:胶皮,那就连胶皮车带拉胶皮车的车夫一块儿全过来了。"哪儿?"车夫只问一个字,"侯家后。"雇车的只说个大方向,坐上车便走,到了地方,车钱随意,反正不会高于驴子轿车的价钱。有了自己的私用洋车,雇上一个车夫,洋车上漆着一个"余"字,车夫的号坎儿上也绣着一个"余"字,跑在大街小巷,要的是个十足的威风。再有一笔开销,便是买下了绝色女子陈翠喜。陈翠喜从十二岁被卖到娼门,干娘见这孩子水灵、有出息,便亲自精心调理,养尊处优,人品艺品全到了火候,十八岁要卖清水,开价一万元,恰正好余子鹏打了个一条龙,两万元,把人买过来了。买到日租界一验货,正宗清水珍品,而且品位不低,一下子便把那个本来也如花似玉的宁婉儿比得黯然失色了。从此,余子鹏只在关节时刻回五槐桥本宅点卯、亮相,之后,立即便往日租界跑。

没有人陪自己玩麻将,日子索然寡味。一场大劫尚未平息,虽说租界地里已是一片升平景象,但是中国人家家户户都有担心的事,谁还有心思来搓麻将?余子鹏和陈翠喜从陈庄子回到日租界,心里真是闷得发慌,虽说租界地里如今有了租话匣子的,一个人背着个大话匣子沿街吆喝:"听话匣子哩!"推窗挥手招进来,大话匣子似个木箱子,一只大喇叭弯着脖儿地伸过来,租话匣子的人摇紧发条,放上一张唱盘:《洋人大笑》,哈哈哈哈,男的女的老的少的,哈哈哈一起大笑,什么声什么腔的全有,开心,把听的人全逗笑了,听完了,再听一遍,也就不好笑了。幸好,近来又有了余三胜、谭鑫培的京剧二黄唱盘,比《洋人大笑》有些滋味了,但光听声,不看戏,也没多大劲头,说来道去,还是想打麻将。

"子鹏,我给你找到牌友了。"正在余子鹏百无聊赖地在日租界住得不耐烦的时候,陈翠喜兴高采烈地给他带来了好消息。

"谁？"余子鹏腾地一下从床上跳下来,瞪圆了一双眼睛便问。

"别急着问是谁,先说说你有没有这份胆儿吧。"陈翠喜故意地向余子鹏卖关子。

"只要牌桌上不剁手指头,不就是钱吗？五槐桥余家的财势,够玩儿几天的了吧？"余子鹏满不含糊地说着。

"明说了吧。"陈翠喜见余子鹏果然气壮如牛,赌胆包天,这才向他道出了实情,"这位爷是大五福布厂黄家的大少爷,黄天成。"

"行了,行了,别说了,你定局去吧。"陈翠喜还要把黄天成的种种情形向余子鹏述说,余子鹏早不耐烦地打断了她的话,吩咐下话来,立即要她去邀人定局。

对于余子鹏来说,黄天成的大名,早已是如雷贯耳了。黄天成老爹的大五福布厂,更是大半个中国凡是穿布衣的男女老幼无人不知的一家工厂。大五福白布,俗称"十斤白",一匹布绝对重十斤,裁制成衣裤,跌打滚爬,少说能穿十年。相声段子里有个《卖布头》,说到布的质地:"禁穿又禁戴,禁铺又禁盖,禁抻又禁拽,禁蹬又禁踹",指的就是大五福布厂的十斤白。黄天成家里祖祖辈辈经营大五福布厂,家底不比五槐桥余家薄。棋逢对手,将遇良才,也只有黄家的独根苗少爷黄天成,才敢跟余子鹏玩真的,何况你余子鹏弟兄五人,你还数第二,人家黄天成千顷田一根苗:独生子,四门守一个,不光敢花老爹的钱,连叔叔伯伯舅舅姨姨家的钱都随便花,这点儿,你余子鹏比得了吗？

　　说到牌艺，黄天成七岁上牌桌，一十八年，如今二十五岁，年年能摸几次一条龙。黄天成在牌桌上夸海口说："龙王爷的肉皮儿，被我摸得比龙王奶奶的肉皮儿还滑溜呢。"听听，这该是多大的牛皮！

　　和黄天成摆方城阵，天津牌迷知道，人家不玩"现"的，他黄天成身上不带钱。他不带钱，你却要带钱，他无论输多少，背后总有他老爹的大五福布厂保底，你输，嘛也没有，所以陪黄天成玩牌，他是空的，你是实的；他是虚的，你是现的。牌桌上风云无常，这许多年，黄天成就这样把赢到手的输出去，再把输出去的赢回来，潇洒风流，大家伙养着他过了这么多年的开心日月。

　　若是一连多少天不开张怎么办？黄天成说了，记账。记到何时了结？黄天成又说，你们赢家自己记着，够了数，我老爹大五福布厂的家底兑给你：地皮、厂房、机器、原料棉纱，成品白布，给你个八成，折成四百万元如何？赢到四百万时你就说话，江山易主，大五福布厂立即归你所有。

　　"你若输了怎么办？"坐在牌桌上，面对面，黄天成不留情面地问余子鹏。

　　"我老爹有三井洋行！"余子鹏当然不甘示弱，一拍胸脯回答。

　　"算了吧，余二爷，令尊大人在三井洋行只是当家理财不主事，三井是日本人的产业，人家才不替你还这份赌债。"黄天成越发不客气，站起身来，转身便往外走。

"黄爷,你也太门缝里瞧人了,"一旁的陈翠喜咽不下这口窝囊气,便一把将黄天成拉回来,"三万两万的,不必我们二先生分神,我就替他操办了。"

"罢了。"有了陈翠喜的保证,黄天成这才又转回身来,一屁股坐在余子鹏的对面,双手哗哗地洗起牌来,"君子一言,驷马难追,牌桌上才见真君子,赌债胜过阎王债。"说着,黄天成率先码起了牌。

余子鹏、黄天成全是牌桌上赢得起、输得起的英雄好汉,但是另外两位牌友,却全是赢得起、输不起的孬种。也莫说是输不起,小打小闹的输几个也无所谓,倾家荡产地输,那二位就后劲不足了。没关系,余子鹏是何等的精明?他一坐上牌桌,便吃透了三家牌友的心气,前十天时间,他让黄天成有赢有输,舒舒服服地白玩了小半个月,另外两家,余子鹏净让他两个各赢了几千元。黄天成得意于自己的不赔不赚,另外两家赢钱,全是余子鹏一个人掏的腰包。

及至一个月的时间过去,另外的那两家牌友悟出奥秘来了。他两个各自找到余子鹏,绕脖子话说了大半天,最后才试探地询问:"二先生是嘛心气儿?"

"三个月为期,我要把他黄家的大五福布厂赢过来。"口出狂言,余子鹏图穷而匕首见,他如实地道出了自己的宏图大略。

"哎呀!"帮衬的牌友为难了,"四百万的家底,一张牌一张牌地摸,全赢到手,少说也要一百年呀!"

"咱不兴只用三个月时间吗?"余子鹏诡诈地反问着。

"那,该下多大的赌注!"想一想三个月之内要过四百万元的大输大赢,帮衬的牌友有点胆怯了,"二先生,您另请高明吧。"

"嘻,不就是钱吗?这两万,你先带上。"说着余子鹏将两万元的银票放在了牌友的手里,只是对方还是不敢接。

"输了怎么办?"牌友还在嘀咕。

"我手里又没有你的借据,这屋里又没有第三个人,我空口无凭地向你讨两万元的债,你就那么老实地乖乖认账?"余子鹏更是压低了嗓音,极是知己地向牌友说着。

"只是,我怕帮不上忙。"牌友虽然将银票收起来,揣在怀里,但仍然极是为难地说着,"这样的牌桌上,做不了手脚,打错一张牌,黄爷可不是好糊弄的。"

"谁要你玩花活?只要规规矩矩地陪着玩,赢了归你所有,输多输少全包在我一人身上,怎么样,没难为仁兄吧?"说罢,余子鹏和他的知己牌友一起全笑了。

余子鹏,果然是方城阵上的一员勇将,东西南北中,发财白板一条龙,未出三个月时光,便把个黄天成杀得丢盔弃甲,溃不成军。如是,黄天成欠余子鹏的赌债已经到了三百万元。

"天成仁兄,我看你还是急流勇退吧。"余子鹏不想把事情做到绝处,黄天成将他老爹的大五福布厂输掉事小,弄不好老的暴死小的投河,妻儿流落街头,算一算至少是四条人命,余子鹏劝黄天成切莫越陷越深,"三百万赌债,我五槐桥余姓人家以善为本,咱们细水长流,每年你还我三万,十年为期……"

"余二先生莫要从门缝里看人!"谁料黄天成毫不示弱,不但不知收敛,反而发誓要血战到底,"方城阵上风云无常,谁也不要得意得太早,说不定哪一步时来运转,到那时江河倒流,我倒担心余二先生未必能从府上的大账房开得出这笔花销了。"

"罢了,既然如此,那就莫怪我手下无情了。只是,四百万大关,大五福布厂过户兑底,如今到了三百万,我可是连大五福布厂的样儿还没见过呢。"余子鹏自以为胜券稳操,他一定要亲眼看看这个大五福布厂,也好为自己的日后接管有个准备。

"不就是想看看我家的产业吗?好办。咱们今天就去。这一连三个月,我也坐累了,这二位爷倘若有兴,不妨也陪余二先生屈尊一行。"当即,黄天成备上车子,带着余子鹏和另两位牌友,走出日租界,向他的大五福布厂奔去。

洞中方七日,世上已千年。在日租界搓了两个月的麻将,外边的市面已平静了。八国联军的官兵住进了营盘,天津都统衙门建立,一连一个多月的厮杀,天津几乎成了一座死城。如今大街上大小店铺一律高悬着万国国旗,千家万户的大门外还挂着"顺民"旗,店铺商号虽然又恢复营业了,但是街上冷冷清清,真是一片萧条景象。所幸的是,到底那些横冲直撞的洋兵不见了,抢劫放火的事没有了,人也杀得差不多了,活过来的人一心一意祈祷平安,庚子年也快进入冬天了。

大五福布厂坐落在北运河边,占地几百亩,好大一片厂地,四周围低矮的院墙;院墙里几十间大织布作坊,里面安装的是东洋织布机器。黄天成领着余子鹏走巡全厂，一处地方一处地方地任由余子鹏查看。光看库房，库房里真是棉纱堆积成山、足够开工时用一阵的。再看作坊——新词叫车间，大机器排成行，当然没有开动，劫难还没有过去，人心惶惶，谁也不敢来布厂上工，再说朝廷还在太原"行在"里避难，皇上和老太后西狩未归，天下不宁，各地的商贾还未来天津买布，所以大五福布厂也就没法开工。"值不值四百万？"黄天成问余子鹏，"就这几百亩地皮，就这一片厂房，就这些机器，就库里的存货和棉纱，能不能顶四百万赌债？余二先生，估摸准点儿，可别上当。"

余子鹏没有说什么，乘车回日租界，赌！

"我要有自己的产业了！"麻将牌散去，黎明五时余子鹏方才更衣入睡，四肢无力地躺在床上，对身边的陈翠喜说着。

"你们五槐桥余家的规矩，兄弟不分家，产业归大账房。"陈翠喜一旁打着哈欠说。

"我呀，留个心眼吧。"余子鹏也打着哈欠说，"下边的弟弟，我不说了，大哥子鸥，凭什么揽着大权坐享其成？什么事情也不干，只是写他的字，念他的书，就这样白吃白喝等着承继祖上的产业？有这么个人压在你头上，你就一辈子休想伸直腰。这次，只要将大五福布厂赢过来，我谁也不让知道，单立门户，那是我一个人的产业。"

"啧啧啧，瞧你，还没过去河，就要拆桥了。"翻了个身，陈翠喜支撑着身子说，"忘了是谁给你找来的财神爷了，直钩钓鱼，没有我陈翠喜，黄天成能把个大五福布厂拱手送给你吗？

至少,大五福布厂有我一半。"

"你瞧,财运还没到呢,咱两个人先争起来了。"说着,余子鹏将陈翠喜搂在怀里,一面一只手在她身上掐着捏着,一面吃吃地笑着说,"我收你做二房,那个布厂,是咱两个的。"

"我才不贪图你们五槐桥余家的那名分呢,我就是我,压根儿我就没指望依靠你。"陈翠喜任由余子鹏搓弄着,毫无反应,只是怪腔怪调地抢白着余子鹏,"布厂赢过来,你给我一百万,记到我的名下,往后处得好,这一百万还是你余子鹏的;若是你和我过腻了,散伙,这一百万银洋也够我后半辈子的吃喝。"

"我和你过不腻,一辈子过不腻,两辈子也过不腻。"说着,余子鹏用力地将陈翠喜拉过来,一翻身,两个人滚在了一起。

遇到陈翠喜,是余子鹏的福气,虽说宁婉儿的面容如花似玉,但是花儿朵儿一般的女人,未必就是一个让男人心醉的女人。从成亲第一天,余子鹏尽管随心所欲,但他未给宁婉儿一点温柔,宁婉儿也没给他一点温柔;每天夜里,在他气喘吁吁地从宁婉儿身上骨碌下来的时候,他总是发觉宁婉儿僵直的身体里,蕴含着的原来是对自己的厌恶。在宁婉儿的心里,余子鹏配不上她,宁婉儿要过的闺中日月,是斯斯文文小夫妻的对弈、赋诗、描眉、抚琴。呸,全怪她爹让她读的书太多了,把个人给读疯了。

陈翠喜是一只狐狸,是一条蛇,整夜整夜,她两只长长的胳膊和一双滚热滚热的腿紧紧地把余子鹏缠住。她会喊喊喳喳地说话,她会虚眯着一双眼睛痴笑,她会哼,她会喊,她会抖动着整个的身子尖叫,那叫声烧沸了余子鹏的热血,那叫声使余子鹏发现自己是一个顶天立地的男子汉,那叫声使余子鹏获得胜利者的骄傲。而且,陈翠喜还会说脏话,她会在余子鹏失去理智的时候,附在余子鹏的耳边突然说一句使余子鹏心颤的脏话。只一句脏话,便又使余子鹏恢复了理智。

住在日租界的小庭院里,想想子牙河畔自家的宅院,余子鹏觉得它极遥远、又极阴森可怕,只有和陈翠喜在一起,他才感到日月有了阳光,而且能在牌桌上百战百胜,他更看到了自己未来一生的辉煌。

……

"啪"的一声,惊天动地,余子鹏举手将一张五万拍在桌上,"一条龙",激动得满脸赤红,余子鹏大喊一声。

随之,哧溜一下,对面的黄天成悄无声息地从椅子上滑下来,如一堆烂泥,瘫在了桌子底下。四百万,数齐了,大五福布厂归余子鹏所有了。

好长一段时间,房间里一片宁静,没有一点儿声音,没有一点儿动静,就连墙上的大吊钟似乎都停止了转动。余子鹏站着,两眼闪出炯炯的光芒;在他后面,陈翠喜双手扶着椅背,痴呆得没有一点儿表情;另外的两个牌友,傻坐在自己的座位上,每个人的手指都攥得咯咯响。

白日盼,夜里盼,盼的多是些不可能的事情,真的从天上掉下来一个馅饼,未必就有人敢立即伸手抓过来,马上塞进嘴里。这时便会聚来许多人围观,七嘴八舌地议论:"是馅饼吗?""是!""真是从天上掉下来的?""没错,您瞧,树梢上还溅着油星儿。""天上掉下来的馅饼也能吃？""若不，咱先尝尝。""您先尝。""您先请。""您是长辈，便宜事要先让着您。""先下手为强，这种事上犯不着客气。"你推我让，最后人圈儿外边钻进来一只狗，一口叼起馅饼跑了，人们再互相埋怨，"明明我要吃的，你非说此中有诈。"又大家伙儿一块儿去追狗，狗没跑远，捉住了，但馅饼早吞到狗肚子里去了。

余子鹏对于天上能掉下来馅饼，自然也有些不敢相信。总盼着有一份自己的产业，原以为也要似老爹那样苦苦地挣扎几十年：与自家兄弟做皮货生意，自己再从弟兄共有的商号中分出来；甘冒天下之大不韪，吃洋饭，险些儿被义和团满门抄斩；这才坐上了三井洋行头把交椅，还是给日本人做事。可是如今呢？不费吹灰之力，一个大织布工厂就属于自己了。一片地皮，一片厂房，多少台大机器，还有那么多棉纱、成品白布，一眨眼的工夫，成他余子鹏一个人的产业了，不属于余氏家族，其他的四个兄弟无权过问，当家做主，一个人说了算数，余子鹏占山为王了。

好长好长时间，余子鹏才从惊愕中苏醒过来。眨眨眼睛，似乎是第一次看见阳光；转动眼球巡视，渐渐地认出了自己的房屋，认出了自己面前一张牌桌和乱糟糟堆在牌桌上的麻将牌；轻轻地觉着肩上有一双暖暖的手，回头看看，只见身后立着一个绝色女子；努力回忆，认出来了，是自己的相好陈翠喜。

"子鹏，子鹏，你醒醒。"陈翠喜用拳头轻轻地砸着余子鹏的肩膀，显然，余子鹏已有好长时间不省人事了。

"给我一盅茶。"努力平静一下心绪，深深地吸一口长气，余子鹏对陈翠喜吩咐着。

立即，陈翠喜送上一盅酽茶，侍候着余子鹏抿了一口，随着，陈翠喜又取来毛巾，端一盆凉水给余子鹏拭拭滚烫滚烫的脸。这时，余子鹏才清醒了过来。

"人呢？"余子鹏瞧着空荡荡的屋子问。

"那两个牌友走了。"陈翠喜回答着。

"黄天成呢？"余子鹏回忆起，刚才黄天成溜到了牌桌下边，他低头往牌桌下看看，没有黄天成，这才抬起头来又问。

"哭着喊着地走了，一边往外走，一边说什么不活了，不活了。"

"不至于跳河吧？"余天鹏担心地问。

"放心，凡是有本事输大钱的人，都没胆量跳河，倒多是那些才输个千儿八百的人活不起，动不动地就跳河上吊。"

"他该如何跟他老爹交代呢？"

"咱不管。反正他临走时，我逼他立下了文契，您瞧。"说着，陈翠喜将一张文契放在了牌桌上，白纸黑字红指印，一清二楚地写着："大清国光绪二十六年，西历一千九百年，立字据人黄天成，因欠余子鹏大洋肆百万元，自愿以大五福布厂所有一切土地、厂房、机器、原料及存货抵偿，自今日始，凡大五福布厂一切资产、资金，并所有与各商行原有的债权、债务关系，一概由余子鹏负其全责，概与黄天成无关。此据，黄天成。"

下边，是一个红红的大指印。

"你真是巾帼豪杰呀！"余子鹏看过黄天成立下的字契，极是赞赏地对陈翠喜说着，"趁着我刚才气血冲天，倘若让他黄天成跑掉,空口无凭,我明日如何去接管那一片产业?"

"你呀,也就是当大老爷坐享其成罢了,真到操持事情的时候,你可是比我差远了。学着点儿吧,从今后你就是大掌柜老东家了,一心一意经营布厂,成败兴衰,那可就看你的本事了。"陈翠喜又趁势拍了一下余子鹏的肩膀,极是因自己的才干而得意非凡。

"你放心,有了产业,我就不吃喝玩乐了,从今后我戒赌,麻将牌再也不打了,一切一切癖好通通改掉,我非把这片产业经营得昌盛兴隆不可,一年赚它个百十万元,从今后五槐桥余姓人家的家运,就兴旺在我一个人的身上了。翠喜,跟你说吧,我连名号都想好了,什么大五福,不好,大五福,就是大无福,我忌讳这个五,从明天起,大五福布厂改名为恒昌纱厂,维新,人家上海早把布厂改纱厂了。"

"这恒昌二字又是个什么讲究?"陈翠喜不解地问着。

"这你就不懂了,恒者,长久之谓也,恒心,恒志,都是恒久不衰的意思,且上弦月称恒,如月之恒,如日之升,实为渐趋盈满之意;至于那个昌字呢,就更为明了易懂了,'猗磋昌兮,颀而昌兮''江河以流,万物以昌',我如今将恒昌二字合在一起,指的就是我余子鹏的这份产业要万世昌隆!"说着,余子鹏用力地挥了一下手,果然十足的男子汉气势。

……

"当当当当",墙上的自鸣钟打了四下,余子鹏一骨碌从床上跳起来,披上件衣服,就往外跑,一面跑着还一面提鞋。

"你干吗去?"从梦中惊醒的陈翠喜慌慌怔怔地问着。

"丑时尽寅时初，诸神归位，小鬼下界，凡是寻短见的人，都是这时刻出来。我赢了黄家的产业，别欠下黄家的人命，积德行善，我得救黄天成一条命。"说着，不等陈翠喜说什么，余子鹏早跑了出来。

到底是积善人家，余子鹏一夜没有睡着觉。赌债更是君子债，黄家的产业归己所有，算不得是强夺，只是倘若黄天成因为无颜去见他的老爹而自寻短见，逼死一条人命，今生今世，余子鹏都将活得不自在。无论如何要救黄天成于危难之时，今日黎明把你拦住，明天你再跳河，那就与余子鹏无关了。

曙色尚未升起，外面是一片漆黑，幸好余子鹏自己的胶皮车昼夜侍候，唤醒拉车的车夫，登上车子，余子鹏急匆匆直奔万国大铁桥而去。

万国大铁桥是天津卫走投无路的人共同选定跳河的地方，为什么要在这儿跳河？这儿的河水深，而且万国大铁桥的桥身高，真心想死的，只要咕咚一声跳下去，一个浪头涌来，前边就是挂甲寺捞尸的地方。再一个最重要的原因，万国大铁桥人多，桥上行人车马，桥下轮船渔船，河两岸遛弯儿的、闲坐的、行路的、做生意的，人山人海，不真想死，却又必须往河里跳一家伙借故吓人的，自然都来这里表演。站在桥边，记住，千万别站在桥中间，大喊一声："我可不活了！""扑通"一声跳将下去，河坡边上的水浅，可以等人们闻声救上岸来。最重的曾经有一位女子摔得流了产，阿弥陀佛，老天成全，她就是因肚里的孩子没处交代才跳河的，没想到，万国大铁桥，还有这么个堕胎的偏方。

果不其然，坐在胶皮车上，余子鹏就看见万国大铁桥下边、河坡上有一个人影走过来走过去。余子鹏知道，凡是投河自尽的人，全都横不下心来，走过来走过去，有时一个人投河死了，河岸边能留下他踱来踱去踏出的一条深沟。不由分说，余子鹏从胶皮车上跳下来便向河坡跑去。他知道，此时不可喊叫，一喊叫反而倒使走投无路的人下了恒心，喊声未落，他咚的一下便跳下去了。

　　一步一步，余子鹏悄悄地往河坡边移动，借着河边高大树影遮掩，他尽力不惊动河坡上走来走去的那个人影，溜到近处，仔细往下察看，果然是黄天成。可怜呀可怜，谁让你上牌桌斗气来呢，这是你输了，一死了之，若是你赢了呢? 这投河的就该是我了吧!

　　"老父老母在上，孩子天成不孝，我只有一死赎罪了!"突然，河坡上的人影哭喊了一声，然后转身便向大河扑去。

　　"天成贤弟，来日方长，不可轻生呀!"当即，河岸边的余子鹏也大喊了一声，纵身跳起，便向正要投河的黄天成扑了过去。黄天成投河不着急，缓缓地往河里走，余子鹏救人慢不得，几乎是飞身起来往下跃，扑通一下两个人抱成一团滚在一起，一阵水波涌来，把他两个全冲成了落汤鸡。

　　"不要救我，我是执意不能再活在世上了。"被压在余子鹏身下的黄天成拼命地踢蹬着双脚，倒把河水扑腾得扬起高高的水花。

　　"天成，输钱事小，人命关天，男子汉大丈夫，跌倒了爬起来，你牌运不济输给了我，来日你时来运转还可以去赢别人。

人生如赌场,不正是反复无常吗？"余子鹏爬起来,一面用力地往上拖着黄天成,还一面尽力劝告。

"子鹏仁兄,即使你救下我,我也没法再回家见爹娘了,我把他们的产业输光了。"黄天成还在哭喊着挣扎。

"天成贤弟,莫为难,你们家的事我知道,几门守一个,只要你活着,无论怎么着都行。"费了九牛二虎之力,余子鹏终于把投河的黄天成拉上岸来,这才向他说着,"你不是已经投河了吗？就这身湿衣服,已经什么事全办了,雇辆洋车,我让他拉你回家,到了家门口你可别下车,只坐在胶皮车上哭喊我不活了,你老爹老娘听见哭声一定跑出来,这时你就让拉车的对你老爹老娘说,这位爷在万国大铁桥要跳河,水淹到脖子时又拼命地爬了上来,雇上车说要回家去给老爹老娘磕个头。这时你老爹老娘一听说你原来是个大孝子,明日个便把大五福交出来了。"

"这招儿准灵吗？"黄天成停住哭喊问着。

"没错,我叔父家里的那个狗食儿子就这么干过。洋车,拉这位爷回家！"说罢,余子鹏扬手,从岸边唤来了一辆胶皮车。

用力一推,余子鹏将黄天成扔上了胶皮车,车子跑起来,只见黄天成还在车上挣扎。胶皮车没有走出多远,突然黄天成转回身来,扶着车帮对他身后的余子鹏喊道:"善有善报,恶有恶报,我这是罪有应得呀,余二先生,我对不起你们余姓人家,三个月之前,我将你四弟的一对宝贝鸽子给煮着吃了,报应呀,报应！"哭着,喊着,胶皮车拉着黄天成走远了。

# 第七章　积善人家

北风呼啸，积雪飘扬，隆冬三九，天津城里城外的道路冻得裂了缝。行人遇到马路上冻裂的大缝，要跳过去;胶皮洋车，轿子马车从裂缝上越过去，咯噔一下，更要狠狠地颠簸一下。

坐在轿子马车里，穿着貉绒皮袍，腿上裹着厚厚的毡毯，一阵北风卷着雪花从车门缝里钻进来，扑在脸上，余隆泰和余子鸥父子两个同时打了一个寒战。

天尚未明，被北风刮晴的天空还亮着星光，轿子马车两旁的两盏马灯摇曳着，在一片昏暗朦胧的飞雪中，映出了两个淡淡的光环。在这个光环中，雪飞得急促，千万道白光闪动着，更显得严冬酷寒的可怕。

入冬以来，天津每天早晨都有几十具灾民的尸体横陈在街头路边。八国联军一场浩劫，千万户顶天立地的男子惨遭杀害，活过来的孤老妇孺，无以度命，便只有沦为乞丐，讨饭为生。只是，讨饭的人多了，也就讨不到饭了，再加上市面萧条，商号店铺生意冷清，这么多乞丐，谁又救济得了?尤其是入秋之后，天津都统衙门下了一道拆掉城墙的命令，不消一个月的时间，原来的四面城墙便拆得不见踪影，四面城墙变成了四条宽宽的大路。原来城里城外以城墙相隔的房屋建筑，如今已是隔街相望了。可怜的还是贫穷市民，有城墙时，几千户人家依傍城墙搭起一个个低矮的棚铺，半截墙壁砌上砖，草铺的屋顶上抹着泥巴，几辈相传，也算得是有一个住处。突然间城墙拆掉了，这几千户住在城墙两侧的穷苦人便成了无家可归的难民。盖新房，没有地皮没有钱；露宿街头，又是在数九隆冬，再加上食不果腹、衣不遮体，这一年的冬天真成了闯不过去的鬼门关了。

子牙河南侧坡下，五槐桥旁边，每年冬天，余隆泰便开设一处粥厂，每次放一千个粥号，救济饥寒交迫的穷苦市民。天津的粥厂，全是八面透风的大席棚，席棚外有几只大缸，席棚里有几只大灶，大灶上坐着大铁锅。从前一天夜里，粥厂的伙计便烧火煮粥，煮熟之后便用大木桶提着往棚外的大缸里倒。及至天明，几只大缸里满满地盛着热粥，再由伙计们拿着大铁勺站在缸边，这时排成长队的讨粥穷苦市民一个挨一个地走过来，有人双手捧着一只大黑海碗，也有人捧着一只黑陶盆，只是无论你带来的家伙多大，每个人只能得到一勺粥，多一点儿也不给添。

按照往年的习惯，余隆泰和长子余子鸥，每年只在粥厂舍粥的第一天，亲自到粥厂掌勺舍粥，当然只是做做表演，而且只舍一勺，只舍一个人。这时粥厂的管事要从排成长队的穷苦市民中挑选出一个最显容貌寒苦，且又双目中不带凶光的人走到前面来，让这个人接受余善人赏赐的第一勺粥。这个穷苦市民为能得到这份殊荣，自然要说许多祝愿余善人阖家美满幸福的吉祥话，余善人含笑作答，算是接受了一方黎民的感激。

今天，时在三九，五槐桥粥厂已是舍粥一个月的时光了。每年，余隆泰的长子余子鸥随老爹到粥厂行善之后，便再不过问粥厂的事，每月只由大账房经大奶奶娄素云的意旨，按日支付开销就是。粥厂每年发一千个粥号，每年发放一次号，领得粥号的，可以全年(只在冬季)凭"号"领粥，不再每天发号。一个粥号按二两米计算，十六两为一斤，一千个人每天只支一百二十斤粮食，这在余家府邸，实在是笔微不足道的开支，即使加上柴火、伙计、席棚，一处粥厂一年的用项，顶不上大先生买一幅字画，顶不上二先生买一盒西洋雪茄烟，顶不上三先生在外边一回游逛，顶不上四先生买一茬鸽子、玩一茬蛐蛐儿、买几只鸟，五先生余子鹚与这些事无干，谁也想不到能顶五先生的一笔什么开销。只是，这几个钱由先生们挥霍了，无声无息，说不定还能招来什么小灾小祸，但用这几个钱设个粥厂，余姓人家却买到了一个善人的美名，每天都会听到世人的颂赞。

时至年终，三井洋行结算 1900 年账目，大清单核算后转呈到余隆泰掌柜名下。余隆泰看过结算账目清单之后，眼前竟闪过一片金花，险些晕了过去，眨眨眼再看，还是那个数字，余隆泰这才信以为真。一百万，这一年归入余隆泰大人名下的个人所得，竟然是一百万元! 以白面每斤此时市价一角钱计算，余隆泰大人这一年的收入是一千万斤白面，这还了得，真是发了大财了。

余隆泰自就任三井洋行中国掌柜以来，以往几年，每年所得多不过二十万元，最多时也没有超过二十二万，如此已是天津首富了。但是今年八国联军攻占中国，三井洋行从海运到经营，生意竟比往年火爆了上百倍，最多的一天就有十艘三井货轮在天津码头靠岸，再加上皇帝跑了，海关由洋人接管了，什么进关出关上税纳款，全由洋人自作主张了，中国真成了一个被砸烂了大门的破大院，任由洋人践踏。这一来，应该由中国海关收取的税银免了，洋人的生意多了，从运军队到运军火，往中国运钢铁石油，从中国往外运金银财宝，一年的时间凡是吃洋饭的全发财了。

这可是名副其实地发国难财呀！余隆泰看着年终结算清单，自己在心中默念着。莫看余隆泰吃洋饭，可余隆泰不肯做洋奴，中国的丝绸矿产满满地装在船上，三井洋行按空船走个虚名报关出港，余隆泰正义凛然就是不放行。船主说不是买来的东西不算是货物，余隆泰说你靠八国联军的洋枪洋炮在中国抢劫，朝廷不管，我也管不了，但是装在舱里，我不能按空船往外放，是什么货物折什么价，我中国掌柜名下收的是我的应得。这样，洋鬼子抢金银财宝没用一分钱，但经过三井洋行往外运，却规规矩矩地要向中国掌柜交分成。不走三井洋行，你用兵舰运，我余隆泰管不着，只是兵舰上光军火官兵就装满了，运军官们抢的中国珍玩都没地方放，哪里还能装运大宗的货物？

一百万元的个人收入，听起来真是吓人，中国若是不倒霉，能让一个人发这么大的财吗？本来这其中包括税银、关金，还有港口报关、内河航行，等等等等，如今该交给国家的，国家跑了，余隆泰身为中国人，就代替中国收下了，也算没让洋人捡了便宜。

诚如俗语所说,有大进项的人家,必有大的开销,余隆泰1900年个人所得的一百万元大洋,未及到手便花掉了六十万。

这六十万元,是余隆泰大人在英国汇丰银号存下的款项。

早在8月25日,天津市面刚趋平静,消息传来,原任两广总督的李鸿章,如今作为朝廷委派的全权议和代表,乘船由上海北上,这一天到了大沽口。

对于李鸿章肯出山代表朝廷与洋人议和,天津的洋务派们都为之欢欣鼓舞。多少日来,他们一直关心着朝廷将委派谁与洋人议和。倘派一个主战派的老朽,吃了败仗不认输,还跟人家耍穷横,弄不好,中国就要遭第二遍洗劫。本来这些主战派们原也知道义和团既扶不了清,也灭不了洋,只是既然老佛爷亲自看到团民烈火烧身的表演之后,便把自己奄奄一息的朝廷命运押在了团民的身上,那些老朽们才装出一副爱国模样,声泪俱下地鼓动老佛爷降旨,一定要与蛮夷血战到底。但是待到5月23日,慈禧以皇帝的名义颁布宣战诏书,要与各帝国一决雌雄之时,这些发誓与江山共存亡的豪杰们,都一起急匆匆把举家老小和金银细软迁出京城。此时尽管豪言流传,说什么"洪钧老祖令五龙守大沽,龙背拱夷船,皆立沉",更有的说什么"今皇天佑我大清,假以神力,殛彼异类,义民云集,抗刃前驱;不烦一兵,不糜一饷……"等等等等,但是在心里谁若是相信凭刀枪不入的团民真能敌得住洋兵的洋枪洋炮,用主战派英豪们自己的话说:"谁就是孙子。"

在中国朝野有几个人不仅反对义和团,而且从一开始就力主剿灭义和团。这其中有两广总督李鸿章、湖广总督张之洞、两江总督刘坤一及至天津卫,为官的有黄道台,为民的便有余隆泰。

听说李鸿章大人到了大沽口,余隆泰约上黄道台,连夜赶路,急匆匆到了大沽口叩见李大人。李鸿章在大沽口住进了俄国哥萨克兵团的驻地。在一套临时被俄军占用的洋楼里,李鸿章和黄道台、余隆泰见了面。

"李大人别来无恙?"黄道台行过官礼,向李大人道过乏,然后起身拭去两行老泪,这才向李鸿章问候。

"你们受惊了。"李鸿章在老朋友面前倒是不摆架子,他让过座位,又由随员献上茶水,极是关切地询问黄道台、余隆泰的平安。

"一言难尽呀!"余隆泰长吁短叹,实在无法向李鸿章述说这一场劫难中的种种可怕遭遇。好在李鸿章对北方官民蒙受的灾祸知道的极是详尽,如此也不必再细谈了。

"朝廷电谕:全权大臣李鸿章,著准其便宜行事,将应办事宜,迅速办理,朕不为遥制。如此,这亿万黎民,就全赖李大人庇佑了。"黄道台说着,想探知李鸿章的议和打算。

"在上海几个月时间,我已探知各国意向,不外就是剿匪、割地、赔款罢了。"李鸿章叹息着,无可奈何地摇了摇头,"俄国、法国方面,我倒可以接触,至于日本、英国方面,还要请余大人代为斡旋呀。"

"隆泰身单力薄,人微言轻,朝廷与列强之间的事,如何敢参与其中呢?"余隆泰忙着谦让推脱,随之他又似想出了什么良策,便向李鸿章献策说,"日本方面呢,据我所知似乎没有太大贪图,他们一要扩充天津日租界占地,二要扩大通商贸易。于此,倘李大人有所吩咐,隆泰赴汤蹈火在所不辞。"

"那,英国方面呢?"李鸿章追着询问。

"李大人自然知道,与英国人打交道,必先要让他感到你信赖他。以商务而论,要想与英国商人做生意,你必得先在英国银号里有户头。英国人生性多疑,他手里不攥着你的钱,他是不肯与你打交道的。"余隆泰借着商务经验,向李鸿章建议着说。

"如此说,我也该在英国银号里有存款了。"李鸿章似是玩笑地说。

"请李大人放心,刚一得知李大人北上的消息,隆泰便替李大人把事情办妥了。"说着,余隆泰从怀里掏出一张银票,上面写着李鸿章的大名,开户银号:英国汇丰银号,存款数目:大洋六十万元。

"哦——"李鸿章接过银票倒吸了一口长气,好久才说出话来,"如此,只作为一种姿态吧,议和之后,这六十万大洋的款项,还归到隆泰兄的名下。"

"中堂大人为国操劳,这点小事,也太认真了。"余隆泰当着黄道台的面,自然不敢明说这是自己报答李鸿章知遇之恩的一点儿孝心。正是李鸿章赏了自己这样一个官商的肥差,白花花的银子才流进了自己的腰包,今天好不容易李鸿章又到了天津,不趁着这个机会塞给他一笔巨款,也真是太没有良心了。

为迎接李鸿章北上议和，余隆泰把自己这几年赚到手的钱，活活分给了李鸿章一大半。所幸的是，议和的事终于有了眉目，经过李鸿章与列强的"据理力争"，列强只不过才提出处死十一名朝廷大臣以示惩治，对于签署宣战诏书的慈禧，不追究战争责任，而且赔款也只要四亿五千万两白银而已；按照原来的意思，至少也得赔偿军费一万亿，其中包括洋人出兵的战舰费、登陆费、行军费、开枪费，连同杀人的大刀费等，不得少一文钱。好在李鸿章有了圣上"便宜行事"的旨意，只要能"便宜"，洋人说什么答应什么，谁让你吃了败仗呢？有本事真造个刀枪不入的天兵天将来，一鼓作气把洋人灭了，咱也逼着他向咱交战争赔款。再说，什么英、美、法、意、日，全部是蛮夷之邦，咱们歌舞升平的时候，他等还茹毛饮血呢，和他们一般见识干吗？不就是要钱要地吗？给！天朝疆土，莫说是八国联军，就是十六国联军也瓜分不完，全给了你，你有那么多的人派驻吗？就算是一个村派一个亭长，只怕你全英国人也不够，何况洋亭长治理中国，你还是外行！

　　当然，不知道是不是李鸿章大人的"功德"，天津日租界的地盘是大大地扩展了，由原来的一千六百余亩，扩展到了二千一百余亩，几乎占去了十分之一的天津卫，成了天津最大的租界地，而且租界地内经济繁荣、百业兴旺，又成了天津最热闹的租界地。所以在这次八国联军侵略中国的战争当中，得便宜最多的是日本。另外的七个国家因发现自己白给日本人打天下，纷纷表示上了鬼当了。

　　有了日租界的发展繁荣，才有了三井洋行的生意兴隆，由之才有了余隆泰大人这一年一百万元的个人收入。

一天,余隆泰在最后结算了这一年的账目之后,在抵还了为迎接李鸿章大人北上和斡旋与列国议和的开销之后,看着自家的家业又增加了几十万元的资财之后,打发身边的用人,将长子余子鸥和长媳娄素云唤到了房中。

"子鸥呀。"余隆泰面色庄严,明明是要和儿子商量什么大事。

"子鸥在。"余家的规矩,父子之间,凡是庄重的场合,一定要父父子子地讲出个规矩板眼。一看老爹今天的严肃神色,余子鸥猜出必是有要事相商,由之才恭恭敬敬地恭听老爹的吩咐。

"今天早晨去日租界的路上,迎面一辆板子车,两个车夫拉着,车上竟横陈着十几具死尸,一层一层就似堆秫秸似的,下一排头朝左,上一排头朝右,看着真是可怜。"余隆泰说着,暖暖的东洋煤火炉旁,他还打了一个寒战。

"西河尸若鱼,东岳鬼全瘦,南北异肌理,生死一气候。山陵余王气,户口入鬼宿,犹闻吴越间,积骨与城厚。"有韵有律,余子鸥在老爹面前背起了明代文人汤显祖的诗篇。

"嘻,父亲才不要听你背诵玉茗老人的名篇。"在一旁的娄素云打断丈夫的吟哺,揪了丈夫的衣角一下,提醒着说。

"素云说的话极是。"余隆泰望着余子鸥,称赞着儿媳妇说。

"父亲大人面前,媳妇放肆,有几句话,不知当说不当说。"娄素云怕丈夫说不出个所以然来,惹老爷子不高兴,便抢先出谋划策。

"素云是个有见识的人，只怕子鸥都未必能想出什么济世的良策。"余隆泰这才转过身来望着儿媳妇说着。

"其实这些天来子鸥在房里也和我没少商议，我只拦他说，兼善天下的事父亲自会有主张的，我们到时候只要遵照吩咐去做便是。"娄素云说着，先把丈夫高高地敬重着。

"就是，就是。"余子鸥忙着点头。

"有什么打算，你说说看。"余隆泰问着。

"子鸥以为……"娄素云回答着老爹的问话，转达的似乎是丈夫的主张，这倒使余隆泰、余子鸥父子两个人都不觉尴尬，"粥厂已经设了，再多设一处粥厂，不及操持妥帖，冬天也快过去了。子鸥的意思是，我们倘给这一千号讨粥的饥民每人再施舍一件寒衣……"

"你估算过要多少钱吗？"余隆泰径直地向余子鸥询问。

"钱？什么钱？"余子鸥莫名其妙地回答。

"你估算过的。"还是娄素云代替丈夫回答，"听说大五福布厂至今未复工，库内的布匹卖不出去，布店里的价钱也低得很，一千件寒衣，每人七尺，也就是三百匹布，每件棉衣一斤棉，再加上缝制的手工，至多也就是三四千元。再说，成匹的布从大五福布厂买，要比市上贱，一千件寒衣一起缝制，手工也便宜，子鸥算过，三千元大洋足够了。"

"够了，够了，真没想到，三千元大洋就可以让一千名灾民免于冻馁，你瞧，这人不是蛮容易活的吗？"大先生余子鸥一番感慨，道出了平民百姓有吃有穿本非难事的道理，一碗粥才几个小钱？一件棉衣又几个小钱？干吗动不动地就要饿死街头，完全没有这种必要！

"既如此，子鸥你就操办去吧。"余隆泰听过娄素云的估算，当即决定要于舍粥的善举之上再行善事，随之便吩咐余子鸥去操办。

"操办？"余子鸥十分惊讶地反问了一声，"不行不行，我正忙着抄写《四十二章经》，有什么急事，来年春天再说吧。"

"来年春天再舍棉衣，你救济谁？那样，我们不是找骂吗？"余隆泰气得抖着手说，"唉，书呆子，书呆子，读书令人呆痴至此，也是非福呀。"

"父亲放心，子鸥的意思是他一面抄写《四二十章经》，一面去操办这件大事，十天为期，一千件棉衣，一定在年关之前制成。"

"这就难为你了。"余隆泰又是赞赏又是叹息，没有再多说什么，他便让他两人走了。

……

五槐桥粥厂的大席棚外面，刺骨的寒风中长长地排着一千号饥民的队列，人们把大席棚子围了四五圈，人挤人、人挨人，如此才又得到一些暖意；紧紧地把大碗大罐抱在怀里，静等着粥厂开门舍粥。

黎明刚过，纷纷走到粥厂席棚来的人就觉得今天情形异常。往日讨粥，无论是早是迟，只要排成队往前走就行，但今天反常，没排进长队之前，先要由粥厂两个伙计查粥号。这粥号是由五槐桥粥厂散发的，领粥号的饥民先要找到"地方"去申述贫寒,经"地方"核实无误,这才给写一纸文书允许去五槐桥粥厂领粥号,而且多少有个限定:有劳动力的成年男子不得领粥号、吸食鸦片烟的大烟鬼更不得领粥号;有了粥号就有了冬三月每天的一碗热粥,当然不能果腹,只是不致饿死而已。

当然,有了一千名领了粥号的饥民,粥厂也不能只煮一千碗粥,多多少少,每天都要有点儿剩余,如此,每天黎明前舍粥时,总有些没有粥号的饥民等在队列之外,一千号饥民的粥舍完了,再一些饥民拥上去,你一勺他一勺地讨些粥喝。

今天情形不同,管事的说了,没有粥号的远远地走开,别起腻,死磨硬泡赖着不走也白搭,今天没有粥号的人一律不许进粥棚。这一下有粥号的饥民兴奋了,每年都有一次施舍,大抵在旧历年前,余善人按粥号,每个饥民再发给一斤白面,让饥民们年三十能吃上顿饺子。

这次会舍点什么呢?饥民们排在长队里翘着脚跟往席棚里张望,但席棚里极暗,什么也看不见,也不外就是每个粥号再加一斤白面吧。"积德行善,老天爷保佑五槐桥余家世世代代子孙满堂大福大贵。"饥民们不停地磨叨着。

一千号饥民已经到齐了,没有粥号的饥民又被管事的伙计凶巴巴地撵走,"走走走,有嘛事明儿再来,今天一碗剩粥也没有,耗在这儿也没用,赶紧上别的粥厂想辙去!"

终于,闲杂人等被轰走了。这时,天空已经升起曙色,每天这时一千号饥民已经快都讨到一碗粥走了,今天粥厂的大门还紧紧地关着,里面没有一点儿动静。

瑟缩地挤在一起的饥民们等待着、盼望着,人们也喊喊喳喳地猜测着,还有人叹息着。

"这位大嫂,你出来。"

管事的伙计顺着饥民的长长队列巡视了两趟,几个人小声地商量了一下,这才把一位四十岁上下年纪的女人从饥民长队里唤出来。这女人看上去老实本分,脸上没有半点泼辣的凶相,当然极贫苦,但还整整齐齐,看得出来,是个勤谨人,规规矩矩的苦命人。

"我有粥号。"这位大嫂以为管事的要把她撵走,便忙着伸手掏粥号。

"放心,有你的粥喝。"管事的伙计不去看大嫂呈上来的粥号,只又上下打量了一下这位大嫂,然后向她交代说,"今天,五槐桥余家的余老太爷亲自来粥厂行善举,我们把你领到头号去,由余老太爷亲自发你施舍。"

"真要感谢余老太爷了。"大嫂随着管事的往前走,口中感恩戴德地磨叨着,"我知道到时候该说什么,积善人家,必有余庆。"

果然这位大嫂见过世面,管事的伙计庆幸自己选对了人。

哗的一下,饥民们的长长队列突然发生了骚动,一千双饥寒的目光同时向粥厂的席棚望去,这时只见粥厂席棚的厚棉帘被一个伙计挑起,随之便有腾腾的热气涌了出来。

嘚嘚嘚一阵马蹄声,从高高的五槐桥上,一辆轿子马车奔跑过来。轿子马车停在粥厂席棚门外,管事的伙计迎上去,又是鞠躬,又是哈腰;车门拉开,多少双手臂伸上去,众人搀扶中,走下来了余隆泰和他的长子余子鸥。

"余老太爷辛苦。"管事的上前又是施了一个大礼，立即搀扶着余隆泰走到粥厂席棚门外，随之一名伙计从席棚里送出来一千件叠得方方正正的黑布寒衣站在余隆泰身边，几乎是与此同时，又有两个伙计领着那位大嫂向余隆泰老太爷走过来——时间安排得如此紧凑，因为子牙河畔五槐桥下，天寒地冻风野雪急，余隆泰父子尽管穿着皮袍披着斗篷戴着风帽，一场善举虽然多不过三几分钟，但千万不能冻坏了余老太爷的身子。

"庚子国难，人祸天灾，黎民百姓，度日艰难，我余隆泰回天无术，济世无方，只能以家人刻苦节俭所余缝几件寒衣，助我至亲邻里御寒活命，身单力薄，杯水车薪，唯家乡父老知我余隆泰及家人的一片诚心。"一字一字，由余子鸥向着饥民们读过了余氏人家的《送寒衣辞》。然后，余隆泰双手从伙计手中接过一件棉衣，顺势交到那位大嫂的手里。

咕咚一下，这位大嫂突然跪在了余隆泰的面前，接着又双手扶地，冲着余隆泰磕了两个头。

"使不得，使不得。"余隆泰忙着闪开身子向一旁躲避，同所有的中国人一样，他也不敢轻易接受人们的跪拜。

"救苦救难的大恩人呀，舍粥活命，舍衣御寒，贫妇夏吴氏给余老太爷磕头了，求老天保佑余善人家代代做官、世世封侯，儿孙满堂，大福大贵……"这位大嫂为一件棉衣的感动，发自真心，她为余姓人家祈求苍天护佑。

"你家姓夏？"

本来，读完了《送寒衣辞》，又看着老爹将一件黑布棉衣亲自交到了一个穷苦女人手里，余子鸥以为今天的功课算是做完了，转过身来，他正等着随老爹一同钻回轿子马车回府休息，谁料，老爹竟对这个穷苦妇人的姓氏极是注意。

"回禀余老太爷的示问，贫妇的夫君就是这五槐桥下坡的夏十三。"

余子鸥不由得也怔住了，他这时才明白何以老爹对这个叫夏吴氏的妇人特意询问。夏十三，原来是余家府邸立坛口时的大师兄，有了夏十三的关照，余姓人家才逃过了一场劫难，说起来这夏十三还是个有恩于余家的人呢。

"夏十三如今在哪儿？"余隆泰让用人将夏吴氏搀扶起来，又低声地询问。

"六月十三，联军攻进天津，夏十三从此没了消息，至今已经半年了。"站立在余隆泰的对面，回答着余隆泰的问话，夏吴氏抽抽噎噎地哭着。

"余老太爷，外边风高，您老还是赶忙回府吧，这儿的事我们自会料理。"粥厂管事的忙着催促余隆泰快些登车回家。

"这样吧，有什么为难的事，你就到家里来找他，他是我的长子，叫子鸥。"余隆泰回身对夏吴氏说着，这才在众人簇拥下往车里钻。

"找我？"余子鸥追在后面自言自语地问着，"我那《四十二章经》才抄了一节呀！"

"别的我也没什么求老太爷的，只是有个儿子，叫有柱，今年十八岁，一身的力气……"紧紧跟在余隆泰和余子鸥的身后，夏吴氏苦苦哀求地说着。

"我不是告诉你,有事情找他了吗?"头也不回,余隆泰又说了一句,然后便坐到轿子马车里面去了。

随着,余子鹥也紧跟着登上了马车。

"老太爷,我可谢谢您,真是谢谢您了。"马车跑起来,夏吴氏在后面追着,怀里抱着那件棉衣,声泪俱下地说着感激的话。

"天老爷保佑余善人全家吧!"轿子马车后边,又有上百个刚刚领到棉衣的饥民祷告着, 和夏吴氏一起在轿子马车后面追赶着谢恩。

大嫂娄素云说:"就让这夏有柱给子鹤拉车吧。"这样,18岁的夏有柱,一进五槐桥余家,便被派到三先生余子鹤的名下,去给他一个人拉胶皮车。

对于老太爷答应将夏有柱收进府来的事,才从粥厂回来,刚进家门,余子鹥便对娄素云说了。因为余子鹥自知记忆力欠佳,多年的习惯,凡是老爷子吩咐下来的事,回到房里立即便转告给娄素云,然后他便又一头钻到书房,写他的道德文章去了。这次老爷子吩咐要给夏有柱派个差事,余子鹥以为是老爷子不忘夏有柱的爹爹夏十三于团民成势时的护佑之恩,但娄素云私下里却要比丈夫想得更多,她估摸老爷子的心气儿是,如今夏十三一去没有消息,是死是活下落不明,倘若这个夏十三死了,那么过去无论是恩是怨,也就一笔勾销了;如果这个夏十三活着, 当年在余府里立坛口, 余姓人家对他的种种所为,既可能是恩,也可能成仇。须知大凡死里逃生的人,他们重新审视人间,爱恨恩仇,一切都可能被颠倒过来。你余家当年设坛口,只为保你余姓人家的性命,八国联军攻占了天津,你们又是享不尽的荣华富贵,真悔恨当初没将你家斩尽杀绝。如此,他夏十三真的活在世上,他因团民失败而怀下的仇恨,很可能既不对朝廷,也不对洋人,而是对一切平安地逃过了这一场劫难的人。因为十分仇,九分妒。

如今正好老爷子给三先生余子鹤买了一辆洋车,地道的日本造,是让三井洋行在日本买好,由货轮带过来的,崭新锃亮,黑色车身,蓝色车篷,一种韧性极好的木料做的车把,无论是砸是撞,都不似中国土造洋车那样容易折断,而且胶皮车轮,跑起来一点儿不会颠簸,坐在车上,比坐在轿里还舒服。

在公元1901年,一个中国人能有一辆洋车,那简直就是一种骄傲。洋车不仅是财富的象征,也是身价的象征,那就和德国人、英国人有小汽车一样。此时此际,尽管英租界、法租界、德租界以及日租界已经有了各国制造、各种式样的小汽车,小汽车后边有一个大气包,跑起来噗噗地冒黑烟,吓得路边的小狗汪汪叫,但是中国人还没有人心存买小汽车的奢望。一则,小汽车跑得快,莫说是开车驾驶,看着就眼晕,抬头时只见一辆小汽车还在远处,刚低头没容你躲闪,嗖的一阵风开过来了,吓得人出一身冷汗,显然这与中国人的秉性不符。中国人没那么多急着要办的事,逛茶楼,去早去晚,茶总是热的;去戏园,本来帽儿戏就没什么好看,去早了反而惹人瞧不起;搓麻将,少一位也不能开局,晚开局晚散局,好在散局后也没什么事。若说着急的事也有一桩:逛窑子,去晚了好姐儿俊姐儿全让人挑走了,光剩下丑八怪老倭瓜,没滋没味了。但是既然有自己的私车，就必有自己包的姐儿，谁也挑不走，那是只侍候咱一位爷的。

三爷余子鹤早就吵着要一辆私车，老爷子一直不答应给买，老爷子说还没在哪儿了，忙着要私车，在家门口子"扎眼"，再说三爷子鹤自幼不讲道理，在五兄弟之中，那是有名的三土匪，让他有了私车，岂不是更要招惹是非？老太爷余隆泰的私车，那是三井洋行的公车，红漆胶皮轱辘，车背后写着"三井"两个大字，车两侧挂着各国租界地的牌照，满天津卫没有不让进的地方。进了日租界，日本巡警见了余隆泰的私车要立正举手敬礼；日本浪人走在街上，要向着余隆泰的私车鞠躬敬礼。据说在日本国，三井洋行的车子可以进皇宫，就这么大的威风。但是余隆泰知道敬重邻里，家门口子不摆大，每日黄昏从三井洋行回家，车到五槐桥，一定停车下来，长长一条大街，余隆泰步行，只让那辆神气非凡的车子由车夫拉着在后面随行。凭这份人缘儿，凭这份品德，五槐桥余家更受人尊敬。大先生余子鸥有自己的私车，他不出门，私车就整日停在门外，拉车的车夫没事干，便帮着在前院里干些粗活，扫扫院子、跑街买买东西，更多的时候，是帮着余隆泰老爷收礼。

这倒也怪了，收礼的事何以会轮到一个连仆用也够不上的车夫去办？很简单，这类的礼，余隆泰压根儿没看在眼里。一车暹罗大米，留的人只让人夫送来张帖子，粗声粗气地也用不着叙礼："卸在哪儿？"不等主家出来人招呼，噗噗噗地就堆在门外了，卸完车回头就走，连辛苦钱都不要。有时候一船西瓜，船停在子牙河畔五槐桥下，船主指挥人夫往余家大门里送。谁送的？不知道，连个帖子都没有，也不必向老太爷禀报，收礼也不知情，这类事就由大先生的车夫操劳了。

二先生有私车，连二先生、洋车带上车夫，成年累月地不见面。给大先生拉车的车夫压根儿没见过给二先生拉车的车夫是个嘛长相。

三先生余子鹤要一辆私车，老爷子最初不答应："他有嘛正经事？"但是三奶奶杨艳容惹不起，"凭嘛就拿三房不当一回事？"不光是出来进去地甩闲腔，还大把大把的钱给丈夫："出门就雇车！"雇车也无所谓，凭老爷子一年一百万的进项，还愁儿子坐不起车？只是余家的后辈只知有钱，不知有数；只知钱能买东西，不知道多少钱买什么东西。在他们看来金子是钱买来的，白菜也是钱买来的，买，买到手是目的，花多少钱没人问。四先生子鹤听说有一种粟子米喂画眉鸟最好，"明儿给我捎点来。"说罢便掏出一把钱来交给了一个狐朋狗友，谁料这位爷实在，悉数将四先生交给自己的钱全买了粟子米，不算太多，四十大麻包。四十大麻包的粟子米送到余家府邸门外，管事的出来直发呆，问送粟子米的来人，回答说是四先生吩咐买来喂画眉鸟的。哎，全世界画眉鸟全飞到中国来，全落在子牙河五槐桥余氏府邸的房檐上，呼啦啦，非得把这四梁八柱的青砖对缝大瓦房压塌了不可，就这也要吃上一百年！

三先生终日在天津东南西北四处游逛，一个月坐车的开销，最多时达到五百元。彼时彼际，乘火车从天津至青岛，头等车的往返车票是八元钱。三先生何以雇车要花这么多钱？很简单，三先生给车钱不找零钱，他嫌拉车的手脏，一张票，有多大是多大，拿去吧，他下车走了。为此，天津卫许多拉车的终日拉着空车在大街小巷转悠，有人雇车也不理，一心一意地等余家三先生，只要运气好，赶上一次，就能挣出一个月的花销。

"还是给三房里买一辆私车吧。"娄素云拉着丈夫余子鸥，终于来到老爹房里，代替三先生向老爹老娘求情。

"买车倒是用不了几个钱，我只是不知道他都有哪些去处？"余隆泰依然是看着余子鸥，其实是向大儿媳妇询问。

"是啊，是啊，外面有什么地方好去呢？"余子鸥糊里糊涂地回答着，转过脸来望着娄素云。

"去什么地方，那是他自己的事。没有自己房里的私车，三婶也觉着委屈，一起出去买东西、串亲戚，我和二婶有自己房里的私车，唯独让三婶雇车，我们也于心不忍。"娄素云恭恭敬敬地向公婆禀报说。

"我听说，三房里，小夫妻两个总是磕磕碰碰的。"老夫人牙齿不齐，说话不拢声，听起来似是一个字一个字地往外蹦。

"艳容年纪小，在家里又是独生女儿。"娄素云极力为三弟媳辩护。

"到底是武将的后辈。"老夫人不屑地嘟囔着，"再加上三土匪也不是个斯文人。子鸥，你这做大哥的，光读书、写字，弟弟们不务正业，我，我拿你是问。"老夫人佯做生气地责怪着长子，脸上却没有怒容。

"三弟不喜新学，每日只在房中读书吟诗，近来于学问上也很有长进。上个月我让他写了一篇文章，虽不算上乘之作，但也不失为小有文采。"余子鸥含含糊糊地回答着，瞅冷子他看了娄素云一眼,催促她把事情说完了,快些告辞——这儿不是好啰唆的地方。

"好吧,既然你们主张给他买车,明日我对行里的人说一声,让他们得便从日本买一辆来。"最后,老爷子终于答应给三儿子买辆私车了, 只是他还不放心地嘱咐余子鸥说,"车夫可要选一个忠厚本分的,别往坏地方拉他。"

"子鸥一定照办。"说罢,余子鸥转身从父母的房里退了出来,走到院里他匆匆地就往自己的中院跑,将娄素云落得好远好远。娄素云知道这是他不高兴了,怪罪自己爱管闲事。

# 第八章　诡计多端

余子鹤有了自己的专用洋车,鱼儿得水,活像是插上了一双翅膀,他便满天津卫地飞起来了。

天津卫天亮得早,夏天最长的天,过了黎明四点,东方天空便泛起了蒙蒙的曙色;四点半天明,五点钟太阳就出来了。冬天夜长,但至晚也要在七点天亮,不过八点,太阳就升得老高老高。天津卫早天明,天津人自然就起得早,未及天明,满街的早点铺,浆子、豆腐、馄饨、锅巴菜便卖了起来。当然,头一茬顾客全都是穷苦人:拉车的、扛河坝的、做苦力活的,以及卖菜卖鱼卖柴卖油的。还有人整夜不睡,如卖水的——一辆大水车整夜往水铺拉水,水铺半夜子时点灶、丑时卖水,水要烧得滚开,天津爷们儿喝的是清晨头一壶香茶。

余氏府邸,老爷子余隆泰起得早,春夏秋冬四季,都是顶着星星起床,一套太极拳打过,最后一颗星光泯灭,咕咕咯,后院里报晓的晨鸡才唱。余府里的规矩,养鸡,只能养公鸡,不许养母鸡,自家的母鸡产的蛋,自家人不许吃。养猫,养公猫,不许养母猫,养母猫没法替它收养后辈,也不能被视为是积善人家。养狗,不允许,乡下土财主养狗看家护院,放出去恶狗伤人,而且狗最势利,专拣穷人咬,似是给主子壮势,其实真有财势的人反而为之难为情,何况余家是书香门第,半夜三更恶狗吠影,骚扰孩子读书用功。所以,在余氏府邸什么鸟儿虫儿都能养,就是不许养狗。

因为老爷子起得早,男女用人也都起得早。老爷子到院里打拳之前,庭院要洒扫干净,缸里要打满水,垃圾泔水要倒出去,水要烧沸,茶要泡好,早点要准备停当。和老爷子一同早起的,是大儿媳娄素云,即使男女仆用再尽心尽力,那需要她照看的地方,她还是要认真地查看一遍,万一出了差错,辞退一个仆用事小,惹老公公生气事大。所以,每天清晨在老爷子出房打拳之前,娄素云一定赶来给老公公请安,一来是问候早安,二来也是禀告老公公,一切家务杂事都已料理停当,万无一失。

第三个起床的,是余子鸥。他有一桩公事——送老爷子离家去三井洋行。每天早晨准八点,老爷子的专用洋车停在门外,这时余子鸥在前、儿媳妇在后,走回廊穿中院,至二门之内,娄素云止步,向老公公道过安,目送老爷子出府。这时,余子鸥早已站到门外,搀老爷子坐上洋车,秋天冬天给老爷子盖好围腿的毡毯,落下车篷幔帘,嘱咐车夫一路当心,然后车夫操起车把缓缓而去,余子鸥要目送老爷子的专车拐下五槐桥,然后才能回府。

除了这三个人之外,余氏府邸里的另外人等,那就爱睡到什么时辰,便睡到什么时辰了。而其中最爱睡懒觉的,便是三爷、三先生,余子鹤十一点起床。

其实余子鹤醒得不晚,他要躺在被窝里读闲书。《七侠五义》《说唐》,一大本一大本,从十几岁读到如今。说起来,这中国的闲书才真是举世无双,一本比一本吸引人,一本比一本热闹;一个人一辈子什么正经事也不干,从十岁开始,每天读一本,足够读到九十岁。有人说过,倘我们能让这些闲书传遍世界,那八国联军就拉不出队伍打中国来了。为什么?没人出来当兵。人呢?全躺在被窝里看《封神演义》呢。唉,祖宗把这么多好东西给我们留下,我等却一直不知道该派什么用场。

余子鹤十一点起床后,洗漱用饭,然后在房里听杨艳容一番训示。余子鹤惧内,从来不敢和杨艳容顶撞;杨艳容执拗,犯起拧来,不闹个水落石出,一家人谁也休想安静。而且她还绝对没有一点儿不是,一切的错处全是别人的,唯有她杨艳容全对,不承认杨艳容全对,余子鹤就休想离开这间屋。

余子鹤有福气,沾了妻子泼辣的光,否则,以他三土匪的品德,真不知该惹下什么祸来。二嫂宁婉儿贤惠,由着二哥余子鹏横行,如今家里连二先生的影儿都见不着,由他在外面荒唐。

余子鹤虽说也和二哥一样没有正经事干,但余子鹤无论多贪玩,夜里却一定要回家睡觉,而且杨艳容有话在先,干什么都行,唯有女色不可沾。每晚回家杨艳容一定要对丈夫余子鹤验明正身:衣服上没有长头发,身上没有脂粉气,兜里没有花手帕,眉宇间不见浮躁,这才肯一起同枕共眠。否则,杨艳容说了,我敢把你们余家的房盖儿揭下来。杨艳容不吃醋,杨艳容嫌脏,杨艳容每想起二嫂宁婉儿和有外遇的二哥在一间房里共处,便立即起一身鸡皮疙瘩。脏,把另一个女人身上的污秽带到自己身上来,杨艳容说,我敢剥了他的皮。

所以,余子鹤对于女色,有贼心,没贼胆,一身的贼劲,全用在了杨艳容一个人的身上,到了外边,风月场中,他是只出钱力不出人力。天津卫俗语:惹惹。下午三时,余子鹤乘车离家,头一站,庆芳茶园。庆芳茶园是彼时彼际的天津四大茶园之一,坐落在东城根儿,拆了城墙之后,如今叫作东马路袜子胡同,是天津卫富绅巨贾以及来往行商们喝茶听戏的地方。茶园,顾名思义,是个喝茶的地方。一间宽敞高大的厅堂,摆着四十几张茶桌,中间突出一个舞台,各路名角儿献艺,喝着茶,听着戏,摆的是谱儿。

在庆芳茶园,余子鹤一个人有固定的茶桌,一年 365 天,这张茶桌只给余三先生一个人留着。有时是余三先生另有约会,有时是戏码不中意,余三先生不来庆芳茶园,但那张茶桌,别人不许占用。唯一的一次例外是前两年,一个法国神甫占过一次。那是在天津教案刚刚平息,清廷刚刚派大臣去巴黎向法国皇帝道歉之后不久,法国人正在天津趾高气扬。一天,这位洋大人一头闯进了庆芳茶园,立时,哗啦啦满茶园的黄脸汉子吓跑了一半。何以法国神甫那么凶?不凶,他不吃人,身上也没带尚方宝剑,只是他惹不起。你偷着瞧他一眼,他说你不怀好意;你挨他一下,他说你图谋不轨。三句话合不来,他就闹教案,一次出兵,两次出兵,不仅把朝廷吓破了胆,连中国人也被吓破了胆。天津人历来粗野,以敢豁命闻名于世,但是没有人给撑腰,天津人一样是尿虎。莫说是法国神甫,连天主教的中国教民,白吃锅贴儿不给钱,掌柜的都不敢问,临走亲自送到门外,还得冲着他画十字:"天主赐福,天主赐福",赞颂天主赐的这顿锅贴儿吃得便宜。

一屁股,这位法国神甫坐在了余子鹤的专用茶桌上,连台上正在演混世魔王程咬金的武丑都吓了一跳。茶房掌柜没敢阻拦,乖乖地赶紧送上茶去,但茶水刚刚放在茶桌上,这位法国神甫站起来了,为什么?茶园的规矩,凡是个人专用茶桌,茶桌上摆着一个"堂名",什么"瑞蚨祥孟","正兴德穆",写的全是主家的名分。余子鹤专用茶桌上,也摆着一个"堂名":"五槐桥三井余"。法国神甫不知五槐桥,但他怕三井,甘拜下风。法国天主怕日本浪人,法国天主能耐再大, 交起手来要回国请兵,日本浪人走到哪里打到哪里,身上都带着刀,杀不死对手,就捅自己,反正得见血。

就凭这么点威风,余子鹤在庆芳茶园称霸。只要余子鹤在茶桌旁落座,先来的后到的,全要给余三爷请安。余三爷不还礼,抱一下拳,算是全"知会"到了,再来人打千,余三爷眼皮都不撩。余子鹤落座之后,茶园掌柜要亲自前来问候:"讨三先生个'示下',今日戏码儿行吗?""示下":天津俗语,类似圣旨,任何人都不得违抗。庆芳茶园的戏码儿,余子鹤不到场,由掌柜订;余子鹤来了,由余子鹤订。余子鹤爱听孙菊仙唱《三娘教子》,今日高兴,余子鹤发了"示下":"这出《教子》再唱一遍。"得令,管家的当即大声喝喊:"孙老板《教子》回头呀!"就这样,一出戏唱了两遍。

从庆芳茶园出来,下午五点半,拐个弯儿,就近,余子鹤到南市三不管闲逛。南市三不管,原来是一片空地,夹在天津城区、日租界与法租界之间,是一块无人治理的化外之地。朝廷、日本领事馆、法国领事馆一律管不着它,所以被称之为是三不管。后来又有人附会,说三不管是官不管、警不管、民不管,是坐落在天津城中心区的一块自由区。

尤其是日租界扩充地界以来,大批原居住在日租界的穷苦市民被逐出租界地,好歹拾些砖头、木料,便盖起了一间一间不遮风雨的住房。再加上天津拆城墙,又有大批原来傍依着城墙建屋的穷苦人家来这里定居。不消两年时间,这南市三不管地区就成了天津卫人口密度最大的一处居民区——一处名副其实的贫民窟。

穷苦人住在一起,自然有穷苦人的活法。穷苦人为了能活,就必须把有钱有闲的人引到这里来消磨时间、花钱,因为总不能由成千上万的穷苦人一股脑儿拥到富人住的地方去挣钱,人家花钱不心疼,人家怕乱。这样,就正好在天津城中心,五花八门,为有钱人预备了这么个花钱的地方,也为没钱人开了个挣钱的地方。一个要花钱,一个要挣钱,人生大舞台,生旦净末丑,便开始热闹起来了。

先说吃的,三不管大街满街是卖小吃的摊铺:煎饼果子锅巴菜,豆腐脑茶汤秫米粥,油炸糕年糕江米小枣的盆糕、外加一种豆面驴打滚,包子饺子馄饨锅贴肉饼,贴饽饽熬小鱼油炸蚂蚱,还专门有一种壮阳的名吃——牛鞭煮钱儿肉,喝一大碗,胜过吃一副"金枪不倒",惹得班子里的姐儿们天天来砸小吃铺的玻璃。除了小吃之外,三不管还有大饭庄、大饭店,从烤鸭到燕窝鱼翅,无论多大的宴席都能摆。

说到商号，三不管大街什么都卖，除了洋枪洋炮、除了棺材之外，无论什么东西都能买到。真货也有，假货也不少：上好的皮袍子，二寸长的绒毛，抖一下唰唰颤，看好了，别上当，穿在身上逛一趟南市三不管大街，回到家里脱下来，毛全没了，只剩下光板一张。

最最诱人的，是三不管里大空场地上那些数不清的娱乐把戏。一个人圈挨着一个人圈，人圈当中就是一场热闹。吞铁球的、打弹子的、耍大刀的、耍叉的、举石锁的、摔跤的、吞宝剑的，三尺宝剑寒光闪闪，剑尖伸到嗓子眼，一点一点地往下捅，捅一寸，敛一次钱，不多要，只一个小铜板，敛完钱，再往下捅一寸，最后三尺宝剑全经过嗓子眼捅到腹中，敛钱，够了钱，宝剑吐出来，剑刃上滴着鲜血。好看不好看？绝！连英国人都赶来看热闹。一个英国传教士看了一半就"嗷嗷"地叫着跑了，一口气跑到维斯礼堂，扑通一下他就跪在了上帝的像前，跪了半天，上帝没吱声。上帝也知道，三不管的事，不好插手。

莫看上帝不管三不管的事，可人家余子鹤来到三不管，有时候指手画脚地还爱行点善举打抱个不平。一次看热闹，人圈里一个艺人喊了声"儿呀"，将一个只有五六岁的男孩唤过来，三下两下便将孩子的小袄脱了下来，然后一根半尺长的木棒放在孩子的一双小手掌里，扳起孩子的胳膊就往后背拧，咔吧咔吧，孩子的骨头发出刺耳的声响，唰唰的泪珠，从孩子的眼里涌了出来。最可恨，那艺人将一只小铜盘放在孩子的头上，让疼痛不堪的孩子向看热闹的人敛钱。敛一圈，钱少；艺人狠狠地又将孩子的胳膊往后压了一寸，立即，孩子"呀"地喊了一声,又将小铜盘放在孩子头顶上,逼他再去敛钱。余三爷火了:"混账!"不由分说,余子鹤一步闯到人圈里,狠狠地冲着那个狠心的艺人踢了一脚,揪起那个艺人,令他马上给孩子松开双臂,"不就是挣钱吗?" 唰的一下, 余子鹤扔下五枚银圆,"啊——"连看热闹的人都跟着一起喊出了声。

有夏有柱跟在身后,有些地方,余子鹤就去不得了。逛三不管,自然不能坐车,洋车停在三不管大街口外,找个小孩子坐在车把上,临时雇他给看半天车。余子鹤在前,夏有柱在后,主仆二人信步在大街上走着。"三爷,屋里喝茶。"所有的商号店铺,见余三爷逛三不管来了,都马上通知掌柜,掌柜要亲自站到门外来向余三爷致意。余三爷当然不是为喝茶来的,抱拳、作揖、施礼、说句客气话,径直往热闹地方走去。

当然, 南市三不管绝不仅只有人圈里那些摆地的热闹好看,还有最销魂的、更花哨的地方好去——窑子、暗门子以及种种有伤风化的表演。余子鹤对这类污秽,也起过好奇心,想开开眼界,一步就闯进去了,但里边管事的有眼力,一眼便看出这是位大宅门的阔少,拒之门外,惹他不起;引他下了陷阱,吃不了兜着走。好在这类地方都有个回避,见到"隔路"的人,只让到大厅去吃茶,光用上好的茉莉花茶灌你,还有个斯文的老头儿和你东拉西扯。再不肯走,那老人便和你下棋,不死不活地缠着你。还不走,再来个相士给你算命,"唉呀,尊家眼前一步困厄",拿倒霉事吓唬你,最后把你吓跑完事。

夏有柱随在身后,有的地方,夏有柱就挡驾了:"爷,这地方您去不得。"为什么夏有柱如此精忠报国?一进余府,吴三代就交代过："给三爷拉车,你若是把三爷教唆坏了,当心我剥你的皮!"还别以为这是吴三代吓唬夏有柱,大清国的律令,凡是欺主作恶的奴才,主家可以乱棒打死,沿用的是女真皇族入主中原后收拾汉人的办法。

不去与自己的少爷身份不符的地方,余子鹤就只在三不管看热闹,寻开心:几处大商号闲坐会儿,听他们讲讲南市三不管大街的奇闻;各处看看,听听玩意儿,什么大鼓词呀、莲花落呀,以至于什样杂耍,从变戏法到说相声,还有说不完的评书《聊斋》,倒也很是有趣。何况三不管大街经常要出点儿闻所未闻、见所未见的新鲜事,真是大开眼界。

这一天下晌6点,天色将近黄昏,三不管大街正在人头攒动、热闹非凡,忽然间南市大街东口,拥挤得水泄不通的游人唰地闪出一条路来,只见一个二十几岁的男子,摇摇晃晃地走了过来。这男子好健壮,上身穿一件青布长褂,长褂对合衣襟上,密密麻麻的布条纽襻一个挨一个,足足有一百多个;长衣袖,衣袖挽起来,露出了布褂子的白布里儿,一双手缩在袖里,大拇指和小拇指支起,将袖口撑得一尺多宽。一条黑布裤,缅裤腰,肥裤腿儿扎着锃红腿带,将裤脚紧紧系牢。最为醒目的是,两只大脚巴丫子,穿了一双红布大绣花鞋,鞋口上绣的刘海戏金蟾,鞋帮上绣的荷花荷叶;鞋口上缝着红绒线流穗儿,走起路来,流穗儿噗噗地弹起来,活像是脚背上落着两只大花蝴蝶。

什么人如此穿衣打扮?

混混儿。

大清律令,百业人丁,户口职业分农、商、士、学,除此之外,没有固定职业、不知社会身份,天津卫称之为是没有个准事由,户口簿上写为"闲散",就是无业游民。无业游民也不全是混混儿,无业游民也要靠出卖劳力谋生,顶不济什么乞讨、打杂,再甚或坑蒙拐骗,也与混混儿无干。混混儿者,便是无以为业,且又要混逞凶、胡不讲理、聚众闹事、称王称霸的社会渣滓,打起架来不要命,亡命徒。

"混混儿就混混儿罢了,他干吗要这样打扮?"余子鹤在南市三不管大街见识过混混儿,招摇过市,没人敢惹,也不外就是黑大汉罢了,从来没见过哪个混混儿穿绣花鞋。

"回爷的示问,这叫开逛。"夏有柱追上一步回答说。

"嘛叫开逛?"余子鹤又问。

"回爷的示问……"夏有柱又忙着回答。

"有话直说,哪这么多的啰唆?"余子鹤不耐烦地嗔怪着。

"有柱遵命,回爷的示问,开逛就是出山,觉着自己够份儿了,开逛。"夏有柱还是毕恭毕敬地回答着。

开逛,对于有志于做混混儿的人说来,就如同猛虎下山、恶狼出洞,开逛,他要投靠门帮了。当然,敢于破门而出上街开逛的人,都要早练好了一身功夫,这功夫既非硬功,也非轻功,这功夫叫江湖功。两根手指伸出来能从火盆里夹出一块烧得通红通红的热炭,而且不咧嘴不龇牙不皱眉头不出汗,还要面带笑容谈笑风生若无其事地送到嘴边点着一支烟,练的是一身豪气。再一宗江湖功:挨打,乱棍齐下之时,不喊不叫,双手抱住脑袋,侧身躺在地上,这叫"叠"了,而且打完了这边,翻过身来，再让人家打那边。打够了火候，打人的一方停住棍棒，主子出面作揖施礼，着人抬到门里，治伤敷药，一百天之后筋骨康复，从此算是吃上了"份子"，一辈子什么正经营生也不用干，有人养你全家。打到半路上忍不住疼痛，"妈呀！"喊出了声音，全体打手立即放下棍棒，呼啦啦同时解开裤子，掏出那活儿来，冲着地上的孬种同时几十泡尿撒在身上，算是给你解解毒火，然后自己爬起来，乖乖地滚蛋，从今后再休想吃这碗饭。

　　混混儿既然成了一种行当，那就不是随便什么人想当就能当的，而且天津的混混儿隶属于青门，开逛，就是向自己找不着大门的青门帮会呈交申请书，表明自己要投靠青帮，从此为青门弟子。这样，开逛就必须选一处热闹的地方，人山人海，众目睽睽之下表明心迹，让大家伙瞧瞧自己够份儿不够份儿？人多的地方，自然就有青门弟子混迹其间，立即向府里传话，告知老头子，街上有人开逛，老头子派小老大出来，仔细在暗中尾随审视，够板够眼，上去搭话，一套黑话说完，领到府里，见了师爷，进了山门，排上辈分，就算是有了名分了。盘上几句黑话，答错了板眼，小老大一口唾沫啐在开逛的人脸上——回去重新修炼，三个月之后再来。最难堪的是逛了一天，没人理睬，身后只有一群看热闹的闲人尾随起哄，这算白逛。一连三天还没人理睬，拉倒吧，爷儿们，是你不够格，赶紧另做主张，该卖菜的卖菜，该卖鱼的卖鱼，这辈子你就休想做混混儿了。

　　有意思，好看。余子鹤头一遭看见开逛，便身不由己地跟在后边看热闹。看热闹的人好多，夏有桂怕主子吃亏，便前前后后地用肩膀往外扛乱挤的闲人。余子鹤越看越觉着新鲜，有夏有柱给他开道,不费什么力气,他已挤到人群最前边去了。

据余子鹤一旁观看,这个人够份儿了,宽肩膀,阔胸脯,虎背熊腰,一身的精气神,走起路来左摇右晃,带着三分不讲理的气派。凭这股混劲,无论打人还是挨打,保准都是一把好手。只是可惜,这条好汉已经走到南市大街当中了,半个钟头过去,还是不见有人过来与他搭话。没关系,不着急,好汉有板有眼,脚蹬八字步,双腿燕子功,他只管径直地走下去。

"老大留步。"正在这位好汉快走到南市大街尽头的时候,突然一位留着白胡子的老头儿迎面走了过来,一扬手唤住好汉,看得出来这位老人是个有名分的人物。

"一条大河把人拦,河宽水深水不干;引进好比船摆渡,无人引进行路难。"开逛的好汉听见有人招呼,立即停住脚步,啪啪两声,将袖口甩下来,垂手恭立,侧转身子,背靠墙壁,唱起了一段央求引见的黑词。

"老大何处扎根?"白胡子老人见好汉有板有眼知礼貌,这才向他进一步盘问。

"好说,兄弟范九河,庚午六月十七日直隶天津下河洼,前人摆设吉庆堂,有隔帮诸位三老四少调教至今。"一套黑话,是自我介绍,说自己姓范名九河,今年二十岁,早练就了一身好功夫。自我介绍之后,范九河转守为攻,他要询问老人的来历:"敢问师爷哪条船?"

"好说,老大,敝家船在上河帮,船上二十二板,板上二十二钉,家里根本周是道,排在第三名。"天老爷,原来这位老人就是天津卫赫赫有名的青门二十二代老头子,祖师爷周是道周三爷,莫怪如此非凡的气势。

"师祖在上,受九河一拜。"说着,范九河就要下跪,这表示门子投上了,他奔的正是这位师爷。门子不对,好汉不下拜,你还收不上弟子呢。

"慢——"周三爷一挥手,拦住了范九河,轻轻地咳一声,面色沉下来,他显得更加威严了:"几炉香进帮?"

"范九河二十炉进帮。"

"进帮占道,下杭州,何处起纤?"周三爷要当面考问范九河够不够进帮的资格。

"过状元桥,出武林门,走哑巴桥,踞虎岭、青龙山,左青龙潭,右宝华山,三闸、五坝、七十二码头,二十四条河!"

"呸!"一口唾沫吐出来,祖师爷周三爷挑出了范九河的错处,不留情面,当即啐在范九河的脸上,吓得范九河全身抖颤。

显然,范九河把行帮内线的联络说错了,闹不清门里规矩,何以能进门入帮?立即,又是垂手恭立,范九河等着听老前辈的训斥。

"三闸五坝之后,三十六道弯儿,不过三十六道弯儿,何以能靠上七十二码头,你将这三十六道弯儿一一道来!"周三爷立即指出了范九河的无知,而且还要当场考验。

范九河傻了,这道关子他没询问清楚,进到门帮之内也不知如何效力,乖乖地,他认输,弯下腰来,脱下了一双绣花鞋。一双绣花鞋提在手里,赤脚站在路上。这又是开迸的规矩,对范九河来讲,这表示他自知回答有误,自己不配穿绣花鞋,愿接受师爷的指教,回去重新修炼,三个月后再来。对于老头子周三爷来讲，见范九河自己脱下绣花鞋，而没有阻拦，这表示这个弟子他收下了，只等三个月后再来，他便将这个弟子领进山门。

大摇大摆，周三爷在他的几员弟子的簇拥下，扬长而去，只把个尴尬万般的范九河扔在了路上。范九河不敢将老头子刚才啐在自己脸上的唾沫拭掉，双手提着绣花鞋，赤脚在路上走着，身后围观的人也都悄悄散去，没有人发半句评论，也没有人同情这位姓范的好汉。

"扑哧"一声，一直站在近处的余子鹤笑了。也不知他是觉着好玩，还是看着范九河挨啐开心，就这么"扑哧"一声，他忍不住地笑了。

"三爷，快跑！"立即，夏有柱一把将余子鹤拉住，转身就往远处跑。

"跑嘛?！"余子鹤还在挣扎，他举目四处巡视是不是出了什么乱子，或是哪间门脸房要倒塌？平白无故地，跑什么。

"三爷，惹下大祸了！"夏有柱来不及对余子鹤解释，只想尽快离开这处是非之地。谁料，还没容余子鹤转过身来，立即一只大手抓住了余子鹤的肩膀，险些把余子鹤拉个大跟斗。

"笑嘛?！"恶狠狠，范九河站在了余子鹤的对面，满脸怒容，冲着余子鹤询问。

"咦?笑怎么了？马路长着呢，我爱在什么地方笑，就在什么地方笑。"余子鹤当然不含糊，从生下来到如今，还从来没有人敢这样对待过他，"我还没笑够呢，哈哈哈哈！"说着，余子鹤竟然放声地大笑了起来。

还是夏有柱知道黑道上的规矩,立即,他一步迈上来,用身子护住余子鹤,满面赔笑地冲着范九河作揖:"范爷包涵,我们主子不知道门里门外的讲究,他刚才是笑我呢。"

"谁说笑你?"余子鹤血气方刚,他自然咽不下这口气。抬手,他推开夏有柱,冲着范九河,他满不在乎地说着,"明说了吧,我笑的就是你。笑你让人啐了一脸唾沫……"

"爷!"谁料,余子鹤一番辱骂,范九河不但没发火,他反而给余子鹤行了个大礼,"小的范九河给你鞠躬了,说个地方吧,今儿个咱就一对一了。"

唰的一下,范九河一抬手,黑布长褂上百多个纽襻闪电一般地解了开来,回转身去,他把一家大商号门外的一尊石狮子抱起来,将黑布褂放在地上,再将石狮子压在上面。显然,他要和余子鹤拼命了。

"范爷,范爷,使不得,使不得呀!"

呼啦啦,三不管大街上所有大字号店铺的掌柜全跑出来了,他们围成一道人墙,将范九河和余子鹤隔开,好言劝解,千方百计要解救余子鹤,一个个都冲着范九河作揖施礼。

"范爷不知,这位爷是五槐桥三井洋行余府上的三少爷。"有头有脸的人觉得自己有面子,便向范九河介绍。

"我不认什么五槐桥六槐桥,三井洋行也管不了我范九河,他小子破了我们门里的威严,今天是有我没他,有他没我,三不管大街,我们俩今天只能活着出去一个。"范九河恼羞成怒,他连喊带叫,额上的青筋全都爆出来了。

推开出来劝解的几位人物,范九河一步蹿上前来,大庭广众之下赤裸着臂膀，今天这场架，他是打定了。

眼看着主子要吃亏，夏有柱急忙也跑了过来，一步横在范九河的面前，用身子挡住余子鹤，他要代替余子鹤挨这顿揍。

"嘛事？嘛事？"正在范九河刚要挥臂出拳，也正在夏有柱双手抱头做好挨打的准备之时，突然间人群外一个人大声地询问着闯了进来，一抬手将范九河正在挥拳抡臂的胳膊半空中抓住，顺势，这位爷又将余子鹤往远处推了一下，这才算制止了一场事端。

闯进来的这位爷，看上去四十岁左右年纪，穿着隐形寿字长衫，套一件藕色马褂，一顶红珠子帽子，帽子下坠着长长的一条辫子，利索洒脱，看得出来也是位场面上的人物。

"阿弥陀佛。"几位本来想劝解双方，却又无能为力的爷们儿，这才松了一口气，"常爷，这事只能您出面了。"

"好说好说。"常爷不负众望，以天下为己任，抱拳作揖，向范九河、余子鹤分别施礼之后，一甩袖子，满面笑容，左顾右盼，然后才询问道，"二位爷什么'过节'？"

"过节"，天津俗语，不是欢庆节日，是指纠纷双方解不开的疙瘩，也就是两国交兵的借口，问明"过节"，对症下药，常爷自告奋勇要出面调停这场"官司"。

常爷，南市三不管大街有名的人物，专门管闲事，调解私家纠纷。天津卫称这类人是"大了"，意思就是，无论什么天大的事，只要这种人插手，便一定能有一个圆满的了断。"大了"，便专管这些朝廷不管、租界地不管，而又是民间自己管不了的种种事端，"大了"负责维系天下太平。

"这事你管不了！"范九河正在气头上，一把将常爷推开，追上一步，还要狠揍余子鹤，而且他刚才说过的，余子鹤有本事尽管还手，反正他们两个今天只能从三不管活着出去一个。

"哎呀，这是怎么了？都不是外人，不看僧面看佛面，全是从小一起河边上长大的，有嘛过不去的事？有嘛解不开的关节？九河兄弟，你不认识我，我认识你，我常某人是三不管的一名闲散，整日在三不管大街闲逛，他余三爷冲了你的公事，有话好说。无论有什么咽不下肚里的气，无论什么揉不进眼里的沙子，今儿个你给你常爷一点儿面子，息怒罢手，打道回府，你先回去休息。三个月前你头遭开逛，我瞧见过，够派儿够板，只可惜头一趟开逛没碰在山门上，无声无息，你只能回家修炼。今天第二遭开逛，老头子看中了，挑出了板眼，三个月后再来，迈进山门，你范九河就是有帮有宗的人了，他余三爷不懂得这些规矩，千不该万不该，他不该这时间牙疼，一咧嘴，你说他笑了，其实我在一旁看个满眼，误会，误会，不是那种白刀子进去红刀子出来的事。不过，话再说回来，凡事都要有个了断，下楼还得有个台阶，今日此刻，你范九河先回家歇息，明日听我的知会，余三爷'船儿亮'，该如何了结，我心里便有一把尺，了结不成，明日我给你二位找个地方，爱如何比画，那就由着你二位比画去吧！"一番唠叨，常爷要做中间人，混混儿的规矩，给对手留条退路，有话明日再说。罢了，范九河拱拳向常爷作了一个大揖，回身便走，临走，他冲着常爷甩了一句话：

"无论是走板放船，定盘子穿帮，爷候着。"又是黑话，意思是不怕拼命，文武全行。

经几位管闲事爷们儿的提示，余子鹤将常爷请进附近的一家饭庄，这就是常爷做"大了"的报酬——吃香的喝辣的，还得恭维着。

"这不是耍混吗？三不管大街不许笑，这是谁订的规矩？"酒席摆好，余子鹤和常爷面对面坐着，想着刚才的事，余子鹤还是满心的委屈，嘟嘟囔囔地，他向常爷抱怨着。

"三爷，不是不许你笑，是你笑的不是时候。"端起酒杯，吃起鱼肉，常爷向余子鹤解释着说，"人家门里的人，把开逛看作是一宗了不得的大事，好比是新官上任，拜将封侯，人家正儿八经地在那里敲山门，你老先生在一旁扑哧一声地笑出来，你说说，这不是明摆着你在看猴戏吗？三爷，你不认识我，我认识你，你们家老爷子五槐桥舍粥、施舍棉衣，正在饥民谢恩之时，若是有个人在一旁扑哧一声笑出声来，你恼火不恼火？"说着，一道热菜上来，常爷不谦让，赚的就是这口吃，三筷五筷，吃下了大半盘。趁着下一盘还没端上来，他再抓时间对余子鹤说着，"天下大事，说穿了，你说哪一桩哪一件不是演戏？你道哪一桩哪一件看着不可笑？慈颜常笑，笑世间可笑之人。大肚弥勒佛，不就是看破红尘，总是看着世间可笑的吗？只是，他可以笑，你不能笑，你今日看人家混混儿开逛好笑，你明日就要看人家拜师好笑，由此及彼，你就要看人家称雄称霸好笑，再往远处说，你就要连皇帝坐金銮殿都看着好笑了。所以，余三爷，你嫩，这人生在世，可不能想笑便笑的呀！"

"我偏要笑，看他敢把我怎么样？"余子鹤没受过这份窝囊气，依然怒气难平，他还冲着常爷凶巴巴地说着。

"哟，三爷的意思，这事就用不着我插手了。"放下筷子，常爷似是要起身告辞，偏这时一盘清炒虾仁端上来，常爷这才又操起筷子来，一连往嘴里送了两个大虾仁，然后便接着往下说，"三爷的心气儿，以为这天津卫的老少爷们儿都怕三井洋行的势力。有这么一说，朝廷怕，官府怕，天津府衙门、都统衙门，一听说三井洋行，道台总督大人们吓得都全身打战魂不附体。租界地也怕，我亲眼见令尊大人余隆泰老爷的红轮胶皮车在租界地跑的情形，印度巡捕、日本警察，唰唰地行外国礼。黎民百姓也怕，莫说是敬仰你五槐桥余家的善举，就是你老爹不筑五槐桥、不开粥场、不舍棉衣，你弟兄五个牵着狗架着鹰，黎民百姓也怕，怕你们余姓人家朝廷里有人、官府里有势、租界地里有财，谁也不敢惹你。只是，余三爷想来该知道，有一种天不怕地不怕、脑袋掉了碗大个疤，什么事都敢干的人：混混儿。往眼皮子下边说，就是范九河。何况他如今刚刚开逛，他正想找个既有钱、有势，又窝囊废物的名门阔少逞威风呢，这正好做给三老四少看。瞧见了吗？三井洋行五槐桥余家的三爷，'折'在我手里了，一板叫响，进了山门，就是个人物。余三爷，这场祸，你算惹上了，有能耐，你就好汉做事好汉当吧。"又吃了一只大虾仁，常爷真要走了。

"他能怎么样？"余子鹤还在询问。

"那就看你们二人如何叫板了。"常爷又坐回椅上回答，"反正，别以为这是打架，三拳两脚地就一决雌雄完了，这得一对一地比画。平平常常，头一板是伸手往火盆里捏热炭，木炭烧得由红变白，两根手指伸下去，捏起来，哧的一声，冒出一股白烟儿,捏着这块热炭,你给我点烟,我给你点烟,这叫敬烟让客。"

"哼!"余子鹤未置可否,只是狠狠地哼了一声,随之便掏出手绢拭着额上的汗珠。

"第二板呢,通常,就叫礼尚往来。"

"如何一个往来?"余子鹤又问。

"礼尚往来呢,当然啦,你二位是面对面地坐着的啦。这时,在你二位座位中间放一块钉板,108颗铁钉,钉子尖朝上倒立着,人家对方赤脚从钉板上走过来,你得把自己的座位让给人家,然后你自己再赤脚从这块钉板上走过去,坐到人家空出来的座位上。这当中双方有两句黑话:一个说,桥下好流水;另一个要说,桥上好看山……"

"痛痛快快你说该如何了断吧!"余子鹤心烦,终于答应由常爷出面和解了。

"了断?没那么容易。"常爷见余子鹤已是吓破了胆,这时便端起了架子,"别以为花几个钱就完了,天底下的事,不是全能用钱了断的。范九河那边,我去把他要拜的老头子请出来,就是你在街上看见过的那位周是道,他是青门二十二代祖师爷,他出面了断,范九河不敢犯混……"

"酒席摆在登瀛楼。"余子鹤痛快,选了一处天津卫最阔气的饭店。

"三爷这边呢,要请令尊大人出面……"

"啊?"余子鹤一声呼喊,险些吓得溜到桌子下边去,"请我老爹出面?这不是要我的命吗?我老爹命我闭门读书,吟诗赋文，偏偏我偷着跑出来逛三不管，还跟混混儿闹事，倘被老爹知道，他还不剥了我的皮？你知道我们家的家规吗？轻的，打手、掌脸，一方戒尺，花梨硬木，一尺长，二寸宽，一寸厚，只打一下，手便肿得活像是大熊掌；最厉害的家法，是把不肖儿孙活活钉进装满石灰的棺材里。常爷，你帮个忙，不惊动我老爹行不行？"不寒而栗，余子鹤已经是求饶了。

"就说是令尊大人公务缠身，周是道那里，我倒是还有点面子，那至低，也要请你家大哥出面。"稍事思忖，常爷想出了通融的办法。

"我大哥？"余子鹤又吸了一口长气，"那还不如就请老爹出面了，不就是挨顿狠揍吗？常爷不知道，我大哥他愚呀，不食人间烟火，他压根儿不知道嘛叫混混儿，更不知嘛叫青门。三言两语，他若是再把周是道惹恼了，那可真是要吃不了兜着走了。常爷，请我二哥来行不行？"最后，余子鹤想出了一条万全之计。

"那，我去探探范九河、周是道的口气。"常爷答应了，酒足饭饱，他站起了身来。

"常爷辛苦，这点儿小意思，乘车喝茶吧。"说着，余子鹤将四元大洋塞在了常爷怀里，常爷没推让，只支吾了两声，便捂着衣兜走了。

"三弟，你要救我一把呀！"

余子鹤为请二哥余子鹏出面"了"事，顺藤摸瓜，找进日租界；八方询问，打听到一个名叫陈翠喜的女人的住处，又来到一幢日式小楼;通报姓名,如花似玉的陈翠喜出来迎接,引进内室,见到二哥余子鹏。谁料,未及余子鹤谈自己在南市三不管大街惹祸的经过,二哥余子鹏早两手抓住三弟余子鹤的双臂,满面愁容地冲着三弟央求助他一把力气。

"二哥,你这是怎么了?"余子鹤看看二哥余子鹏的脸色,果然是憔悴异常,一双眼睛深陷下去,看来已是多日睡不安宁了。

"嗜,一言难尽呀!"余子鹏摇头叹息,一副困厄无奈的神色。

"嗜,有什么一言难尽的?输了?"余子鹤知道二哥的秉性,于他困厄之时,倘身边没有女人,那一定是遭女人坑了;如今,二哥身边有这样的绝色女人陪伴,那必是牌桌上输了。

"怎么会输呢?赢了!"余子鹏一挥手臂,向着三弟回答着说。

"赢了,不是件好事吗?"余子鹤不解地问着,一双眼睛上下地打量着二哥。

"赢了,才掉进人家巧设的陷阱里了。"

一场麻将大战,余子鹏以四百万元的债权,逼着黄家大公子将他家的大五福布厂兑给自己,立契画押,江山易主,黄家大公子黄天成挥泪而去。从此,名扬直隶全省的大五福布厂就归余子鹏所有了。

走马上任,余子鹏来到大五福布厂。刚推门走进自己的公事房,呼啦啦满堂文武齐刷刷地站起身来,每人一个清单——讨债。

"大五福布厂自立契画押日始,一切债权债务均由余子鹏承担。"好了,终于找到债主了,一年多来,大五福布厂欠下的所有债务,讨债的一起找上门来,向余子鹏要钱。

原来这大五福布厂早成了一座"空城",买下的织布机,至今未付钱,银号的息金已是几十万。一年多前进的棉纱,全都是赊欠,上百万的欠债,连本带息,将大五福布厂卖出去也还不清债款。更何况如今上海东洋纱厂、西洋布厂的洋布充斥市场,大五福白布早已无人问津,明明有成品堆在库房,其实全是没人买的废物。再加上庚子国难,西北老客不来做生意,大五福布厂早就该关门倒闭了。

"我赢到手的,原来是一屁股债呀!"余子鹏叙述过事情原委,万般懊丧地对三弟余子鹤说着,"黄天成这个混账要了奸计,他和我赌钱,以四百万为限,倘他赢了我四百万,那正好用我的四百万还他的债;倘他输了四百万,那正好将他的四百万欠债推给我。我赢了他一座大五福布厂,我真是自投罗网呀!"

"索性,你对那些债主们说,这大五福布厂原来是黄天成的,跟咱无关,这个大五福布厂,咱不要了。"余子鹤不谙世事,他以为这产业原来都是想要便要,想扔便可以扔的垃圾。

"你想的容易,欠债不还,那是要下大牢的。为什么黄天成他老爹让他儿子冒险下赌场?这就是想金蝉脱壳!如今我也想如法炮制,把这个热刺猬再输出去,可是没有人愿意上这份当了。一连几个月,谁也不敢陪我玩麻将,这日月真是太没趣了。"说着,委委屈屈,余子鹏已是带出哭腔来了。

"亏你是个男子汉,真没出息!"在一旁的陈翠喜忍不住插言了，"没有过不去的火焰山，只要你把眼前这个亏空填上，大五福布厂这份产业就归你余子鹏所有了。然后，学上海东洋人的办法，你也织洋布、卖洋布，两年时间，不就发财了吗？到那时，就连你们余姓人家也不再叫五槐桥三井洋行余家，该改名叫五槐桥大五福余家了。"

"我早把大五福改成恒昌纱厂了。"走投无路之时，余子鹏还纠正陈翠喜的错误。

"二哥，这位是……"余子鹤自然知道陈翠喜与自家二哥的关系，只是他闹不清名分，不知该如何称呼这个人物。

"你，你就称她是外边二嫂吧。"余子鹏也安排不清名分，只得胡乱凑了个称呼。

"就是，我这位外边二嫂说的对，祸兮福所倚，福兮祸所伏，因祸得福，因福得祸，历来是轮回无尽的。二哥赢了个大五福布厂，自然是福事，可大五福布厂欠一屁股债全赖在二哥身上，自然又是祸；可是欠债还清之后，这个布厂又归二哥所有，改换名号叫恒昌纱厂，效法东洋纱厂、西洋布厂的经营，三几年时间二哥成了天津巨贾，这才更是大福大喜了。"

"三兄弟说的才有道理。"外边二嫂陈翠喜连声地称赞着，还用力地拍了一下巴掌。

"远水不救近火，你们说的全都是以后的事。黄天成老爹写的借契上白纸黑字：光绪二十七年年底还清。如今只差半年时间，倘我不能按时还上这笔上百万的欠债，天津都统衙门就要拘我下牢。"想到下牢，余子鹏毛骨悚然，不由得打了一个冷战。

"说的倒也是。"余子鹤也随着摇了摇头,"这上百万的现银去哪里要呢?十万二十万的,还能跟大嫂张口,咱余家的账房,只听大嫂一个人的;一次要上百万,大嫂怕也做不了主。"

"其实,也不必就要现银。"余子鹏依然是一筹莫展地说着,"只要有个担保就成。"

"嘻,不用现银就好办。"余子鹤当即有了主意,"往老爹身上推——三井洋行,莫说只是百十万,上千万都担得起,宽容三年,光绪三十年此时保准还上这些欠债。这三年时光咱好生经营纱厂,保准能发大财。债主们那边,有我们家老爷子余隆泰大人拿三井洋行担保,三十年他们也不敢讨债!二哥,你就这么说去吧,天津商号没有不信服三井洋行的,保你准行。"

"说的好要吧!"余子鹏一挥手,打断了三弟余子鹤的话,"三井洋行担保,人家要立字据,字据上要老爹的图章。"

"图章,在大哥手里呢。"余子鹤气馁了。

谈到余隆泰的图章,那可不是一般人的图章。天津人称图章为手戳,穷苦人没有手戳,难得遇上一桩用手戳的事,非得画押,按个手印指纹即可;有脸面的人用手戳,但大多也是一块印章,二分见方,隶书篆字写着名字,阴文阳文刻成图章,石头象牙玛瑙,不过如此而已。余隆泰大人的印鉴,长三寸、宽一寸,按余隆泰的亲笔手书刻制而成,印在任何契约上都和亲笔签名一样,和朝廷官员、地方父母官印在各类告示上的大印一样,十足的显赫气派。

老爷子余隆泰的大印由大哥保管,其实是放在大嫂手里,一年半载的也用不上一次,至于下面的四个弟弟,至今还没有谁向大嫂要过大印。加盖一家之主余隆泰的大印,那是要有正当理由的。

"生死关头,还说什么正当理由?"余子鹏气汹汹地说着,"要么保住这个纱厂,要么欠债不还下大牢。走投无路,我就回家抢老爷子的大印。"

"你回家去抢?"陈翠喜酸溜溜地向余子鹏问着,"老爷子还不得把你的皮剥下来?这事得将老爷子蒙在鼓里,偷出印章来,和讨债的人签个字据,容你三年,他还敢不相信三井洋行?"

"有本事你偷去吧,大哥房里,没点儿正经事,压根儿你就去不得。"余子鹏嘟囔地说着。

"嘻,那还不好办吗?调虎离山,想办法让你大哥大嫂出去一些日子。"陈翠喜灵机一动,想出了一个"好主意"。

"对!这主意不错。"余子鹤立即应声表示赞赏,"大哥大嫂离开余家大院,院里的事,自然就得交给二二二……"余子鹤心里想说他的二嫂宁婉儿,只是当着陈翠喜的面,他又不敢提宁婉儿,吞吞吐吐,话哽在喉咙里,半天没有说出来。

"你就明说了吧,不就是你家里的那个二嫂吗?"陈翠喜倒大方,她才不计较什么名分。

"对对,就是家里的二嫂,"余子鹤立即接着往下说,"大嫂对二嫂最信任,只要将大哥大嫂从府里调出去,大嫂一定会把老爷子的大印章交给二嫂看管。"

"只要交到她手里,我就有办法。"余子鹏胸有成竹地说着。

"让大嫂回娘家？可三天两日的，大嫂也不会把家务交出来呀！"余子鹤什么主意也想不出来，只冲着二哥眨巴眼。

"要让大哥大嫂一起出去几个月，譬如说是游山呀，拜佛呀，省亲呀……"余子鹏也是无计可想，只扳着手指叨念。

"那就请外边二嫂给想个主意吧。"余子鹤困顿万般地冲着陈翠喜说。

"你们家的事，我有什么主意好想？"陈翠喜爽快地回答着，"你们家大嫂江南有没有亲戚？"陈翠喜向着余子鹏、余子鹤问。

"没有。"余子鹏、余子鹤异口同声地回答。

"宁婉儿家祖辈上倒是江西人，她说她小时候还上过庐山，拜过东林寺、西林寺呢。"余子鹏过了会儿接着又说。

"庐山？东林寺、西林寺，那全是佛家的圣地呀！"陈翠喜有见识，没亲自去过，但是听说过，便自言自语地说着。

"唉，对了！"余子鹤一拍脑袋，似是发现了一线希望，但立即他又一转念头，眼中刚刚燃烧起来的兴奋，又熄灭了。

"你想出了什么好主意？"余子鹏忙着追问。

"只是，这话我不敢说。"余子鹤左顾右盼，一双眼睛却望着陈翠喜。

"罢了。"陈翠喜是个精明人，当然知道手足兄弟有背人的话，站起身来，说了句，"你们是亲骨肉。"然后便走出去了。

房里只剩下余子鹏和余子鹤，余子鹏又将门窗关好，这才回来和余子鹤对面坐下，两个人膝盖顶着膝盖地说了起来。

"二哥不会不知道，当年大哥在中西书院读书时曾经和一个姓苏的学士结拜过金兰弟兄。"余子鹤提醒着余子鹏说。

"嘻,那个人死了。"余子鹏一挥巴掌说着,"傻蛋! 本来已经随着船逃出来了,无颜再见江东父老,自尽了。莫说是死你一个,就是死了一千一万,谁又抵挡得住列强入侵? 朝廷也罢,列强也罢,才不把你的死看在眼里。我就知道不能委屈了自己,放着福不享,那是傻蛋!"

"可是,二哥有没有想过,这结拜金兰弟兄,绝对不能只有两个人。"余子鹤又提醒他的二哥余子鹏说着。

"那,那个老三呢? 是不是也为国捐躯了? 这帮书呆子,救国救民的事落在他们的肩上,可真是没有指望了。"余子鹏历来看不起读书人,无论什么场合,都是把读书人骂得一文不值。

"那个老三……"说着,余子鹤把嘴巴凑到余子鹏耳边,悄声地说,"是个女子。"

"什么?"余子鹏大吃一惊,但,很快,他就笑了,"浑话,金兰弟兄,哪里有两男一女之说? 荒唐,荒唐。"

"二哥不信,我这是听大嫂房里的一个女用人说的,说大哥有一天在书房中痛哭流涕,口里疯疯癫癫地说什么:'三弟,哥哥有负于你呀!'这个女用人也是好心,还以为大哥对不起我,我不是他的三弟吗?"

"可是,你怎么断定这个'三弟'是个女子呢?"余子鹏急切地问。

"第二天,大哥立即就差人往静虚庵送去了他抄录的一卷佛经。回到房里,他又疯疯癫癫地说什么,'三弟,哥哥也只能以佛经报你了’，你听，这不明明把大哥和静虚庵之间的奥秘说出来了吗？"余子鹤颇为自己的精明得意，此时，他已是说得连眼睛都亮了。

"哦，难怪，避八国联军之乱大哥大嫂住进了静虚庵。三弟，这事你可再不要对任何人说，容我差人打听仔细。真若是其中有事，三弟，咱余姓人家的这份家产，就是你我兄弟的了！"余子鹏也随之兴奋了起来，一下子就把衣袖挽了上去。

"二哥是说，说大哥亵渎佛门，和静虚庵里的尼姑有事儿……"余子鹤狡诈地问着。

"哎呀，三弟，这下面的事，你就不明白了。败了余姓人家的名声，你我今后还如何立足？说大哥亵渎佛门，一下子余姓人家就臭了，什么善人匾、善人牌坊，就全要被人家拆走了，五槐桥也要改名了，连你我二人也没脸见人了。永远记住，既是一家人，那就同舟共济。船翻了，谁也活不成。可是就因在这一条船上，谁主沉浮，那就要看本事了。"

"二哥的话，我明白。事关余姓门第的事，咱们兄弟五个是一个人；可是关上余家大门，那就无毒不丈夫了。"余子鹤恍然大悟地对余子鹏说着，还得意地摇着拳头。

"怎么？你打算跟我也要'无毒不丈夫'呀？"余子鹏狡诈地问着。

"我怎么敢？"余子鹤自知失言，忙改口说着，"我还要倚仗二哥提携呢。再说，大哥若是跟咱们一心，老实巴交的，咱挤兑他干吗？只是，只是，二哥，咱可不能把大哥坑害得太苦呀！"余子鹤心软，他与大哥没有仇怨。

"瞧你胡说些什么？"余子鹏在三弟肩上拍了一下，"大哥是我们余姓人家的脊梁，我敬重他还嫌不够呢，何以会加害于他呢？"说着，余子鹏笑了。

　　"那,那二哥又有什么好主意呢？"余子鹤不解地问着。

　　"这这这……"余子鹏只是向余子鹤笑了笑，立即，一个恶毒的诡计浮在了他的心间。

　　……

## 第九章　风云骤变

光绪二十七年，公元 1901 年的冬天，中国发生了几桩大事，而天津又直接与这几桩大事有关。表面上看，五槐桥依然如故，但五槐桥余家所经受的震动，却非同寻常。

头一桩大事，自年初慈禧太后在西安宣布"变法"以来，一年的时间，也推行了许多新政，譬如什么设立商部，改变税制，筹立新军等，似是朝廷做了维新姿态，其实是力不从心，想管也管不了了，一切只得听之任之。随后《辛丑条约》签订，清廷向世界列强道歉赔款，赔款总额四点五亿两，分三十九年还清，年息四厘，本息折合九点八亿两，以彼时彼际三亿人口估算，每一个中国人背上了三两银子的债务。朝廷无能，百姓遭殃，列强又从中国身上割下去了一块肥肉。

一场议和谈判，李鸿章积劳成疾，待至入冬之后，11 月 7 日，他竟驾鹤西去了。为李鸿章去世，慈禧太后失声痛哭，以皇帝名义颁发的上谕，更对李鸿章百般赞颂，说他"器识湛深，才猷宏达""辅佐中兴，削平大难""忠诚坚忍，力任其难，宗社复安，朝野信赖"，把个李鸿章说成了一个救国救民的豪杰。

为李鸿章的死，余隆泰大人和他的老友黄道台、严夫子全都忙了一大阵，因李鸿章身为直隶总督，是天津七十二沽黎民的父母官，且他又死在任上，天津的诸位贤达自然要折腾一番。尤其是慈禧有令，因李鸿章有功，责天津建立李鸿章专祠，一切开支，概由地方自筹。黄道台身为天津府衙门官员，为李鸿章建祠的差事，自然非他莫属。只是都统衙门接管天津以来，府衙门完全成了一个空摆设，连幕僚、师爷们的俸禄都半年多没有支付了，所以，建李鸿章祠堂的款项，便又要余隆泰慷慨解囊了，更何况他余隆泰还是李鸿章的朋友。

前任总督大人的祠堂建成，新任总督大人到津。迎驾接风，天津的几位显赫宿儒巨贾富绅，便各自约定时间去总督府拜会袁世凯。

在天津卫，袁世凯的名声实在是有点儿欠佳。天津卫的上层人士就是看不起袁世凯，总看他是个暴发户。小站练兵，行伍出身，莽夫一个，而且中国读书人的恶癖：他们一见武官当政，从心里就不服，总以为带兵的人不知治国，从心眼儿里就和武将过不去。何况袁世凯还有一笔出卖光绪皇帝、出卖维新运动的旧账。严夫子早把袁世凯看透了，严夫子说当今之时，乱世的奸雄，唯袁世凯也！

看透了归看透了，拜会还要拜会。一堂官礼是余隆泰一个人出钱，由三个人署名送上去的。袁世凯不在乎有人"整"他，更不在乎有人瞧不起他，大权在握，就是现实，乖乖地一个个都得给我服服帖帖。

"三井的生意如何呀？"袁世凯是一个务实的人，他一不要黄道台向他禀报什么子虚乌有的政绩，二不要听严夫子坐以论道的种种高见。开门见山，他径直询问三井洋行的贸易。

"三井的事,大权操在日本人手里,隆泰不过是虚设的一个闲差罢了。"余隆泰闹不清袁世凯葫芦里卖的什么药,自然要先说些绕脖子的话,探探袁世凯的心气儿。

"日本明治皇帝的励精图治、德国威廉皇帝的铁腕强权,历来为本人所敬重。这三井财阀,也是明治维新之后才称雄世界的实业力量,隆泰先生与三井合作,还要多学些日本的敬业精神,以振兴我大清国的实力才是。"袁世凯果然是个有抱负的,他既对操练新军、办洋务十分卖力,又对世界各国的富国强兵之路了如指掌,人们都说袁世凯是个做皇帝的料。

"总督大人教诲的极是,隆泰一定于公务中处处留心……"余隆泰恭恭敬敬地答复着。

"算了,官场上的话,咱们不说了。"袁世凯一挥手,算是免去了一切礼仪。他站起来反背着手随意地踱步,似是颇为无心地说着,"这次圣上降旨命我接替中堂做直隶总督,主要是看我能与各国办理外交,且在天津深得父老的拥戴。说起来,我这次还是真想推行新政,原先的祖宗规章该到了维新的时候了,一连这么多年吃了这么多次败仗,朝廷也深感要效法外洋了。所以呀,这次我还是真要大刀阔斧地办几桩实事,一改昔日的官场恶习,说到做到,说做就做。"

"黄璞人身为一名道台,愿效犬马之劳。"黄道台立即接着说道。

"既然项城要推行新政,那就该从兴办教育开始。如此,我试办多年的敬业学堂,就算在总督大人这里立案了。"严夫子伺机而为,他正是要找个时机为自己操办的新学堂争取合法契机。

"李鸿章大人在世时,忙于和洋人办交涉,他也没有反对过你办新学呀!"袁世凯一副开明的样子对严复说着,"我早就主张兴办新学,天津要当仁不让。张之洞大人在湖南大力兴学,这些年湖南出了多少才子!眼看着这朝廷的实权都快要被湖南人揽过去了。何况天津地处沿海,还有各国租界,人心也不似湖南人那般守旧。在北京办新学,光那些腐儒圣贤就不答应。朝廷早已废除八股了,今后的取士之路,唯有新学一条而已。"

"项城高见。"严夫子只要能为新学争得地位,逢场作戏,捧袁世凯几句,也不为违心。

"不光你要兴办新学,我还要兴办新学呢。"立即,袁世凯又威严地坐在座位上,向着严夫子、黄道台和余隆泰说起了自己的宏大设想,"我已经着人选好地址,校舍已是即将建成,就在大沽口,办一所海军大学。这次我要请洋教习,初等生学英文,高等生听洋教习操英语授课,课程设数学、化学、物理,还有种种新学科目,三年为期。学生出来直接编入北洋海军,优等生任船长,按期晋升;建有战功者,无论门第出身,谁有本事,谁就做来日的海军大臣。多年和洋人交涉,我就看洋人的那些海军大臣精明。那……那远非是我们这些长辫子军机大臣们所能比拟的呀!余大人,你不是有五个儿子吗?送一个来,做大直沽海军大学的一期学员。"

"啊?"突如其来,袁世凯要征召自己的一个儿子做海军,余隆泰一时发懵,他闹不清袁世凯是什么打算。再说,余隆泰从来没有让儿辈从军行伍的打算，书香门第，只让儿孙闭门读书，至于读书之后做什么，余隆泰从来没有想过，但至少不会让他们去做武将。

"还不谢恩！"到底是黄道台懂得官场上的规矩，军中无戏言，朝廷派下来的重臣，金口玉言，他说要你送一个儿子入海军大学，是福是祸，便都容不得你了。

"隆泰谢总督大人提携。"当即，余隆泰谢过袁世凯的恩泽，施礼过后，他不由得犯了思忖，"只是我家五名犬子，老大年过三十，且又专攻旧学；老二、老三也都有了妻室；四儿呢，不肯用心；只有五儿子鹔是个有抱负的孩子，且又于新学极肯用心。"

"子鹔不宜从戎。"未等余隆泰说完，严夫子便为他的得意弟子余子鹔拒绝了这份派遣，"子鹔幼敏，于学业极有长进，他是个有见地的人，还是让他多做学问才是。"

"那就只有老四子鹒了。"余隆泰有些犹豫地说着，"只是这孩子自幼顽皮，他在读书上是不肯用功的。"

"有教无类，虽说无论什么顽皮的孩子都能有出息，可我还是喜欢那些斯文些的孩子。我早听说余大人的五儿子余子鹔有才有识，来日必成大器。据我多年与洋人办交涉的所见所闻，世界列强的海军大臣，全都是有学识的人才，不似我们那些只知道道德文章的军机大臣。统率千军，指挥海战，要的是新学知识，满腹经纶派不上用项的。大直沽海军大学，首届招取学子五十名，只要他们当中能有十个人成器，来日就能选拔出一名海军大臣，还能造就出几个舰长将军，这就看他们谁有造化了。"说罢,袁世凯率先端起茶盅。

该说的话说完,他已是要端茶送客了。

"二嫂,我要走了。"

一天傍晚,五弟余子鹏来到二哥房里,见屋里没有仆用,这才悄声地向宁婉儿说着。

"去哪里?"最初,宁婉儿并不十分在意,现如今出门求学的事已经不新鲜了,何况五弟又是新学的先锋,国难之时,四处奔走,也自然是平常的事。

"日本。"余子鹏更加神秘地说。

"什么?"宁婉儿打了一个冷战,但她又怕自己没有听清,急转过身来,她关切地问着。

"真的是去日本。"余子鹏重复着说。

"日本?"宁婉儿惊讶地大声询问。

"嘘——"余子鹏提示二嫂不可声张,然后才向她仔细地述说起来,"二嫂千万不要张扬,我这次只能远走他乡了,本来我要去大哥房里说清原委,可我又怕大嫂劝阻。告诉二嫂一声,来日爹娘问起来,二嫂心中有数就是。"余子鹏说话的声音极低,一面说着还一面观察着窗外动静,看来他是要不辞而别了。

"五弟攻读新学,爸爸是知道的,求新学东渡扶桑,也是常情,五弟何必要不辞而别?"宁婉儿一双眼睛紧盯着五弟,她一双手暗中发抖,便紧紧地缠绕着一条手帕。

"二嫂不知此中缘故。"余子鹏将一只茶盅在手中转动着,将来龙去脉、事情原委向二嫂说清楚，"袁世凯来天津就任直隶总督，他要创办大直沽海军大学，为拉拢亲日势力，他向爸爸提出要选我进海军大学读书。"

"这有什么不可的呢？大直沽，总比日本要近吧！"宁婉儿不解地询问。

"袁世凯之为朝廷重用，始于其出卖百日维新，而袁世凯居奇其货，援为资本，则是他的小站新军。甲午海战之后，变法之议蜂起，袁世凯曾出款资助，以欺惑维新派列位志士仁人。但事后袁世凯出卖维新派，告密于后党，致使变法维新夭折。如今他跃身为北洋大臣、直隶总督，百般拉拢列强势力，且又练新兵、组海军，司马昭之心，路人皆知。中华古国，维新变法不成，则必要有奸雄乱世。这方土地，这个政体，除造就大阴谋家、大野心家之外，别无所能。我余子鹏铁血青年，何以肯卖身于奸佞枭雄篱下，和他一起去做不仁不义之事？"慷慨陈词，余子鹏表明了他不肯进袁世凯所办海军大学的原因，义正词严，宁婉儿早已被他感动了。

"你怎么就想出这么个不辞而别的主意了呢？"宁婉儿又进一步地追问。

"听到爸爸答应袁世凯要选我进海军大学的消息，我当即找到了严夫子，向严夫子表明我不肯卖身于独夫民贼的决心。严夫子当年力主维新，他对袁世凯也是恨得咬牙切齿，只是严夫子念及他和我家的多年关系，不肯助我私自逃匿，他怕对不起爸爸……"

"既然如此，五弟，听二嫂的劝告，你还是不要做这种冒失的事。"宁婉儿听明了事情的原委，这才向五弟劝告着说，"虽然也常听说亲朋之间有人去日本求学的事，但到底日本与家乡远隔重洋，一个人出门在外，未必一切都能遂心。何况事在人为，来日方长，五弟被选去海军大学深造，学得救国济世的本领，即使来日袁世凯另有图谋，我们洁身自好、独善其身还是可以的吧？即使身不由己，那时再去日本也不为迟。说不定，二嫂立志救国，还要随五弟一同去日本求学呢。"

"二嫂怕我吃苦，我是万分感激的。只是当今之时，清廷已是日落西山了，皇亲国戚各做各的打算，心怀叵测的人，也在积蓄力量。最近几年，江南有鼓吹维新的报纸行世，江北有义民起事，许多先知先觉已在日本创办报纸，力主废除帝制。严夫子说，青年有为，此时不为，尚待何日！去日本的事，我的主意是拿定了。也是巧合，正好有几个同窗也要东渡，我们结伴而行，二嫂放心，我不会出任何意外的。"

"什么时候动身？"宁婉儿不能自已，两滴热泪已经在眼窝里转动。

"今天晚上。"余子鹏果断地回答。

"啊！"宁婉儿的身子摇晃了一下，抬手抚着额头，她无力地跌坐在座椅上。"五弟，你何以如此任性呀！"咬紧牙关，宁婉儿不让泪水流出眼窝，平静了一下心情，她才又接着说下去。

"你如此不辞而别，不消三天五日，爸妈就要知道，那时爸爸怒妈妈哭，家里真是要乱成一团了。顺理成章，爸爸到时就要向我问询你的去处。不如实禀报吧，我又怕我不会说谎，必会被爸爸看出破绽；佯做不知，你平日视我如亲姐姐一般，无论什么事都对我讲，爸妈又如何会相信？子鹏五弟，你这真是让我作难了，爸妈怪罪下来，我如何担当得起？"

"二嫂放心，我已写好了一封信，走时就放在我的房里，几日不见，爸妈自会来房中查看，那时他们便会看到我留下的这封信。信中我自会暗示他们，关于我的出走，家中任何人都不知道，二嫂是不会受猜疑的。"子鹏决心已定，无论宁婉儿如何劝说，也毫不犹豫，且他已做了周密安排，一切都万无一失。

"三思而行，子鹏五弟，嫂嫂还是劝你要三思而行呀！"宁婉儿用手帕拭着眼窝边涌出的泪珠，按捺慌乱的心情，对余子鹏说着，"爸妈如此疼爱你，你远走他乡，已是不该，且又不辞而别，那就更是不可宽恕，你如此一意孤行，也对不起大哥、大嫂，还有……"

"这也要对得起，那也要对得起，二嫂就是不想他们到底对得起对不起我。袁世凯招兵买马，选中我，不外是想拉拢亲日势力；而父亲明明知道我无心于仕途，更不是行伍的材料，却一口答应送我去大直沽海军大学。为什么？还不是给自己留一条退路。清廷的江山大势去矣，这已是人们心照不宣的事实，清廷寿终正寝之后，天下谁属，各人心里有自己的打算。黄道台是看破红尘了，不外就是寄情于山林之间，做一名隐士罢了。父亲呢？虽说是一员商贾，但办洋务的商贾不同于做生意的客户，父亲既然身为日本洋行的中国掌柜，他就要时时与中国的官府打交道，早做打算。父亲送我去大直沽海军大学，不外是春秋时期的赵公子赴邯郸，给交恶的邻国送去一个人质罢了。他们无视我的抱负，无视我的前程，拿我去做一个赌注，二嫂，这是拿我去杀牲祭神，换取他们的飞黄腾达呀！况且，清廷必亡，我们一代炎黄子孙，正是要知天之大任已降我辈双肩，扭转乾坤，力挽狂澜，我们要建立一个光明的新国家。二嫂，救国爱民，舍我其谁？我已是横下一条心了。"说着，余子鹏用力地挥了一下胳膊，表明心志，他已不肯退让了。

"五弟，你真是任性，太任性了呀！"终于，宁婉儿忍耐不住，还是抽抽噎噎地哭了起来，但她又怕哭出了声，便用力地用手帕捂着嘴唇，牙关咬得咯咯响，她的嘴唇在抽搐。

"二嫂，你多保重吧。"子鹏也极是激动地说，"二哥荒唐，不知自爱自重；二嫂又心高志远，怀才不遇，忧国爱民之心不让须眉，这一切一切，唯子鹏一人知道。我走到哪里，都不会忘记二嫂这些年来对我的关照，将来子鹏报国之日，也就是报答二嫂教诲之时。"说着，子鹏立起身来，抱着双拳，向二嫂作了个大揖。

"五弟！"一时冲动，宁婉儿忍耐不住，突然伸出双臂，她将子鹏紧紧地抱住，流满泪水的脸庞贴在子鹏的肩上，她的身子在剧烈地抖动。

"二嫂，子鹏就此告辞了。"余子鹏也怕自己哭出声来，抬手在脸上抹了一下，从二嫂的拥抱中挣出身来，反身就往外走。

"你等一下。"一扬手，宁婉儿将子鹏拉住，就近，宁婉儿拉开了梳妆台的抽屉，"给你，我手上戴的这些，不能让你带走，怕爸妈看出破绽。这里的一些是我的陪嫁，一个人远渡重洋，身上总不能太窘迫，带上些金银珠宝以应付万一，五弟，你随便拿吧。"

"二嫂,我不要。"余子鹓推让着,他什么也不肯要。但是宁婉儿执拗,她硬是从抽屉里抓出了几件首饰,强迫地塞在余子鹓的手里,然后,又随手抓过斗篷来披在身上。

"我送你到五槐桥。"宁婉儿说着。

"这不方便。"余子鹓忙着阻拦。

"天已经黑了,我先带着奶娘出去,你随后也去房里收拾一下,我在五槐桥等你。"

……

天色早已是一片朦胧,子牙河潺潺的流水,更把一座五槐桥映得格外宁静。子牙河畔,老槐树下,宁婉儿和余子鹓面对面地站在初升的月光下。离别在即,两个人都已说不出恰当的话语。

亲如姐弟,又胜于姐弟。宁婉儿嫁到余家来时,余子鹓还只是个十几岁的少年。这许多年来,子鹓在二哥房里与二嫂读书吟诗,朦朦胧胧,在两个人的心里都滋生了一种极重极重的感情。平日在一起朝夕相处,有大嫂、三嫂和几个哥哥,似也不觉有什么不同寻常,今天一旦突然别离,宁婉儿和余子鹓才真感到在他二人之间,果然有一种割舍不断的情感。

不外是饮食当心、冷暖留意,千叮咛万嘱咐,千言万语,总觉还有说不尽的话,但五槐树下人来人往,不是说话的地方。突然间,宁婉儿身子一软,倚在老槐树上,"五弟,多保重!"说着,一缕鲜血流出了她的嘴角。

"合家团聚,和和美美,亲亲热热地过太平日子,干吗非要远去他乡天各一方?"老太太听老头子说要送五儿余子鹏去大直沽海军大学读书,嘟嘟囔囔地满心沮丧。

"嘻,大直沽又不是远地方,不过几十里地,再说人家新学不同于私塾,这海军大学更是每周放假一天的。平日,你不是也要好几天才见一次儿子的面吗?"余隆泰向老妻劝解地说着。

"平日不见他,是知道他在房里读书,让他去住什么大学,想想西厢房里空着,我现在心里就空荡荡的。上的什么海军大学呀?你想让子鹏来日开着大兵舰去打炮,光绪二十年甲午海战,全军覆没,莫以为我是妇道,子鹏对我说过的,朝廷派了个德翠林任海军统帅,其实这个德翠林原是德国海军炮舰上的一名司号兵,吹喇叭的,连大炮都不会放,走投无路到中国来冒充是什么海军教习。子鹏说,也别小看了德翠林,他水性好,北洋水师全军覆没,他落水之后在海上漂浮了三天三夜,最后一阵风把他刮上了高丽海岸,又辗转回到北京,结果咧,朝廷还赏赐有加,听说是老佛爷的主意。其实这都不关我的事……"

"妇人之见,你哪里懂得天下大事。"余隆泰不耐烦地对老妻说着,"总督大臣要我们送一个儿子去他操办的海军大学读书,这不正是咱们求之不得的吗?历朝历代,一个朝廷不行了,必是要有一位封疆大臣黄袍加身。当今之世,南有张之洞,北有袁项城,一旦圣上他们'回家'了,这中原大地总不能江山无主呀!"

这里，余隆泰说到圣上"回家"，其实指的就是清朝灭亡。大清原来是从山海关外入主中原的，倒台之后，皇族还要回到关外，中国人不敢指望大清下台，只盼着他们"回家"。

　　"你说你的理，我顾全的是这个家，明说了吧，这许多天，我心里总是郁闷，也说不清个原因，我总觉是有点什么不祥之兆。这四进大院子，枝枝叶叶的，我看着各房里似都有点什么晦气，说也说不清，道也道不明，莫看我终日大门不出、二门不迈，可什么事也瞒不住我。你是瞪圆了双眼看这天下风云的变幻，我一个妇道，是用心感悟这家道的兴衰。他爹，你料定这世道要变了，我看着这家运也要衰微了。说着也怪，连隔着窗子望外边房檐上的石兽，我都觉着有点不对劲，天老爷呀，你保佑我们余姓人家吧！祖祖辈辈，我们没少积德行善呀！"说着，老太太竟然嘤嘤地哭了起来。

　　"哎呀，我说你这人哭的什么呀！家业兴隆，诸事遂心，儿孙绕膝，邻里和睦，这不是一切一切都挺好的吗？你无缘无故哭天抹泪，这不是晦气吗！"余隆泰不耐烦地数落着。

　　"不是我晦气，我心里闷得慌，你就让我掉两滴眼泪吧，我哭哭痛快。"抽抽搭搭，老太太越抽搭泪儿越多，最后竟不能自已地泣不成声，哭成了一个泪人儿了。

　　"晦气，真是晦气！"余隆泰不高兴地跺着脚，一发怒，他推开房门出去了。

　　心里压着一团晦气，余隆泰一个人在院里踱步，从最后一进院往前走，四道院、三道院、二道院、前院；然后再反身往后走，回廊、拱门、花圃，院里的槐树，确确实实，是处处回荡着一种阴冷和森严。院子太大了，房子太多了，许多房子都空着，甚至有的房子从建起府邸之后还从来没有人住过，平日出出进进，倒也不甚注意，但今天留心看一看，倒真有一种晦气。

尤其是几道院里都没有一丝声音，只有四儿子子鹞好玩，屋檐上的鸽子、回廊上的鸟笼，滴溜溜的鸣啾，咕噜噜的叫唤，还有几分家庭的温暖，其他各个房里竟静得几乎没有声音。大儿子余子鸥，自然又是在读书写字，抄他的《四十二章经》；二儿子余子鹏历来不见踪影；三儿子余子鹤，似是也魂不守舍；四儿子余子鹞更是八方游荡；老五余子鹈，当然是去学堂了，这四进的大宅院空旷得令人感到压抑。

"唉！"不由得，余隆泰暗自叹息了一声。这些年只忙着三井洋行的事，若说呢，赚了不少的钱，也算得是富贵有余了，可万万没想到，就在这片财运亨通之时，自己的家族却陷于一种冷清的气氛之中，难怪老妻闹着说什么不祥，看着真是不算红火。

只是，余隆泰并不知道，他的老妻说的不祥之兆其中还另有缘故——

进入冬日，又到了娄素云带着女儿琴心去静虚庵敬香、拜见玄净师父的日子了。这一天娄素云母女早早地穿戴整齐，又由房里的婆子带齐了香烛，备齐车轿，临行前，余子鸥还将他最近抄写的《四十二章经》立轴交给娄素云，嘱她转呈玄净师父，随之，一行人便直奔静虚庵而去。和平时一样，进入静虚庵，先在外院的厢房里洗手更衣，然后由庵里的老尼姑引导到了佛堂，摆上供品、焚香、燃烛，先是娄素云跪拜，然后是女儿琴心跪拜。一切礼仪结束，老尼姑又将娄素云母女引回到前院的厢房里，然后恭恭敬敬地捧来了一个茶盘，茶盘上有两个蓝花素瓷茶盅，茶盅里冲着清香的绿茶。

这就怪了，这二年时光已经是约定俗成的一种惯例，敬香燃烛拜过菩萨之后，总是玄净师父在净院禅房里备茶迎候。这时，不必什么吩咐，老尼姑便会引娄素云母女径直向净院走去。走进禅房，琴心还要给师父请安问候，然后娄素云和苏伯媛还要亲亲热热地说上大半天的话。中午，苏伯媛备素席待客，吃过饭琴心还要在庵里四处玩耍一阵，看看花，看看佛，直到要黄昏，她母女才要乘车回家。

"玄净师父平安。"回到厢房之后，娄素云觉着事情异样，便向老尼姑询问苏伯媛的情况。娄素云猜测也许是苏伯媛身体欠安，或是忙着在禅房里抄经，否则，她是不会不见面的。

"玄净师父已于日前南去了。"老尼姑话音凝重地回答着，目光回避开娄素云。

"我师父去哪儿了？"小琴心早从半个月前就盼着来静虚庵看望师父苏伯媛，今天没有见到，自然是十分扫兴。

"玄净师父沿子牙河逆流而上，转滹沱河，去山西，上五台山，她说是要去拜谒普寿寺，至今已是走了七八天了。"

"怎么？以伯媛那样的病身，她如何经受得住这长途的劳累？"娄素云听着，不免暗自吃惊，"这个人呀，自幼便是任性。她没说为什么要去五台山吗？"

"也是事出有因，前些日有消息传来，说是五台山普寿寺的通愿师太以一百二十岁的高龄圆寂，圆寂后奉行火化，老师太的佛体出现了骨花和舍利，一时之间，连远在庐山的师姑师太们都到五台山普寿寺拜谒老师太的骨花舍利，玄净师父敬佛心诚，自然也就顾不得自己的病身了。"老尼姑说着，眼睛无意间竟向墙壁上望着，随后她还眨眨眼，又装得若无其事。

随着老尼姑的目光，娄素云也向墙上望去，这一看，她心中一沉，那墙上挂了将近两年时光的余子鹍敬录的《四十二章经》条幅不见了，空荡荡的只裸着灰白的墙壁。

两年前，琴心的父亲余子鹍为报答玄净师父收认他女儿为徒的慈恩，心诚意诚抄了一章《四十二章经》，裱成立轴，悬在这厢房的墙壁上，曾也得苏伯媛的赏识。今天，娄素云还带来了余子鹍新抄的经文，何以此次苏伯媛突然出走，无缘无故地又摘下余子鹍的书法立轴呢？莫非此中有什么蹊跷不成？

"施主必是问这墙上原来挂的那几幅字吧？"老尼姑没有文化，也不知道这厢房里原来挂的条幅上面写的都是些什么字，似漫不经心地对娄素云说，"也不知是什么缘故，玄净师父临走前，突然命老尼将这墙上原来挂的立轴字幅摘下来，卷起收好，师父临去五台山之前，还嘱咐老尼等，施主来庵敬香时，将这几卷立轴带走。"说着，老尼拉开木柜，将几轴余子鹍原来写的经文取出来，交到了娄素云的手里。

娄素云已经是完全明白了，静虚庵玄净师父，也就是她原来的同窗，苏伯媛不会没有什么原因就远去太原的，一定是有了逼她远走的事端，她才不得不离开静虚庵。唉，世上的坏人再坏，也不应该再加害于一个已经出世的弱女子了。

没有再问什么，娄素云告辞出来，走出厢房，她才又向老尼询问："这庵前庵后，这一阵还平静吧？"

"回施主的话，这老尼倒想起来了，前些天也不知是什么人平白无故地送来了几轴字画，说是求玄净师父也给挂在前院厢房里，玄净师父命我将画轴给她打开，谁料才只看了一眼那幅画，玄净师父就恼了，当即她就命我将那外面送来的画轴扔到外边去烧掉。"

"你没看清那是一幅什么画吗？"娄素云领着女儿琴心向外走着，又问。

"依我看，那画也雅得很，只是一轮月亮，月影下几株柳树，风吹得柳树往一边弯……"

"哦，不要再送了，你回去吧。"娄素云领女儿走出庵门，正好轿子车停在门外，没有再多说什么，娄素云母女登上轿子车，离开了静虚庵。

"我要见师父。"轿子车里，琴心还在吵着要见苏伯媛，不料，正好娄素云的两滴眼泪涌出眼窝，她用力地把女儿搂在了怀里。

坐在轿子车里，娄素云心里就像压上了一块重石，泪珠涌满眼窝，是苦，是涩，她心里真不是滋味。自己的丈夫和自己共同生活了十多年，相敬如宾，但也如同陌生人；平平安安，但也冷冷漠漠彼此都是一种服从。余子鸥自幼长在这个深宅大院里，一心只读圣贤书，写字吟诗，他从来没有和外界有过任何往来，有自己这样贤惠的妻子，也许他心满意足，也许他更觉孤独。读书、写字、吟诗，妻子都不是他的伴侣，父亲只知经商交际，几个弟弟各有自己的天地，五槐桥余氏府邸，就活活地成了余子鸥的囚笼。

娄素云自然更是知道，虽然夫妻十余载，但她在余子鸥的心里并没有什么重要的位置，余子鸥一番救国救民英雄抱负，一朝破灭之后，一蹶不振，他已经对人世间的一切都没有兴趣了；这许多年来，他没有和妻子认真地说过多少话，一切都只是麻木地维持着，在这一对夫妻之间，几乎没有温暖、幸福与欢乐。

倒是几年前女儿的一场病，一纸"观世音保佑"的符文，使丈夫走火入魔般地抄录起了佛经，他突然间抖起精神，连夜地书写《四十二章经》条幅，写的时候又常常热泪盈眶；写成之后，又裱成立轴，急忙派人送到静虚庵去。这其中，娄素云也觉察出一些蹊跷。

夜里，娄素云和孩子在房里睡觉；书房里，彻夜灯火通明，丈夫余子鸥在抄写佛经。娄素云睡不着，辗转反侧，她把余子鸥的往事经历和苏伯媛的经历想来想去，渐渐地，她也想出了其间的一些牵缠。一层薄薄的窗纸，娄素云不能捅破。这人世间的动乱，到底是谁的罪孽呀！

如今，又无端地起了风波，是怎样一个恶人，恶意中伤余子鸥和苏伯媛二人两小无猜的情谊，突然送来一幅画，画着一轮皎月，月下柳树被风吹动。这明明就是栽赃苏伯媛虽然住在静虚庵里，但依然有风有月，而且风儿还吹动了柳枝，真是恶毒至极了。而且苏伯媛一个女才子，她怎么会看不破这幅恶画的含意呢？苏伯媛，一个一尘不染的女才子，她更何以会忍得下这种侮辱呢？

趁着轿子车还未到家，娄素云用原来裹香烛的素色包袱皮将苏伯嫒吩咐老尼退回来的字轴严严实实地包起来，心中还盘算着该如何婉转地对丈夫解释。正琢磨着，轿子车停在了家门口，娄素云和琴心走下轿子车，将小包袱交给随行的婆子抱着，走进院门，径直回到了住房。

"怎么，你没把我新抄的经文交给师父？"谁料，余子鸥竟在堂屋等候她母女回来。一抬眼，他就瞧见了婆子怀里抱着的包袱，不等娄素云述说，余子鸥一伸手把包袱夺了过来，"你怎么就把这件事忘了呢？".

娄素云吩咐婆子下去之后，才要向丈夫解释，这时余子鸥早解开了包袱，大惑不解，他转过脸来向妻子询问："你怎么又把原来抄写的也带回来了？"

"庵里的老尼说，玄净师父去五台山进香去了；她怕这几卷立轴没人照料，便吩咐说待我去庵里敬香时，顺便带回来……"

"她去五台山干吗？"不等妻子把话说完，余子鸥早脸色紫红的向娄素云追问。

"五台山上有一个普寿寺，是佛门女弟子的宗庙，普寿寺里有一位老师太……"一五一十，娄素云将通愿师太圆寂后骨殖火化出现骨花和舍利的事，向丈夫做了一番叙述，随后，她又解释着说："出家人嘛，进香拜佛，朝圣化缘，出门远游也是常有的。"

"不对，这里面一定有事，敬佛的事，心诚也就是了，以玄净师父那样病弱的身子，她何以经受得住旅途的劳累？准备衣物,明日启程,我也去五台山!"余子鸥说着一挥巴掌,平生第一次使这么大的劲,竟然呼地带起了一阵风。

"子鸥!"娄素云急了,她将丈夫按坐在椅子上,语重心长地劝阻着说,"平白无故地,你一个男人去五台山普寿寺朝拜老师太的骨花舍利,世人知道该如何评论?何况又是玄净师父在前,你在后……"

"你哪里知道呀?素云!"余子鸥有口难言,他已是急得双手发颤了。迟疑了许久许久,终于他才横下心来,两眼含着泪水,对娄素云说道:"对你明说了吧,那静虚庵里的玄净师父,就是原来我与苏伯成结拜金兰兄弟时的小三弟!"

一阵晕眩,娄素云忙抬起双手扶住墙壁,她已经有些支持不住了。余子鸥与苏伯成结拜兄弟的事,婚后她听余子鸥说过,苏伯成与苏伯媛是堂兄妹,而苏伯媛的兄长苏伯成又于甲午年一场海战中自尽,她估计到自己的丈夫在成婚之前会认识苏伯媛的,否则,他也不会如此热心地为静虚庵抄写经文。但是,苏伯媛竟然跻身于男儿辈,做了三结义中的小三弟,实在出乎娄素云的意料。苏伯媛胸怀奇志,她是什么勇敢的事都做得出来的。只可恨她身体多病,最后才不得不走了这样一条出家的路,命运对她也实在是太无情了。

"子鸥,你什么话也不必再说,我全都明白了。"娄素云也是含着泪水对丈夫说着,"我早就说,女儿家不可太有志气,伯媛落到这种结局,我也为她惋惜。你与伯媛以手足相称,对她会更有了解。过去的事,谁也追不回来了,怪也怪这苍天不肯遂人愿。我们这许多年夫妻,我没能使你忘掉往昔,也是我没有尽到妻子的责任。只是,我劝你一句,无论你过去与伯媛如何,如今,你可是有家有室有妻有子的人了,你还是余姓人家的长子,无论做什么事,都不可过了分寸。"

"我要去五台山,去把伯媛找回来!"余子鸥斩钉截铁地对妻子说道,"伯媛已经落发为尼了,我只盼她多活几年,看看世间的变化,浊世苦海,我们已不能回头是岸了,那就不要让她再蒙受羞辱吧!"余子鸥已是万般痛苦,声泪俱下,他不停地用拳头打着自己的脑袋。娄素云怕他真的会发疯,忙将他搂在胸前,抬手抚着他的头发,劝慰他安静下来。

"只是,你只身去五台山,总要有个借口呀,父母面前,也要说出个缘由。"娄素云如今只能依顺丈夫,便要替丈夫想出个理由来。

"我没有借口,一个男子汉,难道连出门的权利都没有吗?我不贪图这个长子的身份,什么万贯家产,还不都是做洋务当买办赚来的卖国钱!"余子鸥语无伦次,终于把他埋在心底,对老爹干三井掌柜一事的鄙视说出来了。

"你胡说些什么呀!"娄素云忙捂住丈夫的嘴巴,"不就是去五台山吗?我给你想办法就是了。这样吧,爹娘面前,我们禀告说玄净师父是为我们琴心女儿还愿,才去五台山进香拜佛的。人家为我们一家人的平安出门跋涉,我们自家人怎么好无动于衷呢?何况玄净师父又多病……"

"那就由你说去吧,我只要明天一早就动身。"余子鸥心急如焚,他恨不能长出翅膀飞上五台山,把苏伯媛找回来。

"即使是这样,你一个男人独自去也不妥当。"娄素云扳过丈夫的身子，让他面冲着自己，听自己述说，"必须是我和你一起去，玄净师父原是我的同窗，只有我去寻访她，才不致让玄净再受歹人的恶语中伤。"说着，娄素云已是眼泪簌簌地流了下来……

## 第十章　狐狸拜月

"哈哈哈哈……"

"哈哈哈哈……"

老二余子鹏和老三余子鹤在天一坊饭庄摆上酒席，宴请"大了"常闲人，感谢他暗中相助，演成了这样一出调虎离山戏。

"小事一桩，小事一桩。"常闲人三杯酒下肚，飘飘欲仙。在天津卫混这么多年，他还从来没吃过这么大排场的燕翅大席。爪哇国的海岛燕窝、日本国的原汁鲍鱼、海南的鱼翅、台湾的白玉参，真是鲜美绝伦，吃一口，吮一辈子的滋味。而且，他还从来没结识过这么有身份的二位爷。常闲人知有子牙河，知有五槐桥，知有三井，也知有天津首善人家余氏家族，只是他一直把这一切全看作是神话，与自己毫不相干。但万万没有想到，眼睁睁如今余府上的二位爷就坐在自己的面前，他还刚刚为他兄弟两个操办了一桩大事。为此他得到了四十元大洋的酬谢，还被请到这气派非凡的天一坊，又坐在这雅座单间里，享用着自己从来没有尝过的山珍海味。常闲人晕乎了，驾了云了，飘起来了，不知道自己是老几了。由是，他才忘乎所以，滔滔不绝、口若悬河地一个人一口气一股劲地说了起来，显现出卫嘴子的地道特色。"当初，二位爷一张口，我当是什么难事，上天摘星星？活捉大老虎？给鲁智深和崔莺莺说亲？二位爷面前放肆，我常某人身无一技之长，肩不能担担，手不能提篮；一不开商号，二不做生意；不靠官府，不入行帮；两肩膀上扛着一颗人头，说说道道，凭嘛街面上的三老四少还敬重我？就因为我常闲人能成全事。天津卫，地处九河下梢，八方居民杂处，士农商学，上九流，下九流，神仙老虎狗，生旦净末丑，天天喝一条大河里的水，一个锅里抢马勺，能说没一点儿纠纷吗？能够不磕磕碰碰吗？就是赶在太平盛世，天津卫也没有一天的安宁。有了纠纷怎么办？有了磕碰怎么办？官面儿上管的，没咱们的事，杀人偿命，犯法治罪，逮人时有巡捕房，问案有衙门口，入狱还有习艺所，都用不着我常闲人操心。可是，官面儿上总有不管的事吧？官家不管的事，我也不全管，犯着行帮的事，青门、洪门的事，人家各门有各门的规矩章法，我常闲人不敢过问。如此这般，官家不管，行帮不管，青门、洪门不管，世态维新，再加上租界地不管，这就统统是咱常某人的事了。天津卫为嘛养这么多的'大了'？就因为天津卫的闲事太多，你欠我的，我欠你的，直来直去办不成，听之任之又不甘心，怎么办？就来找'大了'。就拿你二位爷说吧，二爷要立产业，家里的事做不了主，倘二爷能坐上大爷的座位，那还用我常闲人干吗呢？这么着，咱就得将大爷请出去，光请大爷，咱不费吹灰之力，天津卫这么多好玩的地方，就不信找不到一处地方能勾住大爷的魂？光大爷出去不行，还得请，请，恕小的常闲人不恭，我也就冒犯地称一声老嫂，对，还得请老嫂出去，这可就难了。

倘老嫂祖籍江南,咱可以误传家信,请老嫂及大爷南行探亲,偏偏世间竟有这么难办的事,老嫂也是老天津卫人,她哪儿也不去,一心照管府上的事,她连回娘家都不肯住一夜,余府里一天不见这位老嫂,饭不熟、水不热,连公鸡打鸣都要错时辰。可我如何才能将府上的老嫂子请出门去呢?让她不远不近地出一趟门,二十多天、一个月,还得把家里事做个交代,费了神了。二位爷,不是我常闲人道辛苦,换个人,他谁也想不出这份主意。傻,缺德,有这么一点儿不够人品,用一句你们读书人的文词儿,不齿于人也。可是呢,不得已而为之呀!你瞧瞧,我这人一说话就是文词儿,这全是自小念书太多的缘故。在人家佛门子弟身上缺德了,谁画的那幅画?你二位爷别问了,又是风,又是月,听那位画画的人说,比这缺德的法儿还有呢。东岳泰山,佛门圣地,山腰上一处尼姑庵,旁边也不知是谁在拐弯儿的石壁上刻了两个字。其实不是字,我就用手指头蘸着酒在桌上写吧,一个是'虫',另一个是'二',连起来只是'虫二'。游山拜佛的人不知道这'虫二'两个字是什么讲究。可结局呢?结局是把庵里的老尼姑气跑了。原来那'虫二'两个字,就是"风月无边"的意思。你看,这'风'字里面是一个'虫'(繁体字:風),再看那个'二'呢?正是'月'字没有边儿。得,风月无边,往人家佛门弟子头上扣屎盆子,说这座尼姑庵不干净,净是风流事。缺德不缺德? 不过呢,能想出这样缺德主意的人,也得有点学问。哈哈哈哈,若不学问大的人都该剐呢,学问大了,他就说绕脖子话骂人,听不明白,挨骂的人还跟着哈哈笑,一琢磨,哟,上当了,原来是在骂自己。骂百姓,白骂了;骂到了有权有势的,瞧不把他人头揪下来才怪。所以我说,不念书不行,书念的太多也不行。只要天下一有祸乱,圣上先问是不是有念书人在下边捣鬼?就从来没问过常闲人有没有一起跟着捣鬼?为嘛我就这么太平?圣上不疑心我,知道我没有贼心,没有贼胆,也没有贼能耐,翻不成一丈二的浪头,尿不出一丈二的尿,嘻,又是文词儿。乱不了世,只惹人厌烦,这叫苍蝇埋在饭碗里,毒不成人,让人恶心一辈子。可是,话再说回来,不用这份毒计,行吗?那位师父能离寺远去吗?她不走,你们府上的大爷、老嫂能跟着一块儿走吗?这不着急,过不了一个月,他几个人还要结伴回来,到那时咱还得把这份面子给人家圆回来。找一个无赖,让地方出人把他臭揍一顿,屎盆子扣到他头上,就说这一切不是人的事全是他出的主意,云消雾散,一笔勾销了。静虚庵依旧香火兴旺,信佛的信佛,诵经的诵经,天下还是一片太平。这桩事能办得如此圆满,全是二位爷的运气,怎么这样巧二位爷就认识了我,能给二位爷效力办差,也是我常闲人的造化,若不是三爷遛南市犯事,我也高攀不上似你们这样有脸面的朋友。从此咱们就算认识了,就算有交情了,有用得着我常闲人的时候,随叫随到。用不着去家里找我,我没个准住处,没有准‘驻脚儿’。大四合院,咱住过;英租界、法租界,咱也住过;地道外半头砖垒的破篷铺,咱也住过。吃这行饭,就是今天肥明天瘦的差事。了结一桩大官司,主家赏个百八十的,舒舒服服能享一阵福。吃光了花光了,赶上街面上平定,兴许就挨饿。幸好天津卫大,我常闲人还没挨过饿,多多少少地总有忙乎的事。就说上次三爷的事吧,混混儿范九河,本来一肚子邪火,正想找个人拼命,偏偏让三爷撞上了,您老也是,笑什么呢?南市三不管地界是想笑就能笑的吗?人家双手提着两只绣花鞋,七尺汉子,孙子一般地立在路边,听老头子的管教,你扑哧一声耻笑,您老这不明明是往他脸上啐唾沫吗?也不是说进了三不管就不许笑,除了皇帝驾崩穿国孝,哪里有不许人笑的道理?只是,这要看是笑谁。您笑我常闲人,满嘴跑火车,一脸的黑雀斑,笑了也就笑了,您老笑话我是瞧得起我,拿我当人看了,我还得满脸冲着您赔笑,打个千儿,余三爷,小的给您老请安了。可是,除了余三爷之外,别人笑我不行,身份不如我的,不三不四,也敢笑我?一脸黑雀斑怎么了?那是我自己个长的,从娘胎里带来的,碍着哪位爷了?你吃肉不香了?喝水塞牙了?这就算惹上事了。惹上事就得有个了断,有脸面,譬如惹了他范九河,得把青门老爷子周是道请出来,一份厚礼,一桌酒席,我在当中一成全,哈哈一笑,说合了,完了,平安无事了。范九河听他老头子的教训,不许记仇。你余三爷也别和范九河一般见识,依然故我,你瞧,这爱用文词儿就是不嫌拌嘴,这就算云消雾散了。惹了我常闲人,用不着这么破费,饺子馆包子铺,西葫芦羊肉饺子一大盘,够交情,您再招呼一壶老白干,你不就是要笑吗?爱怎么笑就怎么笑是了。说这些闲话有什么用?二位爷记住,天津卫这地方就是是非多,有了是非要解是非,没有是非要惹是非,惹出是非来再吃是非。小至齐家,大到治国,就是这么个理儿。只是,至关重要,手要黑,心要狠,无毒不丈夫,先下手的为强!嘛叫兄弟?嘛叫手足?嘛叫父子?有你没我,有我没你,手软了就要吃亏。没听说朝廷里边的事吗?母子君臣、兄弟争位，全都是你杀我、我杀你的事，优柔寡断，这可又是文词儿呀，准吃亏。是不是这个理儿？二位爷琢磨去吧。哎呀，我这是喝了多少啦，十壶？哟，我说怎么觉着有点舌头发僵呢。"

晚上将近九点，宁婉儿房里的老用人徐妈进屋来禀报说："二先生回来了。"当即，"啪"的一声，正在梳头的宁婉儿竟将手中的梳子掉在了地上。

宁婉儿厌恶丈夫余子鹏，已经到了无以复加的地步，她早已忘记丈夫最后一次在自己房里过夜是哪一月哪一日？那个俗不可耐、令人作呕的男人，对于宁婉儿来说，早已变得非常非常遥远。阿弥陀佛，他总算有了一个去处，一连一年多的光阴住在外面，宁婉儿从来不询问他和什么样的女人混在一起，甚至于她倒真怕那个女人和自己的孽障丈夫混不久长，万一见异思迁的丈夫到某一天在外面玩腻了，再回到家来，她无法想象那将是一种什么局面。

刚开始在外面有了相好，余子鹏还担心妻子日月过得寂寞，十天半月地回来过一夜，满心想着要把在外边学的新鲜招式在宁婉儿的身上再尝尝味道。谁料，年轻的宁婉儿活赛是一块木头，连看都不看他一眼。余子鹏和宁婉儿的住房在三道院，正面的连房三间，原来他夫妻住在靠东的一间，女儿有个小床放在另一间。余子鹏住到外面之后，宁婉儿将女儿琪心揽过来住在一起，另一间便住着老用人徐妈。每次余子鹏回来，徐妈都退到用人的下房去住，她原以为年轻男女嘛，还能不在一起亲热？可是第二天徐妈早早地来到房里侍候，她竟惊奇地发现宁婉儿仍和女儿住在一间房里，而且锁着房门，余子鹏则住在另一间房里。

宁婉儿不和余子鹏吵嘴，不追问他在外边如何荒唐，也不劝说他要对妻子女儿负一点责任，宁婉儿半句话不和余子鹏说，趁个什么机会就锁上房门，把丈夫一个人扔在外面。然后，无论余子鹏如何央求，宁婉儿就再不出声了。

"靠着你的'葛先生'睡空房吧！"有时候余子鹏恨得咬牙切齿，隔着房门，什么难听的下流话都骂了出来，宁婉儿不搭理，反正就是不让他进屋。不就是骂自淫吗？"葛先生"也比你这个活的下流的男人强。本来不是什么瞒人的事，女人房里都有"葛先生"，这是祖宗留下来的一种器物，是给女人温子宫的。女人怕累多寒，大多数女人每月都要受一次刑罚，腹部疼痛难忍时，将一只人们称之为是"葛先生"的器物在烧沸的药汤里浸泡，使之柔韧而又能送入子宫，用它来解除难忍的腹痛。但男人们极坏，每当他们想到还有一只叫作"葛先生"的器物比自己还有用项的时候，便醋意大作，所以大多数妻子都对丈夫保证说身边没有那器物，但大多数妻子为了减轻病痛，又偷偷地藏着这么一样器物。

宁婉儿只有二十五岁，从新婚第一夜遭丈夫余子鹏强暴，一直还没享受过男女的欢爱；很快，她又从心里厌恶了这个男人，尽管生了女儿，但对她来讲，却没有一个夜晚值得回味。每天夜里，宁婉儿在空房中紧紧地缩在被子里，热泪盈眶，颤抖的嘴唇咬着被角，她只能在睡梦中遇到她暗中仰慕而又痴情的男人,想着这个男人,在心中与这个男人说话,是宁婉儿最大的幸福。第二天,在与五弟子鹬相处说话时,宁婉儿的颊上会突然飞过一抹红润,这时她的心急促地跳动着,要好长好长时间,情绪才能恢复安宁。

偏偏,又是在这样的时刻,五弟已经走了半个月了,父亲母亲还没有发觉。余氏府邸终究不是小户人家,有一个人一天不回家便要受到追问。余氏府邸老爹老娘只和孙子、孙女一同用饭,平日也是用人侍候。各房有各房的事,也全是在自己屋里摆饭。何况余隆泰开明、老太太慈爱,各房一定要凑到一起吃饭,必然要闹得人人不高兴,虽说饭菜是由大儿媳妇娄素云排定的,但各房里都有权利单独再吩咐加一两种时菜,有人爱吃鱼,有人爱吃虾,凑到一起,岂不是自寻烦恼?不在一起用饭,父子兄弟就碰不到一起,除了家人的生日,例行的节日摆酒宴合家团聚,余氏府邸一家人是很少有凑齐人数才开饭的时候。如此,这才使二儿子余子鹏可以常年在外鬼混,也才能使五儿子余子鹬一去半月,竟然还未被父母发觉。

但是,纸里包不住火,这场吵闹是绝对要发生的,不外是老太太晕过去,众人围上来抢救,老爹爹暴跳如雷,表面上训斥大哥余子鸥,追问大嫂娄素云,其实最被怀疑的还是自己。只能一口咬定不知道,虽说五弟平日和二嫂要好,但这种事他是不会对二嫂说的,倘自己知道,绝不能就这样放他走掉,如此惊天动地的大事,媳妇胆子再大,也不敢瞒过公婆。

出人意料,十天之前,大嫂娄素云又哭哭啼啼地告诉自己说,她要和大哥一起去五台山敬香拜佛。

"婉儿,大嫂总觉着自己是贤妻良母,上上下下无可挑剔,可是,如今我才发现,我们原来都没能拢住丈夫的心。"娄素云从来没有怨言,只是如今她似是伤透了心,"你大哥学富五车,满腹经纶,少年时代也是书生意气,只可叹报国无门,再经过连连的国难,他已是自馁自弃,成了一个无用的人了,想起来只有他才真是可怜。怀才不遇,他就面壁读书,只怪我平日顾不及帮他排遣心间的抑郁,阴错阳差,他又想起了自己昔日的同窗情谊,从此,他更似失了魂魄,一天比一天变得麻木了。唉,本来'山盟虽在,锦书难托'的事,谁也奈何不得的,谁料又出了丧尽天良的恶人,他们竟然去陷害中伤一个弱女子,无可奈何,她只能远走他乡了。苏伯媛远去五台山,你大哥心慌意乱,当即便要只身出走,为了顾全他的名声,没有别的办法,我只能说是自己要去把苏伯媛追回来。其实以她那样病弱的身子,去五台山敬香朝拜师太只是借口,她是决心要一去不归了。倘那样,我们一家对不起苏伯媛事小,只怕你大哥经不住这样大的动荡,真有个什么灾祸,这一户人家的平安可该如何维系?婉儿,这些日,你先代我操劳一下家事,婆母那里我已经请过假了,船也租下来了,房里的刘妈陪我们一起去,两个孩子,我已先送到娘家,让他们先在姥姥家住些日子,只要能追上苏伯媛我们一定立即回来。"

　　"唉,大嫂真是贤惠呀!"宁婉儿听着,不由得赞叹着说,"怕苏伯媛出意外,又怕大哥受不住重创,大嫂唯独不为自己着想。"

　　"大嫂命苦,我就是为了咱们余姓人家的日月才生到世上来的。公公婆婆把家务全交给了我，上上下下都要维持，即使是在仆用面前，我都要摆出一副笑脸。余姓人家又要发财，又要行善，又要诗书传家，又要儿孙绕膝，无时无刻我不是在演戏。婉儿，对你明说了吧，我不是没有出家的打算，找个清静的地方终日焚香诵经，该是何等的造化呀！"说着，娄素云抽抽搭搭地哭了起来。

"不知底里的人都猜想我们这样的名门大户，深宅大院里必是享不尽的荣华富贵。子牙河上修筑着五槐桥，大门外立着善人牌坊，石桩上拴着马，方砖上停着轿，真是何等的威风。其实哩，我有时真羡慕那些市井人家，一对夫妻相依为命，或经营一家小店，或是劳苦谋生，人人有吃有穿，便再没有烦恼。可我们这里，却总让人觉着似是天要坍、墙要倒，时时都有躲不开的灾祸。大嫂，我对你说吧，栽赃苏伯媛的，不是外人，准是这院里的人，不是这院里的主子，也是这院里的亲戚，否则，不看僧面看佛面，明明是给余氏府邸的大先生出难题，这年月，谁敢惹三井势力？"宁婉儿说着，目光中闪动着仇恨。

"可是这宅院里，谁会做这种事呢？"娄素云不解地询问着，"嫌我古板，可以对我讲，恨你大哥呆痴，他没碍着什么人呀，干吗要加害于人家苏伯媛，却又是要伤大哥的心？"

"大嫂，明说了吧，这宅门里五弟兄，除了大哥和五弟，以我们这个二奸细为首，三土匪、四无赖，没一个好东西！"宁婉儿骂着，拳头攥得咯咯响。

"无论什么话都可以明说的，不该暗箭伤人呀。"娄素云说着，深深地叹息了一声。

大哥大嫂走了,四道院更加静了下来,好在娄素云走前交代过了,让用人到晚上将各房里的灯都点着,明明亮亮,还不显得冷清。婆母知道了,准了假,为孙女还愿敬香,奶奶当然不能阻拦,只是公爹还不知道,能拖一天是一天。也许不待他发觉,一切顺利,娄素云和余子鹞就回来了,那样岂不皆大欢喜。

······

冷冷地瞪了余子鹏一眼,宁婉儿明明是在质问丈夫,你回来干吗?和野女人吵架了?还是没钱花了?要么得了什么不洁的症候。

"给我备水。"余子鹏脱去长衫,宽衣休息,身子歪在大躺椅里,大声地吩咐徐妈给他端水,他要洗脸、洗脚。

宁婉儿咬了一下嘴唇,一声不吭,暗自在琢磨该如何对付这个讨厌的男人。

徐妈不多时备好了两铜盆水,一盆放在盆架上,一盆放在地上,然后转身放下门帘,临走出去之前还询问了一句:"是备些点心,还是煮几只鹌鹑蛋?"

"嘛也不用,我吃过了。"余子鹏回答着,然后便脱去了外面的衣裤。

"噗,噗",余子鹏捧热水洗脸,还不停地吹出声音,稀里哗啦,洗得好不舒服,然后又转过后背,似是对妻子宁婉儿吩咐说:"给我擦擦后背,真痒。"

宁婉儿当然没有理他,悄无声息地站起身来,她走到女儿房里去了。

幸好,余子鹏倒不觉着无趣,他擦过身子,唤来徐妈将水盆端去，然后又看着徐妈为他铺好被褥，随之一骨碌爬上炕去，钻进被窝，把脑袋埋在被窝里，不多时便呼噜起来了。

呼噜了好长好长时间，被窝里的余子鹏停住呼噜声。用心听听，堂屋和女儿房里都没有声音，只有墙外远处打更的梆子敲过了两下，又"喤喤"地两声锣响传来，已经是二更时刻了。立即，余子鹏掀开被子，跳下炕来，趿拉着鞋，走到宁婉儿和女儿的住房门外，推推门，门从里面锁住了，轻轻地敲一下窗子，余子鹏悄声地隔窗问道："琪心睡了吗？"

余子鹏询问女儿睡了没有，其用意自然是问宁婉儿睡了没有。

没有回答，宁婉儿一声不吭。

"婉儿，我是想你，才回家来的。"余子鹏将嘴巴凑到窗缝，心诚意诚地小声说着。

仍然是没有任何回应。

"婉儿，你真这样狠心吗？我们两人该有两年多时间没在一起亲热了，你知道，我是多想你呀，虽说我在外边偶尔也有不检点的时候，其实我就是玩麻将，即使有那么一回两回，无论那是什么天仙美女，我心里想的都是你。婉儿，你答应一声，你不能这样不理我呀！"

余子鹏央求得如此恳切，就是连石头听了都要动心的，只有宁婉儿似是压根儿没听见，房里一点儿声音也没有。

"婉儿，我给你下跪了，只要你今夜过来和我一起睡，说话算话，我若是再在外面过夜，那就让天雷劈了我，婉儿，我给你下跪了。""咕咚"一声，余子鹏真的在门外跪下了，为了证实自己确实是跪在了门外,他还故意抬手在房门的下端拍了一下。

只是宁婉儿铁石心肠,依然无动于衷。

"婉儿,一日夫妻百日恩,你真就这么狠心吗?浪子回头真金不换,从今往后的荣华富贵,你不还得依仗我吗?"

"唧"的一声,屋里传出了一声重重的声响,余子鹏暗自一惊,他以为是宁婉儿回心转意出来了,但再一听,原来是宁婉儿将一只枕头狠狠地砸在了门上。

放心地舒一口长气,余子鹏也就不再央求了。

回到房里,余子鹏开始寻找,好在房里就这么几样家具:被阁子、衣柜、长条案、梳妆台、一张书桌,书桌上的文房四宝,长条案上帽筒、花瓶和几件古董,明处的摆设,余子鹏自然能够认出全是自己房里的东西。拉开书桌的抽屉,也没什么稀罕物件,再细查找,梳妆台的首饰盒里,多了一个大印盒,取出来一看,啊呀,余子鹏在心中惊喜得几乎喊出声来,正是此物:"余隆泰"三个楷体大字的印章,找到了。

不容分说,余子鹏取出原先写好的几张契文,一一地盖上了老爹的大印:

"为担保事,原大五福布厂因经营不善歇业倒闭之后,其原有一切债权债务皆由恒昌纱厂掌柜余子鹏受理,现因余子鹏接办初始,生意金融尚未运行,故对所负债务乞容推迟三年附息还清。担保人:三井洋行余隆泰,×年×月×日。"

"扑哧"一声,余子鹏看着盖好大印的担保书,不由得笑出声音。世上人真有傻蛋,心甘情愿地挨骗,自己拍着胸脯说一年之后还债,谁也不相信,加盖上余隆泰这个大印,一年变成三年，债主们反而乖乖地不闹了，他们就不琢磨琢磨，到了时候余隆泰若是不认账，该怎么办呢？办这种事，还是洋人鬼，洋人没有印章，凭的是个人签字有效，你本事再大也造不出假签字来。而且签字时本人在场、亲手握笔，排场大的还要请大人物出席签字仪式，签字之后还要举杯祝贺。表面上看着似是一种做派表演，其实哩，是找来人证，免得日后不认账，说是被人逼的。更有维新的办法，签字时要照相——西洋相机，噗地一下就把场面照下来了。铁证如山，到了时候讨债的还债，谁也休想抵赖。

事情办理妥帖之后，余子鹏又钻进了被窝。说来也怪，他此时却忽然觉着躁动了起来，真想插上双翅膀飞回日租界，拉过陈翠喜来，听她在自己身子底下嗷嗷地喊叫。强忍住火性，把枕头压在脸上，又有一股诱人的幽香撩得他难忍难挨。果然这是一种名门闺秀独有的幽香，宁婉儿毕竟比陈翠喜强上千百倍。只是宁婉儿是一块木头，她稍微来一点儿花哨，那味道一定比陈翠喜会有意思得多。

胡思乱想之中，迷迷糊糊，余子鹏睡着了。他睡梦中还在计算，明日早晨要去后院给老爹老娘请安，以表示他余子鹏循规蹈矩地就是安分守己，好歹就算是"点卯"吧，然后扬长而去。只要给他三年时光，就不信恒昌纱厂不兴旺。

"当当当"，窗格子被人从院里敲了几下。余子鹏没有听见，倒是另一间屋里的宁婉儿被惊醒了，隔着窗子，她问了一声："谁？"

"二少奶奶，您别惊慌，小的是吴三代，老太爷在前院里摆香案,吩咐各房里的爷们,还带上大爷房里的宏铭少爷,立即到前院敬香。"窗外果然是用人吴三代的声音,宁婉儿忙披衣坐起,隔着窗子向外面询问:

"现在是什么时辰?"

"三更二刻吧,二少奶奶,是仙家在前院里显灵了,细情,明日再细说吧,我还得禀报三爷、四爷、五爷去呢。"

"啊!"宁婉儿惊喊出了声音。真是不祥之兆呀,怎么偏赶在这个时候出事?仙家显灵,就是狐狸拜月。前些年也发生过的,深宅大院,人口又少,跨院佛堂一直没住过人,明知道有狐狸住着,平时说这是有仙家保佑,每到时候还要将些供品摆在院里,夜间由仙家享用。

狐狸是一种淘气的小动物,它们常常会闹出些人们不能理解的动静。譬如成群地夜里出来"赏月"。狐狸怎么还知赏月呢?它们看着一只亮亮的大圆盘悬在天上奇怪,便一群一群地坐在月下静静地向天上望着。迷信的人们便将狐狸赏月的景象,说成是仙家显灵,再附会什么吉凶福祸的卜测,那就更让人惧怕了。

余家大院里的狐狸更不安分,它等见主家如此供奉,早已是胆子大了,夜间公然出来走动,家人和用人早已习以为常。偶尔显灵,仙家便要大大方方地蹲坐在院子里,无论巡夜的吴三代如何央求,也不肯走开。前些年有过一次,夜间,也是过了三更二刻,一只大狐狸,十几只小狐狸,神气十足地蹲坐在前院里,各个嘴巴冲天,不知道是受了委屈,还是闲得难受。吴三代看见了自然不敢触犯,便一个人冲着仙家跪在地上连连磕头，谁料这些仙家的架子大，它们压根儿不把吴三代放在眼里。无奈，吴三代只得惊动老太爷，最后是老太爷亲自摆上香案，又唤来全家男子一起给仙家磕头，直折腾到四更一刻，仙家才悻悻地离去。

只是这仙家也是和人作对，不迟不早，干吗要在今晚显灵？大哥大嫂不在家，大不了如实禀告，去五台山为琴心还愿敬香，老爹也不会发火。只是五弟的事，这次可瞒不住了。

"快点，快点。"后院里传来了急促的脚步声，听得出来，是三弟子鹤拉着四弟子鹩往前院跑。路经二哥窗外，余子鹤还对四弟子鹩说着，"这次二哥麻烦了，我劝过他，不能在外过夜，瞧，老爹明日不找回来他、剥他的皮才怪！"

"剥谁的皮？"哗的一声拉开屋门，余子鹏大摇大摆地走了出来。刚才吴三代在窗外的禀告，已经将他惊醒，匆匆地穿着衣服，他庆幸自己的运气好，一连一年多住在外边，欺上瞒下，一点儿破绽没有。连仙家都暗中相助，偏偏自己今夜"发疟疾"回家了，仙家却前院显灵，明明是让老爹瞧瞧，都往老爹耳朵里吹风，说二奸细不正经，老爹您瞧，我规矩不规矩？

只有宁婉儿站在门里狠狠地啐了一口唾沫，余子鹏当然觉察出来了，转过身来他冲着宁婉儿骂道："我知道你心里恨我，你心想若是赶上我平日不在家多好，半夜敬香拜仙，唯独老二不在，明日爹娘面前，由你一个人栽赃。吉人自有天相，仙家成全我，生气去吧，我要亲眼瞧着把你活活气死。你头天死，我第二天就把外边的娶进来！"骂罢，余子鹏一甩袖子出去了。

前院里，气氛好不紧张。皎洁的月光下，坐东向西，一只老狐狸直挺挺地坐着,两条后腿垫在屁股下边,两只前腿弓在胸前,似是有所拱拜。老狐狸的身后,八只小狐狸,也学着它家老者的神态,一个个端庄地坐着,西斜的月亮照在这些狐狸的身上,在地面上投下一片黑影,真是阴森恐怖。

余子鹏、余子鹤、余子鹩都一齐跑来了,老爷子长袍马褂,已立在香案前向着仙家礼拜,老二、老三、老四不敢声张,一一站在老爹身后,也一齐随着老爹礼拜。

"大爷怎么还不来?"礼拜时,余隆泰厉声地向吴三代询问。

"小的禀告过了,房里没人应声。"吴三代在旁边,忙着敬香摆供。

"怎么,房里没人?"余隆泰不相信地问。

"房里的妈子说,已禀告过太夫人了,说大爷大奶奶出门了。"吴三代继续回答。

"出门怎么不告诉我?先敬香,明日我再查问!"余隆泰已是有些发怒了,强忍住怒火,他又向吴三代询问,"老五呢?"

"五少爷房里空着。"

"混账!"余隆泰气疯了,仙家面前,他不敢发作,但月影下,只见他全身在剧烈地哆嗦,若不是二儿子余子鹏在后面搀扶,说不定他真要瘫倒了。

"父亲息怒,敬香拜仙要紧,有什么事,送走了仙家再说。"余子鹏一副孝子模样,在后面恭顺万般地劝说着。

强忍着满腔的怒火,余隆泰站直了身子,高高地将双拳抱在一起,举过头顶,他率先向仙家拜了下来:"仙家有灵,我五槐桥余姓人家祖祖辈辈安分守己,穷则独善其身,达则兼济天下;敬神佛,孝父母,忠圣上,爱黎民;书香门第,慈善人家。我余隆泰和全家儿孙当之无愧呀!只是国难以降,天下大乱,人心不古,余隆泰教子无方,儿孙辈或有不孝不悌不忠不义之事,千不该万不是,无论是什么罪孽,仙家就只惩处我余隆泰一个老混账吧!"说着,余隆泰发疯般地挥起手掌,啪的一声,啪的一声,他一连狠狠地抽了自己几个耳光。

这一下,把人们都吓呆了。吴三代机灵,他忙着爬过来将余隆泰抱住,声泪俱下,他向余隆泰央求道:"老爷,老爷,您老使不得呀,惊动了仙家,谁也担待不起呀!"

"爸爸,您老别着急,"这时,余子鹏从后面挪了过来,"是二儿余子鹏不器,才让阖府受了连累,掌脸的,应该是我。"啪、啪、啪,一声一声,一下一下,余子鹏代替老爹狠狠地抽打自己的嘴巴……


"爸爸,爸爸,您老醒醒呀!"

时近破晓,前院里的仙家在余隆泰和他家三个儿子一番叩拜之后,得意扬扬地越墙而去。这时余隆泰连累带气,早瘫坐在他跪着的大蒲团上。全身无力,他已立不起来了。

吴三代几乎是背起了余隆泰,余子鹏、余子鹤、余子鹞三个儿子左右簇拥,一行人这才回到四道院老爹老娘住的正房。四盏美孚油灯燃亮,将大花厅照得明明亮亮,二儿媳宁婉儿、三儿媳杨艳容分别立在老太太的座椅身后,呼叫半天,老太爷才渐渐地苏缓过来。

立即,用人、妈子、丫鬟们忙着送上热手巾,端上热水。屋里屋外,人影跑来跑去。老太太吩咐老妈子煮来参汤,二儿子余子鹏一匙一匙地喂着老爹。

"唉,你何必着这么大的急?"老太太见丈夫苏醒过来,忙着柔声细语地说着,"子鸥夫妻去五台山进香,我还没来得及对你述说,也是儿子、媳妇的一片孝心,他们说要在你生日之前,去五台山为你捐一尊佛像,讨回来庙里的黄绢福文,给你的寿日增彩助兴,到时候让你得着意外的欢喜,算是感谢你的养育之恩。"一番解释,倒也自圆其说,总算把大儿子和大儿媳妇的事瞒过去了。

"子鸥呢?莫非他也上五台山为我捐佛像去了吗?"刚刚苏醒过来的余隆泰,抬手拍着座椅扶手呵斥着问。

"他还能有别的去处吗?"老太太依然心平气和地解释,"说不定是学堂里有什么功课,再说严夫子又是多年的夜读,喜爱子鸥有出息,唤去子鸥随他一同用功,也不是没有过的事,过一会儿他就会回来的。"

"我现在就去找他。"余子鹏一旁站立,护着老爹,一面自告奋勇要去寻找五弟。

"你就在家里多待会儿吧!"老太太冲着二儿子酸酸地说,"幸亏有你们这三个儿子孝顺,否则这家运可真是要衰微了。"老太太不甘心,她最疼爱的长子、五儿偏偏今夜不给她争气,反让平日她瞧不上的三个孽障今天成了孝子,这仙家显灵也是故意和自己作对。

"你大哥的事,我不疑心,你娘说的那些,也许就是实情。"

余隆泰喝过一盅参汤，精神似是已经恢复，又接过热手巾来拭拭脸，他冲着在场的三个儿子说着，"说老五在严夫子处读书，我绝对不信。严夫子为人师表，每次有功课留下子鹓切磋，必先差人来家亲自向我请假，不见我的亲笔复信应允，他是绝不会留下子鹓的。去年的一天，三井商务繁忙，我夜里留在洋行督办公务，正巧严夫子派人来家找我，你大哥在家代我应允，严夫子都不放心，还要差人到三井洋行给我送信。今天，他何以一反常态，私自留下子鹓呢？不能够，绝对不能够！"余隆泰厉声地说着，眼睛盯着宁婉儿，宁婉儿回避开老公公凌厉的目光，只低头站在婆母身后。

"子鹓在外面不结交狐朋狗友，他一不会打牌，二不去听戏，三不进租界地荒唐，你说他不回家会做什么？"老太太偏心五儿子，她嘴上数落着种种恶习，眼睛一个个地审视老二、老三、老四，只是她也说不清子鹓未归的原因。说着说着，老太太忽然想起什么，她不停地眨了眨眼睛，侧过脸去也看了二儿媳宁婉儿一眼，然后才自言自语地说着，"似是该有半个月时光，子鹓没到我房里来了。"

"什么？已经有半个月不见子鹓了？"啪的一下，余隆泰拍了一下座椅扶手，要站起来，但又无力地跌坐在椅子上，随之他盯着在场的三个儿子问道，"这半个月，你们谁见子鹓了？"

"我，我……"老二余子鹏避开老爹的注视，低头吞吞吐吐地回答，"子鹏这半个多月正在研读《尚书》……"

"难得你也知道有本《尚书》！"老太太凶巴巴地斥责，"你也向你老爹说说，你是在研读哪一章？"

"嗐,你审问他这个干吗?"余隆泰打断老妻的话,依然审问儿子,"现在是问子鹏的事,子鹏这孩子心境浮躁,对许多新学时文过于热衷,老二、老三、老四,无论他们在外边去哪里,我都知不过就是'荒唐'二字而已,可是子鹏倘一旦半月不见,说不准他会惹出大祸来的;到那时,全家满门抄斩,可是国法不容的呀!"余隆泰说着,已是急得全身哆嗦了。

　　"啊!"老二、老三、老四同声惊呼,三个人一同打了个冷战。

　　"哎呀,这可怎么好呀!"站在婆母身后的三儿媳杨艳容更是吓得魂不附体,她轻轻地推着婆母的肩膀,吵闹着说,"快派出人去将五弟找回来吧,我可是害怕呀!"

　　"平日,你们都听老五说过什么?"老太太倒不惊慌,她眼睛看着三个儿子,其实是在审问立在身后的二儿媳妇宁婉儿。

　　"我攻旧学,五弟热心新学,我们平日是很少说话的。"余子鹏抢着回答,"再说,我对他讲那些学问,他也不懂呀!"

　　"我和五弟压根儿就没来往,别看都是住在一个宅院里。"老三余子鹤回答。

　　"也不知他是个什么脾气,终日皱皱巴巴的,各色!"老四余子鹞嘟囔着说。

　　"婉儿,"等三个儿子回答过之后,老太太才向宁婉儿问道,"子鹏没对你说过什么吗?老嫂如母,你过门的时候,他才十来岁。"

　　"子鹏最听大嫂的话,和我多是说些书画的事,至于新学时文,五弟给我讲过梁任公的文章,媳妇不才,多不过也就是只知'维新'二字的皮毛而已。"宁婉儿回答着,神态极是泰然。

"唉,这个梁启超。"余隆泰摇了摇手说道,"变法维新,尽人皆知是唯一兴国之路,可是既然太后不允,一介学子,你又何以有回天之力呢? 我最崇仰维新,但我不舞文弄墨、蛊惑人心,我办洋务,通贸易,不喊维新者未必不维新,只待将来世界通商,由此科学民主传入中国,还愁你梁任公没有出头之日?"

"父亲教诲,刻骨铭心。"余子鹏忙着插话说,"梁任公受业万木草堂之时,即助力康南海撰著《新学伪经考》……"卖弄点小聪明,余子鹏好证明自己也是饱学之士。

"嘻,外边的人全说,梁启超瞎胡闹。"老三余子鹤也抢着说。

"我一看时文就来气,天下大事,皇上一个人说了算,不三不四的跟着操的什么心?"老四余子鹈理直气壮地也跟着说。

"梁启超的事,只由他好自为之去吧。"余隆泰一挥手打断了三个儿子的话,"这几天,你们三个就都别在家里读书了,各处去走走,打听打听子鹕的去向,有了线索,立即带上人将他找回来,万万不能耽搁。"

"我这就去!"说着,余子鹏抬脚就往外走,随之他还抬手摸了摸长衫里面的衣袋。

"回来!"余隆泰一声喝喊,又把余子鹏唤了回来,"我还没有说完。头一宗,关于子鹕出走的事,对外万万不可声张,你们出去打听他的去处,也不许露出家中正在寻找他的迹象,要知道,这年月似我们这样的人家,随便有个孩子突然不知去向,那可是件惊天动地的事,莫看黄道台在天津府任职,朝廷早就有过旨谕的,凡有图谋不轨者,格杀勿论。"

"子鹏知道。"余子鹏连声答应。

"这我知道,去年谁家的一位公子,未经朝廷选派就去了东洋,回来后也不知受了什么株连,不清不白地人就不见了。现如今对这类事可狠了,和弑君谋反同坐。"老三余子鹤述说着,目光中一片惊恐。

"自作自受!"老四余子鹬气汹汹地说。

"还有一桩事,也和你们一起说了吧。"余隆泰喝了用人送上来的一盅燕窝粥,精气神好了些,便又对三个儿子说着,"本来,子鹏是被总督大臣袁世凯选中进海军大学就读的,我猜想他是不愿寄身袁世凯的麾下,所以不辞而别找地方去躲避些日子的,人各有志嘛,不可强求!可是,既然袁世凯要从我家选一名学子进他的海军大学深造,我们就不可违抗,再说谁能预料来日袁世凯是个什么人物?"

"爸爸的意思是不是想换个人?"老四余子鹬沾了这种事极是聪慧,他一听便听出了老爹的弦外之音,当即他就对老爹说,"我还没到上学的岁数呢,我也不瞒着爸妈,玩物丧志,我就是爱养个活物——鸟、鸽子、蛐蛐儿、蝈蝈、金鱼。我为把一对鸽子送到德国去放飞,跑东跑西,结果还是让一个狗食孽障给骗了,最缺德,他骗走我那对鸽子,关在笼里下蛋孵窝之后,心生毒计,竟把那对举世无双的凤尾观音给吃了。可是后来这个狗食孽障也没得好下场,他把他家的产业全输光了。爹,我平生无大志,您就让我再玩几年吧。"

"你不去谁去?"余隆泰冲着四儿质问着,"你大哥,30 岁了;二哥,有了妻子儿女;三哥也成了家。"

"是呀,是呀,将艳容扔在家里,谁照顾?"老三子鹤也随声嘟囔着。

"总督大臣选中了谁,就让谁去!"余子鹩还是不服气地争辩,"我才不去那个海军大学,我不会算学物理,我不知天文地理;我晕船,我一见了浪头就恶心;我不敢打枪放炮,我一听枪响就哆嗦,老娘知道,6月18日护着老娘逃难,枪林弹雨,我装了一裤兜子屎……"

# 第十一章　肮脏交易

《辛丑条约》签订之后，天津日租界内原来的日本国天津领事馆升格为日本国总领事馆。第一任总领事伊集院彦吉走马上任，恰赶上袁世凯同时就任直隶总督大臣。在中国，在天津，袁世凯为主，伊集院彦吉是客；在日租界，伊集院彦吉是主，袁世凯是客。他两家各自琢磨了许多日，拿不准主意是哪一位应该去朝拜哪一位。偏这时日本国又送来了珍馐海味，并派遣了日本御厨及歌伎十余人祝贺袁世凯荣升封疆大臣。想来想去，只能由三井洋行出面，请余隆泰大人牵线，安排两位要人会面。三井是主，他二位全是客，谁也不高，谁也不低，彼此都有面子，而且还免除了官场礼仪，只是赴宴而已。

本来余隆泰还想请黄道台作陪，但黄道台身为一名官员，他是袁世凯的下属，为自己的上司作陪，礼貌上不妥，且黄道台知道，日本国如此在老袁身上下赌注，其中必有其不可告人的目的，自己贸然在场，实也无趣。

诚如世人所知，袁世凯继承李鸿章的衣钵，他们是依仗俄国势力的。李鸿章赴俄交涉争执，公开收受俄国人几十万两的赠礼，早已不是什么秘密。所以李鸿章在几次议和之中，总是先让俄国人捡便宜，俄国人吃剩下的，才轮到其他各国均分。

日本作为中国近邻，甲午海战之中日本鲸吞了中国台湾，如今它已是与中国接壤毗邻了，而且日本自明治维新以来，国力日强，看着中国一天天衰败溃烂，一是要趁机多得些油水，二是为日后的种种贪图及早埋伏下自己的势力，所以，日本于扩大在华力量的同时，正在物色能与自己合作的人物，如此他们才不惜下大赌注地八方联络感情；在世界列强都在向中国掠夺鲸吞之时，他们却只要和中国人公平地做生意，其中还要让一些中国人发财，规规矩矩地履行合同，让中国人看看，如余隆泰大人这样，能于经办对日贸易中成为天津首富，请中国人只管放开胆子和日本打交道。

如今，日本在华势力已是颇为可观了。设在天津日租界的总领事馆，内分三部三课一署，即总务部、经济部、司法部，会计课、电信课、文书课和司法署。此外，天津总领事还管辖着北京、山海关、青岛、济南和张家口各地的领事馆；事实上，天津的日本总领事馆比堂堂大清国的直隶总督府管辖的地盘还要大。

而且，这几年，天津日租界迁来的日本人已达四五万人之多，成了天津各国租界地租借国居民最多的一个地方。除了这些居民之外，日本国在天津海光寺兵营还驻扎有官兵二千六百余人，司令官大岛久直是日本陆军中将，这支军队被称为"北支那驻屯军"，其装备、兵力，不亚于袁世凯小站屯兵。

如此，由三井洋行出面、余隆泰做中人宴请袁世凯和伊集院彦吉，他两个谁会不来？当然这只是一次私人宴会，不带官方色彩。双方商定，袁世凯不穿朝服，一件藏青色毛料长衫，灰缎马褂,身挂念珠,不戴朝珠,足蹬礼服呢布底便鞋。伊集院彦吉穿和服,中国人称之为"特勒",深棕色,和服上缀有家族图徽:一朵樱花;为尊重天朝礼仪,不穿木履,足蹬英式官场皮鞋。三井日方掌柜和余隆泰穿着随便,陪同人员有伊集院彦吉夫人,穿和服。袁世凯带着他的长子袁克定,余隆泰带着他的四儿子余子鹞。如此,仪态非凡,气宇轩昂,这些人便济济在一堂了。

这一番会面,好有讲究。事先由余隆泰和三井方面的日本人双方奔波,不光商定了座次、礼仪、穿戴,继而连席间的种种细节都做了周密安排。届时伊集院彦吉和袁世凯只需按部就班地依次表演便是,他两人活赛是一对木偶。

酒席自然是日本大宴,一切用料:龙虾、鲍鱼、鲑鱼、大蟹,全是从日本放在海水缸里活着运来的。入席前,伊集院彦吉向袁世凯一一地展示过,龙虾在大玻璃缸里欢蹦乱跳;鲑鱼在缸里游来游去;大蟹,活赛是一只大草帽,比中国最有名的大闸蟹要大二十倍,一只大蟹足有三斤重,真是让人大开眼界。

地道的日本皇宫大宴,先上来一杯白水——只是白水而已,也是从日本运来的。水杯里全是小气泡,嗅着有一股山泉的幽香,但主宾双方谁也不喝,连杯子都不碰一下。水杯撤下,一盅梅茶送上来,有些苦涩,只将茶盅送到唇边沾一下,再撤下去,这时才敬上来日本清酒——大正天皇御用酒坊酿造的"鹤之舞"。

一道活虾,罩在一只大玻璃罩里,蹦得撞在玻璃罩上发出清脆的声响。厨师托着大托盘过来,侍女跪着接过送上,一双玉手掀去大玻璃罩,然后一杯老酒浇上去,立时,盘里的活虾便浸醉了,一只一只睡在了盘上。

"总督大人请。"伊集院彦吉夫人站起来,双手扶膝向袁世凯鞠了一个大躬。敬第一道菜要由女士出面,宽宽的和服衣袖下伸出一双白得刺眼的细腕,双手扶着筷子,将一只醉虾送到了袁世凯面前的银盘里。

"谢谢夫人关照。"袁世凯的长子袁克定站起身来向伊集院彦吉夫人还礼。这是事前排练好的他今天唯一的一次表演,此后只管随着大饱口福大饱眼福就是了,再没有他的事。

"这道大菜的名字叫海老。"伊集院彦吉夫人一面照料着众人吃虾,一面说着,"海老水干,虾鳖尽索,表示我们将海水淘干,倾其一切敬重尊贵客人的意思。贵国譬喻友谊如海枯石烂,敝国更是深知此道。"

"夫人所言极是,中日两国同文同种,真是海内存知己,天涯若比邻呀!"余隆泰按照事先安排好的程序,代替袁世凯致了答词。如是,一切礼尚往来结束,下面就随随便便了。

袁世凯多次出使外国,该是什么大场面都见过。余隆泰虽说是天津首富,但皇帝老子、钦差大臣们享的福,他还是头一遭享受。烤龙虾,肉质甘甜;烹大蟹,吃得满嘴清香;生鱼火锅,大正天皇御膳房的操作比民家的生鱼火锅要好上千百倍。厨师、侍女们在身边侍候,已经是就欠往嘴里喂了。

余隆泰开眼界,余子鹤更开眼界。不光是这宴席上的山珍海味吃得令人终生难忘,他更为这种日本人独特的吃饭方法而感到沉迷。每件餐具都是一件艺术品,每道菜都摆成花,而且又有如花似玉的日本美女敬酒夹菜，人就似被围在了花簇之中一般。

按照事先的安排，余子鹠和袁克定并坐在下座。正座上伊集院彦吉和袁世凯不知在说什么，两侧余隆泰和三井方面的日本人助兴谈话。下座两位小哥可就轻松多了，你有来言，我有去语，不多时便引为知己了。

趁机，余隆泰向袁世凯引荐了余子鹠，并且向袁世凯解释说："承蒙总督大人垂爱，上次选录我家子鹏进海军大学读书。只是不巧，前不久我家子鹏忽觉不适，经医生诊脉，说是气血两亏，日前我已送他赴江南养病去了。倘蒙总督大人不弃，这是我家四儿，余子鹠，愿代弟高攀，进海军大学深造读书……"

"不错，不错，就这么着了。"袁世凯抬眼望望余子鹠，便把事情定了下来。

余子鹠当然不敢违抗，席间他便悄声地向坐在他旁边的袁克定询问："这海军大学是怎么个深造法？苦吗？"

"哎，海军大学，天堂。"袁克定一双眼睛盯着敬酒的日本姑娘回答着说，"海军大学和当水兵是两回事。当水兵的进不了大学，进大学不必当水兵。一个是官，一个是兵；一个是主，一个是奴，天壤之别的呀！"

"那，这海军大学里都学嘛呢？"余子鹠还是不放心地询问。

"学喝酒，一瓶白兰地，一口气喝下去；学跳舞，学穿大礼服，摆谱。你是不知道，海军大学里，一个学生，要由四个人侍候，连穿靴子都不用自己弯腰，学的就是个派头。待来日海军大学毕业,出来就是个舰长;再出色的当海军将军、海军大臣。我见过外国的海军大臣,神气——大肚子,只会说四个字,头两个字是'干杯',后两个字是'来人',只要将人招呼来,就没他的事了。"

"当海军大臣这么容易?"余子鹬又问。

"嘻,你呀,傻。"袁克定一面吃着生鱼火锅,一面说,"你哪里知道,无论是文是武,官越大越清闲。扛枪站岗出操打仗的全是士卒,当官的只要举着战刀在后边喊前进就行了!当上大官,前边打仗,他在后边下棋喝酒。最大的官,别人打仗他发财。你没听说吗?早先的北洋水师,好多位舰长,连兵舰都没上去过,甲午年一场海战,北洋海军重臣们上得兵舰上去,头一道军令便是'摇橹开船',他不知道这兵舰开动原来不要人摇橹,他以为是打渔去呢。"

酒席间,日本歌舞伎表演了歌舞。花枝招展,国色天香,轻歌曼舞,真是人间仙境。

按照事先排定的顺序,歌舞伎表演之后,两位小哥要离席退去。这时,余子鹬看看袁克定,袁克定看看余子鹬,然后两个人同时起身告辞,请各自的家长准允自己回家去研究功课。

"孩子该回家读书去了。"两位家长点头同意,他两人才从大客厅走了出来。

由伊集院彦吉手下的官员送两个小哥走出大门,余子鹬当即要登车回家,这时袁克定一把将余子鹬抓住,问道:"去哪儿?"

"回家。"余子鹬回答说。

"嘻,这么早回家干吗?"袁克定一招手,他的专用轿子车驶了过来,"走,哥哥拉你去个地方,这帮日本姐儿哪里是跳舞呀?光看她们甩袖子,穿的那么多,是看衣服还是看人?法租界新近来了个跳舞班子,嘻,连连连……"说着,袁克定将嘴巴凑到余子鹬耳边,悄声地对他说着,"连肚脐眼都露着。"

腾的一下,余子鹬的脸烧得通红通红。余子鹬虽然不肯读书,玩物丧志,但出格的事,他没做过,也没见过,实在也没想过。听袁克定说法租界竟然有这种销魂的去处,还没去,他的心先怦怦地跳了起来。

"我家老爹……"余子鹬胆怯地回答着。

"嘻,都是海军大学的学生了,还怕老爹?从今往后老爹管不着你了。"

"那,谁管我?"余子鹬疑惑地问。

"校长管你呀,老爹就是想管,也得先问问校长让管不让管。老爹不让喝酒,校长说不会喝酒就当不了舰长,酒量越大越是好学生,你老爹就得给你买酒。老爹说不许跳舞,校长说不会搂着女人跳舞就当不了海军大臣,校长为社稷造就将帅之才,你老爹就得花钱送你天天下舞场。明白吗?从今之后,你老爹就管不得你了,你是海军大学的学子啦!"

"如此说来,这海军大学还真有个意思。"余子鹬开窍了,他似是看见了未来岁月的一片风光,顿时,他已是心花怒放了。

"有意思的事,还在后头呢。"说着,袁克定拉着余子鹬钻进他的轿子车,二人直奔法租界去了。

两位小哥的销魂把戏,不外一个是酒、一个是色罢了。酒至于醉,色至于淫,如此而已,一切都没有什么新招。倒是自幼非礼勿视的道学夫子余隆泰,今天晚上却被邪恶诱入了渊薮,说来倒是令人吃惊,完全是意外之举。

两位小哥退席之后没有多久,三井洋行的日方人士几句托词,然后便起身将余隆泰引出餐厅。顺水推舟、心照不宣,余隆泰当然明白,这是伊集院彦吉与袁世凯有秘事相商,事关两国政界交往,商贾不得介入,还是避出为好,彼此都落个方便。

余隆泰心中揣测,餐厅之侧还有客厅,或是水果点心,或是咖啡红茶,三井洋行的日方人士与中国掌柜一起说说经营上的设想;或者无话可讲,刚才退去的歌舞伎,正好用来调剂气氛。日本三弦虽然听不习惯,种种演唱也索然无味,但到底是日本国粹,什么也听不懂,看看也算开了眼界。

谁料,正在余隆泰准备客随主便的时候,飘飘然走过来四名日本女子,嬉笑着将余隆泰围在当中,前面有人引路,后面有人簇拥,下楼出院,踏过草坪越过花圃绕过石桥,后院里一间木板屋,推门进去,一团馨香清幽的水汽迎面扑来,余隆泰心中一震——澡堂。

这已是身不由己了。日本人风习,两个人之间交往最深,便是一同在澡堂里洗澡。不是洗澡,是在一个大水桶里泡,而且还要有侍女陪同共浴。荒唐,荒唐,真是荒唐了!中国人朋友间也有一起去澡堂洗澡的时候,但只是有伙计搓背,侍候茶水毛巾,而二人各自身上围条浴巾,相对而坐,海阔天空畅叙一番,只当是一种享受。但是如日本人这样两个赤条条的男子和几个赤条条的女子同室沐浴,中国人不认为是一种礼貌,中国人看作是一种罪恶。

"不可,不可,不可……"余隆泰正在挣扎,几个侍女三下两下,便将余隆泰的衣服脱光了。回身再找主人,偏偏主人又没来:显然是主人的精心安排,要让余隆泰一人独享一次异国情趣。上天无路,入地无门,呼救又不会有人听见,急中生智,免得出丑,余隆泰一步迈过去,抢先一步便滑进池中,扑通一声,池面上爆起一片水花。

紧闭双目,余隆泰借助热腾腾的蒸汽努力使自己平静。咚咚咚,心跳得似打鼓,咽喉一阵滚烫。余隆泰咽了一口唾沫,更觉着眼前直闪金星。

"嘻嘻嘻",一阵哗哗的水响,想必是那几个女人也下了浴池。偏她等极不老实,一起往余隆泰身边挤,余隆泰已经感觉到女人滑滑的身子在自己身上蹭,他更知道如今无论他往哪个方向躲,都要靠在一个女人的身边,余隆泰已经被她们围在中间了。

罪孽,罪孽,余隆泰无论怎么在心间暗中默诵圣贤的训诫,此时此际,他也按不住体内的一股烈火。想想自己已是年近六旬了,想想长子已是三十多岁了,想想已是有了孙子孙女了,想想一辈子深知礼义廉耻……全没用,一切一切都只是轻飘飘的思忖,唯有火烧火灼的身子让人无法控制。无奈,他只得将双膝蜷起,紧紧地用膝盖顶在胸前,一口一口地深呼吸。中国男人的没出息,已令余隆泰为之汗颜。

"嘻嘻嘻",又是一阵笑声响起,余隆泰已觉到正有一双滑滑的手掌落在他的肩上,忽而上,忽而下,活赛是两条活鱼。余隆泰不由得打一个冷战, 心中狠狠地咒了一句, 但是无力反抗,只能逆来顺受。此时此际即使你任由余隆泰从池中走出,他也是站不起来身子,更迈不动双腿了。

用力地屏住呼吸,余隆泰深信自己的修炼有素,不会是很长时间,稍过些时候,便会平静下来的,那时再找个托词出浴穿衣,一切都不至给日后留下笑柄。在三井洋行与日本员司共事多年,余隆泰听过不少日本人之间彼此奚落的笑谈,余隆泰如今也联想到了平日日本人津津乐道什么土耳其浴室, 赤身的浴女以自己的皮肤为男浴客搓身, 其实就是以肉身缠磨男人。当然,对此中国人早见识过,唐僧取经路上就误入过盘丝洞,而盘丝洞中的种种妖术,很可能就是这种土耳其浴。但,唐僧是佛门真身,孙悟空是火眼金睛,只有猪八戒没出息,终究也没误了正事。堂堂七尺黄脸汉, 从祖辈上传下来的童子功——坐怀不乱。

尽管余隆泰劝阻浴女们不可过于造次,只是此时,已不是一双手, 而是她们每人都伸过来一双手, 在余隆泰的身上滑蹭。“不可放肆!”余隆泰想要一点儿男人的威严,把这几个轻浮的女人喝退。

慢慢地睁开眼睛,一团蒙蒙的水雾,一池热腾腾的水,几张女人的笑脸,一个个露出水面的肩膀。几双手就近在眼前滑动,在自己的胸前、双臂上滑动。

突然,余隆泰的身子抖动了一下,眨眨眼睛,他似看见了什么异象。紧闭一会儿眼,再睁开,余隆泰紧紧地盯着一个浴女在自己身上滑动的手指:纤细、柔软,手指上戴着宝石戒指,上面的宝石出水入水,水面上闪出耀眼的光斑。

是一只极柔极白的手,是一只极尖极细的手指;一颗宝石戒指,碧绿晶亮,似一颗星辰,一闪一闪跳动着翠色的光。

余隆泰心中猛地一沉,他一下子从肉身的躁动中挣脱了出来。那只戴在浴女手上的戒指,是余隆泰于1900年避难,家中遭抢劫时丢失的那只传家珍宝——龙凤戒指。当时大难当头,一家人未及携带金银细软,许多金银珠宝都留在家中。在天津百姓遭劫的动乱中,余隆泰府上受损最轻。余隆泰虽然也说只要保住一家老小平安,倾家荡产在所不惜,但这枚龙凤宝石戒指的被劫,却一直不能忘掉,直到今天,他还在梦中常常见到这枚戒指。

这是他老妻当年的陪嫁,说是一块宝石,又似一块翡翠,无论白天黑夜,永远是光亮照人,色彩缤纷。最奇处,是这枚戒指上的宝石出水为凤、入水为龙。放在水中一看,宝石上一条云龙游动;取出水面再看,宝石上又有一只凤凰飞翔,乃无价宝。最先得到这枚宝石的人据说是在两千年前,他本来要用这枚宝石去朝廷换一个官做,不料赴京的路上,他被贼人杀死在了客店之中。余隆泰老妻家中如何得到这颗宝石,不得而知,但余隆泰的泰山大人因喜爱他女婿的才华出众,才把这枚无价之宝做了女儿的陪嫁,赏给了余隆泰,做他的镇宅之宝。

立即,余隆泰抓住了戴着这枚龙凤宝石戒指的那个浴女的小手。那女子还以为是余隆泰对她格外喜爱,当即娇滴滴地将身子靠近过来。余隆泰将那只小手抓到眼下审视,绝无差错,就是自家被抢走的那只戒指。将那只戒指连同那女人的手一同浸入水中,果然宝石中有一条蛟龙游动,再猛然将那女人的手从水中举起,哗哗的水珠落下,再看那只戒指的宝石上,正是飞着一只凤凰。

腾的一下,余隆泰站起身来,一步迈出浴池,双手推开涌上来的浴女,他围上一条毛巾,径直向更衣处走去。

自己家里的龙凤宝石戒指怎么会到了日本陪浴女的手里?这几个日本歌舞伎和陪浴女都是专程乘船从日本国来的,在天津登岸后未与任何人接触,直接送进日租界,由三井方面派人收容。日方三井人士说过,一切准备全是那个叫小井洋次的日本人操办的。

哦!一个可怕的念头掠过余隆泰的心头:一定是自己手下的小井于八国联军抢劫天津的时候,闯进余家大院将这枚龙凤宝石戒指抢到的,他又看不出这枚龙凤宝石戒指的非凡之处。想来必是这个小井洋次与日本浴女有染,偏又手头没钱,使用他抢来的戒指抵偿。小井穷困,不知什么是宝,于宝石翡翠一无所知,一枚价值连城的戒指用来换取一夜享乐,由是这枚戒指就戴到了日本陪浴女的手上了。

从浴室回到客厅,三井的日方人士正在等候余隆泰大人,谈话间自然问起几个陪浴女侍候得是否满意?"哈哈哈,"余隆泰当即心满意足地笑了起来,随之他便夸奖那几个陪浴女子的可爱,"真是温柔体贴呀,中国男人享不了这种艳福,只此一次,终生不忘。"

"既然如此,我今后可以常陪余大人泡澡,我们日本人将澡堂说成是'风吕',那么,我们就不妨经常风吕一番了。"

"那倒不必,我还是喜欢中国澡堂。"说着余隆泰又微笑地点了点头,"只是呢,此次一番'风吕',我已经是终生难忘了。我们中国人的规矩,出门做客,对于主人家的仆用要有酬报,如此一点点钱,就请仁兄代我打点吧。"说着,余隆泰从衣袋里取出一大沓钱交给了三井洋行方面的人,请他分给刚才的几个陪浴女。

"哎呀,哎呀,这真是太不好意思了。"日本人一面接钱、一面感动得不知说什么好,"我们日本没有这样的规矩,快快将那几名女子唤进来,一定要向余隆泰大人表示感谢。"

立即,三井方面的日方要人便向差人发下吩咐,唤刚才的几名陪浴女来客厅拜见余大人。不多时,扭扭搭搭,几个陪浴女一同走来施礼恭立,日方人士说明缘由,当面将余隆泰的奖赐分给几个陪浴女。日本女子接过钱一看,全呆了。

这钱,太多了。

"我们、我们,怎么敢……"日本陪浴女没有自己接受客人报酬的权利,她们的报酬已经由三井洋行付过了,额外的报酬再也不敢接了。

"这是中国的规矩,客人一定要给主人家的侍从一些报酬。收下吧,收下吧。"三井洋行方面的主人对陪浴女说着。

日本陪浴女受宠若惊地终于收下了对于她们来说是不敢想象的赏金,一个个只呆呆地站在余隆泰面前不知道应该如何感谢才是。

谢过,几个陪浴女反身就要退去,这时余隆泰装出突然想起一件什么事情的神态，对日本三井洋行方面的主人说："刚才我在一位女子手上看到一枚玩物，我喜爱搜集石头，不知这位女子肯不肯将这枚石头玩物卖给我？"

"哪里还要说卖呢？余大人向她们索要一件玩物，那不是看得起她们了吗？"三井洋行方面的主人急急地说着。

"大人一定是说我的这件玩物了吧？"手上戴着那枚龙凤宝石戒指的陪浴女走上来，伸出手指向余隆泰问着。

"你舍得卖吗？"余隆泰装作并不太稀罕这件玩物的样子说着。

"本来也是别人送我的东西，我怎么敢说卖呢？"日本女子回答着说。

"我是不能白要他人东西的。你不说价钱，我就不要了。"余隆泰更是严肃地说着。

"好了好了，我做主了，这件玩物就算是我送给余大人的，余大人呢，赏给这位女子一点儿钱。"三井洋行主人说着。

"五千，行不？"余隆泰问着。

"啊！"日本女子一声喊叫，显然她被这个数目吓呆了。


"什么三井洋行中国掌柜？什么富绅巨贾？什么宿儒贤达？在东洋人西洋人的眼里，我不过是个奴才罢了。洋奴，奴下奴，猪狗不如的亡国奴！"手里捏着那只龙凤宝石戒指，坐在胶皮车上，余隆泰满面泪痕，心中狠狠地咒骂着。

胶皮车走到半路，余隆泰从车篷里探身出来，对跑步跟随在胶皮车旁边的吴三代吩咐说："三代，去严夫子家。"吴三代一怔，立即抬头向车上的余隆泰说道："老爷，此时已是入夜二更时分了。"但余隆泰不听劝阻，仍然固执地冲着吴三代说："我要去见严夫子！"

严夫子有夜读的习惯，这也是他多年来办报养成的生活习惯。天津的《国闻报》创办于西历 1897 年，鼓吹变法，力倡新学，于戊戌变法时期，曾成为维新派的喉舌；但是，随着变法失败，谭嗣同就义及梁启超、康有为出走，孤单奋战的严夫子势单力薄，《国闻报》也终于在戊戌当年停刊，前前后后只出了不到两年。但是只这两年时间，《国闻报》就于中国历史上写下了极是光辉的一页篇章，而南北维新学子，也都永远铭记着《国闻报》上曾经刊登过的许多精彩文章。

严夫子本人既是《国闻报》的主笔，又是《国闻报》的编辑，《国闻报》上的许多文章，都出自他的手笔。公元 1898 年，光绪二十四年，戊戌变法之前，严夫子在《国闻报》上撰写了一篇文章，题目叫作《拟上皇帝书》。在这篇文章中，严夫子写道："古今中外之人君，其发扬蹈厉，拨乱奠基，功著于当时，庆流于后嗣者，大抵处积弱难治之势，奋于存亡危急之秋"，而"今日之积弱，由于外患者十之三，由于内治者十之七也。其在内治云何？法既敝而不知变也。"严夫子把不知变法维新，看作皇帝不知治理天下的一大弊端。

严夫子在天津创办《国闻报》，影响遍及全国。《国闻报》上种种激进言论，也真是令那些顽固的权贵们不安。当年 3 月，北京就有人上折参奏严夫子和《国闻报》，要光绪皇帝"请访查禁"。但，当时的光绪皇帝还有点权力，他不但未查禁《国闻

报》，反于 7 月 27 日在北京乾清宫召见了严夫子。询问过一些
开设学堂的事之后，光绪皇帝询问严夫子说："今年夏天，有人
参奏你在天津创办《国闻报》鼓动变法，那些文章都是你的笔
墨吗？你是《国闻报》的主笔吗？"严夫子当即回答说："臣不是
该报的主笔，不过时有议论交与该报馆登报耳。"光绪皇帝又
问："你在报上登的那些文章，其中得意文章有几篇？"严夫子
回答说："无甚得意者，独本年正月间有《拟上皇帝书》一篇，不
知曾蒙御览否？"皇帝说："他们没有呈上来，汝可录一通进来，
朕急欲观之。"严夫子又回答说："臣当时是望皇上变法自强，
故书中多此种语。今皇上圣明，业已见之行事，臣之言论已同
赘旒。" 皇上说："这倒不妨，你只管缮写上来就是。但书中
大意是要变什么法呢？"严夫子当即回答说："大意请皇上于
变法之先，可先到外洋一行，以联各国之欢，并到中国各处，
纵人民观看，以结百姓之心。"光绪皇帝听后摇头叹息地说：
"中国就是守旧的人多，怎好？"无可奈何，国人之中即使有严
夫子这样忧国爱民的饱学之士，但是守旧的人太多，谁又能
有什么办法？

　　戊戌变法失败，严夫子在家里著书立说，他一连翻译了许
多西学名著，于维新学子极有教益。庚子之乱之后，严夫子更
深知只自己面壁读书总不能救国，便创办新学学堂，他亲自收
了几个弟子，为来日中国造就人才。

　　余隆泰与严夫子的交往，中间有黄道台的缘分：黄道台是
余隆泰的姻兄，余隆泰的大女儿余子瑄，是黄道台的大儿媳
妇，而黄道台又与严夫子是同乡、同窗。由是，天津卫，黄道台

是官,严夫子为学,余隆泰为商,他三个人又对许多事情所见略同,这样就成了莫逆之交。

入夜二更时分,余隆泰风尘仆仆,慌慌失失,又泪痕满面地来家中做客,严夫子自然感到大惑不解。但他心中揣测,这必是为了五儿子余子鹏的出走,一个多月未见音信,放心不下,余隆泰这才夜不成眠地来找自己探问。

"隆泰兄大安。"严夫子比余隆泰小几岁,多年来对余隆泰以兄相称相待。敬过茶水,二人随意在书房坐下,借着亮如白昼的美孚油灯,两个人都忘了此时已是深夜。

"严夫子。"余隆泰全家无论尊卑老幼,一概称严先生为严夫子。余隆泰尊崇严夫子的学识,多年来总是在困厄之时来向严夫子求教。今天,他更是激动不已,捧着茶盅的双手在微微颤抖,嘴唇哆嗦了许久,他才说出话来,"严夫子,看在你我多年之交的份上,我只求你对我说一句实话。你说,我余隆泰是人,是鬼?是主,还是奴?你可不能哄我。"

"隆泰兄这是从何说起呢?"严夫子大惊,他故意深深地吸了一口气,想探试一下余隆泰是不是喝多了酒。余隆泰动不动便于酒后闯进天津府衙门,找天津府道台大人下棋的事,严夫子是早就听说过的。

但今天余隆泰没有喝酒,嘴里没有酒味,而晚上在日租界喝的只是日本清酒,微酸微甜,类似中国民间的酒酿,那是没有酒气的。

"严夫子,你不会说的,可是我要告诉你,我要对你说,我余隆泰七尺须眉,称富乡里,诗书传家,乐善好施,在天津卫修路筑桥,又身为三井洋行中国掌柜,可是压根儿就没人拿我当人看过。"说着,余隆泰又已是热泪盈眶了,"义和团举事,扶清灭洋,团民聚在我家门外要斩杀我的全家,他们以为外房入侵、国衰家破,全因为中国出了我这样的二毛子做奸细,不除掉余隆泰,国无兴旺之日。也算是托天之福,我在家里立了个坛口,买通了团民,这才算避过了一场大灾大难。随后八国联军攻克天津,我身为三井洋行买办,明里有日本人保护,但是日本人在心里仍把我看作是一个亡国之奴,他们可以到我家里来抢劫,还把从我家里抢走的珍宝,拿去随意赏赐给烟花女子。然后他们还要用我的名声地位,要我为他们与中国朝政要人的交往穿针引线。用着我,他们还不拿我当人看,他们全然不顾及我也是儒门后裔,竟将我看作是他们的家奴。未入他乡,先随他俗。他,他,他……"再往下,余隆泰已泣不成声了。他把今天被日本陪浴女剥个精光,推下浴池的事看作是奇耻大辱。此时此际,他才发现,日本人压根儿不把余隆泰当作一个人看待。义和团团民当年咒他是二毛子,他不服气,今天日本人拿他当家奴养着,他才真的发现自己原就是一个奴才二毛子。

"唉!"听着余隆泰一番声泪俱下的感慨,严夫子也深深地为之感动。他叹息了一声,语言万般沉重地说着,"自从维新失败之后,朝廷虽然还有,但是中国已经亡了,割地赔款,任人宰割,只要能维持一家江山宝座,他们早把'耻辱'二字抛到了九霄云外。中国,已是到了非置之死地而不能再生的地步了。"

"朝廷不为百姓撑腰,洋人又怎能将你的百姓当人看?"平静一下心情,余隆泰又继续说着,"当年,于是否就任三井洋行中国掌柜一职之事,我曾向严夫子请教过。记得当时严夫子就曾开导我说,兴国之路,在于引进西学,经商事小,经济往来必导致文化交流,而文化交流又必推动民智开启。我想办洋务,兴贸易,也算是不背古训,且我余隆泰为人禀正,我是不会卖国求荣、发国难财的。严夫子当然知道,这几年,我虽为三井洋行买办,但是收购土产,我为中国商人力争公平交易,而倾销日本工业五金,我也不容日方暴敛民财。该我的所得,我一文不让;不该我的所取,我一文不收。身为一员买办,我没有任何与洋人勾搭之事,光明磊落,我对得起三皇五帝、炎黄子孙,百年之后,我这把骨头埋在故土山河,我不担心会有人掘我的坟头!"

"言过了,言过了。"严夫子见余隆泰过于激动,便尽力劝解他不必想得太多,"生逢乱世,你我都是患难与共。只是隆泰吾兄,你看今日天下,毕竟是新学之兴,守旧势力更是日渐衰微,国人中更有铁血青年探求维新,也许这革旧维新,你我还是历史的见证人呢。"

"余隆泰不过是一介凡夫而已,一无治国安邦之才,二无济世救民之志,我不要做什么历史的见证,我只求安分守己地过平安岁月。往小处说,一家人和和美美;往大处想,愿天下人无衣食之忧,如此而已。这几年经办洋务,与东洋人、西洋人打交道,我既看到了强国的威风,我也见到了亡国的凄惨。那英国租界的印度巡捕、日本租界的高丽浪人,那是就连见了主家的狗,都要低三下四不敢冒犯的。除此之外,我还听说英美诸国有黑人奴隶者，任由主家买卖，动辄拳打脚踢，每日只在田间耕作，稍有违抗便要挨皮鞭抽打，此与牛马有何区分？严夫子呀，你有学问，当初皇上都向你讨教维新大略，依你之见，咱中国人会不会最终沦为奴隶而任由列强宰割呢？"余隆泰受日本人一番羞辱，已是心如刀割，他一双眼睛直直地凝望着严夫子，痛苦万般地询问着。

"一言难尽呀，隆泰吾兄！"严夫子也是心绪紊乱，看着余隆泰难过的样子，他也禁不住任由热泪涌出了眼窝，"隆泰兄身为三井洋行掌柜，于日本政治、经济种种情况当是了如指掌。明治维新之前，日本也是一片衰败景象，眼看着欧洲有英法强国崛起，美洲有美国独立建国，唯日本裹足不前，国人无所适从。恰此时，又有美国以武力强行打开日本门户，江户幕府先后与美、英、俄、荷、法诸国签订不平等条约，丧权辱国，与今日之中国何其相似？筹措间，英法联军攻打中国，此即所谓鸦片战争之乱。当时日本政界、学界人士一致以为，以中国的国力、人力以及人心道义所向，中国必将战胜英法帝国入侵，而能自卫自立自强。谁料，事与愿违，堂堂大清江山，铮铮四万万铁骨，守家卫国，竟在几艘远来的兵舰面前束手就擒，毫无抗争之力。由是，日本人明白了，强国之路不在地大物博人口众多。以中国的衰败引以为鉴，日本人深知唯变法维新才是兴邦治国之本。大刀阔斧，万众一心，全体日本人结成同盟，前仆后继，不畏牺牲，一举废除了江户幕府的统治，拥立了主张变法维新的天皇国体。自此，日本实行'版籍奉还''废藩置县''地税改革'，兴办工业，兴办教育，未及一百年，日本已成了东亚第一强国。看看近邻,想想自己,中国维新则强,守旧则亡,做不做亡国奴,那就看中国人如何作为了。"

听着严夫子的一番陈述,余隆泰连连点头,平静了一会儿,余隆泰才又说道:"所以,此次对于我家五儿余子鹏的出走,渐渐地我倒也觉得孩子不无道理。老一辈,就是这个样子了吧,强也罢,亡也罢,好日子、坏日子都没有多少年了。可是孩子们还小,平庸之辈,譬如他的几个哥哥,醉生梦死,反正我给他们挣够了钱,由他们吃喝玩乐便是。心怀鸿鹄之志的子鹏,不愿糟蹋在这里,闯出一条活路,救国救民;闯不出活路,与其在故土乡里做亡国奴,倒不如浪迹天涯闯荡天下去了。唉,只是他太年轻,自幼又养尊处优,我怕他吃不住苦呀!"余隆泰说着,又是一番叹息。

"子鹏是个有出息的孩子,我想他既做出决定,那必是经过再三思忖的。至于吃苦吗,我们又何尝没有吃过苦呢?年轻时我在英国学习军事,兵舰上也是三个月五个月地出海远航,什么苦没吃过? 只是当时有一个宏伟的志愿,学到本领,回来报效中国。谁知我等铁血青年辛苦几年建立起来的海军,甲午海战全军覆没,我的许多同学都葬身大海,只留下我这样一个没出息的人苟且偷生,你想想我心中又能有多少平静? 如今我倒是盼着孩子们再不至于似我们那样——凭你血气方刚,也不能拯救社稷于危亡之时。想来他们这些人已不会重蹈我们的覆辙了,救国以救民为本,绝不是为朝廷和家天下卖命。子鹏少敏,于此他是比我不知要强多少倍的。隆泰吾兄,你家能有子鹏这样的后辈,也是家门有幸呀!"

"感激严夫子错爱吧。"听着严夫子夸奖自己的儿子,余隆泰还觉着得些安慰。但过了一会儿,他又摇头说着,"我只怕他在外面惹下什么大祸。圣上开明,鼓励学子留洋,只是怕圣上无权,一切要听他人摆布。我听说朝廷早有密旨,对于留洋的学子,凡有图谋不轨者,格杀勿论。何况我家子鹏又是私自外出,那就更要被视为异端了。"

"前怕狼、后怕虎,那些守旧的老朽,不就是用这些吓唬中国人吗?"严夫子挥着手,毫无畏惧地说着,"维新志士谭嗣同,于维新失败后被朝廷下令追缉。当时曾有西人请他奔某国使馆避难,但谭嗣同谢答曰:'不有行者,谁图将来;不有死者,谁鼓士气?自古至今,地球万国,为民变法,必先流血。我国200年来,未有为民变法流血者,流血请自谭嗣同始!'壮哉嗣同,千古英豪!嗣同入狱后,题诗壁上:'望门投止思张俭,忍死须臾待杜根。我自横刀向天笑,去留肝胆两昆仑'。临终赴菜市口刑场,嗣同高呼:'有心杀贼,无力回天,死得其所,快哉快哉!'嗣同吾友吾师,严某不器,愧对你的英灵呀!"说着,严夫子想起了他遇难献身的师友,不禁,他已是痛哭失声了,双手捂着面孔,肩膀剧烈地抽动,自从变法失败,他还从来没有这样不顾一切地哭过。

在满面泪痕的严夫子面前,余隆泰反觉着自己微不足道了。严夫子虽然年岁未及五十,但他到底是学界泰斗,老成持重,喜怒不形于色,即使是在自己的好友面前,他也是不随便流露内心情感的。何况囿于种种关联,他还要去和各式各样的人物斡旋。他看不起李鸿章,他不相信李鸿章所办的洋务会救中国,李鸿章去世,他送的挽联是:"使生平尽用其谋,其成功或不止此;设晚节无以自见,则士论又当如何。"含意深远,表现了一个学人对政界要人的评价。对于袁世凯,他不仅瞧不起,甚至是恨之入骨,但是袁世凯就任直隶总督,他还是要违心地与其述礼。维新失败,盖世的学人才子又不能施展个人的才干,眼看着守旧的、投机的无能之辈青云直上,他心中的滋味,比自己被日本浴女剥光了衣服,抛进浴池里去嬉闹,该是还要辛酸的吧!

无论学子,无论商贾,也无论平民百姓,这个家天下的朝廷,已在称霸的强虏面前荡然无存了,自觉的和不自觉的,人们都预感到将有一场地覆天翻的变化就要爆发了……

## 第十二章　不祥之兆

　　余子鹏和娄素云从五台山敬香回来，已经是临近年关了。

　　几年时间过去，八国联军劫难已经平息。北京城里，朝廷里的慈禧、光绪还在磕磕绊绊地处着，世人早已知晓，光绪皇帝成了一个摆设，孤身一人被囚在瀛台，只在上朝时才被引来做一个傀儡。宫禁森严，紫禁城里的事本来传不出来，但是中国百姓历来最关心朝廷里的事情，尤其关心皇族中的人际关系。谁得势了，谁失宠了，谁身边的太监如何为主子效劳，谁忠谁奸，一切一切扑朔迷离。不知是真是假的消息，就如此在市井平民间任意地传播着。

　　尤其是在天津。天津卫常年住着各方的商贾，天津人称他们为"老客"。这些老客奔走经商的时候不多，一天大部分时间是打麻将、聊大天，天南海北、道听途说，什么新鲜事都能说出个来龙去脉。何况天津还有许多茶楼、戏园，这些地方更是终日闲人云集，闲话不断。说来也怪，朝廷只在北京严禁言路，北京城里密探遍布，吓得北京人见了面只说"今日天气哈哈哈"，而且还要大声地说，唯恐落个暗中议政的罪名。但是在天津卫，没人管，朝廷的密探下不到天津，直隶总督府和天津府衙门也不查问民间言论，天津人可以信口胡言乱语。三不管拉洋片,说唱艺人可以任意指点江山:"往里边瞧呀往里边看,老佛爷垂帘坐在了上边。那光绪皇帝虽在龙椅上坐,他是两眼紧闭口不出言。你说是开埠通商他就盖大印,你说是割地赔款他就降旨掏洋钱。只等着退朝的钟鼓响,他就反身回到瀛台岛,身后的太监,名字叫王前呀。锵个令锵一个令锵……"

京城里,大清朝廷奄奄一息,人们已不再相信它能恢复元气了。皇亲国戚各找各的退路,由几位王爷带头,皇室的家族成员们纷纷迁出京城,大势去矣,大清统治就要寿终正寝了。但是就在二百里之外的天津,又恰与京城的没落相对照,市面上却是一片热气腾腾。这一连几年,扩租界、兴土木,一幢一幢的高楼大厦拔地而起,多年来被天津人引为骄傲的什么北海楼、望海楼,早相形见绌,成了小矮房了。英租界大莱银号,楼高十丈,夜里在楼顶上点的彩灯和满天繁星混在一起,连天津人都说不清哪是星星,哪是灯光。有了大楼,就要修筑道路,和老天津卫城里的黄土铺路比起来,租界地的柏油路面光滑平坦得令人叹服,而且刮风不起土,落雨不见泥。天津人没有北京人的见识广,但天津人比北京人早开化。西洋好,东洋好,唯有中国的老古董一文不值。

也还是天津人维新,就在京城里老朽们秉烛夜读经书诗文的时候,一个大多数中国人不知道这个国家在什么地方的比利时国,由在天津开设租界地始,很快就建立了一个发电厂。发电厂开工之时,高高的烟囱上黑烟升起,还没容以编造鬼话为能事的闲杂人等编派出黑龙显灵、大难临头的流言时,许多天津卫人家已经找比国电灯房,要求将电灯拉进住宅了。

电灯危险，市面上每天都流传着有人触电身亡的传闻，有名有姓，家住什么地方，夜里一按电门，噗的一下，电门"走火"，当即便将人电死了。电死之后，死人倒在地上，找来左邻右舍，谁也不敢去摸。有人说被电死的人，身上还有电，谁先摸，便将谁电死。还有人说，被电死的人只是人死，魂儿还没散，谁去摸，那死人的阴魂便附在谁的身上，从此便要遭大劫大难。传言归传言，天津人还是争先恐后地装电灯。眼睁睁电灯就是亮，一家临街的商号，入夜要在门外店里挂四盏汽灯。点汽灯、摘汽灯、照顾汽灯，商家要专门雇一个伙计。装了电灯，天黑时一按电门就亮了，而且电灯最大的优点是不怕刮风下雨，无论多大的风，把电灯泡刮得转圈儿打晃，那灯泡里的火就是不灭。有人说这没有什么新鲜的，这玩意儿咱中国早就有，《封神演义》里的击掌出电，就是如今比国人建的电灯房。只是《封神演义》里的击掌出电只用来斗法，若是用来点电灯泡，中国也不至于沦落到这等地步。

　　有了电灯，天津卫可就热闹了。不光法租界、意租界、日租界入夜之后亮如白昼，就连天津旧城区由拆去城墙拓展成的四条大马路，如今也是整夜地灯火辉煌。那种夜间行路要打灯照亮的景象，转眼间已成老话了。

　　比国人建电灯房赚了大钱，未过多久，他们又在天津城的四条围城马路上铺设了两道铁轨，天津府衙门发了告示，说那是铺设电车轨道。天津人不知什么叫电车，只看着人家施工就是。半年之后，电车公司开业，叮叮当当的有轨电车在电车轨道上奔跑如飞，天津人开眼了。哟，我的天，一节车里能坐上一百多人哩！隋炀帝造观风行殿，一只大船可容六七百人，但到底是大船，水可载舟，水的力量大，当然拉船的纤夫也多，对此，中国人不认为有什么不可思议。明朝的张居正为显示个人威风，曾造过一只大轿，里面可以乘坐三十二个人。想来那抬轿的轿夫，少说也要有一二百人之多，招摇过市，不外就是吓唬百姓罢了。可是如今的比国电车，一不用人夫，二不用马拉，只一个人立在车前，手握一个舵盘，两只脚踏在两个机关上，一个管开，一个管停，洒洒脱脱地就跑起来了。天津人说，外国的玩意儿就是高。

乘电车最大的优点，是票价极低：每人一只铜板，也就是一枚小钱，一碗茶的价钱。早先，天津有轿、有轿子马车，后来传来了东洋胶皮车，可那只是给有钱人预备的，穷苦人出门，谁敢说"乘车"二字？但现在，只要电车停在站上，你甭管我是穿的绫罗绸缎，还是只穿粗布衣，拿一枚小钱，我就敢登车。有了空座位，大摇大摆，咱爷们儿理直气壮地就坐下了。谁立的规矩说什么富人应该坐着，穷人就应该立着。比国电车，兴的是比国的规矩——平等，有钱的没钱的全是人。

于是，就在北京城一片死寂的时候，天津卫转瞬之间兴旺起来了。天津人去北京，在天津穿过熙熙攘攘的大街，乘坐叮叮当当的电车，挤进人山人海的老龙头火车站，满头大汗，身上热气腾腾。火车到北京前门车站，走出站来，迎面一阵风，呼哒哒一片黄土；再看街上行人，一个个老气横秋、垂头丧气，全像是败下阵来的鹌鹑，无精打采，天津人看着心里就"堵"得慌。北京人来天津，穿的是袍子马褂，迈的是四方步，端的是架子,摆的是仪表,心里叨念的是该如何述礼、如何问安。及至火车到站,黑压压天津人一通穷挤,挤歪了你的帽子,踩掉了你的鞋,远远地瞧见绿牌电车停在站头上,撩起长衫快追,跑慢一步,"叮当"一声电车开走了,再等,身边又围上了一百多人。立时,北京人的斯文没有了。入乡随俗,到什么地方说什么话,抖起精神儿来吧,爷儿们!

百业俱兴,天津人就活得来劲儿。北京人瞧不起天津人,骂天津人不知有亡国之恨;天津人有天津人的道理,皇帝老子无能才亡了国,要我等恨的是甚?穷苦人卖的是一膀子力气,租界地建楼招工,比国人办电车公司要人,我记着亡国恨、不食周粟,学习当年的伯夷,只可惜天津没有首阳山,想挨饿都找不到个地方。皇帝老子亡国,老百姓想靠卖一膀子力气糊口养家都不得安宁;列强瓜分,到底有个赚钱的地方,不去租界地建房,不给比国人修路,每日的二斤棒子面找你去领不成?

转瞬之间,天津市面火爆起来了。如今的天津卫没有不开张的油盐店,没有没人做的生意,没有卖不出去的货,没有买不到的东西。从五谷杂粮到丝绸皮货、土布洋布、中药西药、直到巴黎香水,英国女人用的指甲油,一切应有尽有。发财吧,天津人说,遍地流着黄金白银,可别误了这好时机呀,不趁着这两年捞点钱,说不定什么时候皇帝一蹬腿,谁知道朝廷又立什么章法。不过有一点道理天津人相信,无论如何变,再变回到1900年以前的样子是不可能了,因为电灯已经拉进了民宅,拆了电灯线,让他们重新点油灯,无论你怎样说油灯爱国,天津人也是不干的;还有电车、自来水……无论朝廷变不变,时代已经是变了。就因为有了这三宗东西，天津人说："你坐过电车吗？你点过电灯泡吗？你喝过自来水吗？"电车、电灯、自来水，早把朝廷、皇帝挤兑得不值钱了。

　　只有余氏府邸里的大先生余子鸥感受不到这种变化，对于他来讲，属于他的世界已经寿终正寝了，死了，早已经结束了。

　　五台山的普寿寺，是佛门女弟子们修行的最高寺院，比起天津的静虚庵，那是要气派多了。依山的庵院，宽敞的经房，高大的佛殿；佛殿门外的黄铜大香炉，五个人手牵手抱不过来。能在这样的寺院里诵经事佛，该也是女尼们的最高心愿。余子鸥和娄素云一番奔波跋涉，来到五台山，走进普寿寺，走在千年古柏的树荫下，听禅房里传来的钟磬声，心中已感到十分清静。只是，香烧过了，布施也送呈上去了，唯有寺里的住持老尼不肯召见，也请侍奉佛堂的老尼向里边传过话，里边传出来的话说，两位施主的诚心谢领了，女尼们已为施主做过佛事，祈祷小弟子大吉大安，如今只请施主早日回家便是。至于娄素云再三询问，有没有一位从天津来的玄净法师已移居普寿寺坐禅，老尼们闭口不答，更不肯代为向里面询问。住在客店里等了将近半个月，苏伯嫒的消息一丝儿没打听出来，余子鸥无可奈何地对妻子说："只要看到确有这样一处普寿寺，而普寿寺又确比静虚庵安静，我也就放心了。"这样，只能返程回津，那一星在余子鸥心间朦朦胧胧烧起的火种，也就永远地熄灭了。

　　回到天津，看过父母，禀告过赴五台山敬香拜佛的经过，余子鸥便一头钻进他的书房,关上门窗。书房里悄无声息,谁也不知道他是在书房里读书?还是写字?或是只坐在书房里发呆。这其中只有娄素云知道,她的丈夫余子鸥病了,痴呆了。他活像是失了魂魄,终日不言不语,饭量也比原来小了许多,他已经是形若行尸走肉了。

呆坐在阴凉的书房里,余子鸥终日热泪滚滚,他其实并没有思想,也没有什么感觉,心中也实在说不出有什么疼处。麻木,他只是觉得日月已是失去了声音,失去了光明,失去了色彩,对于他来说,这个世界早已不复存在了。

昔日的金兰三弟兄,何以就落到了这样的下场?帝制,就要寿终正寝了;投笔从戎,抵御列强,谁也难得与列强、洋兵一番较量,最后即使战死沙场,也是死得其所。可怜而又可悲的是,一腔碧血要杀敌成仁,可是,你连仇敌的影子都见不到,就落花流水地溃败下来了。前赴后继,后来人根本就不知道去哪里继承壮士的未竟事业。无颜见江东父老的,自尽于临阵脱逃的舰船之上;悟知逝者如斯的,也只有逃避尘世这一条路可走了。

所以,余子鸥在报国梦破灭之后,他也就对人世无所寄托了。苏伯媛的重新出现,唤醒了他对昔日生活的怀念,但他本来不知苏伯媛心中对自己的倾慕,金兰弟兄,他也从未对苏伯媛有过任何分外的表示,也算是无猜吧。岁月可能成全这种情感,风雨更可能葬送这种牵缠。

如果,尽管世界并不承认如果,如果他们能再多一点勇气,再多一些见识,再多知一些道理;倘他们不是以自己的方刚血气去挽救帝制,而认识到强国之路在于重获新生,那样,他们也就为自己获得了新的人生。但他们不能,他们只能做帝制的殉葬品。

"大先生,大先生,不得了啦,您老快出来看看吧!"一日上午,余子鸥正在他的书房里发呆,惊慌失措的吴三代顾不得规矩礼法,匆匆地跑到三进院来,隔着窗子向余子鸥禀报。

"吴三叔,出什么事了?"闻声,娄素云走出房来,立在回廊里,向吴三代询问。

"回禀大奶奶示问。"吴三代慌忙中还是向娄素云打千施礼,然后垂手哈腰地禀告说,"门外,十几个汉子聚在善人牌坊下边,张牙舞爪地要摘咱们府上的善人匾。"

"怎么会有这种事?"娄素云大惊失色地问着,"他们真是要跟咱们家作对吗?"当然不可思议,从余姓人家在子牙河畔建宅立族,从余氏家族在子牙河上筑起五槐桥、开粥厂、赈灾民,这多少年总是在一片平民百姓的感恩声中受用着荣华富贵的。莫说是子牙河畔五槐桥边的百姓无人不得余姓人家的护佑,就是半个天津城,也都公认余氏家族是天津的首善人家。挂善人匾,立善人牌坊,每逢春节天津百姓们不能人人进宅给余隆泰拜年,但成群结队、扶老携幼地来到余家府邸门外善人牌坊下边鞠躬作揖的,总是络绎不绝。一次,余隆泰坐车刚从日租界出来,南门外大街繁华地段一个女子为发丧老爹写地状卖发乞怜。坐在胶皮车上,余隆泰询问缘由,在下边跟车的吴三代禀说是一个戴孝的女子,卖发为死去的老爹求一口薄材,余隆泰听罢未及下车,当即吩咐吴三代去唤来南门外的"地方"。这"地方"五十多岁,一眼便看出是个热心助人的天津好人。"你地界内有人故去,何以无力下葬?"余隆泰坐在车上冲着"地方"质问。"回这位爷的话,如今的穷苦人实在太多,说是'掩骨会'施舍薄材,可是只要死者有儿有女,他们就袖手旁观。'地方'有责,本来可以挨门乞怜求大家凑个份子,可是这年月如此艰难,这么多的人要周济,实在也是心有余而力不足呀!"本来,"地方"还要诉苦,但余隆泰一挥手打断了他的话:"算了,从今之后,凡你南门外大街界内的穷苦百姓,老人病故儿女无力安葬的,由你出面,我管了!"咕咚一声,南门外大街的"地方"冲着车上的余隆泰跪在了地上:"余大人真是津沽首善呀!"

只是,如今竟有歹人聚众,居然在光天化日之下来余氏府邸门外扬言要摘善人匾。反了,这明明是寻衅闹事。娄素云听后怒不可遏,急匆匆走进丈夫书房,冲着余子鸥说道:"子鸥,这桩事可是非要你露面不可了,父亲不在家,我又是个妇道,立在门外与那等歹人理论,也有失大家风范。如今一群歹人聚在门外善人牌坊下面,吵着闹着要摘咱们家的善人匾,你再不出面制止,人家可不光是要耻笑我家可欺,还要诅咒我家无人了。"

"嘻,让吴三代带上几个人把那些歹人轰走就是了。"余子鸥依然坐在那张镂花大漆的花梨木大座椅上,头也不抬,只懒懒地回答着。

"你倒说得容易。"娄素云迈上一步,站在丈夫对面说着,"倘是些市井无赖,一来他等没有这般胆量,二者吴三代也不会向府里禀报，这等人来者不善，总该有个缘由，你不出去和他们交涉，莫非真要由我出面不成。"

"你们谁爱去谁去，这种事与我无干。父亲面前我也是这样说的，诗书传家，何必以乐善好施欺世？既要行善举，必是遮不义不仁之事，成千上万白花花的银子，能往积善人家流吗？首善牌坊不是给我建的，善人匾不是给我挂的，我干吗要去和那些歹人拼命……"余子鸥嘟嘟囔囔地说着，身子就是不肯从椅子上站起来，说了这几句话之后，他索性闭上嘴巴，任你娄素云如何絮叨，他已是连睬也不睬了。

娄素云无奈，她知道余子鸥是看破人间是非的人了。摇摇头，她从书房走出来，只得进后院，往上房婆婆那里禀报。老太太倒没有责怪余子鸥不成器，立即又唤来二儿媳宁婉儿，一左一右有两个儿媳妇搀着，身后又有几名婆子丫鬟侍奉，再后面吴三代带着几个看家护院的男仆，兴师动众，一干人走到了大门洞口。

余氏府邸，和所有大户人家的宅院建筑一样，门外一片空地。高高的青石台阶，台阶两旁四尊石刻狮子；大漆木门，门板上镶着金黄的门钉儿；天兽门吊垂下来，两旁是竹刻的楹联。大门里，长长的门洞，门洞里面对面四条长凳，是给轿夫、车夫、马夫们歇脚的地方。门洞正面是一堵木结构的影壁，影壁下一只大方石雕的山石盆，盆里一块长满苔藓的山石，足有三尺多高，山石盆两旁两株铁树栽在大木桶盆里。从门外往里一望，便显出非凡的气派。

余氏府邸，宅院极深，女子不仅到不了影壁，连头进院的下房、账房和库房都一年来不了一次。有非得老太太、少奶奶们露面的事，一律以走到影壁为限，走上门洞，已是罕见了。

老太太走到门洞口，婆子们忙抬来一张座椅，老太太坐下，又有丫鬟将一条毛毯围在老太太膝上。这时，吴三代从院里走出来，作为家奴，对外也算是半个主子，理直气壮，他冲着聚在首善牌坊下面的汉子们挥手说起话来："府上的老祖宗出来了，有什么话，你们派出个头面人来禀报，这五槐桥边，不是你们放肆的地方。"

听说主家的太夫人出来了，首善牌坊下面聚着的几十个人也安静了下来。一群人喊喊嚷嚷嘀咕了一会儿，终于一个四十几岁的男人走上前来，走到大门口，述礼如仪，规矩板眼绝无挑剔，那男人冲着坐在门洞里的老夫人打了一个千："既然主家的老祖宗出来了，我们也就总算请出个说话的人了，不是和余姓人家吴三叔过不去，我们也不是市井无赖、青皮混混儿，我们这些老实巴交的生意人，全是让三井挤兑得活下不去了。"

"他是什么人？"老太太虽然听清了对面男子的声音，她却不直接和对面的男子说话，侧过脸来，老太太向娄素云问着。

"吴三叔，太夫人问下面说话的是什么人？"娄素云也不直接与门外的男人说话，只稍微提高些声音，向立在门外的吴三代询问。

"老祖宗问你是什么人？"吴三代秉承主家的旨意，这才直接向出面说话的人询问。

"俺的名字叫马富财，明说了吧，外包头的老客儿，客商。

俺这一伙全是外包头的,俺们当中一半人做皮货生意,上上等的貉绒呀,齐刷刷的绒毛带着'黑箭儿',打从跟三井做生意,一张皮没下过八十大洋,贩到日本,你知道他们卖什么价钱吗?上万。就是不兴俺们去日本上市罢了,能跑上一趟,赚它两辈子吃喝。可老祖宗你听清了,打从去年起,三井往下压价,一张貉绒全皮,上上等的鲜货,刚活剥下来的皮子带着活气儿,他只开到十五元,倾家荡产了。去年一伙人下天津,就有人回不去了,赔了个落花流水。只盼望今年好歹赚点儿吧,他又压价了,明明是抢劫呀!三井洋行里若是没有中国人,我们也就认了,朝廷不给百姓做主,好好的天津卫还让人家切一刀立了租界地呢,白抢你的皮货又算什么大不了的事?可是三井洋行中国掌柜是余隆泰,余大人你就不怕中国人败家吗?四十件皮货到天津,一看三井今天开的价,同来的于九爷'堆乎'(瘫痪)了,中风不语,半身不遂,他连请医生买药的钱都没了。不给人留活路呀!不是说骨肉同胞吗,余大人,你家门外立着首善牌坊,门上高悬着善人匾,你可不兴小处行善,大处造孽呀,余大人!"说着,喊着,这个叫马富财的男子汉,已是泣不成声了。

"什么首善,你家行善的银子是从我们的血里榨出来的,摘了他的善人匾!"有马富财在前面论理,首善牌坊下边的老客们便喧嚣喊叫了起来。忍无可忍,他们实在是走投无路了。

"生意上的事,咱们过问不着。"老夫人听了马富财的叙述,仍是侧脸对娄素云说着,"哪个赔哪个赚,咱们历来也不知道。反正,这样吧,不是说有人病在客店了吗?吩咐吴三代立刻请医生给病人诊病,无论用什么药,告诉账房,咱们包下来了。"

娄素云把婆母的吩咐转告给吴三代，吴三代又向外转告给外包头来的老客。谁料，老客们不但不感恩，他们反而闹得更凶了。

"诊病买药能用几个钱呀！"马富财带头冲着门洞里的老夫人吵闹，"这两年，我们哪个人不赔上十几二十万？摘你的善人匾！余隆泰，你趁国难之危，发不义的昧心财，胳膊肘往外拐，你是帮着日本人掠夺中国！"

"摘善人匾！摘善人匾！"首善牌坊下面，老客们闹得更凶！

"大胆！"一拍座椅扶手，老夫人颤颤巍巍地站了起来。立即，娄素云在左，宁婉儿在右，两个儿媳妇忙将婆母搀住。抬手指着立在门外的马富财，老夫人厉声地呵斥着，"这五槐桥余姓人家的府门之外，也是你等恶人撒野的地方吗？来人呀，立即去巡警局请兵。听说当今的巡警局是徐世昌大人管事，别提老爷的名字，只说是我烦劳徐大人派巡警护宅就是。素云，你还不知道，徐大人家和我娘家还是远亲呢，徐大人是同治年的进士。"老太太到底不习惯和生人喝五吆六的，说着说着，便扯起了家常。只是，立即，老太太又发现自己没了威风，一扬手又吩咐下去说，"还不快去！"

"是，派人去巡警局！"台阶下面，吴三代秉承主子旨意，装腔作势地吓唬那一帮老客，偏偏那些老客们今天似喝了血酒一般，天不怕地不怕，他等今天是豁命来了。

"叮当！"远远地传来胶皮车大铜铃清脆的声响，五槐桥上，高轱辘蓝篷帐胶皮车径直跑来。吴三代已是多年的本能，他早已暗自感应到老爷回来了。一挥手，吴三代压下众人的喧闹。

"老爷回来了！"一声呐喊，人群果然安静了下来。

这是多年的习惯，余隆泰回家，乘车只到五槐树下坡，过了桥就下车，必得步行走过邻里各家的门楼。家门口子不能摆架子，越是家大势大，越是要敬重邻里，中国人讲的是和为贵。

一溜小跑，吴三代早风儿一般地迎着余隆泰跑了过去。众人的目光随着吴三代移到余隆泰身上。余隆泰走着，吴三代随在后面躬着腰禀告，余隆泰不时地抬头向首善牌坊望望，未及走到家门，余隆泰对外包头老客们闹事要摘善人匾的事全都清清楚楚地晓得了。

"余大人！"余隆泰才走到首善牌坊下边，一群老客便围了过来，马富财为首，先向余隆泰施了个大礼。

"咱们进府吧！"看见老头子回来了，老夫人反身带着两个儿媳妇往内宅走去，临走她还嘱咐门洞里的用人说，"护好了老爷，别让他吃了那些恶人的亏！"

"是！"直到用人们答应了，老夫人和娄素云、宁婉儿才走进了后院。

大门外，首善牌坊下面，余隆泰先是双手抱拳向众人作了一个大揖，然后唰唰两下将衣袖抖落下来，迈上一步，直愣愣地冲着为首的马富财，"呸！"余隆泰狠狠地啐了一口唾沫。

"你怎么啐人？"马富财没有防备，迎头挨了一口啐，当然怒火中烧，抢上一步，似是要和余隆泰拼命。

呼啦啦,以吴三代为首的健壮男用,一道人墙,将余隆泰和客商们隔开。除非你一身硬功,否则绝靠不到余隆泰的身边。

"我啐的就是你们这些没有骨气的商贾!"余隆泰满脸怒火,挥着巴掌,他冲着马富财喊了起来,"三井洋行是欺行霸市,它一手操纵市价,明明是抢劫中国的土产货物,可是你们这些商人呢?你们是步步退让,无论三井把价钱压得多低,你们总有人俯首称臣,你不卖他卖,他不卖你卖。一个个全怕把货窝在手里;一个个全怕三井再往下压价,自己会更加吃亏。明里你们在一起也充英雄好汉,这个不依那个不饶,似是要与三井抗衡到底,可是暗地里呢,三井柜上的'流水'我是每天都要过目的,哪个悄悄地去了,求个稍微的好价钱,便把货物私下里卖给了三井,全瞒不过我!一个个低三下四,人家不欺侮你们,欺侮谁?"

余隆泰一番痛斥,那帮老客们全都蔫巴了,一个个全似瘪皮囊,耷拉着脑袋不敢抬头。这一下,余隆泰的精气神更壮了,一不做二不休,他索性把这些商人骂个狗血喷头。

"有理,你们可是说话呀!我和你们诸位没有私交,可你们诸位的大名,我在三井的'流水'上见过,给你们诸位开的银票上也都有我的印章,你们一位一位如何卖友贪财,一个个休想瞒我,大庭广众之下,还需我一一说出名来吗?三井有什么?它不过就是有钱罢了,可是中国的货物宝藏,是操在你们手里的。你们手里有货怕卖不上价钱;他手里有钱,更怕买不到货物。以钱购货,明明是有货者为强,持钱者为弱,可如今眼睁睁三井称霸取胜,为什么?这因为你们是一盘散沙,每日看着三井的'流水',我是怜其不幸,又是恨其不争呀!一心只盼着三井行里有个中国人替你们求情,靠东洋人的怜悯过日子,他若怜悯你,还来你中国开洋行做什么?他若是怜悯你,还洋枪洋炮地来攻你的城池做什么?如今朝廷不给臣民做主,臣民再不知自强自主自刚自爱,这社稷真的就要亡了,江河也就由他们践踏了呀!"

　　只由余隆泰在首善牌坊下面破口大骂,那一些原来恶狠狠的商人竟没一个敢抗争申辩的。大至国家,小至百姓,一旦断了脊梁,那就真是成了一摊烂泥了。

　　骂着骂着,余隆泰一抬眼看见了吴三代,话锋一转,余隆泰冲着吴三代喝道:"三代,你还立在那里做什么?"

　　冷不防吴三代被主子喝唤,立即把双手垂了下来:"小的听老爷吩咐。"

　　"开大门,迎客!花厅设宴,有一位算一位,今天我要和各位老客畅叙对酌,不打不成交,咱们都是骨肉同胞呀!"

　　"花厅看菜摆宴!"吴三代接到吩咐,抖起精神一步跑上台阶,扬起嗓音,冲着门洞里一声喝唱,余隆泰的旨意,已传了进去。

　　一下子,闹事的客商们全呆了,闹事的时候气势汹汹,挨骂的时候丢盔弃甲,如今余隆泰又要摆酒宴,将自己奉为上宾,真是瞬息之间千变万化,外包头的老客们摸不着头脑了。

　　"请呀,几位怎么不动了?"余隆泰说了一声"请",转身,自己率先走上了台阶。

"走呀,走呀,刚才的能耐呢?怎么连台阶都不敢上了?"一伙客商你推我,我推你,活像是店小二进金銮殿。他自己一辈子为客人撩门帘,怎么敢往别人家的台阶上迈脚呀!

"怕什么?说进便进!"还是马富财胆子大,他紧跟着余隆泰走进了宅院的大门。

一席便宴散去,余隆泰大人二门送客,几十个老客商贾一个个冲着余隆泰又是作揖,又是鞠躬,又是施礼,只欠没给余隆泰磕头谢恩。其实哩,席间,不过是余隆泰一一地询问诸位客商的姓名,询问了每个人各有多少本金,这些年来的经营损益。然后,余隆泰似是开玩笑,他将自己的一双牙筷放在桌上,回身向仆用要来一双竹筷,竹筷拿在手间,余隆泰只稍一用劲,"噼啪"一声,一双竹筷便被从中折断了。众人见余隆泰将筷子折断,大多不解其意,唯有马富财精明,他起身数过在大花厅里赴宴的客商人数:两大桌、十六人,然后向仆用要来十六双竹筷,双手将十六双竹筷握牢,咬牙使劲,跺脚喝号,只是无论他如何使劲,这十六双竹筷是再也折不断了。

"余大人的意思?"这时,众人终于才领悟了余隆泰折筷子的用意,眨眨眼睛,茅塞顿开,"明白了,明白了,谢谢余大人的指教。"

避开折筷子的话题,余隆泰一面与众人饮酒,一面向众人介绍日本三井财团的情况。余隆泰说:"三井财团,是日本最大的资本集团,以三井家族为核心,吸附着成千上万的日本实业界人士,最初只经营酿造、绸缎和汇兑业务。如今经过多年的发展,如同滚雪球一般,三井财团分成了三井银号和三井物产公司。于金融方面，三井财团掌握着日本经济命脉；物产方面，三井垄断着日本国的对外贸易，你说这三井财团，岂不就成了天下的主宰了吗？"

"以我们各人的情况而论，在三井财团面前，我们不过如九牛之一毛而已，可是，可是……"说着，马富财举起手中的十六双竹筷，摇了摇，随之举起酒杯，向花厅里满堂的宾主说道，"众擎易举，众志成城呀！"

"干杯，干杯！"余隆泰不管客商们的事，此时此刻他只管向众人劝酒了。


"去！不将你二哥找回来，瞧我不活剥了你的皮？孽障，孽障，老天呀，我余隆泰没做伤天害理的事，怎么就让我生养了这么五个忤逆的儿子！"

这一次，余隆泰老爷真的发火了。他吹胡子瞪眼、捶胸顿足，吼叫声从最后的四进院一直传到前院，把满府邸各房各院的糊窗纸震得哗哗颤抖。老太爷发怒了，余氏府邸里上上下下男女老幼全吓得不敢喘大气；前院里的吴三代和他的全班下属，一个个齐刷刷地似站班的衙役，远远地聆听着后院老爷的喊叫，垂头躬腰，活像是自己犯了什么错。而在四进院正厅之中，暴跳如雷的余隆泰身后，大座椅上坐着老夫人，老夫人身后站着娄素云、宁婉儿和杨艳容三个儿媳妇。老太爷对面，无精打采地站着余子鹍和他的三弟余子鹤。正厅门外，男女一干仆用，茶水、毛巾、参汤地抖擞着精神侍候着，就连房檐上卧着的老花猫，都一震一震地在发抖。

真是把余隆泰逼得发了疯。马富财一些客商终于立了个华昌贸易，不叫行，不叫社，就是"华昌贸易"四个字，要与外国洋行对峙，维护中国商人的利益，也算是商界一大创举。华昌贸易开业，延请津门各界富绅名流以至衙门要人莅临同贺。请帖送到了余家，但余隆泰身为三井洋行的中国掌柜，绝不能去祝贺明明是要与洋行买办抗争的华昌贸易集团的成立大典。依照多年的习惯，凡遇有余隆泰本人不便出面，或是不想出面的应酬，一律由其长子余子鸥代表出席。但是如今五台山敬香归来，余子鸥已经成一个呆痴的傻人，身不知在哪里，人不知是谁，连家里人和他说话，他都不搭理，让他去出面应酬，岂不是丢自家的丑？无可奈何，余隆泰发下旨意说，今后凡这类应酬一律由二儿子余子鹏出面，以此次为始。只是话传到二儿子房里，二儿媳妇宁婉儿回答说，余子鹏未在府中。

　　"我又没说是现在就去，宴请是在明天。"老太爷余隆泰又让女用往二房里传话，但女用回来禀报说，二少奶奶说二先生明日怕也不在府中。"他夜里也不回来吗？"女用又跑去二房里传达老太爷的示问，纸里包不住火，宁婉儿随女用来到公婆房里，将余子鹏已有两年时光不在府中过夜的情形，如实禀告给了公婆。

　　"可上次仙家显灵，夜半三更，子鹏是在家的呀！"余隆泰还是将信将疑地追问。

　　"那才是巧呢，不知怎么的，那一晚他就回来了，还难得破天荒地在家里住了一夜，自此又是一去不见踪影。当然，他很精巧，十天八日的回家一趟，父母面前请安问候之后，有时候连房里都不去。"宁婉儿述说着,话语间倒也不见有怨气。

"你怎么就不问问他去了哪里?"婆母听着,也插嘴向宁婉儿追问。

"媳妇问过,公婆可万万不要生气,他已经两年不和媳妇说话了。"宁婉儿回答着,目光低垂,只看着地面上的大方砖。

"如此说,这一连两年,你只和琪心在房里住了?"婆母又问了一句。

宁婉儿这次没有回答,只是依然低着头。

听说二儿子余子鹏居然在外面住了两年,余隆泰真是大吃一惊,立即他便将余子鸥和娄素云找来,不容余子鸥和娄素云向二老请安,余隆泰径直地劈头便问:"这一连两年,子鹏在外边都做下了什么荒唐事?"

余隆泰是冲着大儿子余子鸥在质问,但话是说给娄素云听的。不等余子鸥和娄素云回答,余隆泰便冲着余子鸥教训了起来,"身为兄长,你是肩负管教弟兄重任的呀,一心只知道读书写字,你何以就任由他们放任自流了呢?倘他们不知自尊自爱,在外边做下了什么荒唐行径,我身为父亲的有责,你身为长兄的也有责任呀。子鸥,也该是劝说你几句的时候了,抱着你那些旧学诗书,那是要误事的呀。你也看看这天下都变成什么样子了,那些道德文章、琴棋书画来日何以能养活你一家人呢?"

余子鸥自然是一声不吭,他只是呆呆地立着,无怒无喜无忧,麻木得一点儿感知都没有,似是压根儿他就没听见老爹在说些什么。

"平日去二弟房里和婉儿说话，倒是也不见二弟的踪影，只是我想二弟是一个对世事极为关注的人，总是要在经济上有些发展，不恋家，不以书画自娱消磨时光，倒还是二弟的出息。"

娄素云立在婆母身后，侧面向着公爹回答。

"他一连在外边住了两年，你们就一点儿也没有觉察吗？"余隆泰依然是面向着余子鸥，话还是说给娄素云听。

余子鸥还是一言不吭，娄素云也无从回答。

"将老三唤来！"余隆泰已是有些恼怒了，一挥手，他吩咐人去唤余子鹤。

余子鹤和杨艳容匆忙来到四进院的上房，脚还没有站稳，余隆泰迎面便向余子鹤质问："你二哥哩？你敢说半句谎言，我就开祖宗祠堂将你活活打死！"余隆泰说着，抬手在桌上砸了一拳。

"二哥？"余子鹤一时目瞪口呆，他抬眼望望妻子杨艳容，杨艳容在鼻腔里哼了一声，随后余子鹤才双手在裤子上搓着，吞吞吐吐地回答说，"没了。"

"没了？"余隆泰和老夫人同时喊了一声，老夫人一抬手捂住了胸口。

"没了？"宁婉儿也问了一句，不由得双手抓住了婆母大椅子靠背。

"不，不是那个没了。"余子鹤发觉自己说错了话，忙摇着双手纠正，"二哥是不会没的，只是找不到了，连外边的二嫂一起，都找不到了，找不见人了……"

"你说什么？"老夫人不等余子鹤说完，立即拍着座椅扶手追问，"你还有个外边二嫂？孽障，孽障，我早说过，二奸细、三土匪，沆瀣一气，这个家迟早要败在你们两个的手里。"

"子鹤，去把'家法'拿来！"余隆泰怒不可遏，他已在吩咐大儿子去取打人的"家法"了。

"家法"，是大户人家惩处家庭成员的戒具，轻的称为戒尺，平日放在家长的桌上，逢有孩子不努力读书，或是做了什么错事，令孩儿伸出手掌，由家长挥起戒尺打几下，便是惩处，大体上是一种象征性的惩罚，以吓唬为主。一到被称之为"家法"，那就可以致人以死命了。祖宗祠堂里的"家法"，余姓人家是牛皮手套。被惩治的家庭成员被问清缘由，若十恶不赦，由家中老仆戴上牛皮手套，一巴掌、两巴掌、三巴掌打下去，便将被惩治的人打得血肉模糊。余氏祠堂没发生过将人活活打死的事，但据说，即使是一条硬汉子，至多也顶不住十巴掌的。须知，皮掌可是比皮鞭厉害多了。余氏府邸家备的"家法"，就是衙门大堂上的哨棒，一端红，一端黑。用红色一端执家法，仍然是以训诫为主，不伤筋骨，只是要你知道家法的不可触犯；以黑色一端执家法，那就是要把触犯家法的不肖儿孙打成废人了。市井间说的"打断你一条腿"，就是这类惩处。

"我说，我说！"一听老爹爹命令大哥去取"家法"，立时，余子鹤吓破了胆，"咕咚"一声跪在了老爹面前，一五一十，把二哥余子鹏在日租界和一个叫陈翠喜的女人姘居的事，原原本本地禀告给了父母大人。当然，余子鹤只说了些皮毛，关于他二哥余子鹏打麻将从狗食少爷黄天成手里赢了一家破产的大五福布厂,又和自己串通一气,找到个社会渣滓常闲人密谋歹计,陷害苏伯媛,骗得大哥大嫂离家去五台山,偷了父亲大印章搪债的事,他是一字未露。只是,余子鹤自己也不明白,本来一切都顺顺当当,一家布厂到手了,还改了字号叫恒昌纱厂,余子鹤到纱厂去过,机器轰隆隆地转着,也开了工;日租界里,二哥余子鹏和陈翠喜的日子过得也蛮不错,何以突然间二哥就带着陈翠喜不辞而别?莫非他两个也效仿五弟,东渡扶桑,探寻救国之策去了吗?

"找!一定要把子鹏找回来!"余隆泰听完三儿子余子鹤的述说,当即一挥手发下了吩咐,吴三代带上几个人、夏有柱再带上几个人、余子鹤更要去八方询问,一定要把余子鹏找回来。

"老天爷,我只有五个儿子,如今大儿子傻了,五儿子走了,四儿子去大沽口进了海军大学,如今二儿子又不知去向,就如此一个一个地病的病,散的散,这余姓人家的日月可真的就要败落了呀!"余隆泰说着,竟声泪俱下地哭了起来。

# 第十三章　花花世界

夏有柱拉着胶皮车,余子鹤吊儿郎当地坐在车上,嘴角上叼着英国老刀牌香烟,一连七八天东奔西走,把天津卫逛了个够。又办公差,又开心,名义上是寻访不知去向的二哥,其实也正好长长见识。

余子鹤已经是二十六岁的人,立了家室,虽说还没有个正当职业,但是"吃老子",也算是一宗行当。当然,吃老子很不是滋味儿,老子只养活你,不许你荒唐。所以,至今,虽然余子鹤生在天津,长在天津,也曾喝茶看戏,各处闲逛,却从来没见识过天津的花花世界。真正稀奇古怪淫乱邪僻的天津卫,余子鹤不怎么知道。若不是打着寻访二哥的名义,那千奇百怪的花花世界,他余子鹤何以能进去呢?

找人,在天津卫,比海里捞针还难。天津卫这么大的地方,这么多的人,莫说是一个人躲起来,就是一千人躲起来,你也休想能打听出个蛛丝马迹来。天津卫不似乡下——乡下人,一个村、一口井、一条河、一个集、一条路,人与人每天至少见三次面:早起担水、晌午赶集、夜里唠嗑。天津卫光大河就有九条,何况天津人又用自来水,有多少条马路,就有多少集市。胡同两端住着,多少年碰不上一面,不知怎么地遇到一处盘问来历,你家住哪里?我家住哪里?你住佑衣街,我住官银号,一个地方两个地名儿。再细问,你住东三条,我住西二条。一条胡同,从东往西数是三条,从西往东数是二条。再问门牌,哟,你是增五号,我是增七号,门对门,怎么这么多年咱两人就没见过面呢?没什么新鲜,我家在邮政局做事,早晨8点准上班,上班的人走了,大门关上,一天再也不开;你家开着字号,上午10点开门营业。我们院里热闹的时候,你们一家人还睡懒觉呢。除了老辈人逢上过年,大年初一互相走动拜年之外,少一辈之间,谁和谁也没有来往。

在天津卫找人,不能瞎撞,必得找个"门里人"引路。"门里人",就是指那类有内线的人,而这个内线,又是黑道上的内线,只要沿着黑道上的内线一条线一条线地"捯",莫说是个大活人,就是一根头发丝也能找回来。

余子鹤寻找他的二哥余子鹏,找的是哪一位"门里人"?大家都认识,南市大街上的"大了"——常闲人。

"好说,三爷。"常闲人称余子鹤为三爷,大包大揽,便将这桩闲差揽下了。但是常闲人有个毛病,上路之前要将话说清,要让你知道这桩"活"是多么"黏手"。话匣子一打开,口若悬河,常闲人一口气讲了两个钟头:"天津卫,好比是一个大海,八方居民杂处,三教九流共居。虾米小鱼螃蟹乌龟全部在水里边住着,门外人一看,眼花了,这个鱼也有,那个虾也有,一网下去,谁知道会捞上来什么?可是在门里人看来,天津卫是岸上乱,水里边不乱;市面上乱,家里边不乱。再乱,各家各户入夜熄灯,一个外姓人也不会留在家里;再乱,洋钱票也塞不到别人的口袋里；再乱，尿盆子也扣不到自己头上；再乱，自己娘们儿也养不出别人家的崽儿来。拿海里的鱼来说，什么时候上什么鱼，全都有一定的节令。该上黄花鱼的时候，上不来鳎目；该上对虾的时候，上不来泥鳅。想吃银鱼，你奔河汊口；要吃螃蟹，你要去海闸。一路鱼有一路鱼的水性，一路鱼有一路鱼的窝子，谁和谁也乱不了巢。天津卫，找不到人的事不新鲜，不是三爷面前吹牛，我常闲人每年至少也要管上这么三五桩。没名没姓的平民百姓，丢就丢了。街面上得罪了人，被人一刀子捅了；看见了不该看见的事，被人装大麻包里再系上块大石头扔海河里了；小媳妇出门迷了路，问路问错了门儿，被人拐走卖到班子里了；孩子在门口玩，被'拍花'的拍走了。这种事若是全管，管得过来吗？我不是巡捕局的探子，只是在街面上闲逛，每天至少也要听到这么一两桩，谁去找？去哪儿找？找回来了，谁养活他？丢了就丢了吧。混出个人样儿来，十年八年再回来，狗熊穿袍子，变了人了。混不好，早死早投生，二十年后又一条好汉。当然，似你们府上的二爷，丢了，要找回来，你不来让我找，我也要替府上找。找到了有赏，日后二爷发达了，我常闲人后半辈有了交代。寻访余二爷，就似找金山银山，找到了，就有享不尽的荣华富贵。不过哩，找人之前，咱要先闹明白这个人是怎么丢的。绑票？不能够。绑票要下'知会'，要开价，什么时间什么地点带上多少钱来赎人，过期撕票。也不立即就撕，先给你送来一只耳朵，再给你送来一个鼻子，主家一害怕，要多少钱给多少钱，绝不能让自己的家人受这份活剐的罪。钱凑够了，人赎回来，心里猜想必是少只耳朵、没有鼻子，近前一看，一件不缺。那送到家里的鼻子耳朵是哪儿来的？只有门里人知道，那是从挂甲寺捞上来的'河漂子'脑袋上割下来的。这有一说，死物卖了个活价钱。二爷既然没遭绑票，那便是自己隐匿起来了。现如今大户人家的少爷，也有些不辞而别的，东去扶桑，西去欧美，找救国救民的谋略去了。这和咱平民百姓无关，全是吃饱了撑的，天下是皇上的，中国没有皇上行吗？听说外国没有皇上，那是他们没有那份福，倒想有个皇上了，也不问问皇上要他们这帮生番干吗？吃的那个牛肉，带着血，男的女的见了面就拉手，什么玩意儿？现如今是余二爷为什么要隐匿？去东洋西洋求取维新？不会，余二爷管不着那段事。另有新欢？有了小相好的，用不着躲起来，明着立外宅，金屋藏娇，大丈夫名正言顺，小老婆讨的越多，越是男子汉的能耐。这也不为，那也不为，余二爷为什么要跑？我也不知道。反正是现如今二爷找不见了，带上相好的躲起来了？放心，这就是平安无事。有了三长两短，相好的要被扔下，相好的还得哭哭啼啼地找人。两人一起不露面，这就没事。只要他还在，咱就能将他找回来。找人，第一要访，凡是二爷素日常去的地方，一处一处全要去过；凡是二爷的朋友，一个一个全要问到，还不能开门见山地劈头就问，要于无意之间暗中打听，'昨晚上我家二哥吃完饭去哪儿了？'这叫连蒙带唬，知道的，自然告诉你，不知道的，也要说昨晚上他没和二爷一起吃饭。'噢，灯影下看错人了，我明见着我家二哥和一个人并着肩膀进了登瀛楼。要么，该是徐二爷吧？'好了，咱再去访徐二爷。要不是躲人命官司，三访五访总能访出来蛛丝马迹，顺藤摸瓜，人也就找回来了。

访不出个结果,蹚,见门就进,见人就问,站在大门外你就喊二哥,门里凡是叫二哥的,谁都经不住冷不防的这一招呼,答应一声,开门出来,'哟,找的就是你,快跟三弟回家吧!'找错了,没包涵,我是招呼我们家二哥,你出来干吗?访不出来,蹚不出来,咱就盘,如何一种盘法?还记得当年南市大街的老头子周是道周三爷吗?拜到他的门下,说明缘由,送到了银子,回家等着去吧!三天之内必把人给你送回家去。只是,这条道,但凡有一线的办法,也不能走。太险!弄不好要出人命。这个人藏起来了,知情的人不肯说,那些爷们儿可不似你我这样好说话,盘上三句,错了方寸,白刀子进去,红刀子出来,就把个活人交代了。说出来了不是远话,眼睁睁去年的事,也不是外人,有名有姓,大家伙全都认识。忽然间顶门立户的大少爷不见了,还带走了一个相公。这相公是谁?大太监藏在天津租界地的一个玩物。新任直隶总督袁世凯亲自发下话来,限周三爷三日之内找出人来。事关一国朝纲,又是总督大人派下来的官差,谁敢违抗?何况如今又是国难当头,八国的列强正在鱼肉中国,咱中国国内再有人想沾重臣宦官的便宜,眼里还有没有皇上?找!派下人来,茶肆酒楼落座,黑呢礼帽口儿朝天桌上一放,头天看,二天察,三天就有人走了过来。老大哪条船?船上多少板?板上多少钉?进的哪道门?拜的哪位师?走的什么道?访的什么人?三言两语,搭山头,跑门槛,挂苶子,找的是个二门秧子。岂有此理;破山门,悖祖训,屈于官府,卖身求荣,抬手落手,没听叫唤,人就挺过去了。二爷,这是闹着玩的吗?"

"常爷,您老别白话了,咱们赶紧办正事吧。"佘子鹤抓个机会打断常闲人的一番神聊,催促他立即上路去找余子鹏。

头两天,常闲人带着余子鹤走遍了天津的几十家饭庄。人不能不吃饭,余子鹏不能不下饭馆,即使不在饭庄里吃,也要让饭庄将饭菜送到住处,余二爷要吃的山珍海味,都不是平常人做得出来的。去饭庄访人,不能推门就进,找到掌柜,说明来意。那样,莫说是不知道,就是知道了也不能告诉你,人家谁知道你们找他干吗?万一是讨还人命呢?去饭庄访人,就要大大方方地摆一桌,饭庄掌柜听说五槐桥余家的三少爷余子鹤屈尊用餐了,立即跑上楼来敬酒,酒过三巡,才突然说道:

"我二哥昨晚上说,烧这道鲍鱼海参的厨师换了吧?味儿有点儿变呀!"掌柜的听后立即回答说:"二先生可是有日子没光顾敝店了,我还追问下边的人,你们谁若是把二先生给我得罪了,我可活剥你们的皮。"一番问答,没有访出结果。当即,饭桌上商定,饭后一起去玉清池洗澡,美美地睡一觉,下晌去大舞台看孙菊仙,晚饭摆在玉华园。玉华园的饭菜,二哥最爱吃。

对于常闲人来说,这叫作又有了饭辙,慢工出细活儿,路要一步一步地走,馒头要一口一口地吃,既然丢的是一个大活人,那就要细细致致地找。丢人和丢牲口不一样:牲口丢了,找不回来,可以到驴马市再去牵一头,只要能套车拉磨就行;人丢了,必是按原样儿找回来,好歹换另一个来"顶缸"不行!

饭庄里找不到,去赌场找。虽说余子鹏只爱打麻将,但是既然好赌,那就可能触类旁通,玩什么把戏都是赢钱。先去芦庄子宝局,黑咕隆咚的一间大厅房,地面上铺放着一块两丈见方的大土布,角对角分两方,一方为红,一方为黑,宝局的庄家手持一方宝盒，众赌徒围着红黑二色的大方布或蹲或坐；你押红，我押黑，赌注下齐了，庄家亮底，一声"红!"一声"黑!"当场大厅里有的嗷嗷叫，有的咕咚一声便憋死过去。进宝局时趾高气扬，不可一世，半个时辰过去，手扶着墙壁走出门去，恰好一辆电车隆隆而来，只听那个倒霉蛋大喊一声："娘，儿子对不起你呀!"然后便发疯一般地向电车撞去，噗的一下，鲜血喷出来一丈多高，呼啦啦便围过来一大群瞧热闹的人。

说到赌场，天津卫不过只有十几家宝局而已。天津人好赌，寓居天津的商贾老客们更赌，但这些人的赌博，不去赌场，四个人凑一桌麻将，客店里、旅舍里，以至于大饭店里，一打便是通宵，或输或赢，在自家住处便可了断，犯不上让赌场从中分一份油水。但是有的赌博不能在家里摆阵，譬如押宝、推牌九、掷骰子。赌家与庄家互不认识，挤进个人来，伸手掏出钱来就比画，即使是有输有赢，彼此也不过话，一切犹如是做生意。这样，贪大财的人，便要下赌场。

1840年开埠通商以来，天津人以为自己于赌博上玩的花活最多。天津有许多赌棍，专靠吃赌发财，就连出身名门的余子鹏二爷，也是麻将牌桌上赢到手一家恒昌纱场。尤其天津自开埠以来，各国建立租界地，英、美、日、法、俄、意等各国侨民来天津定居，他们带来的财产不多，但带来的恶习不少，很快，中西合璧，土洋结合，中西文化先在吃喝嫖赌上来了个大汇合。及至八国联军血洗天津之后，外国人实际上成了天津的洋主子，租界地日渐繁荣，这时天津的赌棍们才心服口服地说，人家洋人的赌场就是"高"。

随着常闲人，余子鹤去了英租界的私家俱乐部，进了日租界的三友会馆，进了法租界的小巴黎，进了俄租界的开心胡同，进了意租界的不夜城……林林总总，五花八门，余子鹤这辈子没白活。若问租界地的赌场与中国人开的赌场有什么区别？极是明显——租界地，无论是东洋人、西洋人，在他们聚赌的地方，没有血腥气，一切都温文尔雅。进得门来脱去外衣礼帽，然后柜台上去换筹码，随之有美女过来引路，摇钱机，轮盘赌，扑克牌，一切一切看着都是一种游戏。而且赌桌旁有美酒佳肴，一文不收的吕宋烟随意自取，赌徒们与其说是将钱输在了这里，不如说是将钱花在了这里，光是吃的喝的看的玩的，扔下一把钱也不冤。

余子鹤心想，二哥、二哥，千万你可别这阵儿冒出来，好歹你让我再见识见识。吃了七八天，赌了七八天，粗略地拢了拢，至少已经花掉了两三千。常闲人对余子鹤说，饭庄赌场里打听不到二爷的下落，咱另找地方吧。

先去了日租界的伎馆，门口挂着一张蓝布帘，布帘上写着"花嫁"二字。不似中国妓院，有人给你撩帘，日本伎馆要自己撩帘，然后就入座摆酒，有人为你弹琴，有人为你跳舞，自然还有人给你斟酒，一个个全冲着你笑。看着日本妓女们殷勤的样子，余子鹤竟忍不住"扑哧"一声笑了。"笑吗？"常闲人不解地问，余子鹤指着日本妓女回答常闲人说："你瞧，她们拿白粉刷脖子，满堂的大白脖子。"

法国的红磨坊，歌舞表演，看得余子鹤口水直淌。舞女们穿着极短极短的裙子，跳起来，冲着男人们将腿踢得老高老高,两腿之间一件小短裤头,似一块遮羞布,看得人嗓子眼烧着一团火;据常闲人说,倘若男爷们儿打算拉铺,台上跳舞的女人由你选,看表演只买一张票,拉到楼上去,关上门玩,只要去柜台再买几张票就行了。当然女人们的身价不同,顶贵的要二十张票。真是新鲜,把人折合成票来卖。

当然,无论去什么地方,余子鹤都不会忘记自己的使命——利用一切机会,打听二哥的下落。他怀里揣着二哥的照片,拉过来一个妓女问一个妓女:"见过这个人没有?"妓女们笑而不答,将一元大洋塞在她的手间,眨眨眼,回答你说:"没见过。"

连吃带玩,二十天时间过去了。余子鹤对常闲人说:"这样一番折腾,若是再找不到我二哥,老爹面前,我可就没法交代了。"

常闲人自然也十分为难,他不停地搓着双手回答余子鹤说:"这天津卫能藏人的地方,只剩下最后一处了。"

"哪儿?"余子鹤急切地问。

"蓝扇子公寓。"常闲人回答。

蓝扇子公寓是俄国妓院的雅号,其实就是俄国窑子,坐落在俄租界的项家胡同,一座俄罗斯式的贵族庄园建筑。高围墙、大铁门,四匹马的大马车对面出入;院中有草坪、花圃、假山、小溪;一幢三层的楼房,典雅大方,气势非凡,看着活赛是一座皇宫。

去蓝扇子公寓,穿长袍马褂的概不接待。蓝扇子公寓不同于法租界的红磨坊,更不同于日租界的伎馆,这儿比英租界的私家俱乐部规格还高。去俄国本土，似蓝扇子公寓这样的窑子，只接待王公贵胄，起码也要是个爵爷，而且蓝扇子公寓里不许说俄国话，必得说法国话。蓝扇子公寓里的俄国美女一个个俊得赛天仙，一个人身后站着两个侍女侍候，目不斜视，面不带笑，手里只拿着一把蓝色绒毛折扇遮着半张脸，比中国的皇姑派头还大，光看仪表，谁也不敢相信这等人儿原来就是窑姐儿。

不穿袍子马褂，就得穿洋服，余子鹤这次算长见识了。也不知常闲人从哪儿弄来的两套洋服：黑色毛料子，笔挺，屁股后边分成两个衩，活赛是燕子尾巴。据说，这就叫燕尾服。光穿燕尾服不行，连里边的衣服也要换：雪白的衬衫，领子上还扎着一个蝴蝶结。穿戴整齐之后，对着镜子一照，哟，余子鹤呆了，他万万没想到自己竟然如此潇洒。八岁穿长袍，十岁穿马褂，人还没长大，先打扮成了小老头，从此开始不苟言笑，连走路都要迈四方步。如今一换上洋服，俊了，年轻了，出息了，二十几岁的精气神出来了。洋服，果然比长袍马褂强。

蓝扇子公寓果然是一处仙境。宽敞的大客厅，从屋顶上一串大吊灯垂下来，明明是一串水晶宝石。大厅四处，稀稀疏疏地坐着几个俄国美女，落落大方，丝毫没有拉客的阵势，倒像是等着你低三下四地去拉她。大客厅一角，一个俄国老头儿坐在一只矮凳上，正在一只打开盖儿的大黑色木柜上叮叮当当地打琴。在他旁边还有一个俄国小老头儿，脖子下边夹着个扁葫芦，一只手拿着弓子，正吱吱呀呀地拉牌子曲；初闻不成调，细听还挺悦耳。常闲人说，那两个俄国老头儿，一个是在弹钢琴,一个是在拉提琴。余子鹤点点头,心中暗想,若是不到这地方来看看,何以会知道世界原来这么大。

在一张咖啡桌旁落座之后,余子鹤举目在大厅里环视。远处,还有几张咖啡桌,也有人在桌旁坐着,只是大厅里光线极暗,只看见绅士们的黑礼服笔挺考究,却看不清嫖客们的面孔。据说,这又是蓝扇子公寓的讲究了。来蓝扇子公寓销魂,不必担心会被人认出来,只有姐儿坐在明处,客人全坐在暗处,谁也瞧不清谁的面孔。

忽然,只嗅出身边一阵幽香,叮叮一阵微响,拖地的长裙正缓步移来。余子鹤心中一沉——姐儿过来了。抬头再望,果然一位仙女立在自己身边,金发碧眼、眉清目秀,两只如笋般的玉手托着一只银盘,银盘上银质的咖啡具在暗暗的灯影下闪出熠熠的微光。仙女妩媚地向着余子鹤笑笑,咖啡具端上桌来,余子鹤才要将她拉过来询问二哥下落,当即,常闲人将他按在皮椅上:"这是使女。侍候姐儿的用人。"

"我的哥哥,只使女就这等姿色。"余子鹤大惊失色,不由得他又向对面的仙女望去,果不其然,那些正宗的仙女可是比这等使女们的成色要高多了。

叮叮当当,弹钢琴的老头儿似发了疯;吱吱呀呀,拉提琴的老头儿也来了神儿,两个人活赛是撒疯较劲,摇头摆脑的,牌子曲儿已是越拉越急促了。恰这时,坐在对面的蓝扇子小姐之中,一位仙女起身向客厅中央走去,放下蓝扇子,舒开双臂,抖起长纱,她已在随着乐曲翩翩起舞了。这仙女舞跳得好轻柔,忽而亭亭玉立,忽而扬臂舒腿,连连旋转,或蹲或卧。常闲

人于中国武术略知一二,他向余子鹤介绍说,这是金鸡独立,
这是蜻蜓点水,这叫鹞子转身,这叫单鹤飞天……

只是,转着转着,也不知是怎么一不留意,那跳舞仙女肩
上的长纱竟飞了出去。说是有意吧,明明没看清是什么时候解
下来的;说是无意吧,这长纱明明被抛得好远。余子鹤不解,正
要看个清楚,谁料,那仙女又一旋转,唰的一下,她身上拖地的
长裙又滑落下来了。

哦,余子鹤恍然大悟,这舞女如今开始脱衣服了。也许是
太热,也许是嫌累赘,反正她正一圈儿一圈儿地转着,又正一
件一件地脱着。脱到最后,只剩下一件薄薄的纱衣了,纱衣里
面的肌肤看得一清二楚:胳膊、大腿、后背、肚脐、屁股、奶子,
连微红的奶头都看得一清二楚。余子鹤有点儿吃不住了,他只
觉着脊梁骨一阵一阵发麻,他想起王实甫《西厢记》里的名句:
"但蘸着些儿麻上来。"

余子鹤虽说已经是娶妻成家,对于他来说,异性已不再是
秘密,但是杨艳容自和他做夫妻以来,还从来没有这样赤身裸
体地在他面前大大方方地站立过,更莫说是手之舞之、足之蹈
之地搔首弄姿了。越看越呆,越呆越看,余子鹤喉咙间似烧着
个大火球,一双眼睛更烧成了两个小火球,额头滚烫,他已是
全身颤抖了。非礼勿视、非礼勿听、仁义道德、正人君子,多少
年来夫子圣人的教诲, 一下子, 在这赤条条的俄国美女的面
前,如一道被洪水冲垮的堤岸那样,崩溃了,坍塌了,彻底地被
摧毁了。

不知道这又是一种什么规矩, 那跳舞的仙女在脱光了衣

服之后，又从大厅中央向四周的咖啡桌缓缓飘来，在分散地坐着的三三两两客人之间绕来绕去。远远地望去，有的男人立起身来，躬身亲一亲舞女的肩膀；有的坐着不动，将舞女的玉手接过去，在嘴唇上亲一下。余子鹤以为，也许那几个是常来的嫖客，自然要有点格外的亲近。但人家洋毛子主张平等博爱，只要花到了钱，一视同仁，眼见着这个赤身舞女从一张咖啡桌旁移步出来，又向下一张咖啡桌走去。

扑通扑通，余子鹤的心已经快跳到嗓子眼上来了，他一双手紧紧地抓住座椅扶手，两个膝盖在急促地相互磕碰。老天爷，眼看着那个舞女就要走过来，和自己只有几步的距离，昏暗的灯影下，连她胸前的一颗黑痣都看清楚了。余子鹤想逃，但已经站不起来了，他两条腿使劲地夹紧腹部，缩着肚子，瘫坐在椅子上。这洋服原来如此不是东西，笔挺的裤子，紧紧绷绷，稍有一点儿不本分，人就只能坐着，真比不得自己穿惯的长袍儿。

一步一步，赤身舞女已经走到余子鹤面前了。光洁的皮肤，似是涂了一层薄油，闪着光亮，又散着幽香；长长的双臂、细长的身躯，先让你看看背面，再转过身来，摇一摇身子，让全身的每一块肉都颤起来。

脖颈后边一阵发僵，余子鹤全身打了一个寒战，呼吸短促，胸腔郁闷，他觉得自己似是要爆炸了。这时，常闲人发现了余子鹤失常的神态，忙一双手伸过来扶住了余子鹤："三爷，你哪儿不好？"

余子鹤答不上话来，抬起一只手捂住胸口，眼睛翻了一个白眼,啊,啊,他张开大嘴拼命地吸气。

"不好,急火攻心!"常闲人意识到余子鹤像是突犯心脏病,忙站起身来将他护住。偏这时,赤身舞女以为是这二位嫖客对自己格外欢迎,一个飞步走上来,两手捧住余子鹤的脑袋,拉着他的脑袋瓜子往自己嫩嫩的胸脯上靠。

"救命呀!二哥!"忽然间余子鹤一声呼叫,脑袋便耷拉在了赤身舞女的怀抱里。

"子鹤,我在这儿!"

余子鹤一声"二哥"的喊声未落,不远处,暗影下早站出一个人来。该是他听出了三弟熟悉的声音,也是他万没有想到三弟会钻到这个地方来找自己,毫无戒备,余子鹏站起身来,冲着余子鹤喊二哥的地方答了一声腔。立即,他意识到自己做了错事,抬手捂住嘴巴,正想再若无其事地坐下,这时常闲人早扔下余子鹤,一步跳了过来,一把将余子鹏抓住:"二爷,我们找得你好苦呀!"

父母亲大人,膝下。敬禀者:

儿与同窗好友立志东渡扶桑,求学深造,结伴同行,现已安抵日本国横滨市,并考入国立高等学校就读,饮食起居,皆已安排妥切,恭祈父母亲大人释念。行前,为时间所逼,儿未及禀报父母亲大人,实为有过。专此,尚祈父母亲大人宽宥。

国难当头,生灵涂炭,中国之事沦为今日境况,非一日之寒,更非一人之过。孩儿虽正血气方刚,且自幼得父母亲大人宠爱，又受严复恩师教诲，然至今仍于世事蒙昧未开。为个人前程计，孩儿也当及早自立，唯如此方能成一新人，或者于国于民尚能有所作为。

儿在日一切费用，皆由同窗同志鼎力相助，父母亲大人放心就是。来日待儿学有所成，自当返乡报国，孝敬父母，以尽人子之孝道。

父亲劳累，母亲体衰，尚祈二老双亲多多保重。

专此，恭颂

大安

儿余子鹇顿首

×月×日

"子鹇来信了，子鹇来信了！"余隆泰手里摇着余子鹇寄来的信，禁不住泪水簌簌地涌。老太太早抽抽噎噎地哭出了声，急急地从老头子的手里抢过来儿子的信，不看不读，只合在一双手掌心里抚摸。大儿子余子鸥和娄素云拉着他俩的儿子、女儿急促促来到上房，听过老爹读信之后，娄素云眼里滚着泪珠吩咐用人立即去给严夫子和黄道台家通报，还派下轿子接大姑奶奶回来住上几天。余子鸥依然是面目冷漠地毫无反应，活赛是一个没有知觉的人。宁婉儿是和陪房的徐妈一起来的，她只是轻轻地吸了口气，说了些可喜可贺的话。大家一起说了会儿话，看父母面前再没了什么事，宁婉儿便反身回到自己房里，才一进屋，立即扑在床上，抓过一只枕头捂住了脸，禁不住泪水涌出了眼窝。

余子鹤当然也高兴,双喜临门,二哥找到了,五弟有了消息,压在五槐桥余氏府邸头顶上的不祥乌云被驱散了。倒是杨艳容觉得不划算,回到房里,冲着余子鹤,就在他鼻子尖上戳了一指头:"哼,你找到二哥的功劳一字不提,倒为了一封信喜到这等份儿上,没看出来吗?心里只有他的小五,偏你行三,中间儿的,没人把你搁在心上。"

　　无论一家人如何是喜是恨,余隆泰确实因五儿子余子鷉的来信,忘掉了他近日来心头的沮丧。虽说全是亲生的骨肉,但五个儿子之中,他最喜爱小五,倒不是因为老儿子惹人怜爱,确确实实,正是这个余子鷉,多了点自己余姓人家血脉里缺少的东西。余隆泰身为天津卫的一位贤达,既是首富,又是首善。如今又顶着买办的名分,仰仗着日本国的势力,但是说到底,不过是一个商贾罢了。当年自己的女儿余子瑄嫁到黄道台家做儿妇,人家科举出身的黄道台虽说宽厚,但自己也总觉是低人一等。这会儿实在是朝廷不行了,从皇上到文武百官都怕洋人。不光怕洋人,还怕在洋教的、吃洋饭的。但是关上院门,比出身门第,三井掌柜如何能够与人家的进士出身相提并论呢?

　　衣冠不改旧家风, 有了财势, 便想把自家那半份诗书传家、书香门第的风尚弘扬起来,从此理直气壮地跨上儒门后裔的行列。大儿子余子鸥天赋不错,三岁识字,五岁入馆,七岁开蒙,八岁读经,十岁读史,早早地就成了一个学富五车的学子,但是旧学衰微,新学兴起,他的才学还没派上用场,便发霉腐烂了。偏偏这余子鸥又由读书而变成呆傻,如今已由书呆子变成真呆子了,不谙世事,不食人间烟火,年纪轻轻,他已成了一个废人了。

唯有余子鹏,天资聪颖,且又刻苦向上,旧学根底虽比不上大哥,但是经史子集也读过不少,诗词歌赋、古文时文,全都是信手拈来。尤其可喜,他竟被儒林泰斗严复老师看中,破格收为入室弟子,几年开导,余子鹏已然是通晓新学的名流了。余家从此家风更振,余姓人家要出救世济民的大人物了。

"儿呀,老爹苦苦挣扎半生,难道不就是为了要在你们当中造就出一个非凡的人物来吗?"感慨万千,余隆泰似是自言自语地感叹着,"孩儿呀,你爹没能耐,先是给皇上做奴才,如今又给东洋人做奴才,一生一世,就是做奴才的命。有出息,你改天换地,挺起腰板来做人,从此再不做奴才!孩儿呀,这做奴才的滋味可是不好受呀!"说着,余隆泰又流出了眼泪,也是趁机发泄,随之他又狠狠地跺了一下脚,"什么是奴才?奴才,就不是人!"

心中压抑,余隆泰使劲地挥着胳膊吼叫。谁也想象不到,以余隆泰这样有财有势的人,他心里竟也憋着一团烈火,他也觉着心上压着一块巨石,他也在忍受着无法忍受的屈辱。奴才,一个家资万贯、喝五吆六、住着深宅大院、门外立着首善牌坊、出入名门望族、与当今的总督和道台称兄道弟、暗中且还参与要事磋商的余隆泰,居然也发现自己是个奴才!

奴才!不折不扣,余隆泰只不过是一个奴才而已,如果说世上还有人恭维他,那只是让大家仿效他的样子,做一个好奴才。

三井洋行一张委任状，小井洋次晋升为日方全权代表——余隆泰之上，立了一个小井监督。小井只有 30 岁，在三井洋行原来只是一名普普通通的见习，多少年来，见了余隆泰的胶皮车驶来，那是要恭恭敬敬鞠躬敬礼的，而且余隆泰连瞧都不瞧他一眼。为什么？小井这个人没什么才干，在三井供职好几年，不见有任何出色表现，这在人人都是"拼命三郎"的日本员司之中，已是被人鄙视了。除此之外，还有一层更重要的原因：小井这个人有背景，他明里与三友会馆有来往，暗中，有人猜他是白帽衙门里的坐探。日本国的规矩，凡是人多聚众的地方，政府必须要安插进去一只眼，无论是学校、工厂，还是商号、洋行，上至总裁、行长，下至员司、人夫，一律由这一只眼睛监视。无论什么人，莫说是有什么对抗行为，就是对国家、政府、军界稍有不敬的议论，这只眼也有责任将他所闻所见的一切，如实地密报上去。日本国的警察厉害，只要一听到暗探的密报，立即便将当事人找来，不由分说，上来就是一顿臭揍，揍个头破血流、鼻青脸肿，然后告诉你这是轻的，以后不可造次。最为新奇，日本警察执法，不问对方的身份，不似中国巡警局，只吓唬老百姓，莫说是有权有势的官家，就是连那等无恶不作的衙内们，都不敢管。日本警察则不然，越是对有身份的人，他们才越来劲儿。昨日把陆军大佐他爸爸打了。只要打得有理，不仅不问罪，上级还要嘉奖。有一个故事说，日本天皇不相信他的警察如此执法如山，有一天他微服私访，故意在警察眼皮子底下捣蛋，不由分说，那警察扬起手来，便掴了天皇一个大耳光，挨打的天皇一高兴，当即给那个警察升了一级。

虽然,日本人不敢惹警察,但是日本人却最恨告密的人。日本人将有话明说、有架明打的人看作是汉子,却把暗中告密的人看作是败类。不管这个告密人是一心一意地为了日本国的兴旺,还是作为一种职业他必须完成上司交派下来的使命,反正日本人认为,告密便是出卖,这种人根本就不是人。日本人热爱他们的国家,尊敬他们的军人,服从他们的政府,只是憎恨那等为了国家安全、军队稳固、政府英明而暗中监视日本国民的特务,至死不和这等人做朋友。说来,这还真是日本人头脑不健全的一种表现,既然你们热爱国家、尊敬军人、服从政府,那么对那些暗中为国家献策的人,不是要更觉可亲可近吗?日本人的脑袋瓜真是有点毛病,他们不光看不起监视日本人的特务,就连那些派到外国去刺探军情的特务也同样鄙视。所以,日本的神社只供奉战死沙场的军人,不供奉那些"隐蔽战线"上的豪杰。

因为有了白帽衙门的关系,多年来,小井在三井洋行一直是一个三等人物。日本人不和他交往,安插到哪个课里,那个课的课长就公开地往外"开"他——换个天津词汇,小井就是日本狗食;好好的男子汉,不凭本事赚钱做事,暗中干这类见不得人的事,没出息。尽管这许多年,三井洋行的日本人还没有一个人被唤到警察局去挨过耳光,但就这样,日本人也不和小井共事。

但是,在促成伊集院彦吉与袁世凯的会面一事中,小井立了功劳。从各方奔走、请余隆泰做中人,到安排地点、安排礼仪,连同回日本国挑选歌伎、陪浴女,全都是小井一个人精心操办的。所以，余隆泰才在日本陪浴女的手上发现了自己于劫难之中被抢走的龙凤戒指。不必深究，这只戒指肯定是小井洋次送给日本陪浴女的，他没看出这有什么独特之处。再说，小井洋次在八国联军攻占天津之后的抢劫之中弄来的东西实在是太多太乱了，倘他记得这只戒指是从余隆泰家抢来的，再想到这些陪浴女要有人去陪余隆泰泡澡，也许他就会换一只别的什么玩意儿送给在船上陪他风光一夜的艺伎了。

论功行赏，日本人于此绝不马虎，而且还要当即兑现。在这点上，日本人不似中国人——派差时许愿、行赏时玩花活，下次，再没人为你效力了。对于小井，如何奖赏，伊集院彦吉掐着三井的脖子，必须在三井洋行内提升，由见习擢升为监督，连升三级。只是依然往日本公事房安插不进去，无可奈何，只能安插到华账房来了。一个不成器的下属，一夜之间要监督余隆泰来了，余隆泰这口气，何以咽得下去？

今非昔比了，庚子(1900)年之前，日本洋行于列强在华竞争之中，如履薄冰，立足艰难。那时，日本人只能仰仗中国商贾、贤达的名声，为自己奠定立足之地。所以，多年来，在三井洋行，华账房压着日本公事房，中国掌柜压着日本总裁，与西洋列强打交道，日本总裁不敢出面，人家只和中国掌柜说话。现如今，不同了，日本资本在中国已经有了牢固的基础，仰仗着日本政界与中国政界的沟通，仰仗着日本在华强大的军事力量，于经济贸易上，日本人要扔掉中国这根拐棍自己干了。华账房安插日本监督，气得全班中国员司天天拍桌子骂闲街，动不动地就给小井出难题。从《康熙字典》里找出一个怪僻的字来,写给小井看:"认识这个字吗?当什么讲?"一问就"呲",小井当然胸无点墨。肚子里要那么多墨水做什么?人家背后有三井财团、有日租界、有总领事馆,还有日本驻军,木头桩子立在这儿,你也得当神佛供着,不服气?你也戳在这儿来较量较量。

"小井,咱俩人走着瞧!"余隆泰明着咽下这口气,对于小井就任华账房监督一事未做抗争,但暗中,余隆泰胸有成竹,他要让小井栽在自己手里。凭着自己的财势,凭着自己在天津商界的威望,我让你三井看看我余隆泰的厉害,不把小井制服,不将小井斗得一败涂地,不让三井认输,不让日方撤回这个监督,余隆泰誓不罢休。

对抗三井,余隆泰支持华昌贸易。华昌贸易是在自己的暗示下组立的,掌柜马富财又是个老知交,只要华昌立起一道铁墙,三井便失去半壁江山。就算是胳膊肘往外拐吧,吃里爬外,余隆泰这次要伤点儿三井洋行的利益了。华昌成立的大宴,余隆泰没有出席,但是由于私人交情,余隆泰于休息日逛街访友,到华昌贸易设在大饭庄里的公事房,拜会马富财来了。

马富财受宠若惊,正赶上外包头的几位老客都在,大家你一言、我一语地对余隆泰的仙人引路感恩不尽、赞叹不尽:"自从华昌组立以来,我们这些行商们的腰板全硬了。早以先,货一到,便立即要往三井账上转,'银根'转不过来呀,谁有这么大的资本?如今有了华昌,吞得进,吐得出,三井再不敢压价了。"

"所以呀,大家还记得那一股筷子吧?"余隆泰提醒众人回忆那次家宴上折筷子的表演,其用意也就是说明众人一心的威力。

　　马富财当即吩咐手下人去饭庄唤来酒席。叙过家常之后,大家一起入座。"除了卖,我们还要买呀!"席间又说起了生意上的事。

　　当然要买,中国商人与三井的贸易往来,一是卖给三井矿产、皮货、土产,二是从三井买到五金、机械。在天津的各家洋行之间,从三井洋行买五金、机械,历来是价钱便宜。这是因为日本距中国近,另外日本的制造费也低。这一来,英国、美国、德国商人就吃了亏,多年来他们一直要求日本提高价格,与他们维持共同利益。日本人很鬼,表面上也和西方商人协调,但暗中总让中国商人得些便宜。

　　明处,余隆泰没有给外包头的老客们出什么主意,但言语之间,大家还是有了一些相同的见解:那就是华昌要大张旗鼓地与洋行抗衡。对三井一方,要维护中国商人的利益,统一行动,争取公平贸易;对中国商人一方,则要打破三井与西方洋行的同盟,日货进入中国市场,价格必须比西洋货低。

　　"圣明,圣明!"以马富财为首的外包头商人又是对余隆泰的谋略一番赞颂。

　　心里有了底,余隆泰回到三井洋行,且看事态如何发展。日本货来了,反正你就卸船,一船一船的货积压在货栈库房里,流水转不回来,你就不敢再进货;进货不能出手,你便不能买货,买不到货,你就得往回发空船……

小井呀，小井，如今我倒要看看你这个监督有多大的能耐吧！

一连许多天，余隆泰在一旁冷眼观察小井的变化。出乎意料，一连半年多的时间，小井依然轻松自如，稳坐钓鱼船，脸上不见一丝愁容，出出进进，谈笑风生，一副诸事遂心的神态。奇怪，华昌贸易，众人饮泣结盟，一定要与三井打一场贸易战，中国的港口、中国的市场、中国的货物、中国的白银，还有知书识礼的中国人出谋划策，就不信斗不过三井洋行。不杀一杀三井日本人的威风，他们也太不把中国人看在眼里了。但是，事情完全与余隆泰的估计相反，三井的货轮依然穿梭在太平洋上，而且满载而来，满载而归，日出日入的流水，成千上万的银子哗哗地往三井银库里流。收购中国物产，报价还是低得要让中国商人倾家荡产；出售日本货物，价钱居然高过了英美洋行。三井洋行生意兴隆，中国的经济已是全由洋行操纵了。

……

"余大人，余大人！"一天傍晚，余隆泰坐车回家。胶皮车上，他正在为近些日子莫名其妙的种种境况苦思冥想，突然间，马路边上一个人直冲着余隆泰的胶皮车跑来，跟在车旁的吴三代一把没有拦住，那个人已经双手抓住了胶皮车的车帮。

"闪开！"吴三代因自己的疏忽失职极是恼怒，没轻没重地伸手抓住那人的衣领，用力地就往远处拽。

"余大人，你要救我一把呀！"那人还是牢牢地抓住胶皮车的车帮不放，声嘶力竭地向车上的余隆泰呼号。

"谁？"余隆泰还以为是行乞的乞丐拦路要赖,低头看了一眼,才要厉声呵斥,但突然他又挥手对拉车的车夫喊了一声,"停车!"眨眨眼睛,他发现在下边抓车的这个人面熟。

"余大人,你认不出我了？我是马富财呀,外包头的老客,华昌贸易的掌柜!"果然,真是马富财。只是,他已经突然之间落魄了,明明就是一个一夜之间输得精光的赌徒。他满脸的穷相,说话带着哭腔,依天津人的习惯用语,他已是倒了霉了。

"富财兄,你这是怎么了？"余隆泰从胶皮车上走下来,双手搀住马富财,万般诧异地问着。

"余大人,我……我破产了,我成了穷光蛋了,我赔光了,完了,我活不了了!"马富财说着,眼泪簌簌地往下流,双手哆哆嗦嗦,身子几乎就要瘫在余隆泰的怀里。幸亏吴三代迈步上来搀住了他,这才使余隆泰脱身出来。

"别着急,有话慢慢讲。"余隆泰忙着劝说马富财,转身,他又吩咐吴三代说,"再叫一辆车,拉马老板回家里说话。"

"余大人,我这个寒碜相,不敢去府上打搅呀,所以,我才在路上等您的车子。"马富财不好意思去五槐桥余家府邸,站在路边,比比画画地就要向余隆泰述说自己的遭遇。

"这儿也不是说话的地方呀,走,咱华清池吧。"余隆泰想了一个主意。正好,有一辆胶皮车过来,吴三代扶余隆泰、马富财坐上车子,一路小跑,径直奔华清池而去。

华清池是天津最大的浴馆,天津人称之为是澡堂子。天津的浴馆不只是众人洗澡的地方, 它还是供各路行商会面谋事的地方。浴馆内大浴池两个,一温一热;外面大厅一间一间的木格间,面对面两张床,更衣、品茶、睡觉。再高级,有单间浴室,两张大床,单独的澡盆。天津闲人、阔少讲究泡澡,从上午10点进澡堂子,要到下午5点才出来,中午饭在浴馆里吃。浴馆里不卖饭,派伙计去饭店叫,什么大菜都可以往浴馆里送。糖醋鲤鱼,炸出锅来,饭店的伙计跑着往浴馆送。"少回身呀!"一声吆喝,带起一阵风跑上楼来。进到雅室包房,刚出油锅的鲤鱼放在桌上,提起炒勺,浇上汁子,大鱼盘里吱吱地要爆出响声。吃吧,二位爷。你就光着腚地吃吧。这是多大的福分呀!

"华昌贸易组立不到一年,还没有什么大出大进、大赔大赚,你怎么就败落到这步田地了呢?"待马富财洗去了一身的晦气,又看着马富财狼吞虎咽地吃饱了肚子,余隆泰这才向马富财询问了起来。

"余大人,你老是不知道这帮买卖人多么不是东西了,背信弃义,他们把我坑了。算是我瞎了眼,错将他们看作是朋友,口蜜腹剑,暗中,他们什么不是人的事全干呀!"马富财咬牙切齿,气恨恨地咒骂他的那伙同事。

华昌贸易,一群外包头老客结伙成帮,指天发誓:有福同享,有难同当,有财大家发,赔钱大家认,大有患难与共、生死之交的气势。但是,阵势还没有排开,马富财就已经觉得有点不对劲了。这些商人表面上在华昌口出狂言,宁肯让物产死在自己手里,也不能让三井白捡便宜。谁料,暗中一个个却和三井挂上了钩。有个华昌贸易,正好有了与三井讨价还价的借口,倘你三井不给我点儿小便宜,我就与华昌联手给点儿颜色让你看。偏这时，三井出来了一个小井洋次，他一个一个地与中国商人交朋友。每天晚上，在日租界的日本餐馆里他掏个人腰包请中国商人喝酒。一间单间餐室，一张小桌，面对面盘膝而坐，只喝酒，不谈正事。你不喝，怕喝醉了挨骗；他小井带头喝，不多时便醉成一摊烂泥。醉成烂泥之后他就信口开河，把三井的经济秘密全吐给你："中国商人，千万不要上当。明面上，三井的价格不能变通，其实，任何价格都有两成的余地，你卖给三井的皮货，一件一千元，那是对外的报价；暗中，只要你会争，可以卖到一千二百元。两成的纯利，不得了呀，只要中国商人再精明些，三井是没多少便宜好沾的呀！"接着，他便嗷嗷地唱了起来，唱着唱着，咕咚一声，倒在席子上，呼噜呼噜地就睡过去了。

中国商人听说自己可以悄悄地独得二成利润，一个一个便都上了钩。明着他们还在华昌拍胸脯充好汉，偷着摸着人人都和三井做成了生意。待到马富财觉出事有蹊跷，再将他的同乡老友们找来的时候，华昌贸易的几十名成员一家伙就打起来了。你骂我背信弃义，我骂你卖友求荣，华昌贸易起了内讧，彼此恨得咬牙切齿，一哄而散，同乡的老友都成了仇人。

待到华昌贸易名存实亡之后，三井那暗中的二成利润也没有了。到这时，马富财才发现，原来只有他一个人还把货物压在货栈里，再匆匆忙忙出手，卖光了货物也没抵下银号的亏损，一场华昌贸易，众人把他"吃"了。

# 第十四章　人鬼难分

余子鹏不愧是二奸细，果然精明过人，一连几年不进家门，竟然未被父母觉察。先是吃喝嫖赌，胡作非为，后来从黄天成手里赢过来一家布厂，却原来又是一个负债累累、行将破产的烂摊子。倒是他由此意外地步入了实业界，他忽然立志以这个奄奄一息的布厂做跳板，从此也干一番事业，别总倚仗老爹的财势。须知，洋饭碗总是不好端的，一旦人家翅膀硬了，一脚将你踢开，你就连个靠山也没有了。

可是，经营一家工厂，可不像与陈翠喜姘居、和黄天成打麻将那样容易，余子鹏只会做发财梦，却没有办实业的本领，所以，纱厂的日子一天比一天艰难，几乎使他无力自拔。

如果光是他一个人的事，他也许就把这个纱厂关了，可是这个纱厂欠着外面一屁股债，你余子鹏关门不干了，大家会去找你的老爹讨债，谁让你的老爹名声大呢？于是，为了搪债，两年之前他巧设诡计，将大哥大嫂诓出家门，趁机潜回家中，在借债延期偿还的字据上偷盖了老爹的印章。偏偏那一夜家里狐仙闹堂，自己还赶巧在家里陪老爹叩拜狐仙，如此又落了个安分守己的美名。

只是，这次他真的被老爹派下来的人找回来了，纸里包不住火，这次是什么也瞒不住了，索性就认输服罪吧。

"爸爸，你骂我吧，打我吧，我已是没脸再回到家来了，我对不起你呀！"余子鹏低头弯腰，活像是被二次押解官府的逃犯，全身瘫软得只欠跪在老爹面前了。

"用不着跟我演戏，有话明说，你在外边惹下什么祸了？"余隆泰端坐在太师椅上，桌上放着"家规"戒尺，面色森冷，他今天要审问二奸细余子鹏，为什么躲起来不露面。

"本来，儿子想就此一去罢了，可是我实在是舍不得爹娘，父母将我抚养成人，我没有尽一天的孝道，父母没有享过一天我的福，我若就此去了，不是更不孝了吗？何况，大哥又读书伤神到不能侍奉父母，这一番治家敬老的重任落在了我的肩上，我怎么可以推卸呢？"余子鹏一副可怜相，先说自己对父母亲的一片孝心，似是他完全是为双亲才活在世上的。

"少往脸上贴金！"余隆泰一挥手打断余子鹏的话，然后拾起家规在桌上拍了一下，又指着余子鹏的鼻子质问道，"听说，你已有几年时光在外边鬼混了。说，你在外边都结交了些什么人？在什么地方立的外宅？暗中养活的女人是谁？说，你犯了哪条国法，才不得不隐匿外逃，你都做了什么不忠不孝不仁不义的恶事，才没脸再在世上做人？说！"

老爹爹一句一句地逼问，余子鹏连连地全身打战，嘴唇哆哆嗦嗦，他已是吓破了胆，连话都说不出来了。

"你已经有了妻室，有了女儿，何以还在外荒唐？不怕父母斥责，不怕兄弟耻笑，你还不怕妻女的羞辱吗？你已是做了父亲的人了，有了一个女儿，来日还要立子，儿女长大之后，他们又该如何尊敬你这个品德不端的父亲呢？子鹏，人当知耻呀！"

老爹爹情真意切，一句句出自肺腑，他对儿子的不良行为，实在是不能容忍了。

"父亲息怒，儿子不肖，绝不是品行不端。忠孝仁义、礼义廉耻，做人的本分，儿子是不敢背弃的。"余子鹏表面上惊慌，心里面依然极是冷静。关于在日租界与陈翠喜姘居，日后又避身于俄国妓院的事，他是绝对不能如实禀报的，谁私下里都做过点儿见不得天日的事，只要没被当场抓住，死也不认账。

"没做恶事，你何以要隐匿？"一拍桌子，余隆泰真的发火了。

"父亲，儿子不懂经济，不善经营，做生意赔了大钱了。"余子鹏畏畏葸葸地说着。

"怎么？你也做生意？"余隆泰惊奇地问。

"您若是容我坐下，我就慢慢地对您细说。"余子鹏早就站累了，双腿已经酸痛难忍。

"坐下吧，坐下吧。"余隆泰不耐烦地说着，"只是，你若敢说半句谎话，瞧我不用家法打你的脸。"呵斥着，余隆泰又拍了一下桌子。

没有等老爹再让，余子鹏就近坐在了一个凳儿上，似是一面想一面说，其实该说的不该说的他早编圆了来龙去脉，想隐恶扬善，花言巧语为自己辩解，真真假假地向老爹讲述令人同情的故事："两年半之前，儿子从一个破落公子手里兑过来一家布厂，就是天津卫有名的大五福布厂。那个破落公子好赌，在外边欠了人家赌债，债主子逼他把工厂交出来，逼得他险些儿跳了河。人命关天呀，我想救人要紧，我替你顶上赌债，大五福布厂兑给我吧。其实，我哪里有钱替他顶赌债呀？仰仗着您老在天津卫的威望呗，债主们听说布厂归到五槐桥三井洋行余家了，心里便有了底，三年为期，容我把布厂恢复起来，周转下资金来，再偿还欠债。也是我把事情看得容易了，本来呢，这件事当时就该向您禀报，您好歹给我引引路，也不至于让我陷得如此不能自拔。机器修理了，厂房修缮了，进了原料，招募来工人，也织出了布匹……"

"什么布匹？"余隆泰不等儿子说完，忙着插言询问。

"就是本色白布。"余子鹏气馁地回答。

"嘻！瞎胡闹呀！"余隆泰一拍桌子站起了身来，"当今之时，美国的花旗布、日本的东洋布独霸市场，就连从印度来的花洋布，都比中国的本色白布好卖呀！一窍不通！你是一窍不通！你给我闭上嘴吧！你不必再向我述说了。布是织出来了，卖不出去，赔上二成的价钱都没人要，不光天津人买洋布、穿洋布，连西北来的商人都不买你的本色白布，东洋布西洋布把中国土布的老窝给端了。布压在库里，流水转不开，买原料的钱还不上，工人的月薪开不出去，八方的债还不了，儿呀，这条险路上可是逼死过不知多少英雄汉呀！莫说是我一户余姓人家的财势，倘让你再干上两年，就是十户余姓人家的财势也要被你赔进去呀，子鹏，你已是不能自拔了！"

"那，我该怎么办呢？爸爸，您总不能眼看着我投河上吊吧！"说到难处，余子鹏"咕咚"一下，冲着老爹跪下了。

"起来，起来，在家里，用不着唱这出假戏！"余隆泰厌恶地挥挥手,余子鹏怪没趣地站起来,又没精打采地坐在凳儿上,一双眼睛可怜巴巴地望着老爹。这时,余隆泰反背着手,在屋里踱来踱去地苦思冥想,他已是从审问儿子,变成想解救儿子的慈祥老父了。

"若不,就让我一走了之吧,去上海、闯南洋,您在报上登个断绝父子关系的声明,他们无论谁来找您讨债,您都不认。"余子鹏走投无路,便出鬼主意让老爹赖账。

"说的是混账话!"余隆泰又呵斥着说,"你豁得出去,我还豁不出去呢,咱们五槐桥余家更豁不出去!"

"只是,如今我已是走投无路,一筹莫展了!"余子鹏有气无力地叹息着,脑袋瓜子耷拉在胸前,明明是一副活不起的神态。

"是大丈夫,就该如曹孟德所说,当以龙相比。龙,大则兴云吐雾,小则隐介藏形;升则飞腾于宇宙之间,隐则潜伏于波涛之内。"

"讨债的人就要找上门来了,我又能往哪儿隐呀!"余子鹏双手抱着脑袋,连说话的声音都有些发颤了。

"罢了!"突然,余隆泰做出了果断的决定,一挥手,他对余子鹏说,"你欠下的一不是赌债,二不是嫖债,好男儿,敢闯天下,就必有跌宕,有你老爹的财势,这些债,我替你挡了!"

"可是,可是……"余子鹏摇摇手,似是要说什么,又把话咽了回去。他不敢告诉老爹,这些欠债,已经是他盗用老爹的印章,拖了三年时光没有偿还,如今恒昌纱厂濒临倒闭,债主们再不肯缓期了。

余隆泰当然不知道儿子暗地里做下的鬼把戏,想出了挡债的妙计,他已是如释重负了:"你也别这样无地自容,说清楚了原委,我也不再怪罪你了,虽说是开纱厂赔了,事在难免,以你一个不知经济、不懂商务的公子哥儿,怎么能够开工厂做生意,还奢望旗开得胜呢?不过呢,你不似你大哥和老三那样窝囊无能,敢于独自立业,这就是有出息!"

"儿子虽知父亲财力雄厚,但也实在不甘心坐吃祖产。"看见老爹被自己绕在了圈里,余子鹏顺水推舟,趁势往自己脸上涂脂抹粉,"所以,悄悄地,我才在外边办起了纱厂。我原来的想法是,等纱厂有了规模,赚了大钱,成了气候,再向您老禀报。到那时,我也算给余姓人家的产业添了点砖瓦。谁想到,事与愿违,原来这办实业开工厂经商做生意,绝不是长颗脑袋就干得了的,其中有这么深的奥秘,还有这么大的学问⋯⋯"

"尤其是在当今,"余隆泰打断儿子的话,自己指手画脚地讲了起来,"列强操纵中国经济,洋货独霸中国市场,中国的商人都已被挤兑得就要倾家荡产了。世界列强仗着洋枪洋炮杀进了中国,如今他们更要将亿万同胞的民脂民膏吸干吮尽,打败朝廷只是开端,鱼肉中国才是人家的长久之计。有出息,有志气,子鹏,挺起胸来,老爹做你的后盾,这个纱厂要办下去,要起死回生,要背水一战,不成功,亦成仁,就是我余隆泰辞了三井,咱余姓人家也要保住你的恒昌纱厂。子鹏,这可就看你有没有恒心、胆量了!"

"父亲大人!"咕咚一下,余子鹏激动不已,他又冲着老爹跪在了地上,"有父亲大人的鼓励、支持,就是上刀山下火海,儿子也在所不辞，不想做一番事业，当初我何以要把这样一个行将倒闭的布厂接过手来？不想立足社会，我又何以废寝忘食地在外面苦苦支撑三年？知难而上，一不做、二不休，这次，不把恒昌纱厂救活，我余子鹏就白吃了这二十多年的米粮！"指天发誓，余子鹏也真的下了恒心。欠下的债，是赖不掉了；干下去，还能再拖个三年两载，只要你纱厂的机器转动，债主们就不会把你逼入死路。停工倒闭，没了指望，债主们当然再不宽容，那时一窝蜂找上门来，这其中自己做下的见不得人的事，就全暴露在光天化日之下了。那时，不仅债主们饶不了你，连大哥、大嫂都饶不了你，你余子鹏可真要无地自容了。

"起来吧，起来吧！"余隆泰不耐烦地挥挥手，让余子鹏站起来。余子鹏表白一番之后，也觉跪着无趣，便又站起来，坐在了凳儿上。

"不过，丑话要说在前面。"余隆泰见儿子心神儿稳定了之后，便坐在余子鹏对面，面容肃穆地对儿子继续说，"既然从今后，你仰仗着我的名望办纱厂，那，你就得给我规规矩矩地做人，吃喝嫖赌的恶习必得给我改掉。为人处世，立业之前无论怎样荒唐都可以不咎既往，但是，一进入社会，就必须循规蹈矩。麻将牌，再不许打，经商最忌一个赌字，多少人好赌，一夜之间倾家荡产者，大有人在。你原先能够以一个赌字赢到手一家布厂……"

"父亲大人，这布厂绝不是儿子在牌桌上赢来的，只是那破落公子倒是儿子在牌桌上认识的。"余子鹏见老爹对自己的放浪形骸了如指掌，便忙着辩解。

"文过饰非！不必花言巧语,你什么事也休想瞒过我的眼睛。"余隆泰久经沧海,对于各色人等的各类行径,自知有些了解,"我只是告诫你,如果是牌桌上赢到手的产业,万不可再在牌桌上输掉。接过这片产业,从此弃恶从善,好好经营,发财致富。那时再从你万贯收入中取出一二兼善天下,人们便要为你歌功颂德,从此天下人只知你的善名,而不问你的既往了。不能戒掉恶习,贪恋方城之阵,赢进来输出去,直到不可收拾,那就是不可救药了。此外,至于你在外面姘居的女人……"

　　"父亲大人,父亲大人,那是绝无此事的……"惊慌失措,语无伦次,余子鹏站起来又要给老爹下跪。余隆泰一抬手,又将他按坐在凳儿上。

　　"倘若那女人品行不端,我劝你宁肯破费些钱,还是要早早了断干净;倘那女人自始便是依赖你随你,你无端地遗弃人家,那也是于情理不容,那、那……"再往下,余隆泰已是不知该谈什么话了。

　　"父亲,父亲……"余子鹏无力地从凳儿上站起来,一双乞怜的眼睛望着余隆泰,半天,他才似自言自语地谈着,"另立偏室,兄弟五人之中,我何以能开此先例？"

　　大花厅里,父子二人都没了话说,余子鹏站着,余隆泰坐着,万分尴尬地僵持了好久时间。最后,不知是怎么一个缘由,只见余隆泰万分厌恶地向儿子挥了一下手,"去吧,你去吧,我看着你,心烦。"

　　悻悻然,余子鹏转过身来就往外走。

　　"你站住！"余子鹏刚刚走到大花厅门口,背后的老爹一声吆喝又唤住了他。待到余子鹏转回过身来，余隆泰这才又想起了什么事，对儿子说，"经营一个纱厂，以你一个人的才智，那是无法驾驭的，我给你找一个帮手吧。这个人有才有德，且又经商多年，由他来操办纱厂可是比你要强上万倍。"

"谁？"余子鹏当即问着。

"马富财，就是上次带领众人在咱家门外首善牌坊闹事的那个人，真是不打不成交呀。如今，他也是于经商中碰得焦头烂额，东山再起。这种人身上都有一股邪劲。日后，恒昌纱厂，你只做东家掌柜，一切生产商务，都由他一人主管就是，那是个人才呀！"

"孩儿遵命就是。"余子鹏乐不得有个人替他支撑纱厂。由他独自经营，即使有老爹做后盾，两年之后，只怕连老爹这份家产也要赔光的。到那时，又得钻进蓝扇子公寓躲债去了。


"严夫子，子鹏有信来了。"

料理完家务事，余隆泰匆匆来到严夫子府邸，兴高采烈地带着余子鹏从日本寄来的信，向余子鹏的老师严复报告他弟子的消息。

"他一切都好吧？"严夫子关切地询问。

"一切都好、都好，起居已经安置妥帖，并且考入日本国立高等学校读书了。"余隆泰向严夫子述说着，目光中闪着兴奋的光芒。

"这我就放心了。"严夫子释然地吸了一口气，这才发现还没有让座敬茶。立即，有仆人过来送上茶水，他二人才分宾主坐下，说起了知心话。

"子鹬这些年承蒙严夫子谆谆教诲，才有了这样的出息。"余隆泰一是夸奖儿子的长进，二也是感激严夫子的苦心，情真意切，连目光都显得格外明亮，"严夫子面前，我自不必隐讳了。我余姓人家，原不过是一介商贾而已，暴发户、买办，仰仗着洋人鼻息发财的市井俗人，只有严夫子不嫌弃我家的寒微出身，从我五个儿子中选出一个肯上进的子鹬来，开蒙教诲，这才一天天使他成了一个学子。如今，他又有了大志愿，要救国救民，东渡扶桑求学读书，这是我余姓人家的造化呀！我五槐桥余家府邸门外的首善牌坊不过是个装饰罢了，来日我余姓人家能出息一个开启民智的大学问家来，那才真是威震四方了呀！"余隆泰越说越高兴，说着说着，他的脸都兴奋得变红了。

"子鹬这孩子天资聪颖，且又好学上进，我早就看出他必能于国于民于己有大建树，有大成就。平日，他随我读书，对许多疑问穷原竟委，以天下为己任，中国需要这样的铁血青年呀！"严夫子说着，万般感慨地摇着头，"复，不过一介书生而已，激昂文字，指点江山，这些年也不外是译介了几部西人的著作，写了几篇鼓吹变革的文章而已，多不过也就是盼望能有一个明君采纳我的主张，从此变法维新，走上富民强国之路。但是，如今皇上失意，大权旁落，当道掌权的全是些昏庸老朽，他们胸无点墨，不思维新，只要能守住一家天下，无论什么丧权辱国的事都干得出来。这等昏庸老朽们不知世界何以成其为世界，也不管中国该如何自立为中国。这等人于强国富民已是不能指望了。欲振兴中国,必先改良帝制;欲富强中国,必先效法西洋。任重道远,披荆斩棘,这除弊革新的使命,就已是非子鹏这一代铁血青年莫属了。隆泰吾兄在上,因你为亿万民众教养这样的有为青年,我真要向你拜谢的呀!"说着,严夫子向余隆泰作了一个大揖。

"哎呀,严夫子,我是要谢你的呀!"手足无措,也受宠若惊,余隆泰又忙着给严夫子作揖致礼。然后,这才又坐回椅子上说了下去,"说到改良帝制,如今的帝制已是名存实亡了。古歌云:日出而作,日入而息,耕田而食,凿井而饮,帝力于我何有哉!如今是:割地是我,赔款由民,列强称霸,百姓水火,帝力于国何有哉了!这朝廷皇帝除了捕杀反叛之外,已是形如虚设了,中国人心里没了皇上。士农工商,受了洋人欺辱,找皇上行吗?老佛爷说了,我宁给外鬼,不给家贼,中国百姓只能任人鱼肉了。洋人心里更没有中国皇上,立租界、开洋行、驻扎军队,中国的海域疆土,田地河流,洋人横行无阻,如入无人之境,有谁想起来要去问中国皇上一声?最可恨,是中国人不知自爱。困难当头,不但不知精诚团结,反而尔虞我诈,自相杀伐。严夫子不知道外边的情形:前不久,我一片好心扶助一群外地商贾立了一个华昌贸易,一心希望他们能同心协力与洋行抗衡。谁料,这些商人只顾个人的蝇头小利,没多久便一个个被洋人收买过去,那个华昌贸易也就无疾而终了。所以,依隆泰所见,中国欲自立,必先开启民智,改变自私品性,须先有新人,然后才能再有新国!"

"高见高见!"严夫子连连点头赞许余隆泰的见解,随之,严夫子起身从书橱里取出一部书来，打开书页，指着书中文字对余隆泰说，"这是我于前些年译成汉文的一部《天演论》，原为英人赫胥黎所著。其要旨便在于阐释天择与物竞二义。赫胥黎氏以为，天不可独任，要贵以人持天；以人持天，必究极乎天赋之能，使人治日即乎新，而后其国永存，而种族赖以不坠，是之谓与天争胜。而人之争天而胜天者，又皆天之所苞，是故天行人治，同归天演。"说着，严夫子托着展开的书，给余隆泰读了起来，"自禽兽以至于人，其间物竞天择之用，无时而或休，而所以与万物争存，战胜而种盛者，中有最宜者在也。"念完这一段文字，严夫子又给余隆泰解释说，"物竞天择，乃万古不变之道理。微至花草虫鱼，巨至人类国家，自强自立，繁衍生息，无时无刻不在物竞之中，而任由天择；而天之所择者，唯必能战胜万物之适者也。适者，也即为强者也。当今世界，列强崛起，或由民智开启、或由工业革命、通商航海、兵舰火药，物竞之势，日渐酷烈。以朝政而论，清人天下早已于物竞之中沦落败北；以人种而论，中国人尚有气节在，但倘不能唤醒民众奋斗自救，纵有先知先觉的精英学子，恐也于救民强国无济于事。隆泰兄讲商贾如此，其实学人之中，又何尝不是如此？中国之再生，只能寄希望于新一代的有为青年了。"

"可是眼前的事，是大家要活呀！"余隆泰到底是一个商贾，他于赫胥黎的著作、名言不甚理会，开门见山，他要找条活路，"洋行操纵市场，中国商人相继破产；洋货拥入中国，中国工业纷纷倒闭；再加上欧美日本的资金流入中国，外国银行挤倒中国银号，中国人真就要沦为亡国奴了。刻不容缓，必须扶植中国的工业商务,要哀求国人,不买洋货;更要哀求朝廷,减中国商务税额。不要以为开工厂做生意,只是为了自己赚钱,这钱若是再不赚回来一点儿归自己所有,那就更要任人宰割了。"

"严复一介学子,于经济实业的境况爱莫能助,但报界、学界,多少还能有些作为。前些日,天津、上海报界同人已联合议定,敬告民众,不购洋货;华文报纸,不登洋商告白,以造成抵制洋货势力、以伸国权而保国利……"

"严夫子,到底您是一位圣贤呀!"激动不已,余隆泰扶着桌子站起身来,他先是向严夫子作揖致意,然后又挥着双手说着,"有严夫子这样的名儒学人为我们伸张,我们怎能畏首畏尾地不敢抗争?严夫子放心,我这就回去操办一个商会,联合天津商业工业界同行同乡,联合去袁世凯的总督府请愿,保护工商、振发民气、自救自立,已经是刻不容缓了!"


宁婉儿觉得身体不适,说不清症候,就是不思茶饭,全身无力,早晨出冷汗,午后身子冷,夜里睡不着觉。为照料宁婉儿将养身体,宁婉儿的女儿琪心已由徐妈带着搬到另一间房住去了。大嫂娄素云还把自己身边最灵透的一个丫鬟派了过去,日夜侍候在宁婉儿的病床左右。

已经是把北京、天津的名医都请来了,虽说各有各的医道医术,但是总的诊断还是气血两亏。各位名医开的处方,也全都一是调、二是补,什么人参、枸杞、丹参、当归、川芎、鹿茸,等等等等,用了不知多少。医生给宁婉儿诊病,每次都由余子鹏陪伴。这一连将近一个月，他倒是安分多了，借老爹的财势开办纱厂，又有精于理财经商的马富财为他日夜操劳，如今他一心在外面做大掌柜，回到家来做孝子，以自己改邪归正的作为，改变父母对自己"二奸细"的评定，他要扮出一副圣贤嘴脸来了。

当然，医生一走，他立即便不见踪影了。平日里，宁婉儿一个人躺在房里寂寞，大嫂娄素云只要没什么急着要办的事，就一定到宁婉儿房里来坐，陪她说话，消磨时光。

娄素云实在是不希望这个家庭再出一个病人了，自己的丈夫，呆不呆、痴不痴，苏伯媛的离津，使他似掉了魂魄，人已经变成一块石头，如今连他的心都冷了；也想请医生来看看，但余子鹍一听有医生来家，立即便将自己锁在房里。有一次请来一位医生，老夫人敲儿子的书房房门，余子鹍就是不开门，最后老夫人隔着房门对儿子说："子鹍呀，你是咱们家的顶梁柱呀。你这样糟蹋自己，明明是折磨你的爹娘呀。咱们家这么大的一份产业，你撒手不管，这该交给谁呀？"但是，任由老娘苦苦哀求，余子鹍就是不肯看病吃药，他也不申辩自己究竟是有病，还是没病。他厌倦了，这个世界上，再没有让他贪恋的东西了。

五弟余子鹏的出走，娄素云当然知道，阖府里只有宁婉儿最伤心。父亲伤心，但在他得知子鹏已经安然抵达日本之后，便也就"好男儿志在四方"地为自己的小儿子感到骄傲了；母亲伤心，她最喜爱小五儿，但五儿走了，她身边还有四个儿子，还有孙子、孙女，还有仆用使女，还有荣华富贵，多不过也就是夜半想起儿子来，燃上蜡烛，为儿子默诵一段经文，祈求上苍保佑儿子平安，也就又稍感心安了。余子鹓的出走，唯一心间不得释然的，只有宁婉儿，无论余子鹓在外面如何平安，如何上进，来日又是该如何的鹏程万里，但是在宁婉儿的世界里，五弟余子鹓已是飞走了。对于宁婉儿来说，余氏府邸里唯一的一点人间温暖，消失了，永远永远地消失了。

"大嫂，"躺在病床上，宁婉儿无力地对坐在床旁的娄素云说，"玄净师父去了五台山，那静虚庵该空出一间禅房了吧？"

"胡扯！"娄素云在宁婉儿身上轻轻地拍了一下，佯做责怪地说着，"你怎么会有这样的想法？人间的万般荣华富贵，全等着你享受呢。"

"唉！"宁婉儿深深地叹息了一声，一滴泪珠从她的眼角淌了出来，她没有抬手去拭，只任它从眼角往下缓缓地流下，似是自言自语，又似是对娄素云说着，"你说这世上，到底有什么东西让人贪恋？子牙河上的五槐桥，那是家财万贯的老爹修筑的，说是一夜间长出了五棵槐树，其实是一夜间暴敛发家。义和团当年要杀咱们全家，骂咱们家是仰仗洋人权势发的财，吃这份祖产，心里就这么踏实吗？门外的首善牌坊，虽说是民众给立的，但余氏人家施舍行善，一年到底掏几个钱？大嫂，我生来不是一个做贤妻良母的人，我总想，女人也是人，她心中也知荣辱功过，她也要挺直了脊梁做人。五弟在家时曾对我讲过，中国的帝制迟早要废除，女子也要和男人一样出去读书，也要和男人一样救国爱民，也要和男人一样写文章发议论指点江山。可是,大嫂,结果呢,还是男人远走高飞了。我们女人为什么就不能跟着他们一起去东洋读书深造?五弟曾说,江南就有不少女子破门而出,在日本读书的就有中国女才子,偏偏我们不能,我们只能被囚死在这深宅大院里。"

"婉儿,"娄素云握住宁婉儿的手,极是知心地劝解她说,"你出自名门,书香门第,又是独生女儿,令尊大人的满腹经纶又全部传授给了你,再加上你天资聪颖,自幼胸怀大志,自然就要立志做巾帼豪杰。只是,人生在世,必须和众人一样,别人怎样活,我们便只能怎样活。生为女人,就更为不幸,尤其是生为女人又有才有德,就更是不幸。女子无才便是德,道理也就在这里。苏伯媛心怀鸿鹄之志,最后便只能落发为尼,这条路实在是走不得的。既然五弟说过帝制迟早一定要废除,不须多久,五弟也会学成回国,那时,婉儿的大志向,总能够如愿以偿的。"

"不,不会了!"宁婉儿摇摇头,禁不住抽了一下鼻子,泪眼汪汪,她紧握着大嫂的手说着,"还有我身边的这个孽障,他也不会容我活那么长,他恨我,他只是不敢杀我就是了,但他可以折磨我。他一连两年在外边荒唐,无恶不作,姘靠着一个下贱的女人。后来不知做下了什么见不得人的事,便躲进了一个不是人去的地方,父亲命子鹤将他找回来,本来应该严加管教,谁料父亲对他毫无规劝,反而给他出资去创办什么纱厂。这一下,他就更有恃无恐了。最最让人无法忍受的,大嫂该也知道,这个孽障已将与他姘居的那个下贱女人立为偏室了。如今他讨了小老婆,心里自然盼着我早死,大嫂,你说我还留在这个家里做什么？"

娄素云自然已是无言以对了。为了给余子鹏立偏室，大账房向娄素云禀报说花了四五万元。二爷的姜不能搬进府邸，便由人在南开小马路买了一套宅院，也是磨砖对缝、两进的院落，还有添置的满堂家具。娄素云知道，既然余子鹏讨妾的开销敢明目张胆地从大账房提钱，那一定是有老太爷的旨意。有的是理由，宁婉儿没生儿子，余子鹏就是立下三妻四妾，谁也不得干涉。

而且放出风言，余子鹏的姜，原名叫陈翠喜，立为偏室之后，去掉俗气，更名为陈伊恒，取其女人要一心一意的含意。立妾的大典，没有摆在家里，老爷子也没有露面，家里只去了三弟余子鹤，加上一伙市面上的人，理直气壮地热闹了一天。只是，陈伊恒立为偏室之后，要进府叩拜公婆、兄嫂，还要给宁婉儿磕头，更重要的是参拜祠堂，公开承认陈伊恒是余姓人家的成员。这一下可难住了阖府的尊卑老幼。头一个闹事的，是宁婉儿的陪房徐妈，她是宁婉儿从娘家带过来的陪房用人。这些天老太太传下话来，说是要把宁婉儿房子里的剪子刀子都好生看好，主要是看住徐妈，当心陈伊恒进府那天，她替她宁家姑奶奶雪恨，往陈伊恒背后戳一剪刀。

"我恨这个家！"宁婉儿抽泣成一个泪人，一双手用力地绞着被角儿，抽抽噎噎地说着，"十年来，嫁到余姓人家，走下花轿，一迈过门槛儿，我就觉着这不是我待的地方；我命苦，少年丧母，但父亲待我不亚于慈母，经史子集、诗词歌赋，他可从来没想过要把我嫁给一个暴发户的孽障儿子。苦苦十年，我不知什么是夫妻恩爱、什么是人情温暖,冷冰冰、木呆呆地每天和大家一起表演天伦之乐的大戏。大嫂知我,这一家之中只有五弟一人常来我房里说话,他带来的新学书籍,才让我看清自己的命运。我也曾想过,生为女子,倘不能如大嫂这样忍辱负重地做贤妻良母,那就索性似苏伯媛那样落发为尼,做个方外之人。嫁鸡随鸡、嫁狗随狗地逆来顺受,寻常百姓家的女子可以忍气吞声,我不能,我自幼所接受的家学教诲,要我一定要去做一个独立的人。去找五弟,也许会有什么风言风语,可是我不怕,只要有人搭伴,我也能东渡扶桑。可如今我人单势孤,说起来也只是顾影自怜。大嫂,你说我该怎么办呀?"说着,宁婉儿呜咽得哭出了声音。

"婉儿,你也是新学的书看得太多了。"握着宁婉儿的手,娄素云劝说着,"五弟有出息,不贪恋家中的财势,他来日必有大作为,可他到底是一个男子,你我生为女人,不能和他们比。在余家这许多年,我自然看出婉儿是个非凡的女才子,博古通今,但又不似你大哥那样迂腐痴呆。婉儿,五弟不是说过,中国一定要变,帝制一定要废除的吗?等着吧,那日子已经是不会太久远了。到那时,即使是公婆阻拦,我也要鼓励婉儿走出家门,去做第一个巾帼豪杰……"

宁婉儿没有再说什么,只是默默地拭着眼泪,平静了一会儿,宁婉儿才又说道:"大嫂,我想和你商量点儿事,家父如今年事已高,他膝下只有我这一个女儿,让家父孤身一人熬度风烛残年,我实在于心不忍。公婆面前,请大嫂为我求个情,容我回家去住几年,待家父百年之后,我再回来孝敬公婆。"

"这……"娄素云听着，为难了。暗自想了想，娄素云知道这是宁婉儿要躲避余子鹏，这一连两年，余子鹏在外边鬼混，她乐得过自己的清静日子。如今二奸细回来了，虽说有了外宅，立了妾，但父亲面前他要做余姓人家的顶梁柱，自然，他就要隔三岔五地住在五槐桥余家府邸里了。宁婉儿讨厌余子鹏，就似有的人讨厌蜥蜴、讨厌蛇，她如今的这一场病，就是病给她丈夫看的。如此，她才没让丈夫睡到自己的床上。

"迟早，你不还是要和子鹏过吗？"娄素云想了想，只得将话明说，轻轻地抚着宁婉儿的头发，知心地问着。

"我恨他！"宁婉儿咬着牙关回答。

"可是，你已经是嫁到余家来了，还和他生了女儿，过了十年日月……"娄素云接着说。

"我走！"宁婉儿坚定不移地答着，"迟早，我得离开他。这十年时光，别管他是人不是人，到底我知道他是个干净身子。可如今他一迈进我的房门，我就闻出他身上带来了一股狐狸精的骚味，我恶心，连唾沫都咽不下去，我只想呕吐。大嫂疼我，顾全我的一片好心，我领情；唯有我和他的缘分，已是尽了，再忍受这种折磨，只怕过不了一二年，我也就要被折磨死了。那时，留下女儿琪心，才最是可怜。"

"这样吧，既然如此，那就容我去公婆面前找个托词……"娄素云绞尽脑汁苦思冥想，想找一个给婉儿请假的理由，想着想着，忽然灵机一动，娄素云想出办法来了，"公婆那里，我就说婉儿患病要请医生诊治，可是二弟忙于操办商务，不能日日留在家里陪伴医生，由我陪伴吧，医生又有许多话不好明说，恰好婉儿家里又送信来说请到了一位世医，所以……"

"哎呀大嫂，你真是我的恩人呀！"不等娄素云说完她的锦囊妙计，宁婉儿早一骨碌从床上爬起来，冲着大嫂便是一拜，然后一头扎在娄素云的怀里，高兴得又说又笑，竟然把自己装出来的七分病相也置之不顾了。

## 第十五章　抵制日货

"立正！海军大学学员、北洋舰队见习余子鹊,向父母二老双亲敬礼！"

咔嚓一声,余子鹊举起右手,五指并齐,手掌向外,冲着余隆泰和老夫人敬了一个西洋军礼,又咔嗒一声,一双马靴用力地碰在一起——响亮、脆爽,震得人人都眨了半天眼睛。

半年时光,余子鹊出息了。他上身穿着黑色军校服,对襟五个大铜扣,三个明口袋,一副宽肩膀;下身穿黑色西装裤,裤筒笔直,裤脚缅在黑亮的军靴里,看着果然仪表堂堂,和八国联军的鬼子兵一模一样。唯一不同的是余子鹊的头发比鬼子兵长,长长的辫子已经剪掉了,长发只齐到耳际,压在黑色的军帽下边,显出几许英俊。明明是维新少年,余子鹊再不是余氏府邸中那个无所事事的无赖了。

皮肤黑了,眼睛亮了,胸膛也挺起来了,站在二老双亲面前,像是一棵大树,走起路来步子迈得大,靴子落地有声。上面三个哥哥身上的那股慵懒劲,在他身上已是荡然无存了。

"快让娘看看,儿呀,你可想死我了。"老娘一把将四儿子拉过去,按他坐在自己的旁边,一双眼睛上下地打量儿子,只恨不能把儿子吞掉。越看越爱,看着看着老夫人竟抬手在儿身上打了一下："平日在家时,我看不上老四,什么二奸细、三土匪、四无赖,全是我给他们封的名号。可是你看,如今我家的无赖老四做了武将了,精忠报国,你可要好好地为朝廷效力!"说着,老娘又在儿子身上拍了一下。

"皇帝万岁,万岁,万万岁!"明明是经过严格的训练,一说到效忠朝廷,余子鹍立即起身立正,举手敬礼,面色肃穆,连声呼喊皇帝万岁,然后,这才又坐在了老娘的身边。

"既然你是北洋兵舰见习,那你就给我说说,这'北洋'二字是什么讲究?"老娘看着儿子有长进,十分喜爱,端详过一阵之后,便忙着向他询问。

"以江苏为界,江苏以南海疆称为南洋;江苏以北,山东、直隶、辽宁统称为北洋。且我海军大学校长袁慰亭大人领旨于天津小站编练新建陆军,袁大人官授北洋大臣,故而凡袁大人麾下将士,皆称为是北洋新军,如今我余子鹍已是北洋学子了。"余子鹍对答如流,话语中充满着无上的骄傲。

"也是你臭小子白捡了这么一步官运。"老爹余隆泰见原来在家时荒唐懒惰的四儿子如今变成了这样一个精神抖擞、仪表堂堂的男子汉,心中更是高兴,于是他半是玩笑地挥了一下手,对儿子说道,"原先总督大人袁世凯指名点姓要的是你五弟,偏偏子鹏不愿意投身在袁世凯的麾下……"

"幸亏五弟没去,他哪里吃得了这份苦?"余子鹍说着,为自己今日的出息扬扬得意,"出操,一遍操就是一个钟头;登山,上舰船,当有人搀扶呢?爬绳梯,软软乎乎,摇摇晃晃,真有吓得尿了裤的……"

"你行吗？儿呀！"老太太心疼地问。

"我不是从小养鸽子,总上房吗？"余子鹪得意地回答。

"怎么？你小时候也爬树上房？"老太太大为惊异地询问,"这我可要拿吴三代是问了,嘱咐他照看好小哥们,怎么他就让你上了房？"

"他怎么管得了我呀！"余子鹪说得更是骄傲,"好在他把下房里的人都叫来了,沿着房檐给我挡了一道人墙。吴三叔说,那可比让他亲自上房捉鸽子累多了。"说着,余子鹪笑了。

"说正经事吧,你们都设了什么功课？"老爹打断他母子间的闲话,向儿子问着。

"有军事,有操练,有算学,还有理化、英文、航海、机器,加一起十几门功课了。"余子鹪扳着指头回答。

"哎哟我儿,看累坏了身子。"老娘听着,又是心疼地插话。

"不会累的。"余子鹪回答母亲的话说,"反正教官只把这些功课讲给我们听,他也不求我们全会,好在来日真上了兵舰,各有各的职司,那些人才是专门要记学问的人呢。"

"那就好,那就好！"老娘放心地说着。

对于余子鹪的意外放假回家,举家上下都乐成了一团儿,也忙成了一团儿。立即,娄素云吩咐厨房给四弟烧一盘他平日最爱吃的扒肘子海参;随后,娄素云又让女用拿去了子鹪带回来的手提包,马上为他洗提包里这一程日月换下来的衣服。

"你五弟来信了。"余隆泰和儿子叙过家常,便把家中的几件大事对儿子说道,"他到了日本……"

"五弟不是个本分人,千万可别在外面给家里闯祸。"余子鹩到底是长了出息,说起正经事来,也是一脸的严肃,"朝廷如今对在日本读书的那些人格外注意,本来呢,他们有好多全是朝廷选拔送出去的,在日本读书的学费、衣食住宿,按月到朝廷的公使馆去领取。只是这些人身为大清子民,心中都不想报答皇恩;他们在日本结成朋党,有的鼓吹复明,有的扬言排满,一个个都和朝廷作对,已成了逆子叛臣。我们袁慰亭校长大人说,也要于海军大学中选拔人才去日本深造,但有一条规定,便是到达日本之后不许和这些叛臣来往。据说朝廷已经下了密诏,对现在滞留日本的那些叛臣要断其供给、诱其回国,一回国登岸,立即捕拿下狱;凡其中于日本有不轨言行者,格杀勿论,还不许向外张扬。听说,光在直隶总督辖内就已经有过几十个叛臣被诛了……"

"你说什么?"听了余子鹩的危言耸听,在一旁的老娘吓坏了,"子鹩在家时就天天西学呀维新地闹着,到了日本,扎进那一群反叛的圈里,他能不跟着闹吗?快写信把他叫回来吧,说是我身患重病……"

"娘,您是不知,凡是这种反叛学子,一个个便都似中了邪魔一般。他们置家室妻儿于不顾,杀头不怕,视死如归,比当年的谭嗣同还要刚毅,一心只想着废除帝制。"余子鹩向老娘说着,眼神中又流露出一种自己是正宗大清臣民学子的神气,话语中有一种对那些反叛贼子的蔑视。

"子鹩、子鹩,你一人在外,一切当好自为之,千万不要惹是生非呀!三皇五帝,自古来皇帝坐龙椅,百姓臣服做顺民,你一个人何以就能改天换地呢?"老夫人喟叹着,担心五儿子的安危,已是热泪盈眶了。

　　"嗜,鞭长莫及、爱莫能助,如今我们也是无能为力,一切由他去吧。"余子鹬劝慰着老娘,说了几句,又话题转过来,一一地询问起家中的情形。

　　"你大哥不知得了什么病,如痴如呆,已是两耳不闻天下事了。只是累了大嫂,又要操持家政,又要照料丈夫,又要教养子女。你二哥已是务了正业,在外边办了一个大纱厂,听说雇着上千号工人,这一阵生意上有转机,天天忙得不见人影儿。二嫂身体不适,恰好她娘家老父亲认识一位名医,已是住到娘家养病去了。女儿琪心由徐妈带着,现在和大哥的儿子宏铭、女儿琴心在一处住着。只是二哥另立了外宅,讨了妾。没办法的事,男子汉,他自己要欠这笔债,是福是祸也只能由他便是。你三哥余子鹤,还在家里闲着,平日也总说想出去干点儿什么,可这一程日子也不见有什么进展。你三嫂呢,还是那样,哦,三嫂已经怀孕了……"拉四儿子坐在身边,老母亲絮絮叨叨地向余子鹬说着家常。

　　"大奶奶吩咐,说四先生和二老说过话,到三院里去坐。"余子鹬和父母拉了好一阵子家常,娄素云房里的老女用人走进房来,转告大嫂请四弟去说话。

　　从父母房里出来,子鹬来到大嫂住的三道院。先去看望了大哥,这大哥也太痴太呆,他竟被四弟的穿戴衣着吓了一跳。"你这是从哪儿来?"他连四弟去海军大学读书的事都忘了。没有再多说什么,子鹬又来到侄儿、侄女房里,一一地送给侄儿、侄女每人一件小礼品,然后才过来看望大嫂。

"扑哧"一声,娄素云不等余子鹬坐下,禁不住冲着四弟笑出了声来。余子鹬不解,疑惑地向大嫂凝望,大嫂忍住笑,率直向余子鹬问道:"四弟,你在外边都玩了什么把戏?"

　　"没有,没有呀!"余子鹬当然否认,眨了一阵眼睛,努力追忆,自己带回家的手提包里是否被大嫂发现了自己荒唐的形迹?万无一失,全是衣服,海军大学一群纨绔子弟,荒唐事比正经事多,淘气比功课多。只是回家之前人人都要先检查一番,再匆忙也不能稍有疏忽。就这样,余子鹬还是从裤口袋里翻出条花手帕来呢,贼香,幸亏扔了。

　　"仔细想想,可别等大嫂给你摆出来,那时,可就要揪你的耳朵了。"多少年来,娄素云对于弟弟们总是老嫂如母——慈祥中也有些严厉。

　　"摆吧,我一身清白,海军大学除了出操就是上课。"余子鹬胸有成竹地摊开一双手冲着大嫂说着。绝对保险,这件手提包是专门用来带回家的,里面什么杂物都没有。当场又想了好久,藏起来的那张扑克牌,是放在靴子里面脚垫下边了。还有一颗骰子,角上灌了铅,找了半个多月没找到,总不至于蹦到手提包里去的。去塘沽销魂、找相好的女子,那是留不下什么痕迹的,全都是萍水相逢的交情,彼此从不送什么信物。"大嫂,随你摆吧!"余子鹬心里有底了。

　　"你演文明戏!"娄素云终于说出了自己查出的破绽。这一阵,听说新学的洋学堂里学生们在演文明戏,没有胡琴,没有唱腔,男男女女在台上扮成父子夫妻,情男情女地过假日子,一个个全扮得惟妙惟肖。

"文明戏?我演文明戏?哈哈哈哈!"抬手指着自己的鼻子,余子鹤放声大笑地说着,"我连京腔都不会拿,一嘴的天津话,不会学哭,不会学笑,众目睽睽之下,连台步都走不上来,让我演文明戏,还不如看我耍猴儿呢。"

"不演文明戏,你哪儿来的戏装?"娄素云还是一步步地追问着。

"我哪里有什么戏装呀?"余子鹤奇怪地反问着。

"那,这是什么?"娄素云见四弟死不认账,一回手,从余子鹤带回的手提包里抽出来一件白布袍子——明明是发丧父母时孝子穿的大孝袍:一块布撕下来,不锁边,七针八针缝成一件长袍,拦腰一条长布带,肩上还有一缕麻绳。

"嘻,大嫂,你快把它放好,爹娘看见要骂我的。"说着,余子鹤抢着往包里塞孝袍。

"不等爹娘骂你,我都要说你,吉祥平安的人家,你包里塞这东西干吗?"娄素云又是责怪又是询问地说着。

"大嫂不知道,这其中有讲究的。"余子鹤将孝袍塞好,这才一五一十地向大嫂述说缘由,"海军大学的学子们全是爱国志士,天下兴亡,匹夫有责。这次临时放假,就是海军大学学生们的一次爱国义举。现如今列强称霸,洋货充斥市场,中国物产没有销路,人们穿洋布、用洋物,中国的商务工厂已是濒临倒闭。天津城里,以铃铛阁学堂、南开学堂为首,学生们上街劝买国货,海军大学的学子们更是当仁不让。我们一致商定明日集合津门,每人身穿一件孝袍,劝说市民,不购洋货。家破国亡,大家眼看着就要当亡国奴了。"

"哎呀,我的天,学生们真会闹事。"听罢,娄素云一拍双手,恍然大悟地感叹,"只是你们出来闹事,千万可不能触犯校规呀!"

"怎么能触犯校规呢?这全是我们校长袁慰亭大人点头认可的。袁大人推行新政,扶植国货,操办北洋机器局,他是最知洋货害国的人呀。大嫂不知,袁大人还下令减免国货税款,刚才父亲说二哥在外操办纱厂,生意已见好转,这其实是袁大人的暗中相助呀!"余子鹬说着,眉飞色舞,很为袁世凯的仁政歌功颂德。

"四弟真是出息了,看你这是明白了多少事呀,大嫂盼你来日当个海军大臣!"娄素云连连地夸奖着余子鹬说。

"余子鹬终生报效袁校长!"余子鹬一个立正,活像是在海军大学出操时的操练。

"怎么是报效袁校长?不是报效皇上吗?"娄素云不解地问。

"奉旨办学,校长便是皇上!"余子鹬依然立正挺胸地回答。


余子鹬要看望二哥,专程来到了恒昌纱厂。

几年之前,余子鹬玩鸽子的时候,曾暗中发现二哥在外边开了一家纱厂,虽远远地看见过那一片厂房,听见过隆隆震耳的机器声响,但对纱厂的情形仍然一无所知。那时他还回家和三嫂合计,设法从二哥的纱厂里分出一杯羹来。如今作为纱厂东家大掌柜的弟弟,大摇大摆地走进纱厂的大门,心中还真有一种得意的感觉。

低矮的围墙里,好大一片世界。院中,平坦的道路向四面延伸,道路边放置着新进来的机器和种种道不出名来的器械。许多大木箱还没有拆箱,箱皮上印着"日本国制造"的黑漆字。走过堆物的院落,一幢小楼公事房,从一楼到三楼,一间一间的房屋,里面熙熙攘攘地好不忙碌。越过公事房,进了织布车间、染印车间,车间里热浪滚滚,机器轰鸣,人头攒动。余子鹤只从大门口往里看了看,觉得太乱,就走开了。

二哥没在纱厂,出来迎接余子鹤的是经理马富财。马富财操山西口音、体形微胖,面容和善,又显着精明强干。告诉余子鹤说,余掌柜被天津棉布业同行推举为天津商会中织布业的会长,市面上有名的余会长,就是五槐桥三井余家的二先生余子鹏。还说,余先生如今成了天津卫的名流富绅,于棉布业一呼百应,动不动也要发表点演说;以他的名义在《白话报》上刊登的《维持国货歌》已在市井之间广为流传:"国货好,国货好,人人尽用本国货,工厂多时闲人少。国货好,国货好,事浮于人工价涨,得钱容易穷人少。国货好,国货好,衣食充足知礼义,地方安靖盗贼少。国货好,国货好,漏卮既塞国富强,吾人担负自然少。"你瞧瞧,别人不知道余子鹏是怎么一回事,余子鹤还会不知道他二哥是个什么人物吗?如今,就是那个打麻将姘女人的余子鹏,居然也一本正经地爱起国来了。

"不是说列强称霸,国气凋敝,天津的织布业已是奄奄一息了吗?"草草地各处看过,余子鹤随马富财坐在公事房的大客厅里,凭借着在海军大学听来的种种传闻,余子鹤向马富财询问着。

"是这个道理,也是这个实情。"马富财挽了挽长衣袖,将手掌露出在袖口外面,然后才回答余子鹬说,"可是这半年多,情形大不相同了,有了令尊大人的支撑,资金雄厚了,买原料、卖布匹,我都不慌神儿了。行情好时大出大进,行市不好咱稳坐钓鱼船,不似过去,一天不见流水,二日便没法开张。生意道上的路数嘛,四先生不问也罢。第二宗,天津卫这地方藏龙卧虎有人才。两年前,织布机全是日本造,新机器人家不卖给你,使用买来的旧机器织不出上等货。办洋务,越办越穷,该就是这个道理。现如今,由袁大人设立工艺总局开头,天津办起了几十家机器厂,这些机器厂一开张时只能做些机器零件,可如今已能把从日本买来的旧机器翻改成新机器了。咱们恒昌纱厂承继过来的大五福布场老机器,就请来几位技师做了一番改制,用你们学子的话说,就是维新改良。这一来,土布不土了。说到纱,咱用的是钟渊纺织公司的蓝鱼牌,三重纺织公司的麒麟牌,织出来的布,胜过美国制粗布的细狗牌、人球牌,胜过荷兰斜纹双鼠牌、飞鹰牌,还胜过英国的双狮牌、红鹿牌……"

"马经理,你别往下说了,说多了我也记不住,反正我知道如今织出来了上等布就是了。"余子鹬打断马富财的叙述,一句话做了总结。

"话还没有说完。"马富财自然不肯就此罢休,他仍然滔滔不绝地往下说,"还有一宗,现时的恒昌纱厂,你家的二先生、我们的大掌柜已是不闻不问了。工厂是你的、机器是你的、买卖是你的、资金是你的，唯有这经营上的事，全由我马富财一人做主，一个朝廷不能有两个令。四先生莫过意，你们余家人能做官，做买办，考状元，写文章，行善举，这拨弄算盘珠办工厂做生意的事，还要依靠山西人。"

"那是，那是，山西人善理财嘛。"余子鹬当即随声附和地答应着。

"对哩，这话中听。"马富财说着，神态颇为得意。

摆上茶点水果，马富财陪余子鹬品茗，言谈话语之间，马富财又向余子鹬问着："四掌柜，马富财一介商贾，于朝政一无所知，依四掌柜的高见，如今天津卫的工商实业日趋兴旺，这朝廷和袁大人到底是依附洋行呢，还是资助国人？"

"你怎么称我是四掌柜？"余子鹬无从回答马富财的问题，倒反过来向马富财问着。

"子鹬贤弟于余氏五兄弟之中排行第四，在余姓人家的工厂里，自然是四掌柜了。只是听说府上的大先生面壁读书，不问天下是非，所以老太爷便委派二先生出任大掌柜，顺理成章。三掌柜子鹤先生已到工厂来过多次了，我在账房给他立了个折子，平日的零星花销，便从这里支领了。四掌柜如今正在求学，种种应酬自然难免，太大的数目我做不了主，三千五千的，就只管派人来取就是。"马富财说着，目光中一副大管家的神色。

"马先生想得真是周到。"余子鹬正愁自己的开销太大，不好向大嫂伸手，有了马富财的话，当然喜出望外，"日后免不了有求着马先生的地方。至于马先生刚才所问及的朝政，子鹬也是不甚了之。不过仅以子鹬追随袁大人海军大学读书半载的所见，袁大人雄才大略，是位了不起的人物。于洋务方面，袁大人广与列强结交，甚为列强所敬重；于内政方面，袁大人又组立机器局、工艺局，兴办中国银号，由此才有了天津的一派兴旺繁荣。依子鹬所见，也许袁大人今后就是要于依赖外强、鼓励国人这两方谋略之中，走振奋北洋经济之路。北洋一带经济繁荣了，富了，还愁江山朝廷不强吗？兴邦治国，北洋军人已是有心共知，那是非袁大人莫属了。"

"领教领教。"马富财对余子鹬的一番见解连连地称赞着，"天津的实业经济，赖于列强而兴，又要于抵制外强中求生。庚子之后，南有上海，北有天津，两雄并立，二虎把门，中国自三皇五帝以来，未见有如此兴旺发达之经济。究其原因，不外就是海路通了。千把年来以抵挡列强入侵为由而筑起的森严壁垒被洋枪洋炮击溃了，列强鱼肉中国，不可只靠烧杀劫掠，他等还是要以中国的一方水土养肥中国，然后再来吞食中国这块肥肉。可是，中国经济既然兴旺了，那也就由不得他等主宰了，中国人更要以中国的一方水土抵制列强。这就叫依山而生，开山而富；依水而行，逆水而上。所以，对于袁大人的非凡谋略，马富财是敬重得五体投地呀！如今马富财只有一点担心：马富财只怕袁大人于华商与洋行的抗衡之中，明里保护华商，暗中支持洋行。"

"不能，不能！"余子鹬立即反驳着说，"那样不就成了两面三刀了吗？"说罢，他还不屑地挥一下手，似乎他就是袁世凯的私人代表。

余子鹏带着老爹余隆泰的帖子,在直隶总督府,和天津商会的几位头面人物一道拜见了总督大人袁世凯。

　　与商会人士会面,袁世凯没有穿朝服,也没有坐大堂,只在西客厅里。一堂的民间摆设,舒适平易;袁世凯穿着袍子马褂,明明是一般朋友之间交谊往来,一点儿也不带官气。

　　"怎么样?日子还过得下去吧?"袁世凯神态随和,满面笑容地巡视了诸位商会会长一番,然后才极是知心地问着。

　　"托总督大人的福。"众人一齐拱手致礼,表示对总督大人的谢忱。

　　"你府上老人可好呀?"袁世凯看过余子鹏呈上来的帖子,关切地向余子鹏问着。

　　"谢总督大人垂慰,家严一切如常。"余子鹏站起来向袁世凯施礼回答。

　　"你们看,这不就是新政吗?他家老人主持三井洋行华账房,应该是洋行势力,可他家的少一代,又开办工厂、组立商会,什么洋行呀,华商呀,何以就一山不容二虎,不共一块青天呢?仅以华商实力,大家不外是贩土产、开米店、织土布,等等等等,不过就是买贱卖贵罢了。至于这机器局、火电厂、电灯房、大纱厂,还有操练新军的洋枪洋炮,列位当中,有哪位能独挡一方呢?所以,扶植国货,我袁慰亭当仁不让,诸位该是切身受益, 工艺总局为国货立了免税法, 如此才为国货广开了销路。只是,列强的工业是太先进了,光是保护华商还不行,对于诸位抵制洋货的义举,我也不予干涉。为振奋国人志气,连海军大学学子们上街宣传,我都极力支持。只是我劝诸位,凡事要有个分寸,身为一方总督,我要顾全各方,各位都是社会贤达,万万不可发难。"

袁世凯精明过人,在朝中游刃于慈禧、光绪与几位王爷、宦臣之间,在天津又在醇亲王的眼皮子下边当差,当年与谭嗣同、梁启超周旋,后来又与李鸿章明来暗去地勾结。如今来到天津,和一干市井商贾交往——用他自己的话说,不等他们撅腚,便知他们会屙出什么屎来。只是如今袁世凯有深谋远略,天将降大任于斯人也,他自己早就预感到中国要发生的一场大变动了,所以他才不得不和这些市井俗民们应付,但他心中从不把这些人看在眼里。

话已是不必再往明处说了,总督大人暗喻,能过上今天的好日子,全赖他对百姓的关照;皇帝老子自顾不暇,早就管不了那许多事了,好自为之,过场戏怎么唱都可以,别给总督大人出难题,掂量轻重,择善而行,到时候莫怪总督大人不给面子。送客,袁世凯端起了茶盅。

……

"洋学生穿孝袍上街劝购国货,快看去呀!"

满城空巷,天津人全拥上了街头。人山人海,沸沸扬扬,几条大马路两侧路边一层层地挤满了人,男女老幼,里三层外三层,喊着闹着挤成了两道厚厚的人墙。

马路中央的电车停开了,胶皮车、轿子车都躲进了胡同,马路中央空空荡荡,只随风吹荡着前面走过去的学生们撒下的纸屑。远远地,一队穿孝袍的学生,提着白纸扎成的哭丧棒,扛着幡纸,正向下一条马路走去。

"又来了，又来了！"人群发生一阵骚动，跑出来看热闹的人们一起踮起脚尖同时转身望去。果然，从东往西，一队明明看着就是为老人送葬的穿孝袍的学生，哭着喊着地走过来了。

"不能亡国呀！不能亡国呀！"走在学生们当中的余子鹤和大家一起装模作样地哭着。说来也怪，也不知他是从哪儿来的眼泪，眼睁睁眼泪鼻涕拖得好长，哭得直不起腰来。

能上洋学堂的，全是富家子弟，何况这一队又是海军大学的学生，平日这些人上街都坐着自家的洋车，带着用人，远远地，穷苦百姓便要避开让路。如今，他们不乘车，沿街走来，不是爱国，哪里会有这等的力气？当然，力气毕竟也是有限的，再加上父母的疼爱，这一队二百多个爱国志士，人人身后都跟着自家的用人。跟在余子鹤身后的夏有柱，为他提着茶水、擎着随身衣服，还有一个圆棉垫。正好，余子鹤要和同学们一起向市民们下跪劝购国货了，夏有柱立即将圆棉垫放在地上，然后又搀着爱国学子余子鹤跪在了大街上。

"劝购国货宣言！"跪在前面的一个口齿清楚的学子，举起一张大纸，朗朗有声，向立在街边的市民宣读起了济世雄文："劝同胞，购国货，兴邦强国有功德；买洋布、穿洋衣，农事凋敝断生息；用洋油、吃洋面，农田荒芜谷粮贱……"有板有眼，声声动人，朗读劝世文的学生已是声泪俱下了。

"同胞们！"按照事先的安排，劝世宣言朗诵之后，余子鹤站了起来，他又振臂挥掌地慷慨陈词一番，然后从怀里取出两块布来，他当众将这两块布做了比较，"有人短见，误以为洋布禁穿耐用，可是你瞧，"说着，稍一用力，余子鹤将搋在两手之间的一块洋布便撕开了，"可是同胞们看，这是我们华商织出来的土布……"果然，任由余子鹍如何使劲，那一块土布只在两手之间嘣嘣作响，一根线也没有断，"买爱国布，穿爱国衣，中国人用国货！"

余子鹍演说、表演结束，市民只是一片呆木，好长时间没有反应。人们几乎不知道这些穿孝服的学生何以要冲着自己下跪，还要向自己表演土布比洋布结实。当然也有人困惑地眨眼，但他们又不敢问，明明是洋布禁穿好看，何以一定要穿土布？庚子年之前，国人都穿土布，结果八国联军还是打进来了。倘如今只要国人全穿了土布，洋人便自己从中国撤走，还把他们盖的楼房、开的电灯房、电车公司和千家万家洋行留下，中国人当中倘有谁不穿土布，天津爷们也不会饶他！当然，还是有人拍了拍巴掌，还有人为学生们的劝导感动得热泪盈眶。见到市民们已接受了学生们的爱国宣言，余子鹍才随着众位同学一起站起身来向前走去。

在一家布店门前，学生们又齐刷刷地跪了下来。这是一家洋布店，尽管为避风头，今天没开张，掌柜的还悬起一面龙旗，把门额上洋布店的"洋"字遮住，但学生们还是发现了劝世对象，"不能亡国呀，不能亡国呀！"大哭大喊地在店门外闹了起来。

活赛为死人办丧事，洋布店门外戳立起了一根哭丧棒，一幅"西方接引"的纸幡依墙竖起，只欠没有贴"恕报不周"的丧门报。学生们形若孝子，在洋布店门外跪成一个半圆形的人圈，有的慷慨陈词，有的哭天号地，更有人在洋布店门外烧起了纸锞，腾腾的黑烟，高高的火苗，将这家洋布店折腾得一塌糊涂。洋布店掌柜吓破了胆，刚刚他指天发誓再不售卖洋货，才哄走了一队学生；此时此际，又听说来的是海军大学学生，未等学生们跪下，他自己倒先冲着学生祖宗们跪了下来："各位志士，各位仁人，我一介草民不知爱国，只知贪利，实属市井俗民、民族败类。早以先小民愚昧，不知国耻不知国难，竟然投靠洋人卖国求荣，更是十恶不赦。君子不计小人过，只求诸位志士、诸位仁人容我洗心革面改过自新，倘今后敝店再有出售洋布行为，五雷轰顶、火烧独门，小民罪有应得，死而无怨……"洋布店掌柜又是作揖，又是磕头，又忙着吩咐伙计备茶，只是这些学子无论你如何央求，他等也要把种种程式表演完毕，这才又起身向下一家洋货庄走去。

一连三天，天津市沸沸扬扬，热闹得活赛当年的义和团。何况，人们至今对义和团的壮观威武景象记忆犹新，相比之下，又觉学生们的此次举动声势不够。只是说来也怪，当年义和团的烧教堂、杀二毛子，总给人一种不祥之兆，半城的天津人都望团民而逃，而这次学生们的举动却让天津人感到安全，人们倒觉着这次虽未伤着洋人，也未杀二毛子，但其所显示出来的威力，却不亚于当年的团民暴乱。

第三天早晨，余子鹓已觉得有些累了。自幼至今，他没走过这么多的路，也没给任何人跪过这么长的时间。家里办过丧事，过年时也要给列祖列宗的画像和灵位磕头，但那至多是半袋烟的功夫，又只是表演一次。但这次，实在是太累了，而且抵制洋货的行动越发声势浩大，从昨天下午开始，市民们也都参加进来了。南市一带，歹人闹事，还趁机抢了一家洋货店，天津市面已经有些乱了。

按照昨日下午的约定，今天早晨要在东北城角的官银号集合。大嫂娄素云吩咐，让夏有柱拉着胶皮车将余子鹬送到东浮桥河东沿下车，由随车的一个用人在附近看车，夏有柱再陪余子鹬步行去官银号。好在东浮桥离官银号已经不远，如此也不会太累着四先生。

夏有柱拉着余子鹬走过五槐桥，穿过子牙河，越往城里走，景象越觉不对。胶皮车才一进双庙街，远远地便看见身穿黑皂衣的巡警在街头走来走去，明明是办什么公差。再往城里走，四匹大马，四个北洋新兵挎着大刀骑在马背上，一脸的凶相，看着就令人胆战心寒。再看马路两旁，所有的商号都上着门板，路边再不见看热闹的市民。情形不对，夏有柱不禁放慢了脚步。

"四先生，容小的斗胆进言一句，今天的这个情形，小的可是看着有点儿不对劲儿呀！"拉车的夏有柱找到处僻静地方将车停住，回过身来对余子鹬说着。

"咦，这些巡警出来干吗？"余子鹬也觉可疑，看着远处马背上的官兵，他的心里也在打鼓。胆小怕事的他没再催促夏有柱往前走。

"要不四先生在车上等会儿，我去前边探探风。"夏有柱将车把放下，一个人装作没事人一般，向着不远处的大马路走了过去。

余子鹬坐在车上等着、张望着，渐渐地夏有柱的身影不见了，他心里着急，想找个人打听前边的情形，可偏偏今天天津人都没出家门,等了好久好久,也没等来一个人。

"子鹬!"

又过了好久,突然后面传来一声呼喊,余子鹬回头去望,只见吴三代正拉着胶皮车跑来,胶皮车上的余隆泰正在焦急地寻找,终于喜出望外地找到了儿子。他一面忙着向余子鹬挥手招呼,一面催促吴三代快赶上儿子。

"爸爸,您这是?"余子鹬见老爹突然追了过来,心中更是紧张,他立即走下车来问着。

"子鹬,进紧回家吧,直隶衙门命令静街。军警官兵、衙役官差们正在大路小路上巡视,见有上街的学生一律劝其回家。三井的消息,昨日下午各国公使到总督府交涉,袁大人出于无奈,他变'卦'了。"余隆泰低声对儿子说着,脸色也显得有几分紧张,"连你二哥的商会都接到通告了,立即停止一切抵制洋货行为。保护华商,更应保护外商正常经营。哦,还有件事,海军大学的加急通知刚刚送到家里,着你立即返校,中午 12 点之前点名。有柱呢?快让他拉车送你去老龙头车站。"

余隆泰正匆匆忙忙地对儿子说着,夏有柱也惊慌失措地跑回来了。远远地他就挥着胳膊喊叫:"静街了,静街了,四先生,咱回府吧!"加快脚步,他一口气跑过来,将余子鹬扶上了胶皮车,低头就操起了车把。

"子鹬,记住,万不可轻信袁世凯的话,他放你们出来抵制日货,想捞一个保护国货的好名声,可是外国商人一出面,他立即就把学生们出卖了,到底他不会得罪洋人的。子鹬,回学校好好读书,以后什么事也不要掺和了。"趁着余子鹬才坐到车上,余隆泰在后面小声地嘱咐着说。

"爸爸放心,我知道了。"声音未落,夏有柱就拉起车来,急急地跑去了。

夏有柱拉着余子鹤没有跑出多远,后面骑着大马的巡警就追了上来,巡警挥着鞭子,在地上狠狠地抽打着,一声声震耳欲聋的声响似是要把世界撕裂,吓得天津人再不敢出来了。

# 第十六章　曲终人散

一场由学生们发起的抵制洋货、保护国货的爱国义举，只几天时间，便被袁世凯镇压得夭折沉寂了。余隆泰从三井得到的消息果然无误，三井洋行的日方总裁和美国公使一起找到袁世凯，要他承担由此产生的一切责任。有人说袁世凯出于无奈，有人说袁世凯就是要演这么一出戏：华商要我保护，洋行外商也要我保护，袁世凯就先讨好华商，然后再向洋商低头。当即，由袁世凯出面向朝廷奏议，第二天大清朝廷便一连下了两道上谕："不应以禁用洋货辄思抵制，所有外商，务令照常贸易"，而对于学生和参与抵制洋货的市民，"凡抗旨者，从严查究，以弥隐患。"

这一下，洋行更不可一世了，就连前天还向学生磕头、发誓再售洋货天雷殛顶的洋布店掌柜，今天也将遮在那个"洋"字上的龙旗摘掉了。有圣上的旨谕撑腰："举凡洋布，降价一成"，他要在竞销洋布的活动之中，将这几天营业上的损失捞回来。至于市民，抵制洋货，不外是有热闹看；土布土产，傻大笨粗，价钱又贵，天下人谁也不会去上这个当。至于亡国兴国，似是与土布洋布没什么大关系。这一层言词，天津人早在庚子年扶清灭洋的大动荡中看破了。愚顽的百姓虽不知天津有位严夫子,也不知严夫子有译著《天演论》,但物竞天择的道理,已经在人们的心里萌醒了。仇恨不能救国,哀怜更不能兴邦,天津人务实,他们只能实实在在地活着。

"庚子年一场劫难,那时我心智未开,只想着仰仗洋行的势力,保佑我一家人的平安。如今十年时光过去,到了今年,西历的 1910 年,不大不小,又是一场动荡,我倒幡然醒悟,方知我一家人的吉祥与发迹,必在与洋行外商的抗衡和竞争之中才有根基。庚子年之前,洋行外商欲打入中国,须借助华商力量,如今列强已是称霸中国,他们便要一口吞掉华商。列强是想把我中华变成第二个印度,任其欺压宰割。我只一介商贾,不敢奢论爱国,但这自强自立的道理,我还是知道一些的。"感慨良多,余隆泰今晚破例和家人一起吃饭,餐桌摆在大花厅里——正是庚子国难之后,余姓人家共庆团聚的地方。排场虽没有那么大,人也不似上次那么全:五儿余子鹩远走了,四儿余子鹤在大沽口海军大学读书,二儿媳妇宁婉儿回娘家治病,少了三四个人,宴席上难免有些冷清。

余子鹏今晚最得意,他讲了一套兴办实业不可向外商乞怜的道理。这些年,恒昌纱厂大发展,与洋布抗衡,他颇有把握。

"我哩,精力似是有些不济了。"待余子鹏说完之后,又在儿孙们敬劝下喝了几盅酒,余隆泰继续说下去,"三井的日子也是越来越不好混了。可恶的小井,明明是安在华账房的一只眼,迟早我要和他撕破脸皮,有我没他,有他没我,利利落落把我的那份儿分账出来,洋行这碗饭,我也早就吃腻了。"

"父亲养老享福吧,我在外面好好支撑,恒昌的财势必会一天比一天壮大。"余子鹏大包大揽地说着。

　　"我才用不着你养活呢。"余隆泰打断余子鹏的话说,"我早在外面联络好了,从三井抽身出来,我们几个珠联璧合,开个大钱庄,在天津独一无二的官银号之外,办一家私人资本的大银行,效法外国经济。没有私家银行,市面经济就不能活跃。开钱庄,我还是不出面,大家已经谈妥了,一家一个董事,全是少一代出面。子鹤也该自立了,二哥办工厂,四弟从戎,五弟出洋,只你在家赋闲,你出面任董事,开钱庄吧。"

　　"哎哟,父亲,我的珠算不行。"余子鹤忙摇着脑袋推托。

　　"不会,学嘛!"倒是三儿媳妇杨艳容替丈夫认下了差事,"父亲如此器重你,人往高处走,珠算也不难学。"

　　"开钱庄,任董事,用不着你去拨算盘珠,公事房里几十名先生呢。"二哥余子鹏说着。

　　"那,任董事做什么呢?"余子鹤还问。

　　"问这么详细干吗,到时候你就知道了。"杨艳容见丈夫呆傻,忙抢过话茬儿说着。

　　"话先这样说着。"余隆泰摇摇手中的筷子,打断了余子鹤和他妻子的话,又关照孙子、孙女吃菜吃饭,这才又说了起来,"办银号的事,外面正有人操持,股金什么的都谈妥了,只等开张营业,子鹤入阁任职就是了。不过,有句话我还是要再唠叨唠叨,你们于立业之前,无论如何荒唐,只要不做坑人害人的恶事,我都不再追究,但是,只要你们一步入社会,从此就再不许胡作非为。这一点呢,就按着子鹏的样子做,现如今,他不已堂堂正正地成了一方的贤达了吗?子鹤,你这几年还谨慎吧?"

"我,我最规矩,最孝顺了。老娘做证,我每天晚上都陪老娘说话。"余子鹤忙表白自己的品德,话语间很有几许骄傲。

"你呀,多亏了艳容看得严。"老夫人说着,对三儿子的清白不以为然。

"婆婆太夸奖我了,我哪里看得住他?"杨艳容忙着推脱,把自己说成是一个弱女子。

"好了好了,都别说了,快吃饭吧,瞧你们大嫂把这桌酒席操办得多好。清蒸鲥鱼,又是你亲自下厨的吧?"老太太不爱听他们那些办工厂、开银号的话,只是照顾着一家人吃饭。热热闹闹,这一晚上只冷落了大哥余子鹍。他呆呆地坐在父母的右侧,只自己低头吃着,对众人的议论一句也没听见,面容一片麻木。

"你瞧瞧,他们三个都这么大了。"老太爷余隆泰看着孙子宏铭和孙女琴心、琪心,又说了起来,"这些年只是忙着外边的事,也没时间和孙子、孙女们共享天伦之乐,有时候我也觉怪对不住孙儿们的,可是实实在在,若不是为你们来日有平安日月过,我还挣什么呀?待我把三井的事辞了,回家来天天和孙儿们在一起。我呀,是有点儿累了。"

"宏铭,快给爷爷背一篇时文。"娄素云宠爱地推儿子离开座椅,站在祖父的身旁,然后替儿子禀报说,"宏铭已在第一模范小学上到三年级了,门门功课都是一百分,还是学校的优等生呢。"

"快来快来,让爷爷看看,哎哟,我的大孙子壮得像只小老

虎,有出息,有出息……"说着余隆泰拉着小宏铭的手夸奖着,
老人的脸上绽开了笑容。

一桌酒席散去,已是入夜 10 点了,打更的梆子锣声已从
远处传来,在平日,一家人该入睡了。多喝了几杯酒,又因和儿
孙们团聚而感到异常快乐,余隆泰回到房里还是兴奋不已。娄
素云担心公公太累,便亲自在房里侍候:一处处查看,洗漱的
水备好了,屋里的檀香燃着了,夜里的茶泡好了、又温上了,这
才要放心地走开。

"老爷。"余隆泰才要更衣沐浴,突然门外传来吴三代的声
音。刚刚从内室里走出来的娄素云吓了一跳,这么晚了,下房
里还有什么事要禀报呢?莫非又是仙家显灵?快走一步,娄素
云迎了出来。

"哦,大奶奶在这儿。"吴三代见娄素云走了出来,忙上前
施礼说着,"黄道台大人家的仆用通禀,说黄大人随后便
到。"

"啊! 这么晚,黄道台怎么来了?"娄素云也是大为震惊,
她立即转身回到上房,向老公爹禀报黄道台夜半来访的消息。

"快,开大门迎候!"余隆泰来不及吃惊,慌忙穿上袍子马
褂,又在娄素云侍候下系着纽襻。还没容穿戴齐整,他便匆匆
地跑出房去;在院中,一面大步流星地往前院走,一面还自言
自语地疑惑:"会是什么紧要的事,如此十万火急呢?"

大花厅灯火通明,仆用们忙出忙进地送茶侍候。余隆泰和
黄道台整整谈了一个钟头,看黄道台的神色肃穆冷峻,余隆泰
又不时地叹息摇头,俩人明明是在说一桩非凡的大事。

一直到三更的锣声、梆声响过，余隆泰才送走了黄道台，又吩咐吴三代亲自送轿到黄道台府邸，这才疲倦不堪地回到上房。

　　"什么要紧的事，黄道台夜半三更地跑来和你说话？"老夫人最不放心，未等余隆泰坐稳，迎头便问。

　　余隆泰半天没有说话，只是额上渗出了汗珠，娄素云不敢询问，只是细心地帮公爹脱去马褂、长袍，又忙着送上了毛巾。

　　"这房里只有咱们三个人。"余隆泰让娄素云吩咐用人们退去，又让她把房门关好，这才悄声地对妻子和儿媳说着，"今晚上，我对你们两个人说的话，你们二人谁若是传出去，咱们可就要满门抄斩！"

　　"啊！"老太太一声喊叫，跌坐在床沿上。娄素云忙过去将婆母扶住，自己也不觉地将一只手按住了胸口。

　　余隆泰听听窗外没有动静，又看看那婆媳两个已经有些平静，这才又说下去："子鹏回来了。"

　　"啊！"老太太又是一声喊叫，忙着推开娄素云的手问着，"在哪儿？"

　　"子鹏在日本加盟革命党，鼓吹推翻帝制，公使馆几次要缉拿他送回国治罪，只是他行踪隐秘，不知所在，用官府的话说，至今依然逍遥法外。朝廷近日接到公使馆电报，说余子鹏及其同党已经秘密回国鼓吹暴动、发展党羽，如此朝廷才给天津府衙门发来密诏，着天津府立即追缉余子鹏归案，从严惩处。"

　　"啊，天呀！"老太太已经吓得要昏过去了，她全身颤抖，牙关哆嗦得咯咯作响。

"唉！这个子鹞呀！我早说他会惹出大祸的。"余隆泰万般着急自言自语地说着，"你在日本谋反，朝廷于你无可奈何，怎么你还潜回国来，鼓吹暴动？一旦落到朝廷手中，你的命就没了，到那时谁也救不出你了。"

"子鹞，我的好儿子呀！"老太太已经是压着声音哭了起来。

"公婆先不要惊慌，如今要设法打听五弟到底在什么地方。"娄素云是老公爹的谋士，她顾不得惊慌着急，一心只想着出点切实的办法。

"是呀，可是去哪里打听呢？"余隆泰急得在屋里打转儿，搓着一双手没有办法。

"父亲先不要着急，事到如今，您更要万万自己保重。"娄素云搀扶着老爹坐下，又忙着为他拭汗，这才苦思冥想地琢磨着说，"也许，也许，这可是不敢乱猜测的……"

"无论怎样乱猜测，你倒先说说看吧！"老太太着急地摇着娄素云的手催促着。

"五弟回来鼓动暴动，自然是在南方。"娄素云万般冷静地向公婆说着，"媳妇听说，如今南方诸省革命党活动异常活跃，朝廷已经是鞭长莫及了。"

"对对，黄道员说了，子鹞这次回来就是代表什么同盟会和南方几省共议倒清叛乱的，造反造反，真是要造反了。"余隆泰说着，挥着拳头，他已经是急得不知道如何是好了。

"他们谋反能成吗？"老太太向余隆泰问着。

"大清江山已经是危在旦夕了，如今只要有人揭竿而起，推翻帝制易如反掌。"余隆泰还是自言自语地回答着说。

"既然帝制迟早要推翻，早推翻一天大家就早一天有好日子过。"老太太东拉西扯地说着。

"你管那些做什么？现在是说子鹏的事。"余隆泰打断老伴儿的话说。

"我想，五弟倘若回来，有一个人不会不知道。"娄素云等婆婆说完话，一旁试探地说着。

"婉儿！"老太太抢先说了出来。

"可是，她回娘家养病去了呀。"余隆泰摇着手无可奈何地说。

"我早猜测婉儿突然要回娘家养病，其中未必没有别的理由。"娄素云思忖地说着。

"你说的对！"余隆泰拍了一下桌子，肯定了娄素云的猜测，"赶紧，赶紧派轿把婉儿接回来！"指手画脚，余隆泰就要下吩咐。

"深更半夜去接婉儿回家，那不才正是要把事情向外张扬吗？"娄素云拦阻着老爹说，"这样吧，事到临头，还是更要镇定自若。父亲母亲及早休息，明日一早我就带着琪心去婉儿家探望，一是问病，二也是她女儿想娘，想方设法，我问她有没有五弟的消息。如今的万全之策，就是要她把五弟藏起来，不要轻举妄动，避过这个风头，父母亲再从长计议……"

"哎呀，真是你想的周到细致呀！"余隆泰连声地夸奖着说。

"老天爷,家门不幸,这是谁做的孽呀!"老太太自己拍着手背,她已经哭出声来了。

"你就别闹了!"余隆泰责怪着老伴说,"这件事先就这样定,只是出了这间房,对谁也不准说,不要让子鸥知道,子鹏、子鹤,就是子鹩回来,也绝对不能对他们说,万一走漏风声,连黄道台都要获罪下狱的。黄道台说了,这件事连你姐姐都不知道。"余隆泰说的"你姐姐",就是黄道台的儿媳妇、余隆泰的长女、余府的大姑奶奶——余子瑄。

整整一夜没有睡着觉,第二天早晨直到吴三代进来禀报说大奶奶带上琪心姑娘乘轿去了,余隆泰才稍稍稳住了心神儿。梳洗之后,余隆泰说有些头疼,老太太也说有些心慌,用人送上来了早点,老两口谁也没有吃一口,便又让用人端了下去。

老两位身体不适的消息传到三房,余子鹤和杨艳容忙跑来问候,又听说偏偏今天大嫂去二嫂娘家问候婉儿,责无旁贷,杨艳容就担当起了照看公婆的重任。

照料着公爹和婆婆歇息下,还吩咐人去三井洋行给老爹爹请假,杨艳容问老爹老娘要不要请医生,老爹说不用了,睡一会儿就会好的。余子鹤回房找来两服安神的药丸,杨艳容又侍候着二老双亲服了,这才回自己房里休息。

时间过得好慢好慢,躺在床上望着大条案上的自鸣钟,指针似锈在了表上,一动不动地只嘀嗒作响,好不容易,表针动了一下,又闭目养了一会神儿,再睁开眼睛看,只不过才过去了十分钟。

一直等到吃午饭,娄素云还没有回来。女用几次禀报说饭摆好了,余隆泰和老夫人都不去吃饭。最后厨房里单烧了一道鹌鹑苦瓜汤送到上房来,老两口还是一口没吃,不多时又放冷了。

"这个人呀,黏黏糊糊,无论到了哪里,只要一扯起闲嗑,便把大事忘了。"余隆泰等得着急,已经在埋怨大儿媳妇了。

"幸亏有这么个人替咱们操持着。这么一个儿媳妇,胜过五个儿子。"老太太唠叨着,其实她也不知自己说了些什么,只是打发时光。

直到下午,用人才跑来禀报说,大奶奶的轿子已经从五槐桥上走下来了。老公公顾不得什么威仪,顶上帽子就往外跑。正这时,娄素云已领着琪心急匆匆地走进上房,不等开口,只看娄素云满面春风的笑意,公婆便猜出她带回来了好消息。

吩咐仆用们退去,又让徐妈将琪心领去更衣,关上房门,娄素云才悄声地说道:"公婆放心吧,一切都安排妥帖了。"

"怎么个妥帖法儿?"老夫人急着问道。

"婉儿的病已经痊愈了,看上去精神极好,婉儿说正要回家给公婆请安来呢……"

"她见到子鹣没有?"余隆泰更急地问。

"婉儿说子鹣没事的,什么加盟革命党,全是传言;只是他这次回来行色匆匆,不能回家叩问父母大安,只到宁家府上去了一趟,见了二嫂,立即又乘船回日本了,公婆放心,不会有一点儿危险了……"

"他为什么要去找婉儿?回家一趟,还能将他送了官府?"

老太太不解地问。

"子鹔心细,他必是怕给家里惹麻烦吧。他去宁府也有道理,说不定他还到我娘家去过呢,若赶上我在娘家,他也会托我转禀平安的,一切,公婆放心就是了。"娄素云说着,避开公婆的目光,一双手只揪揉着手帕。

"这么说,他又走了。"听过娄素云的叙述,老太太流下了眼泪,"我的五儿呀,你可想煞娘了。"说罢,老太太捂着脸哭了起来。

禀报过后,已经是该吃晚饭了。娄素云回房去洗脸更衣,再又赶回正房,侍候公婆吃了晚饭。婆婆掉了一阵眼泪,倒也安静了,吃了一小碗米饭,挟了几筷子青菜,回房歇息去了。余隆泰还说头疼,吃什么也不是滋味,勉强喝了一盅从三井洋行带回来的日本清酒,吃了一点极淡极淡的鱼脯,便让用人将菜饭端了下去。

娄素云待公婆吃过晚饭,这才转身要走开。

"你留下。"背后,余隆泰唤住了儿媳妇,又是让仆用退去,他才向娄素云说着,"不要哄我,刚才你说的全是安慰我的话,到底实情如何,你可千万不能瞒我。"

"素云说的话句句是真,父亲只管放心就是,五弟平安无恙,来日必成大器的。"娄素云还在背书一般地说着。

"好吧,既然你不对我说实情,那就让吴三代备车,我立即去宁家府邸。老公公不能探望儿媳妇养病,我去拜会姻兄总可以吧?"说着,余隆泰站起了身来。

"父亲!"娄素云慌了,她拦着余隆泰,不让他回房去穿袍子马褂。踟蹰再三，她才终于央求般地说道，"我把实情禀报父亲，父亲必须答应无论听见什么都不着急才是。"

"你说吧，我不着急。"余隆泰做出一副能够承受打击的神态，坐在椅子上等着。

大约是在上午 10 点钟左右，娄素云带着琪心来到了宁家府邸，宁家老爷子闻声迎了出来，冲着娄素云、琪心就问："婉儿怎么没来？"

这一问，娄素云暗中大惊失色，她知道宁婉儿没在宁家府里，但她又不敢冒失地就说明婉儿明明是已经回家来了。如此两头见不到人，岂不要惹得老人吃惊着急？

立即，娄素云将琪心搂在了怀里，免得她吵着闹着地找娘，趁老人不注意，娄素云悄声地哄琪心说："娘没在外公家，娘在大娘的家里养病呢，咱马上就回去。"

经娄素云的一番哄骗，琪心才安静下来。

"啊，府上的五先生可出息成人才了。"让坐送茶之后，宁老先生和娄素云叙起了家常。

"子鹚刻苦读书，这些年更长进了。"娄素云答应着，心中暗自猜出五弟余子鹚必是最近到宁家来过，否则宁老先生何以会夸奖他呢？

"半月之前，婉儿回来说是养病，我正要为她延请名医，谁料几天之后，府上的五先生就来到寒舍，在婉儿房里他两个说了一会儿话，子鹚便出来对我说，要将他二嫂接回府去。子鹚说是大嫂请到了一位老医生，医术极高。哦，婉儿在家里住的这几天,可没少说大嫂对她的疼爱。婉儿少年失母,没有得过慈爱,能有大嫂这样的照应调教,也是她的福分呀!"

听着,琢磨着,娄素云已经完全听明白了。子鹏确实是回国来过,也如黄道台所说的那样,先是到了南方,然后匆匆赶回天津,找到宁府,见到宁婉儿,立即便将宁婉儿接走了。自然,也是婉儿早就得到了子鹏要回来的消息,于是才托词有病回到了娘家,这时余子鹏又将婉儿从宁家接出来,说是回家,再经周折,最终他两人已是东渡日本去了。

余子鹏冒险回国,一是受同盟会委派,去浙江与反清组织光复会建立联系;第二件事,便是接他的二嫂宁婉儿同渡扶桑。

在五槐桥余家大院,宁府派人给婉儿送来一封信,一见信封,婉儿就认出了子鹏的笔体,打发家里的人回去,宁婉儿急急地打开信看,信中五弟暗示二嫂:"家事嘈杂,还是回宁府养病为好。"宁婉儿是何等精明的人呀,立即她就明白这是五弟要回来了,建议她回宁府养病,是说等他回来去宁府见面。如此,经大嫂禀请公婆,宁婉儿才回到自己家来了。

住在家里"养病",宁婉儿时时派她房里的陪房女用人回五槐桥看望女儿,也向大嫂禀告自己的种种情形,陪房女用人从五槐桥回来,见屋里没有旁人,才极是神秘地对宁婉儿说:"听说,五先生回来了,皇上下令四方捕拿,捉住就要杀头的。唉,多好的人呀!"

看着女用人一脸的惊恐神色,宁婉儿的心里更是恐惧万分,但她马上镇定下来,并嘱咐女用人说,"什么不着边际的传言,万不可对别人乱说,特别是在我家,万万不要对老爷子讲。人老了,心里存不下话。"

"我知道。"女用人忙着回答说,"我就怕五先生冒冒失失地万一要回家拜见老太爷老太太,那可真是没有不透风的墙。"

"五先生的事,不必你我操心,你只要常常回五槐桥把琪心照顾好就是了。"宁婉儿嘱咐女用人说。

"太太放心,琪心的衣食读书,绝不会有一点儿差错的,就是孩子想妈,只盼着太太的身体早一天康复,也好回去和女儿团聚。"

"有你照料琪心,我也就放心了。"说着,宁婉儿竟不知为什么落下了眼泪。

自从得知五弟回来的消息,宁婉儿就似失了魂魄一样,终日六神无主。一听见院门外有声音,立即便慌慌地跑出去,有好几次险些被门槛绊倒,及至看到走进院门的原来是父亲或是别的什么亲友,她这才舒出一口长气,又默默地走回自己的房中。

宁婉儿当然知道,五弟这次回国来,唯一可能来的地方,就是自己的娘家。按道理说,他要回家叩拜父母,但是,如今五弟已是在日本入了革命党,回家来被父母捉住,自然不会再放他走掉的;即使不为官府觉察,父母也会把他藏在一个什么地方,从此他又被锁进了牢笼;或者是,余子鹂要去探视他的恩师,但是,严夫子虽然主张维新,但他不主张废除帝制,师生之间恐怕已是没有多少话要说了,弄不好,严夫子再让他的学生回家去见父母,那才真是自投罗网,谁知会是什么结局?

想来想去,宁婉儿认定,余子鹏一定会到自己家里来的。余子鹏平日的聪明,她最清楚,只有先找到这里,才最为妥当。

"姑奶奶,府上的五先生来了。"一天上午,宁婉儿正在六神无主地发怔,突然女用人走进房来报信说五先生来了,宁婉儿一下子全身失去了知觉,她连站起来的力气都没有了。

"二嫂!"还没容宁婉儿说一声"快请",噔噔噔一阵脚步声,精神抖擞地走进来一个满面红光的青年。宁婉儿身子往椅背上一靠,紧紧地咬住了嘴唇。

余子鹏在宁家用人面前故意装出一副平常神色,似是他就在天津读书,似是他只是奉父母之命前来问候,一点儿也没让用人们看出破绽。只待到用人们接过衣帽、送上茶水,宁婉儿让用人们退下之后,子鹏这才半欠起身来向宁婉儿问道:"听说,二嫂身体欠安?"

双手捂住脸庞,宁婉儿哭出了声音,她哭得那样痛苦,哭得全身都在抖,哭得几乎断了呼吸。

"五弟,你怎么这样粗心,朝廷正在……"宁婉儿一面拭着眼泪,一面对余子鹏说着。

"他们枉费心机。"余子鹏胸有成竹地对宁婉儿说,"同盟会和南方的光复会、北方的兴华会都有联系,我这次回来,一切他们都做了安排。今天早晨,我早早就来到了府上,直到看见伯父大人乘车外出了,我才上门通报。二嫂赶紧准备吧,明天上午我再来拜见伯父大人,伯父大人只知我留学日本,并不知我在日本的行为,我只说近日已经回国,特奉父母之命接二嫂回家……"

"回家?"宁婉儿着急地问着。

"哎呀,回家做什么?我此次是专程回来接你的呀!"余子鹇小声地对宁婉儿说,"革命之势,已是如火如荼。中国表面上看依然是一潭死水,但是一代新进青年已经觉醒,无论是在日本的中国同盟会、日知会,还是国内南方的光复会,人人都已尽知,唯废除帝制才是救国之路。你听听我们的宣言吧:中国欲独立,不可不革命;中国欲与世界列强并雄,不可不革命;中国欲长存于 20 世纪新世界,不可不革命。今我革命党人,愿以革命为行动,以废除帝制为己任,为中华四万万同胞之自由而捐躯!二嫂,我,我早就不再只视你为二嫂了,共赴革命大业,不要再做专制的奴隶了!"

余子鹇说着,一双眼睛闪着炯炯的光芒。宁婉儿向五弟看去,他果然变成一个新人了。那种低沉的神色不见了,那副苍白失色的面庞不见了,那个瘦弱的身躯也健壮了,他完全变成了一个满身朝气的热血青年。希望,这才是中国的希望!

"我们现在就走!"

腾地一下,宁婉儿站起身来,她抬手将头发一捋,什么准备也不要,当即就要随五弟投身革命。

"我还是要明天来接你。"子鹇已是成熟多了,他一点儿也不浮躁,仍然是镇定地说着,"这样不辞而别,伯父一定会起疑心,倘他到家里询问,我们反而前功尽弃。一切要不露破绽,只要三天之内不惊动家人,容我们南下,再容我们上了船,那未来的光明日月,就属于我们了!"

余子鹓说得更加兴奋,他已经站起身来,将双臂高高地举起,明明是在向宁婉儿发表演说了……

说来也怪,得知宁婉儿随五弟去日本求学的消息之后,娄素云的心境倒十分平静。她在心里为宁婉儿有了一个光明的去处而感到欣慰。留在这个家里,宁婉儿不会有好日子过,或者似自己的丈夫余子鹓那样自弃自馁,或者似苏伯媛那样逃避凡尘。而如今宁婉儿的归宿比所有的人都好,她获得了为自己创造未来的权利。

只有老爹爹余隆泰不能接受这个现实。他是一个依附朝廷的人,他可以眼看着大儿子被帝制窒息得麻木不仁,他不能容忍家里出个乱党。废除帝制,造反!没有皇帝,中国真就要大难临头了。

"唉,家门不幸,如何会遇上这种事呢?"余隆泰听后倒没有太震惊,他只是双手哆嗦着,又气又急,几乎连发怒的力气都没有了。

"子鹓和婉儿都是胸怀大志的人,他们要读书深造,要做大事业,去闯世界见世面,也真是可敬可佩。至于品德纲常,婉儿和五弟都是自重自爱的人,我们于此是不该有猜测的。"

"出了一个男革命党,又出了一个女革命党,这到底是福呢,还是祸呢?"余隆泰还在感叹着,连连地摇头叹息。

"积善人家,必有余庆。父亲乐善好施,广结善缘,善有善报,来日必是尊荣无加。"娄素云忙着说宽心的话劝慰老爹。

"别光唱吉庆歌了。"余隆泰说着,抬手按着前额,一层冷汗渗出,想必是又头疼了。

"父亲今天突然头疼,该请医生看看才好。"娄素云见余隆泰头疼的样子十分担心,便忙扶老爹回房休息。

"是昨夜没睡好觉,休息一会儿就会好的。"余隆泰站稳身子深吸一口气说着。

"家里倒是有安神去惊的药,去年新送来的御用安宫牛黄丸就在我房里收着呢,过一会儿,我就给您送来。"

"不必了,头疼脑热的,难免。"说着,余隆泰走进卧室去了。

余隆泰觉得身体不适,派人去三井洋行请几天假在家休息,到了第三天中午,余隆泰午睡醒来,下午3点,余隆泰稍觉头疼轻了一些,趁着晴天太阳好,他来到院中散步,努力想忘掉家中突发的意外事件,平静一下心情,还有许多大事要做。

"禀报老爷,三井来人送信,请老太爷务必到行里去趟。"

"都已是下晌了,还会有什么急事?"余隆泰说着,还是穿上马褂,戴上帽子,由吴三代护着,乘车匆匆向日租界而去。

走进三井洋行,公事房里还是一片繁忙景象,倒不似有什么重要的事情等着余隆泰决断。问问华账房,也没有什么要人来访,一切如常,明明没有什么急事非得要惊动余隆泰。

"余掌柜精神好些了吧?"余隆泰正在向人们询问,小井洋次忙着凑过来和余隆泰打招呼。

"不过就是一点儿小疾而已,服了几剂药,已经是好多了。"余隆泰回答着。

"倒是一桩平常小事,不敢不禀报余掌柜。"说着话,小井请余隆泰走进了他的办事房。

"有什么事?说吧。"余隆泰估摸着不外是些商务上的事,便坐在椅子上问着。

"小井身为三井员司,又任职为华账房监督,有件事情不得不向余掌柜请教。"小井历来说话阴阳怪气,目光中总含着奸诈。

"你要问什么?"余隆泰信手取过当日的流水翻阅着问道。

"余大人,是这样……这样……"吞吞吐吐,小井似是有说不出口的话。

"三井洋行里都是公事,有什么不好说的事呢?"余隆泰对小井说着。

"小井知道,三井洋行的规定,即使身为三井洋行董事长、三井财团总裁,也不得以三井名义为任何人做财务担保。"小井一字一字地说着。

"当然。"余隆泰信口答道,"因为任何财务担保都有可能损害三井信誉,三井以信誉为第一,于此绝无通融余地。"

"但是不幸……"小井拉着长声说着。

"不必绕弯子了,华账房里有谁犯了这条行规,告诉我,我将他辞退便是。"余隆泰一挥手说着,又低头看着当日的各种报单。

"哎呀哎呀,"越说小井越显得为难了,似是斟酌了半天,才鼓起勇气向余隆泰说着,"近日以来,天津发现有恒昌纱厂者,其一切债务担保人,全署具的是三井洋行。"

小井说着，犀利的目光盯着余隆泰。听到恒昌纱厂的名字，余隆泰一怔，不由得放下手中的账目，抬头望望小井，又怀疑他是讹诈，余隆泰没有立即答言。

"非常不幸，这些债务担保文契上，盖的就是余隆泰大人的印章，上面还署具着三井洋行的字样。不过，请余大人放心，我已经说了，这类文书一定都是伪造的。"

"你再说一遍！"余隆泰有点发火了，他以为这是小井对自己的诬陷。恒昌纱厂，是自己二儿子余子鹏的产业，但是以三井洋行名义做债务担保，那是绝无此事的。

"只是，只是，世上伪造契约的人也是太猖狂了，他们怎么敢伪造余隆泰大人的印章呢？"小井没有再解释什么，他从西服上衣口袋里取出一份契文，将文件打开，指着上面的字迹，一字一字地念给余隆泰听，"为立据事，今有恒昌纱厂所欠债伍拾贰万元，按年利九厘计算，逐年支付息银。五年后，债权人有权提取本金，恒昌纱厂当如期归还。此据，担保人，三井洋行，余隆泰，×年×月×日。"

说着，小井将文契放到余隆泰面前。清晰醒目，上面是余隆泰的大印。余隆泰眼前一阵发黑，双手扶住了公事桌，瞪圆一双眼睛，望着桌上的一纸契约，不由得汗珠渗出了额头。明明是自己的印鉴，白纸黑字，又写得清清楚楚，不必太费寻思，这保准是二奸细从他大嫂手里骗来了自己的印鉴，私下里做出了这种混账事。

"说起来呢，这也是偶然，一纸过期的契约，债务已经了断了，债权人偏要保存着这一张契约，什么用心呢？不外就是想向三井敲诈罢了。为了顾全三井的名声，我花大价钱将这张没用的契约买了下来。余掌柜，这一纸契约，你私下里烧掉算了……"说着，小井一双诡诈的眼睛紧紧地盯着余隆泰，明明是要看他有什么反应。

"敲诈，你明明是敲诈！"余隆泰一拍桌子站了起来，狠狠地在齿间骂着。

"将余大人匆匆请来，我只是怕事情败露出去对余大人不利，一些情形我还要向余大人做些说明。"小井不慌不忙地说着，脸上浮现着一种胜利者的骄傲。他胜了——此时此刻，坐在他的对面，多少年不可一世的中国掌柜、三井洋行在华利益的全权代表余隆泰，犹如一个雪人，眼看着就要在他的面前融化了。无须做任何申述，出路只有一条，清理全部账目，余隆泰脱离三井。从此，日本人便将华账房吞下肚里去了，三井洋行要抛开余隆泰这根中国拐杖，三井洋行已是羽毛丰满可以振翅飞翔了。胸有成竹，小井酸溜溜地向余隆泰说下去，"发现这张契约，我也在想，余大人怎么会用三井洋行的信誉做这样的商业担保呢？想来想去，我想也许就是余大人的二公子开办的那家恒昌纱厂，如今在天津已成了一个强大的经济力量，当年于困难时期想出来的权宜之计。事情已经过去，余大人可以问一问自己的公子，这家原名为大五福布厂的工厂是如何落到贵府二公子手里的？而这家工厂又是怎么度过经济难关的？"

"你管不着！"余隆泰咬牙切齿地回答着。此时此刻，余隆泰在小井的挑衅面前失去了冷静，忍无可忍，他已经是怒发冲冠了。

"我确实管不着,但是余大人不能不知道。"小井一点儿也不恼火,仍然语调平和地说着,"大五福布厂所以落到余子鹏的手里,完全是赌博、麻将,打麻将!"

"你胡说!"余隆泰用力地拍着桌子吼叫。

"大五福布厂原属一户姓黄的人家,这户黄姓人家的独生儿子黄天成好吃懒做,吃喝嫖赌,没几年工夫,便把黄家败得不可收拾。最后,大五福布厂欠下几十万元债务,这位黄天成便想背水一战,将贵公子余子鹏推下陷阱。但是,也该黄家大公子不走运,没几个月的时间,黄天成便把大五福布厂输给了余子鹏先生,从此他扬言南下,便于天津销声匿迹了。只是呢,中国有句成语,君子报仇,十年不晚。这位黄天成先生从此隐居天津,暗中注意余子鹏先生的所作所为。两年多时光过去,恒昌纱厂几乎倒闭了,黄天成等着看余子鹏投河上吊,但是不知是一种什么回天之力,第三年,恒昌纱厂竟然复苏了。黄天成自然不解,即使恒昌纱厂有高人参与经营,又借中国人抵制洋布之机,使生产有了一些发展,还有几十万元的债务,余子鹏先生该是如何归还的呢?于是,黄天成先生便费尽心机暗中四处查访。功夫不负有心人,十年时光过去,黄天成带着一张以三井洋行做担保人的债务契约来找我,无耻敲诈,扬言如不当场付二十万元现金,他就要将这张契约公布于众。那时,三井洋行做假担保的丑闻便要传遍世界,只怕三井洋行就要名声扫地了。"

"无耻,无耻!"余隆泰气急败坏,他只是声嘶力竭地骂着。

"余大人冷静。"小井一旁酸溜溜地劝说着。

"好了，小井，你的目的算是达到了，我立即辞职。"事实面前，无法否认，他已意识到自己败在小井的手里，如今只有灰溜溜地离任了。

"余大人即使离开三井，回家之后也要整肃一下自己的家规。余大人的印鉴，一家之中如同国玺，何以就如此轻率地随意滥用呢？"小井见自己的一番发难已经将余隆泰斗败，变本加厉，他说话已是越来越不中听了。

"我的印章，一直是由一个品德最是完好、做事最为谨慎的人保管的。"余隆泰当然听不下小井的教训，便据理争辩着。

"中国人的事嘛，同胞同乡口蜜腹剑，余大人一番苦心支撑一个华昌贸易，明着同舟共济，暗中一个个全跑到三井来做生意，这样连与贵国人士打交道的我国职员都感到有点太难为情。要知道，大和民族崇拜英雄，我们最看不起那些通风报信、卖友求荣的人。人同此心，物同此理，只怕余大人府上几位公子之间也未必就那么同心协力吧。余大人可以将印章交给最可靠的人保管，自然就有不甚可靠的人要将这印章从他手中借出来用。中国成语，暗度陈仓，兄弟手足明争暗斗，有时是要用一些计谋的。如今若不是余隆泰先生就要离开三井，这些话我还不能明说。一个国家、政府腐败并不可怕，最可怕的是国民精神瘫痪崩溃。日本与中国同文同种，我们日本人是真心盼望贵国兴旺强盛的呀！"小井说着，明明是在向一个失败者示威。

"你放屁！"

"哗"地一下子,余隆泰双手掀翻了大账桌,稀里哗啦,满桌的文具、茶具滚到了地上。一阵骚乱,惊动了办事房外面的中国雇员,他们一起拥到门外,惊慌地向里面张望。

"小井洋次!"余隆泰脸色苍白,满头大汗,一只手哆哆嗦嗦地抬起来,指着小井的鼻子大声斥骂,"我儿子做下的非法事,我回家自当管教。只是你暗施奸计谋害于我,足证明你的无耻。我大半生为三井效力,算是我为虎作伥,从今之后,我与三井一刀两断、破釜沉舟、哀兵必胜、自强自爱、知耻近乎勇,中国,一定要有再生之日的呀!"

吼叫着,怒骂着,余隆泰大步地走出了三井洋行华账房的办事房,永远地走出了他供职十几年的那间大办事房……

晚上6点,车夫拉着余隆泰,吴三代在胶皮车后面急步奔跑,十万火急,车子走上五槐桥,直奔余氏府邸而来。

"来人呀,来人呀!"才刚刚跑上五槐桥,吴三代就冲着余氏府邸大门拼命喊叫,喊声传到门房,传进院落。"不好了!"举家老小闻声一齐跑出来,才拥到大门口,车子正好停下。余子鹍、娄素云慌忙迎上去,车篷撩起,直挺挺地从胶皮车上倒下来了已经昏迷不省人事的余隆泰。

"医生来了,医生来了!"

压下众人的惊慌喊叫,吴三代提醒家人赶紧往院里抬人,这时四五辆车子同时跑来,刚刚请到的医生几乎同时和余隆泰一起到了家。

还是吴三代精明,他在三井门外看见老太爷吼叫着从洋行大楼里跌跌撞撞、东摇西晃地走了出来,立即便迎了上去,慌忙将余隆泰扶上车,吩咐车夫快跑回家。路上,跑在车后的吴三代只听余隆泰坐在车里不停声地大骂"孽障!孽障!"更觉出老太爷今日必是激怒难平,紧跑两步,吴三代想劝说几句,但往车上一看,只见老太爷已是头垂胸前,嘴角上流了口水。"不好!"吴三代大喊一声,立即让车夫放稳脚步,就近跑进一家药铺,几乎是抢出了一丸安宫牛黄,剥去蜡皮壳,给余隆泰塞在了嘴里,这时,余隆泰已是不能说话了……

半路上,吴三代雇了几辆洋车,一一交代立即将几位名医接来余府。这样,在余隆泰被扶进家门的时候,天津卫所有的名医几乎同时来到了余氏府邸,其中还有一位德国医生。德国医生的两支洋针,将两小瓶药水注入余隆泰血脉之中,这才使余隆泰缓起了一点儿精神。他抬眼看看围在自己身边的家人,挥挥手,让他们离开。然后,他又抬手拉住了自己的老妻,让她坐在自己的身边,再挣扎着唤声:"她大嫂,还有,还有……"余隆泰抬手指着娄素云身边的孙子,这样,最后留在余隆泰身边的只有这样三个人。

"完了,完了……"余隆泰用尽一切力气向老妻、大儿媳妇和孙子说着,"没有指望了,我,皇上,家,还有,还有列强,都,都没有指望了。圣上的恩典、官商、发财、赚的钱,又都回到了他们的腰包,落到咱家的,只是一个零头。东洋人,初到中国,用我的名声、财势;羽毛丰满了,他一脚,就把我踢开了。奴才,我是一个奴才!皇上面前,我是奴才;洋人面前,我是洋奴。辛劳一生,到头来,只生养了几个孽障儿子,败了余家的名声。一场空呀,一场空!告诉下一代,不要再做奴才,要堂堂正正地做人。国不强民不富,一户人家发了财,就只是罪人,千秋的罪人,还不就是把民脂民膏往洋人的腰包里塞?门外的善人匾,摘下来;善人牌坊,拆了吧。欺世呀,老天,几个孽障儿子就是报应呀!"

余隆泰挣扎着,断断续续地唠叨着,有时是声嘶力竭地喊叫着。但是,这一盏灯毕竟是要灭了,渐渐地,渐渐地,他安静了下来。

公元 1910 年,清宣统二年,庚戌,农历七月二十三日,余隆泰大人于回家二十四小时之后,在上房大厅溘然去世,终年七十五岁。

余隆泰去世后二年,公元 1912 年,清朝皇帝宣布退位,至此,统治中国长达二千年之久的封建帝制社会,寿终正寝,终于最后崩溃了。